Het listige mes

Vertaald door Dons Reerink

Philip Pullman

Het listige mes

2006 Prometheus Amsterdam

De serie *Het Gouden Kompas* bestaat uit drie delen:

1 Het Noorderlicht
2 Het listige mes
3 De amberkleurige kijker

Eerste druk 2002
Vijfde druk 2006

Oorspronkelijke titel *The Subtle Knife*

Omslagontwerp Roald Triebels
Omslagillustratie *Turin Spring*, 1914 door Giorgio de Chirico
Het listige mes is het tweede deel van de trilogie *Het Gouden Kompas*
www.uitgeverijprometheus.nl
ISBN 90 446 0685 9

1
De kat en de beukenbomen

'Vooruit, kom nou mee,' zei Will, en hij trok aan zijn moeders hand.

Maar zijn moeder aarzelde. Ze was nog steeds bang. In het avondlicht keek Will om zich heen in de smalle straat: rijtjeshuizen, elk met zijn eigen voortuintje en buxushaag, en de zon die aan een kant in de ramen blikkerde en de andere in de schaduw liet. Ze moesten opschieten. Iedereen zat nu te eten, en binnenkort zouden er andere kinderen op straat zijn. Dan werden ze aangestaard, kregen ze opmerkingen, vielen ze op. Het was gevaarlijk om te wachten, maar zoals gewoonlijk kon hij niet meer doen dan proberen haar met zoete woorden mee te krijgen.

'Mam, laten we naar mevrouw Cooper gaan,' zei hij. 'Kijk, we zijn er bijna.'

'Mevrouw Cooper?' zei ze weifelend.

Maar hij drukte al op de bel. Hij moest de tas neerzetten om dat te kunnen doen, want met zijn andere hand hield hij de hand van zijn moeder nog vast. Het stond misschien een beetje gek om als jongen van twaalf hand in hand met je moeder te lopen, maar hij wist wat er met haar zou gebeuren als hij het niet deed.

De deur ging open en daar was de bejaarde pianolerares, met haar gebogen gestalte en de bekende geur van lavendelwater om zich heen.

'Wie hebben we daar? Ben jij het, William?' zei de oude dame. 'Ik heb je meer dan een jaar niet gezien. Wat wil je, jongen?'

'Ik wil graag binnenkomen, met mijn moeder,' zei hij ferm.

Mevrouw Cooper keek naar de vrouw met het warrige haar en de afwezige glimlach, en naar de jongen met de felle, ongelukkige glans in zijn ogen, de opeengeklemde lippen en vooruitstekende onderkaak. En toen zag ze dat mevrouw Parry, de moeder van Will, haar ene oog wel had opgemaakt, maar het andere niet. En dat had ze niet gemerkt. En Will ook niet. Er was iets niet in de haak.

'Vooruit dan maar,' zei ze, en ze ging opzij om plaats te maken in de smalle gang.

Will keek de straat rond voordat hij de deur dichtdeed, en mevrouw Cooper zag hoe stevig mevrouw Parry de hand van haar zoon vasthield, en hoe behoedzaam hij haar de zitkamer binnenloodste waar de piano stond (natuurlijk, dat was de enige kamer die hij kende). Ze merkte dat de kleren van mevrouw Parry een beetje muf roken, alsof ze te lang nat in de wasmachine hadden gelegen. En toen die twee op de bank zaten, met het volle licht van de avondzon in het gezicht, viel het haar op hoeveel ze op elkaar leken: hun brede jukbeenderen, hun ver uit elkaar staande ogen, hun rechte, zwarte wenkbrauwen.

'Wat is er, William?' vroeg de oude dame. 'Wat is er aan de hand?'

'Mijn moeder moet een paar dagen ergens logeren,' zei hij. 'Het is op het ogenblik te moeilijk om haar thuis te verzorgen. Ik bedoel niet dat ze ziek is. Ze is alleen een beetje verward en wazig en ze heeft aanvallen van angst. Het is niet moeilijk om op haar te passen. Ze heeft gewoon iemand nodig die vriendelijk tegen haar is, en daar zou u helemaal geen moeite mee hebben, volgens mij.'

De vrouw keek naar haar zoon, schijnbaar zonder te begrijpen wat hij zei, en mevrouw Cooper zag een blauwe plek op haar wang. Will was mevrouw Cooper strak blijven aankijken en hij zag er wanhopig uit.

'Het zal u niet veel kosten,' ging hij door. 'Ik heb wat etenswaren meegebracht, volgens mij genoeg voor de tijd dat ze hier is. Daar kunt u ook iets van nemen. Ze vindt het niet erg om met u te delen.'

'Maar... ik weet niet of ik dat wel moet doen... Moet ze niet naar een dokter?'

'Nee! Ze is niet ziek.'

'Maar er moet toch iemand zijn die voor haar kan... Ik bedoel: is er geen buur of iemand in de familie...'

'We hebben geen familie. We zijn maar met z'n tweeën. En de buren hebben het te druk.'

'En maatschappelijk werk dan? Het is niet mijn bedoeling om je af te schepen, m'n jongen, maar...'

'Nee! Nee. Ze heeft alleen een beetje hulp nodig. Ik kan een tijdje niet voor haar zorgen, maar het zal niet lang duren. Ik ga... ik moet iets doen. Maar ik kom snel terug en dan neem ik haar weer mee naar huis, dat beloof ik. U hoeft het niet lang te doen.'

De moeder keek haar zoon vol vertrouwen aan, en hij draaide zich om en lachte haar zo liefdevol en geruststellend toe dat mevrouw Cooper geen nee kon zeggen.

'Nou,' zei ze tegen mevrouw Parry, 'voor een paar dagen zal het wel lukken. Je kunt de kamer van mijn dochter krijgen, liefje. Ze zit in Australië; ze heeft hem niet meer nodig.'

'Dank u,' zei Will, en hij stond meteen op, alsof hij haast had om weg te komen.

'Maar waar ga jij heen?' vroeg mevrouw Cooper.

'Ik ga bij een vriend logeren,' zei Will. 'Ik zal zo vaak opbellen als ik kan. Ik heb uw telefoonnummer. Dat komt wel in orde.'

Zijn moeder keek hem verbijsterd aan. Hij boog zich over haar heen en gaf haar onhandig een zoen.

'Maak je niet ongerust,' zei hij. 'Mevrouw Cooper zorgt beter voor je dan ik, echt waar. En ik zal je morgen opbellen.'

Ze omhelsden elkaar stevig, en toen gaf Will haar nog een zoen, maakte voorzichtig haar arm van zijn nek los en liep naar de voordeur. Mevrouw Cooper zag dat hij van streek was, want zijn ogen glinsterden, maar hij draaide zich beleefd om en stak zijn hand uit.

'Tot ziens,' zei hij, 'en heel erg bedankt.'

'William, vertel me alsjeblieft wat er aan de hand is,' zei ze.

'Dat is een beetje ingewikkeld,' zei hij, 'maar ze zal u echt geen last bezorgen.'

Zo had ze haar opmerking niet bedoeld en dat wisten ze allebei; maar op de een of andere manier had Will de leiding in deze kwestie, waar het dan ook om ging. De oude dame had nog nooit een kind gezien dat zich zo onverzettelijk gedroeg.

Hij draaide zich om, met zijn gedachten al bij het lege huis.

Het hofje waar Will en zijn moeder woonden lag in de lus van een straat in een moderne woonwijk. Er stonden twaalf identieke huizen, waarvan het hunne er verreweg het armoedigst uitzag. De voortuin bestond uit een grasveldje vol onkruid; zijn moeder had in het begin van het jaar een paar struiken geplant, maar die waren verdord en doodgegaan wegens gebrek aan water. Toen Will de hoek om kwam, stond zijn kat Moxie op van haar lievelingsplekje onder de hortensia die nog leefde, en rekte zich uit voordat ze hem begroette met zacht gemiauw en een kopje tegen zijn been.

Hij pakte haar op en fluisterde: 'Zijn ze teruggekomen, Moxie? Heb je ze gezien?'

In het huis was niets te horen. De overbuurman was in de vallende schemering zijn auto aan het wassen, maar hij lette niet op Will, en Will keek niet naar hem. Hoe minder hij opviel, hoe beter.

Met Moxie tegen zijn borst gedrukt maakte hij de deur open en ging snel naar binnen. Vervolgens luisterde hij heel aandachtig voordat hij haar neerzette. Er was niets te horen; er was verder niemand in huis.

Hij maakte een blikje open voor de kat en liet haar in de keuken achter om te eten. Hoe lang zou het duren voordat de mannen terugkwamen? Daar was geen peil op te trekken, dus kon hij maar beter opschieten. Hij ging naar boven en begon te zoeken.

Hij was op zoek naar een gehavende groenleren schrijfmap. Zelfs in een gewoon modern huis is er een verrassend aantal plekken waar je iets van die omvang kunt verbergen; je hebt geen geheime panelen en uitgebreide kelders nodig om zo'n map goed te verstoppen. Will doorzocht eerst de slaapkamer van zijn moeder, beschaamd dat hij in de laden rommelde waarin ze haar ondergoed bewaarde, en werkte toen systematisch de andere kamers op de bovenverdieping af, zelfs zijn eigen kamer. Moxie kwam kijken wat hij aan het doen was en ging zichzelf vlak bij hem zitten schoonlikken, om hem gezelschap te houden.

Maar hij vond de map niet.

Tegen die tijd was het donker en hij had honger. Hij warmde witte bonen in tomatensaus op, schepte die op geroosterde boterhammen en ging zich aan de keukentafel zitten afvragen in welke volgorde hij de benedenverdieping het best kon doorzoeken.

Toen hij bijna klaar was met eten, ging de telefoon.

Hij bleef doodstil en met bonzend hart zitten. Hij telde: de telefoon ging zesentwintig keer over en toen hield het rinkelen op. Hij zette zijn bord in de gootsteen en begon weer te zoeken.

Vier uur later had hij de groenleren map nog niet gevonden. Het was halftwee en hij was uitgeput. Hij ging met zijn kleren aan op bed liggen en viel meteen in slaap, geplaagd door gespannen, drukke dromen waarin het ongelukkige, angstige gezicht van zijn moeder steeds aanwezig was, maar net buiten bereik.

En bijna meteen, zo leek het (hoewel hij zowat drie uur had geslapen), was hij weer wakker en realiseerde hij zich twee dingen.

Ten eerste wist hij waar de map was. En ten tweede wist hij dat de mannen beneden waren en de keukendeur opendeden.

Hij zette Moxie op de grond en suste fluisterend haar slaperige protest. Toen zwaaide hij zijn benen over de rand van het bed en trok zijn schoenen aan, terwijl hij zich tot het uiterste inspande om de geluiden beneden te horen; heel zachte geluiden: een stoel die werd opgetild en weer neergezet, kort gefluister, het gekraak van een plank in de vloer.

Zich nog zachter verplaatsend dan de mannen sloop hij zijn slaapkamer uit en liep op zijn tenen naar de logeerkamer boven aan de trap. Het was niet helemaal pikdonker en in het spookachtig grijze licht van de heel vroege ochtend zag hij de oude trapnaaimachine. Pas een paar uur geleden had hij de kamer grondig doorzocht, maar hij was vergeten te kijken in het vak naast de naaimachine, waarin alle patronen en spoeltjes waren opgeborgen.

Hij tastte er voorzichtig naar, terwijl hij voortdurend bleef luisteren. De mannen liepen beneden rond, en Will zag bij de rand van de deur gedempt licht flikkeren, misschien een zaklantaarn.

Nu had hij het grendeltje van het vak te pakken en hij klikte het open, en daar was de leren schrijfmap, precies zoals hij had gedacht.

Maar wat nu? Wat kon hij doen?

Voorlopig niets. Hij hurkte met bonkend hart in het schemerdonker en luisterde ingespannen.

De twee mannen waren in de hal. Hij hoorde een van hen zachtjes zeggen: 'Kom mee. Ik hoor de melkboer aan het eind van de straat.'

'Maar we hebben hem nog niet,' zei de andere stem. 'We moeten boven kijken.'

'Schiet dan op. Sta je tijd niet te verdoen.'

Will spande zijn spieren toen hij het zachte gekraak van de bovenste tree hoorde. De man maakte geen enkel geluid, maar tegen gekraak waarop hij niet was voorbereid kon hij niets doen. Vervolgens bleef het even stil. Een heel dunne lichtbundel uit een zaklantaarn zwaaide over de vloer van de overloop: Will zag hem door de spleet.

Toen begon de deur te bewegen. Will wachtte tot de man in de deuropening stond, schoot toen uit het donker en vloog met een klap tegen de buik van de indringer.

Maar geen van tweeën hadden ze de kat gezien.

Toen de man eenmaal op de overloop stond, was Moxie stilletjes de slaapkamer uit gekomen en nu stond ze met opgestoken staart vlak achter zijn benen, klaar om zich ertegenaan te schurken. De man had Will wel aangekund, want hij was getraind, fit en gespierd, maar de kat stond in de weg, en toen hij een stap achteruit wilde doen struikelde hij over haar. Met een scherpe kreet viel hij achterover de trap af en stootte zijn hoofd keihard tegen het tafeltje in de hal.

Will hoorde een afschuwelijke klap, maar nam niet de tijd om erover na te denken. Hij gleed over de trapleuning naar beneden, sprong over de man heen die stuiptrekkend en in elkaar gezakt bij de onderste tree lag, griste de voddige boodschappentas van het tafeltje, rende de voordeur uit en was verdwenen voordat de andere man met een verbluft gezicht de huiskamer uit kwam.

In al zijn angst en haast vroeg Will zich toch even af waarom de andere man hem niet naschreeuwde of achtervolgde. Maar het zou niet lang duren voor ze hem achternakwamen, met hun auto's en walkietalkies. Het enige wat hij kon doen was rennen.

Hij zag de melkboer het hofje in rijden, de lichten van zijn elektrische wagen bleek in de ochtendschemering die de lucht al vulde.

Will sprong over de schutting in de tuin van het buurhuis, vloog het gangetje naast het huis door, het volgende tuinmuurtje en een bedauwd grasveld over, wrong zich door een heg en dook in de wirwar van struiken en bomen tussen de woonwijk en de hoofdstraat. Daar kroop hij onder een bosje, waar hij hijgend en trillend bleef liggen. Het was te vroeg om de straat op te gaan: hij moest wachten tot het spitsuur begon.

Hij kon de klap waarmee de man met zijn hoofd tegen het tafeltje was gestoten maar niet uit zijn gedachten zetten. Hij zag nog voor zich hoe zijn nek zo ver en op zo'n verkeerde manier was omgebogen, zag het verschrikkelijke stuiptrekken van zijn ledematen. De man was dood. Hij had hem gedood.

Hij kon het niet uit zijn gedachten zetten, maar het moest. Hij had al meer dan genoeg om over na te denken. Zijn moeder: zou ze echt veilig zijn waar ze nu was? Mevrouw Cooper zou haar toch niet verraden? Zelfs niet als Will niet kwam opdagen, zoals hij had beloofd? Want hij kon zich daar niet vertonen nu hij iemand had gedood.

En Moxie. Wie zou Moxie te eten geven? Zou Moxie ongerust worden als ze allebei wegbleven? Zou ze proberen hen te volgen?

Het werd met de minuut lichter. Het was al licht genoeg om de spullen in de boodschappentas te controleren: de beurs van zijn moeder, de laatste brief van de advocaat, de kaart van Zuid-Engeland, repen chocola, tandenborstel, extra sokken en broeken. En de groenleren schrijfmap.

Alles was er. In wezen verliep alles volgens plan.

Behalve dat hij iemand had gedood.

Will was zeven toen hij voor het eerst besefte dat zijn moeder anders was dan andere mensen en dat hij voor haar moest zorgen. Ze waren in de supermarkt en ze deden een spelletje: ze mochten alleen iets in het wagentje leggen als niemand keek. Will moest overal rondkijken en 'Nu' fluisteren, en dan griste zijn moeder een blikje of pakje uit het schap en legde het zwijgend in het wagentje. Als de dingen daar eenmaal in lagen waren ze veilig, want dan werden ze onzichtbaar.

Het was een leuk spel en het duurde een hele tijd omdat het zaterdagochtend was en er veel mensen winkelden. Maar ze waren er bedreven in en werkten goed samen. Ze vertrouwden elkaar. Will hield heel veel van zijn moeder en zei dat vaak tegen haar, en zij zei hetzelfde tegen hem.

Als ze bij de kassa waren, was Will opgewonden en blij omdat ze bijna gewonnen hadden. En toen zijn moeder een keer haar portemonnee niet kon vinden, hoorde dat ook bij het spel, zelfs toen ze zei dat de vijanden hem gestolen moesten hebben. Tegen die tijd begon Will moe te worden en honger te krijgen, en was mama niet zo opgewekt meer. Ze was echt bang en ze liepen almaar rond om alles terug te zetten in de schappen. Deze keer moesten ze extra voorzichtig zijn omdat de vijanden hen opspoorden via de nummers van haar creditcard, die ze wisten omdat ze haar portemonnee hadden...

Will werd zelf ook steeds banger. Hij realiseerde zich hoe knap het van zijn moeder was geweest om van dit echte gevaar een spelletje te maken, zodat hij niet ongerust zou worden. Maar nu hij de waarheid wist, voelde hij zich verplicht net te doen of hij niet bang was, om haar gerust te stellen.

Dus deed het jongetje net of het nog steeds een spel was, zodat ze zich geen zorgen over hem hoefde te maken. Ze gingen naar huis zonder boodschappen, maar ze waren tenminste ontsnapt aan de vijanden, en thuis vond Will de portemonnee op het tafeltje in de hal. Op maandag gingen ze naar de bank om haar rekening op te heffen, en daarna openden ze ergens anders een nieuwe, gewoon voor de zekerheid. Zo was het gevaar geweken.

Maar in de volgende paar maanden realiseerde Will zich langzamerhand en met tegenzin dat die vijanden van zijn moeder geen echte mensen waren: ze bestonden alleen in haar geest. Dat maakte ze niet minder echt, niet minder angstwekkend en gevaarlijk; het betekende gewoon dat hij haar extra zorgvuldig moest beschermen. En vanaf het moment dat hij zich in de supermarkt realiseerde dat hij komedie moest spelen om zijn moeder niet ongerust te maken, was Will met een deel van zijn geest altijd bedacht op haar angsten. Hij hield zo veel van haar dat hij er zijn leven voor overhad om haar te beschermen.

Wat Wills vader betreft: die was al zo lang verdwenen dat Will zich hem niet eens kon herinneren. Will was hartstochtelijk nieuwsgierig naar zijn vader en kwelde zijn moeder altijd met vragen, die ze meestal niet kon beantwoorden.

'Was hij rijk? Waar is hij naartoe gegaan? Waarom is hij weggegaan? Is hij dood? Komt hij terug? Hoe was hij?'

Alleen met de laatste vraag kon ze hem helpen. John Parry was een knappe man geweest, een dappere, slimme officier bij de Koninklijke Marine. Hij was het leger uit gegaan om ontdekkingsreiziger te worden en expedities naar afgelegen werelddelen te leiden. Dit klonk Will als muziek in de oren. Een vader die ontdekkingsreiziger was: opwindender kon het niet. Vanaf dat ogenblik had hij bij al zijn spelletjes een onzichtbare kameraad: zijn vader en hij baanden zich samen een weg door de jungle, stonden op het dek van hun schoener met een hand boven de ogen uit te kijken over de woeste baren, hielden in een grot vol vleermuizen een fakkel omhoog om geheimzinnige tekens te ontcijferen... Ze waren gezworen kameraden, redden elkaar ontelbare malen het leven, zaten samen tot diep in de nacht bij kampvuren te lachen en te praten.

Maar hoe ouder Will werd, hoe vaker hij zich dingen begon af te vragen. Waarom waren er geen foto's van zijn vader in het een of andere werelddeel: op het poolijs, op een slee met mannen met berijpte baarden, of in de jungle, bezig met het onderzoeken van ruïnes die overwoekerd waren door klimplanten? Was er niets bewaard gebleven van de trofeeën en curiositeiten die hij toch mee naar huis gebracht moest hebben? Was er niets over hem geschreven in een boek?

Zijn moeder wist het niet. Maar ze zei één ding dat hem bijbleef.

Ze zei: 'Op een dag zul je de voetsporen van je vader volgen. Je wordt ook een groot man. Je zult zijn mantel opnemen...'

Will wist wel niet wat dat betekende, maar hij begreep de bedoeling en voelde zich zwellen van trots en vastberadenheid. Al zijn spelletjes zouden werkelijkheid worden. Zijn vader leefde nog, was ergens in de wildernis verdwaald, en hij zou hem redden en zijn mantel opnemen... Als je zo'n groots doel had, was het de moeite waard om een moeilijk leven te leiden.

Dus hield hij de moeilijkheden van zijn moeder geheim. Er waren tijden dat ze rustiger en minder verward was dan anders. Dan zorgde hij ervoor dat hij van haar leerde hoe hij boodschappen moest doen en hoe hij moest koken en het huis schoonhouden, zodat hij het kon overnemen als ze verward en angstig was. Hij leerde ook om zichzelf verborgen te houden, niet op te vallen op school, geen aandacht te trekken van de buren, zelfs wanneer zijn moeder zulke aanvallen van vrees en waanzin had dat ze nauwelijks kon praten. Wills grootste angst was dat de autoriteiten erachter zouden komen dat haar iets mankeerde en haar weg zouden halen en hem in een tehuis tussen vreemden zouden plaatsen. Alles was beter dan dat. Want er waren tijden dat de duisternis in haar geest optrok. Dan was ze weer gelukkig, lachte ze om haar angsten en zegende hem dat hij zo goed voor haar zorgde. Dan was ze zo vol liefde en tederheid dat hij zich geen betere kameraad kon wensen en niets liever wilde dan altijd zijn leven met haar delen.

Maar toen kwamen de mannen.

Ze waren niet van de politie en niet van maatschappelijk werk en het waren ook geen misdadigers – voorzover Will dat kon beoordelen tenminste. Ze wilden hem niet vertellen waarvoor ze kwamen, al deed hij zijn best ze buiten de deur te houden. Ze wilden alleen met zijn moeder praten. En haar toestand was toen labiel.

Maar hij luisterde aan de deur en hoorde dat ze naar zijn vader vroegen, en zijn hart begon te bonzen.

De mannen wilden weten waar John Parry heen was gegaan en of hij haar ooit iets had gestuurd en wanneer ze het laatst iets van hem had gehoord en of hij contact had gehad met buitenlandse ambassades. Will hoorde dat zijn moeder steeds meer overstuur raakte, en ten slotte rende hij de kamer in en zei dat ze weg moesten gaan.

Hij zag er zo woest uit dat geen van beide mannen lachte, ook al was hij nog maar jong. Ze hadden hem gemakkelijk in elkaar kunnen slaan of met één hand kunnen optillen, maar hij kende geen angst en straalde gloeiende, moordende woede uit.

Dus gingen ze weg. Natuurlijk sterkte dit voorval Will in zijn overtuiging: zijn vader verkeerde ergens in moeilijkheden en alleen hij kon hem helpen. Zijn spelletjes waren niet kinderlijk meer en hij speelde ze niet zo openlijk. Het werd nu menens en hij moest tonen dat hij zijn rol waardig was.

Niet lang daarna kwamen de mannen terug en ze bleven volhouden dat Wills moeder iets wist. Will was op school toen ze kwamen en een van de mannen hield haar beneden aan de praat, terwijl de andere de slaapkamers doorzocht. Ze had niet in de gaten wat ze aan het doen waren. Maar Will kwam vroeg thuis en trof ze aan, en weer ging hij tegen ze tekeer en ook nu verdwenen ze weer.

Ze schenen te weten dat hij niet naar de politie zou gaan omdat hij bang was dat de autoriteiten zijn moeder weg zouden halen, en ze werden steeds opdringeriger. Ten slotte braken ze in toen Will zijn moeder in het park was gaan ophalen. Het ging nu steeds slechter met haar: ze was ervan overtuigd dat ze van elke bank aan de vijver elke lat apart moest aanraken. Will hielp haar altijd om sneller klaar te zijn. Toen ze thuiskwamen zagen ze de auto van de mannen net het hofje uit rijden, en binnen merkte hij dat ze de meeste laden en kasten doorzocht hadden.

Hij wist wat ze zochten. De groenleren map was het dierbaarste bezit van zijn moeder; hij zou er niet over peinzen erin te kijken en hij wist niet eens waar ze hem bewaarde. Maar hij wist dat er brieven in zaten en dat ze die soms las en dan huilde, en dat waren de ogenblikken dat ze over zijn vader praatte. Will nam dus aan dat het de mannen om die map te doen was en wist dat hij maatregelen moest nemen.

Hij besloot eerst een veilig onderkomen voor zijn moeder te zoeken. Hij dacht en dacht, maar hij had geen vrienden aan wie hij het kon vragen en de buren waren al wantrouwig. De enige die hij meende te kunnen vertrouwen was mevrouw Cooper. Als zijn moeder daar eenmaal veilig was, ging hij de groenleren map zoeken en kijken wat erin zat. En dan ging hij naar Oxford, waar hij het antwoord op een paar vragen zou vinden. Maar de mannen kwamen te snel terug.

En nu had hij een van hen gedood.

Dus zou de politie ook achter hem aan zitten.

Nou, hij was heel bedreven in onopvallend gedrag. Hij moest nog minder opvallen dan hij ooit had gedaan en dat moest hij zo lang mogelijk volhouden: tot hij zijn vader vond of zij hém vonden. En als zij er het eerst bij waren, dan kon het hem niet schelen hoeveel meer van die mannen hij om zeep hielp.

Later die dag – tegen middernacht om precies te zijn – liep Will de stad Oxford uit, zestig kilometer van zijn huis. Hij was doodop. Hij had gelift, in twee bussen gezeten en gelopen, en was om zes uur 's avonds in Oxford aangekomen, te laat om te doen wat hij moest doen. Hij had bij de Burger King gegeten en was naar een bioscoop gegaan om zich schuil te houden (hoewel hij al had vergeten welke film het was terwijl hij nog zat te kijken). Nu liep hij in noordelijke richting over een eindeloos lange weg door de voorsteden.

Tot nu toe had niemand hem opgemerkt. Maar hij realiseerde zich dat hij maar beter snel een slaapplaats kon zoeken, want hoe later het werd, hoe meer hij zou opvallen. De moeilijkheid was dat hij zich in de tuinen van de riante huizen aan deze weg nergens kon verstoppen, en er was nog steeds geen open land in zicht.

Hij kwam bij een grote rotonde waar de weg naar het noorden de rondweg om Oxford kruiste. Zo laat op de avond was er weinig verkeer en op de weg waar hij stond was het rustig. De grote huizen aan weerskanten waren omgeven door uitgestrekte gazons en in het gras langs de weg stonden twee rijen beukenbomen, vreemde dingen met volmaakt symmetrische, dicht bebladerde kronen. Ze leken meer op kindertekeningen dan op echte bomen en de straatverlichting maakte dat alles er kunstmatig uitzag, als een toneeldecor. Will was wezenloos van vermoeidheid en wist niet of hij verder naar het noorden zou lopen of op het gras onder een van die bomen zou gaan liggen slapen. Terwijl hij probeerde zijn gedachten te verzamelen, zag hij een kat.

Het was een cyperse kat, net als Moxie. Ze liep op zachte pootjes een tuin uit aan de Oxfordse kant van de weg, waar Will stond. Will zette zijn boodschappentas neer en stak zijn hand uit, en de kat kwam er met haar kopje langs strijken, net zoals Moxie altijd deed. Natuurlijk gedroegen alle katten zich zo, maar toch kreeg Will ineens zo'n heimwee dat er tranen in zijn ogen stonden.

Ten slotte hield de kat ermee op. Het was nacht en ze moest patrouilleren in haar territorium en muizen vangen. Ze stak de weg over naar de struiken vlak achter de beukenbomen en daar stond ze stil.

Will, die haar nakeek, zag dat de kat zich merkwaardig gedroeg.

Ze stak een poot uit en gaf een tikje op iets in de lucht vóór haar, op iets wat voor Will volmaakt onzichtbaar was. Toen sprong ze met gekromde rug en recht overeind staande haren achteruit, haar staart stijf naar achteren. Will wist alles van kattengedrag. Hij lette heel goed op toen de kat weer op het plekje af ging – gewoon een leeg stuk gras tussen de beukenbomen en de struiken van een tuinafscheiding – en nog eens een tikje in de lucht gaf.

Weer sprong ze achteruit, maar nu minder ver en minder geschrokken. Na nog een paar seconden snuffelen, aanraken en met de snorharen trillen, won de nieuwsgierigheid het van de behoedzaamheid.

De kat stapte naar voren en verdween.

Will knipperde met zijn ogen. Vervolgens ging hij doodstil vlak bij de stam van de dichtstbijzijnde boom staan, omdat er een vrachtwagen op de rotonde kwam aanrijden met rondzwiepende lichten. Toen die voorbij was, stak hij de weg over, terwijl hij het plekje dat de kat had onderzocht in het oog hield. Dat viel niet mee, want er was geen duidelijk herkenningspunt, maar toen hij aan de overkant goed rondkeek zag hij het.

Dat wil zeggen: hij zag het vanuit bepaalde hoeken. Het leek alsof iemand ongeveer twee meter vanaf de rand van de weg een lap uit de lucht had gesneden, een lap die ruwweg vierkant was en minder dan een meter in doorsnee. Als je er van opzij tegenaan keek, was het gat bijna onzichtbaar en van achteren zag je helemaal niets. Je zag het alleen vanaf de kant die het dichtst bij de weg lag, en dan nog niet eens gemakkelijk, want alles wat je erdoorheen zag was precies hetzelfde als wat je ervóór zag: een stuk gras dat verlicht werd door een straatlantaarn.

Maar Will twijfelde er geen moment aan dat dat stuk gras aan de andere kant in een andere wereld lag.

Hij had met geen mogelijkheid kunnen zeggen waarom hij dat wist. Hij wist het meteen, zo zeker als hij wist dat vuur brandde en vriendelijkheid goed was. Hij zag iets wat totaal niet van deze wereld was.

En alleen daarom liet hij zich verleiden om zich voorover te buigen en verder te kijken. Wat hij zag deed hem duizelen en zijn hart begon te bonzen, maar hij aarzelde niet: hij duwde zijn boodschappentas door het gat en kroop toen zelf door het gat in het materiaal van deze wereld naar een andere wereld.

Hij stond onder een rij bomen. Maar het waren geen beukenbomen: dit waren hoge palmbomen en ze stonden, net als de bomen in Oxford, in een rij in het gras. Maar dit was het midden van een brede boulevard, en langs de boulevard stond een rij cafés en winkeltjes, allemaal helder verlicht, allemaal open en allemaal volkomen stil en leeg onder een hemel die bezaaid was met sterren. De warme nacht was doortrokken van bloemengeuren en de zoute lucht van de zee.

Will keek aandachtig om zich heen. Achter hem bescheen de volle-maan een vergezicht van grootse, groene heuvels. Op de hellingen aan de voet van de heuvels waren huizen met weelderige tuinen te zien, en een parklandschap met boomgroepen, en de witte glans van een klassieke tempel.

Vlak naast hem zat die lege plek in de lucht, aan deze kant net zo moeilijk te zien als aan de andere, maar duidelijk aanwezig. Hij boog zich voorover om erdoorheen te kijken en zag de weg in Oxford, zijn eigen wereld. Hij keerde zich huiverend af: hoe deze nieuwe wereld ook was, hij moest wel beter zijn dan de wereld die hij net had verlaten. Met een opkomend licht gevoel in zijn hoofd, het gevoel dat hij tegelijkertijd droomde en wakker was, ging hij rechtop staan en keek rond naar de kat, zijn gids.

Ze was nergens te bekennen. Ongetwijfeld was ze de smalle straten en tuinen achter de cafés met hun uitnodigende lichten al aan het verkennen. Will pakte zijn gehavende boodschappentas op en stak langzaam de weg over om daarheen te gaan, heel behoedzaam voor het geval alles zou verdwijnen.

De sfeer had iets Middellandse-Zeeachtigs of misschien iets Caraïbisch. Will was nog nooit buiten Engeland geweest en kon dit dus nergens mee vergelijken, maar het was zo'n oord waar de mensen pas laat in de avond hun huis uit kwamen om te gaan eten en drinken, te dansen en van muziek te genieten. Behalve dat hier niemand was en dat er diepe stilte heerste.

Op de eerste hoek waar hij kwam, stond een café met groene tafeltjes op het trottoir, een bar met een zinken blad en een espresso-apparaat. Op sommige tafeltjes stonden halflege glazen; in een asbak lag een sigarettenpeuk; een bord risotto stond naast een mand met oudbakken broodjes die zo hard waren als karton.

Hij pakte een flesje citroenlimonade uit de koelkast achter de bar en dacht even na voordat hij een pondmuntstuk in de geldla deed. Zodra hij die dicht had gedaan, trok hij hem weer open: misschien kon hij uit het geld dat erin zat, opmaken hoe het hier heette. De munteenheid heette corona, maar verder kwam hij niet.

Hij stopte het geld terug, maakte het flesje open met de opener die aan de bar zat en drentelde de straat in die van de boulevard afboog. Kruidenierswinkeltjes en bakkerijtjes stonden ingeklemd tussen juweliers, bloemisten en deuren met kraalgordijnen van privéhuizen, waarvan de smeedijzeren balkons vol bloemen boven de smalle stoep hingen. Hier heerste een zo mogelijk nog diepere stilte omdat het ingesloten lag.

De straten liepen naar beneden en algauw kwamen ze uit op een brede weg waar ook palmbomen stonden die tot hoog in de lucht reikten. De onderkant van hun bladeren glansde in het licht van de straatlantaarns.

Aan de overkant van de weg lag de zee.

Will zag een haven die was ingesloten door een stenen golfbreker aan de linkerkant en door een vooruitstekend rotsplateau aan de rechterkant. Daarop stond te midden van bloeiende bomen en struiken een groot gebouw met stenen pilaren, brede trappen en rijk versierde balkons, beschenen door strijklicht. In de haven lagen nog een paar roeiboten voor anker en achter de golfbreker glinsterde het licht van de sterren op een rustige zee.

Intussen was Wills uitputting totaal verdwenen. Hij was klaarwakker en een en al verwondering. Toen hij door de smalle straten liep had hij zo nu en dan een muur of een deur of de bloemen in een bloembak aangeraakt: ze voelden solide en overtuigend aan. Nu wilde hij het hele landschap dat voor hem lag wel aanraken, want het was te weids om het alleen met zijn ogen in zich op te nemen. Hij stond heel stil, diep ademhalend, bijna bang.

Hij ontdekte dat hij het flesje uit het café nog steeds in zijn hand had. Hij nam een slok en het smaakte naar wat het was: ijskoude citroenlimonade; en welkom was het ook, want het was een warme nacht.

Hij dwaalde verder naar rechts, langs hotels met luifels boven helder verlichte ingangen en bloeiende bougainville ernaast, tot hij bij de tuin op het kleine rotsplateau kwam. Het gebouw tussen de bomen met zijn door strijklicht beschenen weelderige gevel had wel een opera kunnen zijn. Tussen de oleanders, waar lampjes in hingen, slingerden hier en daar paden, maar er was geen enkel leven te horen: geen zingende nachtvogels, geen insecten, niets dan het geluid van Wills eigen voetstappen.

Het enige geluid dat hij hoorde, was het regelmatige, zachte klotsen van golfjes op het strand achter de palmbomen aan het eind van de tuin. Will liep erheen. Het was opkomend of vallend tij en een rij waterfietsen was op het zachte witte zand boven de vloedlijn getrokken. Om de paar seconden vouwde een piepklein golfje zich over de waterrand en gleed dan keurig terug onder het volgende golfje. Ongeveer vijftig meter van het strand lag een duikvlot op het rustige water.

Will ging op de rand van een waterfiets zitten en schopte zijn schoenen uit: goedkope, afgetrapte gympjes die om zijn warme voeten knelden. Hij liet zijn sokken ernaast vallen en duwde zijn tenen diep in het zand. Even later had hij de rest van zijn kleren uitgetrokken en liep de zee in.

Het water was verrukkelijk tussen fris en warm in. Hij zwom spetterend naar het duikvlot, hees zich erop en ging op de verweerde planken naar de stad zitten kijken.

Rechts van hem was de haven afgesloten door de golfbreker. Ongeveer anderhalve kilometer verderop stond een rood-wit gestreepte vuurtoren. Voorbij de vuurtoren rezen in de verte vaag zichtbare rotsen op en daarachter de grootse, brede heuvels die hij had gezien vanaf de plek waar hij door het gat was gekomen.

Dichterbij waren de verlichte bomen van de casinotuin, de straten van de stad en de waterkant met zijn hotels, cafés en gezellig verlichte winkels, alles in stilte gehuld, alles leeg.

En alles veilig. Niemand kon hem hier achternakomen; de man die het huis had doorzocht zou nooit weten waar hij was; de politie zou hem nooit vinden. Hij had een hele wereld om zich in te verbergen.

Voor het eerst sinds hij die morgen zijn voordeur uit was gerend begon Will zich veilig te voelen.

Hij had weer dorst, en honger ook, de laatste keer dat hij gegeten had, was tenslotte nog in een andere wereld. Hij liet zich weer in het water glijden en zwom langzaam terug naar het strand, waar hij zijn onderbroek aantrok en de rest van zijn kleren en de boodschappentas los meenam. Hij gooide het lege flesje in de eerste prullenbak die hij tegenkwam en liep op blote voeten over de stoep naar de haven.

Toen hij een beetje was opgedroogd trok hij zijn spijkerbroek aan en ging op zoek naar eten. De hotels waren te chic. Hij keek bij het eerste hotel naar binnen, maar het was zo groot dat hij zich niet op zijn gemak voelde en hij liep verder langs de waterkant tot hij een klein café vond dat hem geschikt leek. Waarom dat zo was wist hij niet; het leek precies op wel tien andere, met zijn balkon vol bloempotten op de eerste verdieping en zijn tafels en stoelen buiten op de stoep, maar het verwelkomde hem.

Er was een bar met foto's van boksers aan de muur en een gesigneerde poster van een breed glimlachende harmonicaspeler. Er was een keuken, en daarnaast een deur die toegang gaf tot een smalle trap met een felgekleurde, gebloemde loper.

Hij klom stilletjes naar de kleine overloop en deed de eerste deur die hij zag open. Het was de voorkamer. Het was er warm en bedompt en Will zette de glazen deur naar het balkon open om de nachtlucht binnen te laten. De kamer zelf was klein, met te grote, sleetse meubels erin, maar het was er schoon en behaaglijk. Hier woonden gastvrije mensen. Er was een plankje met boeken, op tafel lag een tijdschrift en aan de muur hingen een paar ingelijste foto's.

Will ging de andere kamers bekijken: een kleine badkamer en een slaapkamer met een tweepersoonsbed.

Er was iets wat hem kippenvel bezorgde toen hij de laatste deur wilde opendoen. Zijn hart begon razendsnel te kloppen. Hij wist niet zeker of hij daarbinnen een geluid had gehoord, maar iets zei hem dat er iemand in de kamer was. Hij bedacht hoe raar het was dat zijn dag was begonnen met iemand buiten een donkere kamer, terwijl hij zelf binnen wachtte; en nu waren de rollen omgekeerd...

En terwijl hij zich daarover verbaasde, vloog de deur open en schoot er iets op hem af als een wild beest.

Maar zijn geheugen had hem gewaarschuwd en hij stond net te ver van de deur om omvergegooid te worden. Hij vocht als een wilde: knie, hoofd, vuist en de kracht van zijn armen tegen het, hem, haar...

Een meisje van ongeveer zijn leeftijd, woest grauwend, met voddige, vieze kleren en magere blote armen en benen.

Ze realiseerde zich op hetzelfde moment wat hij was en ze rukte zich los van zijn blote borst en kroop in de hoek van de donkere overloop als een kat in het nauw. En tot zijn verbazing stond er een kat naast haar: een grote boskat, zo hoog als zijn knie, haren recht overeind, tanden ontbloot, staart strak omhoog.

Ze legde haar hand op de rug van de kat en likte over haar droge lippen, terwijl ze de kleinste beweging van Will volgde.

Will ging langzaam rechtop staan.

'Wie ben je?'

'Lyra Zilvertong,' zei ze.

'Woon je hier?'

'Nee!' zei ze heftig.

'Wat is dit dan voor een oord? Wat is dit voor een stad?'

'Dat weet ik niet.'

'Waar kom je vandaan?'

'Uit mijn wereld. Die ligt hier tegenaan. Waar is je dæmon?'

Hij zette grote ogen op. Toen zag hij iets buitengewoons gebeuren met de kat: hij sprong in haar armen en toen hij daar was, was hij van gedaante veranderd. Nu was hij een roodbruine hermelijn met roomkleurige hals en buik, en hij keek hem even woest aan als het meisje. Maar toen veranderde er weer iets, want hij realiseerde zich dat ze allebei, het meisje en de hermelijn, doodsbang voor hem waren, alsof hij een geest was.

'Ik heb geen dæmon,' zei hij. 'Ik weet niet wat je bedoelt.' En toen: 'O! Is dat jouw dæmon?'

Ze kwam langzaam overeind. De hermelijn vlijde zich om haar nek en zijn donkere ogen bleven op Wills gezicht gericht.

'Maar je lééft,' zei ze, half ongelovig. 'Je bent niet... Je bent...'

'Ik heet Will Parry,' zei hij. 'Ik weet niet wat je bedoelt met dæmonen. In mijn wereld betekent dæmon... Het betekent "duivel", iets kwaads.'

'In jouw wereld? Bedoel je dat dít niet jouw wereld is?'

'Ja, dat bedoel ik. Ik heb gewoon... een toegang gevonden. Net als jij, denk ik. Mijn wereld ligt hier vast ook tegenaan.'

Ze ontdooide een beetje, maar haar waakzame blik liet hem geen moment los, en hij bleef kalm en rustig, alsof ze een vreemde kat was waarmee hij vriendjes wilde worden.

'Heb je iemand anders in deze stad gezien?' ging hij door.

'Nee.'

'Hoe lang ben je hier al?'

'Weet ik niet. Een paar dagen. Dat herinner ik me niet.'

'En waarom ben je hierheen gekomen?'

'Ik ben op zoek naar Stof,' zei ze.

'Op zoek naar stof? Wat, goudstof? Wat voor stof?'

Ze kneep haar ogen samen en zei niets. Hij draaide zich om om naar beneden te gaan.

'Ik heb honger,' zei hij. 'Is er in de keuken iets te eten?'

'Dat weet ik niet,' zei ze, en ze volgde hem op een afstand.

In de keuken vond Will de ingrediënten voor een stoofschotel van kip, uien en paprika, maar ze waren niet gekookt en in de hitte roken ze bedorven. Hij gooide alles in de vuilnisbak.

'Heb je niets gegeten?' vroeg hij, terwijl hij de koelkast opendeed.

Lyra kwam kijken.

'Ik wist niet dat dit er was,' zei ze. 'Oei, wat koud!'

Haar dæmon was weer veranderd, in een enorme felgekleurde vlinder, die even de koelkast in fladderde en er meteen weer uit vloog om vervolgens op haar schouder neer te strijken. De vlinder klapte langzaam met zijn vleugels op en neer. Will vond het niet netjes om hem aan te staren, maar zijn hoofd duizelde van al die vreemdigheid.

'Heb je nog nooit een koelkast gezien?' vroeg hij.

Hij vond een blikje cola en gaf haar dat voordat hij een rekje met eieren pakte. Ze drukte het blikje vergenoegd tussen haar handpalmen.

'Drink het dan op,' zei hij.

Ze keek er fronsend naar. Ze wist niet hoe het open moest. Hij trok het voor haar open en de drank schuimde eruit. Ze likte er wantrouwig aan en zette toen grote ogen op.

'Is dit wel goed om te drinken?' vroeg ze, en haar stem klonk half hoopvol en half angstig.

'Ja, hoor. Blijkbaar hebben ze cola in deze wereld. Luister, ik zal wat drinken om te bewijzen dat het geen vergif is.'

Hij trok nog een blikje open. Toen ze hem eenmaal zag drinken, volgde ze zijn voorbeeld. Ze had kennelijk dorst. Ze dronk zo snel dat de belletjes in haar neus kwamen, en ze snoof en boerde hevig en fronste toen hij naar haar keek.

'Ik ga een omelet maken,' zei hij. 'Wil jij ook?'

'Ik weet niet wat een omelet is.'

'Nou, kijk maar, dan merk je het wel. Maar we kunnen ook een blikje witte bonen in tomatensaus nemen als je wilt.'

'Witte bonen in tomatensaus ken ik niet.'

Hij liet haar het blikje zien. Ze zocht naar het ringetje om het deksel open te trekken, zoals bij het colablikje.

'Nee, dat moet met een blikopener,' zei hij. 'Hebben ze in jouw wereld geen blikopeners?'

'In mijn wereld zorgen bedienden voor het eten,' zei ze smalend.

'Kijk eens in die la daar.'

Ze rommelde tussen het keukenbestek, terwijl hij zes eieren in een kom brak en ze met een vork klutste.

'Dat is hem,' zei hij met een blik op de la. 'Met het rode handvat. Geef maar hier.'

Hij priemde de opener in het blik en liet haar zien hoe het werkte.

'Pak nu dat pannetje van de haak en giet de bonen erin,' zei hij.

Ze rook aan de bonen en weer kwam er een uitdrukking van plezier en wantrouwen in haar ogen. Ze goot de inhoud van het blikje in het pannetje en likte een vinger af, terwijl ze keek hoe Will zout en peper bij de eieren strooide en een puntje boter van een pakje uit de koelkast in een koekenpan deed. Hij ging naar de bar om lucifers te zoeken en toen hij terugkwam, was ze bezig haar vuile vinger in de kom geklutste eieren te dopen en gulzig af te likken. Haar dæmon, nu weer een kat, doopte zijn poot er ook in, maar toen Will eraan kwam trok hij zich terug.

'Het is nog niet klaar,' zei Will en hij pakte de kom. 'Hoe lang is het geleden dat je warm eten hebt gehad?'

'Dat was in het huis van mijn vader op Svalbard,' zei ze. 'Dágen geleden. Ik weet niet hoeveel. Ik heb hier brood en zo gevonden en dat heb ik gegeten.'

Hij stak het gas aan, liet de boter smelten, goot de eieren in de pan en liet ze gelijkmatig over de bodem lopen. Haar ogen volgden alles gretig; ze zag hoe hij in het midden een holletje maakte en de pan schuin hield om er rauw ei in te laten lopen. Ze keek ook naar hem, naar zijn gezicht, zijn bezige handen, zijn blote schouders en zijn voeten.

Toen de omelet gaar was, vouwde hij hem om en sneed hem doormidden met de spatel.

'Zoek eens twee borden,' zei hij en Lyra deed dat gehoorzaam.

Ze leek best bereid om bevelen op te volgen als ze het nut ervan inzag, dus zei hij dat ze een tafeltje op de stoep voor het café moest schoonmaken. Hij kwam naar buiten met het eten en met messen en vorken uit een la, en een beetje verlegen gingen ze samen aan tafel zitten.

Ze had haar eten in minder dan een minuut op en werd toen onrustig: ze zwaaide heen en weer op haar stoel en plukte aan de plastic banden van de gevlochten zitting, terwijl hij zijn omelet opat. Haar dæmon veranderde voor de zoveelste keer en werd een distelvink, die naar onzichtbare kruimels op tafel pikte.

Will at langzaam. Hij had haar het grootste deel van de bonen gegeven, maar toch deed hij er veel langer over dan zij. De haven waarop ze uitkeken, de lichten langs de lege boulevard, de sterren in de donkere hemel boven hen, alles hing in de enorme stilte alsof er helemaal niets anders bestond.

En de hele tijd was hij zich intens bewust van het meisje. Ze was klein en mager, maar gespierd, en ze had gevochten als een tijgerin; ze had een blauwe plek op haar wang van zijn vuist en ze trok zich er niets van aan. De uitdrukking op haar gezicht was een mengeling van het heel jonge – zoals toen ze de cola voor het eerst proefde – en een soort diepgewortelde, bedroefde waakzaamheid. Ze had lichtblauwe ogen en haar haren zouden donkerblond zijn als ze gewassen waren; want ze was smerig en ze rook of ze zich in geen dagen gewassen had.

'Laura? Lara?' vroeg Will.

'Lyra.'

'Lyra... Zilvertong?'

'Ja.'

'Waar ligt jouw wereld? Hoe ben je hier gekomen?'

Ze haalde haar schouders op. 'Ik ben komen lopen,' zei ze. 'Het was ontzettend mistig. Ik wist niet waar ik heen ging. Wel dat ik mijn wereld uit ging. Maar deze zag ik pas toen de mist optrok. Toen merkte ik dat ik hier was.'

'Wat zei je over stof?'

'Stof ja. Daar moet ik achter zien te komen. Maar in deze wereld zijn volgens mij geen mensen. Er is niemand om iets aan te vragen. Ik ben hier... ik weet niet, drie dagen, misschien vier. En ik heb niemand gezien.'

'Maar waarom wil je iets uitvinden over stof?'

'Speciaal Stof,' zei ze kortaf. 'Geen gewoon stof natuurlijk.'

De dæmon veranderde weer. Hij deed het in een oogwenk en veranderde van een distelvink in een rat, een indrukwekkende pikzwarte rat met rode ogen. Will bekeek hem met grote, ietwat angstige ogen en het meisje zag zijn blik.

'Je hebt vast een dæmon,' zei ze beslist. 'In je binnenste.'

Hij wist niet wat hij moest zeggen.

'Anders zou je niet menselijk zijn. Dan zou je... halfdood zijn. We hebben een kind gezien van wie de dæmon weggesneden was. Daar lijk jij niet op. Zelfs als je niet weet dat je een dæmon hebt, heb je er toch een. Eerst schrokken we van je toen we je zagen. We dachten dat je een nachtgeest was of zoiets. Maar toen zagen we dat je dat helemaal niet was.'

'We?'

'Pantalaimon en ik. Wij. Je dæmon staat niet los van je. Hij is jij. Een deel van je. Jullie zijn een deel van elkaar. Is er in jouw wereld helemaal niemand zoals wij? Zijn ze allemaal zoals jij, met verborgen dæmonen?'

Will keek naar het tweetal, het magere meisje met de bleke ogen en haar zwarte ratdæmon, die nu in haar armen zat, en hij voelde zich ontzettend eenzaam.

'Ik ben moe. Ik ga naar bed,' zei hij. 'Blijf je in deze stad?'

'Weet ik niet. Ik moet meer uitvinden over wat ik zoek. Er moeten in deze wereld toch wel een paar geleerden zijn. Er moet toch íemand zijn die er iets over weet.'

'In deze wereld misschien niet. Maar ik ben hier gekomen vanuit een stad die Oxford heet. Daar zijn geleerden te over, als je daarnaar op zoek bent.'

'Oxford?' riep ze uit. 'Daar kom ik vandaan!'

'Is er dan een Oxford in jouw wereld? Je bent echt niet uit mijn wereld gekomen.'

'Nee,' zei ze beslist. 'Verschillende werelden. Maar in mijn wereld is ook een Oxford. We spreken toch allebei Engels? Logisch dat er nog meer dingen hetzelfde zijn. Hoe ben je hier gekomen? Is er een brug of zo?'

'Gewoon een soort raam in de lucht.'

'Laat zien,' zei ze.

Het was een bevel, geen verzoek. Hij schudde zijn hoofd.

'Nu niet,' zei hij. 'Ik wil slapen. Het is trouwens midden in de nacht.'

'Laat het dan morgen zien!'

'Goed, ik zal het laten zien. Maar ik heb mijn eigen dingen te doen. Je zult je geleerden zelf moeten zoeken.'

'Makkelijk genoeg,' zei ze. 'Ik weet alles over geleerden.'

Hij zette de borden op elkaar en stond op.

'Ik heb gekookt,' zei hij, 'dus jij mag de afwas doen.'

Ze keek of ze het in Keulen hoorde donderen. 'De afwas doen?' zei ze spottend. 'Er staan nog duizenden schone borden! Ik ben trouwens geen bediende. Ik doe de afwas niet.'

'Dan laat ik je de doorgang niet zien.'

'Die vind ik zelf wel.'

'Dat lukt je niet, want hij is verborgen. Je vindt hem nooit. Luister. Ik weet niet hoe lang we hier kunnen blijven. We moeten eten, dus eten we wat we hier vinden, maar we ruimen naderhand op en houden het hier schoon, want zo hoort het. Jij gaat die afwas doen. We moeten ons hier netjes gedragen. Nu ga ik naar bed. Ik zal de andere kamer nemen. Tot morgenochtend.'

Hij ging naar binnen, poetste zijn tanden met een vinger en wat tandpasta uit zijn voddige tas, liet zich op het tweepersoonsbed vallen en was binnen een seconde in slaap.

Lyra wachtte tot ze zeker wist dat hij sliep en toen ging ze met de borden naar de keuken. Ze hield ze onder de kraan en veegde er stevig over met een doek tot ze er schoon uitzagen. Hetzelfde deed ze met de messen en vorken, maar voor de koekenpan werkte het niet. Dus ging ze die met een stuk gele zeep te lijf en schrobde ze er koppig op los tot hij volgens haar niet schoner kon. Toen droogde ze alles af met een andere doek en zette het netjes bij elkaar op het aanrecht.

Omdat ze nog steeds dorst had en omdat ze weer wilde proberen een blikje open te maken, trok ze nog een cola open en nam die mee naar boven. Ze luisterde bij Wills deur en toen ze niets hoorde liep ze op haar tenen de andere kamer in en haalde de alethiometer onder haar kussen vandaan.

Ze hoefde niet dicht bij Will te zijn om naar hem te informeren, maar ze wilde toch wel even kijken en ze draaide de knop van zijn deur zo zacht mogelijk om.

Een straatlantaarn aan de waterkant scheen recht de kamer in en in het licht dat van het plafond weerkaatste keek ze neer op de slapende jongen. Hij fronste, en zijn gezicht glom van het zweet. Hij was sterk en gespierd, nog niet zo volgroeid als een volwassen man natuurlijk, hij was tenslotte niet veel ouder dan zij, maar op een dag zou hij indrukwekkend zijn. Wat jammer dat zijn dæmon niet te zien was, dat zou oneindig veel gemakkelijker zijn geweest! Ze vroeg zich af welke gedaante de dæmon zou hebben en of hij al geborgen was. Welke zijn gedaante ook was, ze zou de uitdrukking zijn van een woeste, hoffelijke en ongelukkige natuur.

Ze liep op haar tenen naar het raam. In de schijn van de straatlantaarn stelde ze de wijzers van de alethiometer zorgvuldig in, ontspande haar geest en liet die de vorm van een vraag aannemen. De naald begon met een reeks schokkerige bewegingen over de wijzerplaat rond te zwaaien, zo snel dat hij bijna niet te volgen was.

Ze had gevraagd: *Wat is hij? Een vriend of een vijand?*

De alethiometer antwoordde: *Hij is een moordenaar.*

Toen ze het antwoord zag was ze meteen gerustgesteld. Hij kon eten opscharrelen en haar laten zien hoe ze in Oxford moest komen, en dat waren nuttige eigenschappen, maar daarnaast had hij onbetrouwbaar of laf kunnen zijn. Een moordenaar was een waardevolle kameraad. Ze voelde zich bij hem net zo veilig als bij Iorek Byrnison, de geharnaste beer.

Ze trok het luik voor het open raam dicht, zodat het ochtendlicht niet op zijn gezicht zou schijnen en liep op haar tenen de kamer uit.

2
Onder heksen

De heks Serafina Pekkala, die Lyra en de andere kinderen uit het proefstation in Bolvangar had gered en met haar naar het eiland Svalbard was gevlogen, was buitengewoon bezorgd.

Tijdens de atmosferische storingen die volgden op lord Asriels ontsnapping uit zijn ballingschap op Svalbard, waren haar medeheksen en zij ver van het eiland weggeblazen, vele kilometers de bevroren zee over. Sommigen hadden kans gezien bij de beschadigde ballon van Lee Scoresby, de aëronaut, te blijven, maar Serafina zelf was omhoog geworpen in de mistbanken die al snel kwamen aanrollen uit het gat dat door lord Asriels experiment in de hemel was gescheurd.

Zodra ze haar vliegbewegingen weer onder controle had dacht ze aan Lyra; ze wist immers niets van het gevecht tussen de pseudoberenkoning en de echte, Iorek Byrnison, en ook niet wat er daarna met Lyra was gebeurd.

Dus ging ze, in gezelschap van haar dæmon Kaisa de grauwe gans, naar haar op zoek, vliegend op haar wolkdennentak door de bewolkte, goudgetinte lucht. Ze gingen terug naar Svalbard en nog iets zuidelijker, vlogen enkele uren onder een hemel waar vreemde lichten en schaduwen elkaar najoegen. Door de enerverende prikkeling van het licht op haar huid wist Serafina Pekkala dat het uit een andere wereld kwam.

Na een tijdje zei Kaisa: 'Kijk! Een verdwaalde heksendæmon...'

Serafina Pekkala tuurde door de mistbanken en zag een visdiefje krijsend rondvliegen in de kloven van wazig licht. Ze zwenkten en vlogen naar hem toe. Toen hij ze zag aankomen, steeg hij geschrokken op, maar Serafina zond een vriendschappelijk signaal uit, en hij liet zich naast hen neervallen.

'Van welke stam ben je?' vroeg Serafina.

'Taymyr,' zei hij. 'Mijn heks is gevangengenomen... Onze kameraden zijn verdreven! Ik ben verdwaald...'

'Wie heeft je heks gevangengenomen?'

'De vrouw met de aapdæmon, van Bolvangar... Help me! Help ons! Ik ben zo bang!'

'Was je stam een bondgenoot van de kindersnijders?'

'Ja, tot we erachter kwamen wat ze deden... Na het gevecht bij Bolvangar hebben ze ons weggejaagd, maar mijn heks is gevangengenomen... Ze houden haar vast op een schip... Wat moet ik doen? Ze roept me en ik kan haar niet vinden! O, help me alstublieft, help me!'

'Stil,' zei Kaisa de gansdæmon. 'Luister daarbeneden.'

Ze zweefden aandachtig luisterend omlaag en algauw kon Serafina het gebonk van een gasmotor horen, dat gedempt klonk in de mist.

'In zo'n mist kunnen ze een schip niet in de koers houden,' zei Kaisa. 'Wat zijn ze aan het doen?'

'Dat is geen motor van een groot schip,' zei Serafina Pekkala, en ze had het nog niet gezegd of er kwam een nieuw geluid uit een andere richting: een lage, rauwe, sidderende stoot, alsof een reusachtig zeeschepsel vanuit de diepte riep. Het gebrul hield een paar seconden aan en stopte toen abrupt.

'De misthoorn van het schip,' zei Serafina Pekkala.

Ze zwenkten laag over het water en zochten weer naar het geluid van de motor. Plotseling vonden ze het, want de mist bleek niet overal even dicht te zijn, en de heks schoot net op tijd omhoog en uit het zicht toen een grote sloep langzaam door de slierten vochtige lucht aan kwam ronken. Zij veroorzaakte een trage, olieachtige deining, alsof het water met tegenzin omhoogkwam.

Ze cirkelden erboven rond, de visdiefdæmon vlak bij hen als een kind dat aan de rokken van zijn moeder hangt, en keken hoe de stuurman de koers een beetje bijstelde toen de misthoorn weer brulde. De voorsteven voerde een licht, maar dat verlichtte alleen de mist, een paar meter voor de sloep.

'Zei je dat er nog heksen zijn die deze mensen helpen?' vroeg Serafina Pekkala aan de verdwaalde dæmon.

'Ik geloof het wel... een paar overgelopen heksen uit Volgorsk... tenzij die ook zijn gevlucht,' zei hij. 'Wat gaat u doen? Gaat u mijn heks zoeken?'

'Ja. Maar blijf jij voorlopig bij Kaisa.'

Terwijl de dæmonen boven haar uit het zicht bleven, vloog Serafina Pekkala omlaag naar de sloep en streek vlak achter de stuurman neer. Zijn zeemeeuwdæmon krijste, en de man draaide zich met een onderzoekende blik om.

'Nou, dat werd tijd,' zei hij. 'Vlieg voor ons uit en loods ons naar bakboord.'

Ze steeg meteen weer op. Het had gewerkt: er waren nog heksen die hen hielpen en hij dacht dat zij daar een van was. Bakboord was links, wist ze nog, en het licht aan bakboord was rood. Ze vloog zoekend rond in de mist tot ze de wazige gloed opving, niet meer dan honderd meter weg. Ze stoof terug en bleef boven de sloep fladderen, terwijl ze aanwijzingen riep naar de stuurman. Deze minderde vaart en stuurde het vaartuig met een slakkengangetje naar de touwladder, die net boven de waterlijn hing. De stuurman riep naar boven en een matroos gooide een tros naar beneden, terwijl een andere snel de ladder af klom om die aan de sloep vast te maken.

Serafina Pekkala vloog omhoog naar de reling van het schip en trok zich terug in de schaduwen van de reddingsboten. Ze zag geen andere heksen, maar die waren waarschijnlijk in de lucht aan het patrouilleren. Kaisa zou wel weten wat hem te doen stond.

Beneden stapte een passagier uit de sloep en begon de ladder op te klimmen. De gedaante was in bont gehuld, met een capuchon op, anoniem. Maar toen zij op het dek aankwam, slingerde een gouden aapdæmon zich lenig op de reling, waar hij woest rond zat te kijken met zwarte ogen die boosaardigheid uitstraalden. Serafina hapte naar adem: de gedaante was mevrouw Coulter.

Een donker geklede man haastte zich het dek op om haar te begroeten en keek rond alsof hij nog iemand verwachtte.

'Lord Boreal...' begon hij.

Maar mevrouw Coulter onderbrak hem: 'Hij is ergens anders heen. Zijn ze met martelen begonnen?'

'Ja, mevrouw Coulter,' was het antwoord, 'maar...'

'Ik had ze opgedragen om te wachten,' zei ze vinnig. 'Worden ze ongehoorzaam? Misschien zou er meer discipline moeten heersen op dit schip.'

Ze duwde haar capuchon naar achteren. In het gele licht zag Serafina Pekkala haar gezicht duidelijk: trots, hartstochtelijk, en in de ogen van de heks heel jong.

'Waar zijn de andere heksen?' wilde ze weten.

'Allemaal weg, mevrouw,' zei de man van het schip. 'Naar hun geboorteland gevlucht.'

'Maar een heks heeft de sloep hierheen geloodst,' zei mevrouw Coulter. 'Waar is die gebleven?'

Serafina trok zich nog verder in de schaduw terug; blijkbaar had de stuurman van de sloep niets gehoord over de laatste ontwikkelingen. De geestelijke keek verbaasd rond, maar mevrouw Coulter was te ongeduldig, en na een vluchtige blik over het dek en de lucht erboven schudde ze haar hoofd en liep met haar dæmon snel naar binnen door de open deur waaruit een gele lichtschijn naar buiten viel. De man volgde.

Serafina Pekkala keek rond om te zien waar ze eigenlijk was. Ze hield zich verborgen achter een ventilator op de smalle doorgang tussen de reling en de centrale bovenbouw van het schip. Op deze hoogte, en met de voorkant onder de brug en de schoorsteen, lag een kajuit met ramen, geen patrijspoorten, die uitzicht boden naar drie kanten. Daar waren de mensen naar binnen gegaan. Licht uit de ramen viel overvloedig op de vochtige reling en maakte de fokkenmast en een met zeildoek bedekt luik vaag zichtbaar. Alles was doornat en begon stijf te bevriezen. Op deze plek was Serafina onzichtbaar voor iedereen, maar als ze meer wilde zien moest ze haar schuilplaats verlaten.

Er zat niets anders op. Met haar wolkdennentak kon ze ontsnappen en met haar mes en haar boog kon ze vechten. Ze verstopte de tak achter de ventilator en sloop over het dek tot ze bij het eerste raam kwam. Het was helemaal beslagen, zodat ze er onmogelijk iets door kon zien, en Serafina hoorde ook geen stemmen. Ze trok zich weer terug in de schaduw.

Eén ding kon ze doen. Ze aarzelde, omdat het verschrikkelijk riskant was en haar totaal zou uitputten. Maar ze leek geen keus te hebben. Met een soort toverij kon ze ervoor zorgen dat niemand haar zag. Echte onzichtbaarheid was natuurlijk niet mogelijk: dit was geestelijke toverij, een soort verbeten vastgehouden bescheidenheid, die maakte dat degene die de betovering opriep gewoon niet werd opgemerkt. Als ze die bescheidenheid met de juiste graad van intensiteit vasthield, kon ze door een volle kamer heen lopen of een eenzame reiziger gezelschap houden zonder gezien te worden.

Ze ontspande nu haar geest en concentreerde zich volledig op haar houding: die moest zodanig veranderen dat ze totaal niet zou opvallen. Het duurde een paar minuten voor ze voelde dat het goed was. Eerst testte ze de betovering: ze kwam uit haar schuilplaats en ging een matroos in de weg staan die over het dek kwam aanlopen met een gereedschapskist. Hij ontweek haar zonder ook maar één blik op haar te werpen.

Ze was klaar. Ze ging naar de deur van de helder verlichte kajuit en deed die open, maar er was niemand. Ze liet de buitendeur op een kier staan om daar zo nodig door te kunnen vluchten, en zag aan de andere kant van de kajuit een deur die toegang gaf tot een trap die naar het binnenste van het schip voerde. Ze liep naar beneden en bevond zich in een smalle gang met wit geschilderde pijpen langs het plafond en deuren aan weerszijden. De gang werd verlicht door waterdichte anbarische lampen en strekte zich over de volle lengte van de romp uit.

Ze liep met gespitste oren zachtjes verder tot ze stemmen hoorde. Het klonk alsof er een soort beraad gaande was.

Ze deed de deur open en liep naar binnen.

Er zaten een stuk of twaalf mensen om een grote tafel. Een paar van hen keken even op, staarden haar afwezig aan en vergaten haar meteen. Ze stond stilletjes bij de deur te kijken. De vergadering werd geleid door een bejaarde man in kardinaalsgewaad en de anderen leken geestelijken van het een of andere kerkgenootschap te zijn, behalve mevrouw Coulter, die als enige vrouw aanwezig was. Mevrouw Coulter had haar bontjas over de rugleuning van haar stoel gegooid en haar wangen waren rood aangelopen vanwege de warmte binnen in het schip.

Serafina Pekkala keek aandachtig rond en zag nog iemand in de kamer: een man met een mager gezicht en een kikkerdæmon. Hij zat aan een aparte tafel, die beladen was met in leer gebonden boeken en losse stapels vergeeld papier. Eerst dacht ze dat hij een klerk of een secretaris was, maar toen zag ze wat hij aan het doen was: hij tuurde ingespannen naar een goudkleurig instrument dat op een groot horloge of een kompas leek, en om de minuut hield hij daarmee op om zijn bevindingen te noteren. Vervolgens sloeg hij dan een van de boeken open, liep ijverig de inhoud door, zocht een verwijzing op en noteerde die ook voor hij zich weer aan het instrument wijdde.

Serafina richtte haar aandacht weer op de discussie aan tafel omdat ze het woord *heks* hoorde vallen.

'Ze weet iets over het kind,' zei een van de geestelijken. 'Ze heeft bekend dat ze iets weet. Alle heksen weten iets over haar.'

'Ik vraag me af wat mevrouw Coulter weet,' zei de kardinaal. 'Is er misschien iets wat ze ons al eerder had moeten vertellen?'

'U zult zich duidelijker moeten uitdrukken,' zei mevrouw Coulter koel. 'U vergeet dat ik een vrouw ben, Eminentie, en dus niet zo fijnbesnaard als een prins van de kerk. Welke waarheid had ik over het kind moeten weten?'

Er verscheen een veelbetekenende uitdrukking op het gezicht van de kardinaal, maar hij zei niets. Het bleef even stil en toen zei een andere geestelijke bijna verontschuldigend:

'Er schijnt een voorspelling te bestaan. Die heeft te maken met het kind, begrijpt u, mevrouw Coulter. Alle voortekenen zijn in vervulling gegaan. Om te beginnen de omstandigheden waaronder ze geboren is. De zigeuzen weten ook iets over haar – ze spreken over haar in termen van heksenolie en moerasvuur, begrijpt u –, daarom is ze erin geslaagd de zigeuzenmannen naar Bolvangar te voeren. En dan is er nog haar verbijsterende wapenfeit: het verstoten van berenkoning Iofur Raknison. Dit is geen gewoon kind. Misschien kan broeder Pavel ons meer vertellen...'

Hij wierp een blik op de man met het magere gezicht die bezig was de alethiometer af te lezen. Deze knipperde met zijn ogen, wreef erin en keek toen naar mevrouw Coulter.

'Het is u misschien bekend dat dit de enig overgebleven alethiometer is, afgezien van die welke in het bezit is van het kind,' zei hij. 'Alle andere zijn verzameld en vernietigd, op bevel van het Magisterium. Van dit instrument weet ik dat het kind haar alethiometer van de rector van het Jordan-college heeft gekregen, dat ze zelf heeft geleerd hem af te lezen, en dat ze daar geen naslagwerken bij nodig heeft. Als het mogelijk zou zijn om de alethiometer niet te geloven, zou ik dat doen, want voor mij is het gewoonweg onvoorstelbaar dat het instrument gebruikt kan worden zonder de boeken. Er zijn tientallen jaren diepgaande studie nodig om er iets van te gaan begrijpen. Zij begon hem al af te lezen toen ze hem nog maar een paar weken had en nu beheerst ze het gebruik bijna volkomen. Ik kan me geen menselijke geleerde voorstellen die haar evenaart.'

'Waar is ze op dit moment, broeder Pavel?' vroeg de kardinaal.

'In de andere wereld,' zei broeder Pavel. 'De tijd begint te dringen.'

'De heks weet het!' zei een andere man, wiens muskusratdæmon onafgebroken op een potlood zat te kauwen. 'Alles is in gereedheid. Alleen de getuigenis van de heks ontbreekt! Ik stel voor dat we haar weer folteren.'

'Wat is dat voor een voorspelling?' wilde mevrouw Coulter weten. Ze was steeds bozer geworden. 'Hoe durven jullie die voor me geheim te houden?'

Het was duidelijk dat ze macht over hen had. De gouden aap keek woest de tafel rond en niemand durfde hem in het gezicht te kijken.

Alleen de kardinaal liet zich niet van zijn stuk brengen. Zijn dæmon, een papegaai, stak een poot op en krabde op haar kop.

'De heks heeft laten doorschemeren dat er iets buitengewoons aan de hand is,' zei de kardinaal. 'Ik denk dat ik weet wat het betekent, maar ik durf het niet te geloven. Als het waar is, legt het de meest verschrikkelijke verantwoordelijkheid op onze schouders waarmee mannen en vrouwen ooit zijn geconfronteerd. Maar ik vraag u nog eens, mevrouw Coulter: wat weet u over het kind en haar vader?'

Mevrouw Coulter zag krijtwit van razernij.

'Hoe durft u me te ondervragen?' siste ze. 'En hoe durft u voor me geheim te houden wat u van de heks hebt gehoord? En ten slotte: hoe durft u te veronderstellen dat ik iets voor u geheimhoud? Denkt u dat ik aan haar kant sta? Of misschien denkt u dat ik aan haar vaders kant sta? Misschien vindt u dat ik gefolterd moet worden, zoals de heks. Nou, we staan allemaal onder uw bevel, Eminentie. U hoeft maar met uw vingers te knippen om te zorgen dat ik verscheurd word. Maar al zou u in elk vezeltje vlees zoeken naar een antwoord, u zou het niet vinden, want ik weet niets over deze voorspelling, helemaal niets. En ik eis dat u me vertelt wat ú weet. Mijn kind, mijn eigen kind, in zonde verwekt en in schaamte geboren, maar niettemin mijn kind, en u houdt dingen voor me geheim, terwijl ik het volste recht heb ze te weten!'

'Alstublieft,' zei een andere geestelijke nerveus. 'Alstublieft, mevrouw Coulter; de heks heeft nog niet gesproken; we zullen nog meer van haar te horen krijgen. Kardinaal Sturrock zegt zelf dat ze alleen iets heeft laten doorschemeren.'

'En als de heks het niet onthult?' zei mevrouw Coulter. 'Wat dan? Dan slaan we er zeker maar een slag naar? Dan sidderen we, kruipen in onze schulp en slaan er een slag naar?'

Broeder Pavel zei: 'Nee, want dat is de vraag die ik aan de alethiometer ga stellen. We zullen het antwoord vinden, door middel van de heks of in de naslagwerken.'

'En hoe lang gaat dat duren?'

Hij trok vermoeid zijn wenkbrauwen op en zei: 'Een hele tijd. Het is een reusachtig ingewikkelde vraag.'

'Maar de heks zou het ons meteen vertellen,' zei mevrouw Coulter.

En ze stond op. De meeste mannen deden dat ook, alsof ze ontzag voor haar hadden. Alleen de kardinaal en broeder Pavel bleven zitten. Serafina Pekkala deed een stap achteruit, terwijl ze uit alle macht vast bleef houden aan haar onopvallendheid. De gouden aap tandenknarste en alle haren in zijn glanzende vacht stonden overeind.

Mevrouw Coulter zwaaide hem op haar schouder.

'Laten we het haar dan maar eens gaan vragen,' zei ze.

Ze draaide zich om en zeilde de gang in. De mannen volgden haar haastig, elkaar duwend en langs Serafina Pekkala dringend, die maar net op tijd uit de weg kon gaan staan, haar geest in hevige beroering. De kardinaal liep als laatste de kamer uit.

Serafina gunde zich een paar seconden om te kalmeren, omdat haar opwinding haar zichtbaar begon te maken. Toen liep ze achter de geestelijken aan de gang door en een kleinere kamer binnen, die leeg, wit en heet was en waar ze allemaal samendromden om een gruwelijke figuur in het midden: een heks met een door folterende pijn vertrokken asgrauw gezicht en verdraaide, gebroken benen, die stevig op een stalen stoel vastgebonden was.

Mevrouw Coulter stond over de heks gebogen. Serafina ging bij de deur staan, want ze wist dat ze niet lang ongezien kon blijven; dit was te moeilijk.

'Vertel ons over het kind, heks,' zei mevrouw Coulter.

'Nee!'

'Je zult lijden.'

'Ik heb genoeg geleden.'

'O nee, er komt nog meer. We hebben duizend jaar ervaring in deze kerk van ons. We kunnen je lijden eindeloos verlengen. Vertel ons over het kind,' zei mevrouw Coulter, en ze greep een vinger van de heks om die te breken. Hij knapte meteen.

De heks schreeuwde het uit, en een seconde lang was Serafina Pekkala voor iedereen zichtbaar. Een paar geestelijken wierpen een verbaasde, angstige blik op haar, maar toen had ze zichzelf weer in de hand, en ze richtten hun aandacht weer op de foltering.

Mevrouw Coulter zei net: 'Als je niet antwoordt, breek ik nog een vinger, en dan nog een. Wat weet je over het kind? Zeg op.'

'Goed! Alstublieft, alstublieft, niet meer!'

'Antwoord dan.'

Weer klonk er zo'n bloedstollend gekraak, en deze keer barstte de heks uit in een vloed van tranen. Serafina Pekkala kon zich nauwelijks inhouden. Toen kwamen deze woorden er met een gil uit:

'Nee, nee! Ik zal het vertellen! Ik smeek u, niet meer! Het kind dat zou komen... De heksen wisten eerder dan u wie ze was... We hebben haar naam ontdekt...'

'We kennen haar naam. Welke naam bedoel je?'

'Haar werkelijke naam! De naam van haar lotsbestemming!'

'Wat is die naam? Zeg op!' zei mevrouw Coulter.

'Nee... nee...'

'En hoe? Hoe hebben jullie die naam ontdekt?'

'Er bestond een toetsing... Als ze uit een heleboel twijgjes wolkdennenboom een bepaald twijgje kon uitkiezen, zou ze het kind zijn dat zou komen, en het gebeurde in het huis van onze consul in Trollesund, toen het kind met de zigeuzenmannen kwam... Het kind met de beer...'

Haar stem begaf het.

Mevrouw Coulter liet een kreetje van ongeduld horen en toen volgde er een harde klap, en gekreun.

'Maar wat was jullie voorspelling voor dit kind?' ging mevrouw Coulter door, en haar stem klonk nu als een klok en schalde van hartstocht. 'En wat is de naam die haar lotsbestemming duidelijk maakt?'

Serafina Pekkala kwam dichterbij, liep zelfs tussen de mannen door die zich om de heks verdrongen, en niemand voelde haar nabijheid. Ze moest een einde maken aan het lijden van deze heks, maar het kostte haar enorme inspanning om onopgemerkt te blijven. Ze trilde toen ze het mes uit haar gordel trok.

De heks zei snikkend: 'Zij is degene die al eerder is gekomen, en sindsdien hebben jullie haar gehaat en gevreesd! Welnu, ze is nu weer gekomen, en het is jullie niet gelukt haar te vinden... Ze was op Svalbard... ze was daar met lord Asriel, en jullie zijn haar kwijtgeraakt. Ze is jullie ontvlucht en ze zal...'

Maar voor ze kon uitspreken, kwam er iets tussen.

Door de deuropening vloog een visdiefje gek van angst naar binnen. Hij klapte schokkerig met zijn vleugels terwijl hij tegen de grond smakte, met moeite overeind kwam en naar de borst van de gemartelde heks stoof. Hij drukte zich liefkozend, tsjirpend, huilend tegen haar aan, en de heks riep gekweld: 'Yambe-Akka! Kom bij me, kom bij me!'

Alleen Serafina Pekkala begreep het. Yambe-Akka was de godin die zich over een heks ontfermde als die op het punt stond te sterven.

En Serafina stond klaar. Ze werd meteen zichtbaar en liep opgewekt glimlachend naar de heks toe, want Yambe-Akka was vrolijk en luchthartig en haar bezoeken waren vreugdevolle geschenken. De heks zag haar en hief haar betraande gezicht naar haar op, en Serafina boog zich voorover, drukte een kus op haar voorhoofd en stak haar mes voorzichtig in het hart van de heks. De visdiefdæmon keek op met doffe ogen en verdween.

En nu moest Serafina Pekkala zich een weg naar buiten vechten.

De mannen waren nog verbijsterd, ze konden het niet geloven, maar mevrouw Coulter kwam bijna onmiddellijk tot bezinning.

'Houd haar tegen! Laat haar niet ontsnappen!' riep ze, maar Serafina was al bij de deur, met een pijl in haar boog. In minder dan een seconde had ze de boog omhoog gezwaaid en de pijl afgeschoten, en de kardinaal hapte naar adem en viel stuiptrekkend op de grond.

De deur uit, de gang door naar de trap, omdraaien, boog spannen, pijl loslaten. Een tweede man viel en een luide, dreunende bel vulde het schip al met zijn alarmsignaal.

De trap op en naar buiten. Twee matrozen versperden haar de weg en ze zei: 'Daarbeneden! De gevangene is ontsnapt! Ga hulp halen!'

Dat was genoeg om ze in verwarring te brengen, en ze stonden er besluiteloos bij. Daardoor had ze tijd om langs hen te glippen en haar wolk-den te grijpen die nog achter de ventilator verborgen stond.

'Schiet haar neer!' klonk mevrouw Coulters schreeuwende stem achter haar. Meteen werd er uit drie geweren gevuurd en de kogels schampten langs metaal en verdwenen fluitend in de mist, terwijl Serafina op de tak sprong en die omhoog drong als een van haar pijlen. Een paar seconden later was ze in de lucht, in de dikke mist, veilig, en toen gleed een grote ganzengedaante uit de grauwe slierten en vloog met haar mee.

'Waar naartoe?' vroeg hij.

'Weg, Kaisa, weg,' zei ze. 'Ik wil de stank van die mensen in mijn neus kwijtraken.'

In werkelijkheid wist ze niet waar ze heen moest of wat ze nu moest ondernemen. Maar één ding wist ze zeker: er zat een pijl in haar koker die zijn weg naar mevrouw Coulters keel zou vinden.

Ze vlogen in zuidelijke richting, weg van die verontrustende anderewereldglans in de mist, en intussen begon zich in Serafina's geest een duidelijke vraag te vormen. Wat was lord Asriel aan het doen?

Want alle gebeurtenissen die de wereld op zijn kop hadden gezet, kwamen voort uit zijn geheimzinnige activiteiten.

De moeilijkheid was dat haar kennis gewoonlijk op natuurlijke bronnen berustte. Ze kon elk dier opsporen, elke vis vangen, de zeldzaamste bessen vinden. Ze kon de ingewanden van de boommarter duiden, de wijsheid in de schubben van een baars ontcijferen, de waarschuwingen in het krokusstuifmeel verklaren. Maar dat waren kinderen van de natuur en die vertelden haar natuurlijke waarheden.

Voor kennis omtrent lord Asriel moest ze ergens anders heen. Dr. Lanselius, hun consul, onderhield in de havenstad Trollesund zijn contact met de wereld van mannen en vrouwen, en Serafina Pekkala spoedde zich door de mist daarheen om te zien wat hij haar kon vertellen. Voor ze naar zijn huis ging cirkelde ze boven de haven, waar slierten en strengen mist als geesten op het ijskoude water dreven, en ze zag hoe een groot schip met een Afrikaanse registratie werd binnengeloodst. Buiten de haven lagen verschillende andere schepen voor anker. Ze had er nog nooit zo veel gezien.

Toen de korte dag in schemering overging, vloog ze omlaag en landde in de achtertuin van het huis van de consul. Ze tikte op het raam en dr. Lanselius deed zelf de deur open, een vinger op zijn lippen.

'Serafina Pekkala, gegroet,' zei hij. 'Kom gauw binnen, wees welkom. Maar u kunt beter niet lang blijven.' Nadat hij een blik door de gordijnen van een raam aan de straatkant had geworpen, bood hij haar een stoel bij de haard aan en vroeg: 'Een glaasje wijn?'

Ze nipte van de goudkleurige tokayer en vertelde hem wat ze op het schip gezien en gehoord had.

'Denkt u dat ze begrepen wat ze over het kind zei?' vroeg hij.

'Niet helemaal, denk ik. Maar ze weten dat ze belangrijk is. En wat die vrouw betreft: ik ben bang voor haar, dr. Lanselius. Ik denk dat ik haar zal doden, maar toch ben ik bang voor haar.'

'Ja,' zei hij. 'Ik ook.'

En Serafina was een en al oor toen hij haar vertelde over de geruchten die als een lopend vuurtje door de stad waren gegaan. Uit de mist van geruchten begonnen een paar feiten duidelijk naar voren te komen.

'Ze zeggen dat het Magisterium het grootste leger bijeenbrengt dat iemand ooit heeft gezien, en dat het een verkenningsleger is. En er gaan onaangename geruchten over sommige soldaten, Serafina Pekkala. Ik heb gehoord over Bolvangar en wat ze daar deden: de dæmonen van kinderen wegsnijden, het boosaardigste werk waarvan ik ooit heb gehoord. Nou, er schijnt een regiment krijgers te zijn dat op dezelfde manier is behandeld. Kent u het woord *zombi*? Ze kennen geen vrees omdat ze geestloos zijn. Er zijn er nu een paar in deze stad. De autoriteiten houden hen verborgen, maar het komt toch uit, en de bewoners zijn doodsbang voor ze.'

'Hoe is het met de andere heksenstammen?' vroeg Serafina Pekkala. 'Hebt u daar iets over gehoord?'

'De meeste zijn teruggegaan naar hun geboorteland. Alle heksen wachten met angst in het hart af wat er gaat gebeuren, Serafina Pekkala.'

'En wat weet u over de kerk?'

'Ze verkeren in de grootste verwarring. Ze weten namelijk niet wat lord Asriel van plan is.'

'Dat weet ik ook niet,' zei ze, 'en ik kan me er geen voorstelling van maken. Wat denkt ú dat hij van plan is, dr. Lanselius?'

Hij wreef met zijn duim zacht over de kop van zijn slangdæmon.

'Hij is een geleerde,' zei hij na een ogenblik, 'maar wetenschap is niet zijn grootste hartstocht. Staatsbeleid ook niet. Ik heb hem een keer ontmoet en ik vond dat hij een vurige, krachtige aard had, maar niet de aard van een despoot. Ik denk niet dat hij wil heersen... Ik weet het niet, Serafina Pekkala. Ik neem aan dat zijn bediende het u misschien kan vertellen. Hij heet Thorold en hij is met lord Asriel in het huis op Svalbard gevangengehouden. Het is misschien de moeite waard om hem daar op te zoeken om te zien of hij iets weet; maar het is natuurlijk mogelijk dat hij met zijn meester naar de andere wereld is gegaan.'

'Dank u. Dat is een goed idee... Dat doe ik. En ik ga meteen.'

Ze nam afscheid van de consul en vloog omhoog door de vallende duisternis om zich in de wolken bij Kaisa te voegen.

Serafina's reis naar het noorden werd bemoeilijkt door de verwarring die in de wereld om haar heen heerste. Alle arctische volken, en ook de dieren waren in paniek geraakt, niet alleen door de mist en de magnetische wisselingen, maar ook door krakend ijs en trillingen in de grond die ongewoon waren voor de tijd van het jaar. Het was alsof de aarde zelf, de permafrost, langzaam wakker werd uit een lange droom waarin hij bevroren was.

Griezelig felle lichtbundels schoten plotseling omlaag door scheuren in torens van mist en verdwenen even snel weer. Kudden muskus-ossen voelden plots een aandrang om naar het zuiden te galopperen en zwenkten dan onmiddellijk weer af naar het westen of noorden. Dichte vluchten ganzen vielen uiteen in een gakkende chaos omdat de magnetische velden waar ze langs vlogen, schommelden en alle kanten uit knetterden. Te midden van deze beroering vloog Serafina Pekkala op haar wolkdennentak naar het noorden, naar het huis op het voorgebergte in de woestenij van Svalbard.

Toen ze daar aankwam, deed Thorold, de bediende van lord Asriel, net pogingen zich een troep klifgeesten van het lijf te houden.

Ze zag beweging voor ze dichtbij genoeg was om te zien wat er gebeurde. Een werveling van oprukkende leerachtige vleugels, en een kwaadaardig *yauk-yauk-yauk* dat over de besneeuwde binnenplaats schalde. En een eenzame in bont gehulde figuur die met een geweer op ze schoot, terwijl een broodmagere honddæmon naast hem gromde en uitvallen deed als een van de smerige wezens laag genoeg vloog.

Ze kende de man niet, maar een klifgeest was altijd een vijand. Ze cirkelde boven de geesten rond en liet een dozijn pijlen los op de menigte. Krijsend en brabbelend vloog de bende – te losjes georganiseerd om een peloton genoemd te kunnen worden – door elkaar, zag de nieuwe tegenstander en ging holderdebolder op de vlucht. Een minuut later was er geen geest meer in de lucht te bekennen, en hun onthutste *yauk-yauk-yauk* weerkaatste in de verte tegen de bergen tot het wegstierf.

Serafina vloog omlaag naar de binnenplaats en streek neer op de vertrapte, met bloed bespatte sneeuw. De man duwde zijn capuchon naar achteren, terwijl hij zijn geweer in de aanslag hield, want een heks kon een vijand zijn. Hij was een man op leeftijd, met grijs haar, een lang gezicht en een vaste oogopslag.

'Ik ben een vriendin van Lyra,' zei ze. 'Ik hoop dat we kunnen praten. Kijk: ik leg mijn boog neer.'

'Waar is het kind?' vroeg hij.

'In een andere wereld. Ik maak me zorgen over haar veiligheid. En ik moet weten wat lord Asriel uitvoert.'

Hij liet het geweer zakken en zei: 'Kom binnen. Kijk: ik leg mijn geweer neer.'

Toen deze beleefdheden waren uitgewisseld, gingen ze naar binnen. Kaisa zweefde boven door de lucht en hield de wacht, terwijl Thorold koffie zette en Serafina hem vertelde wat ze met Lyra te maken had.

'Ze is altijd een eigenzinnig kind geweest,' zei hij toen ze aan de eikenhouten tafel zaten in de schijn van een naftalamp. 'Ik zag haar eens in het jaar, als mijn meester zijn college bezocht. Begrijp me goed: ik mocht haar graag, je kon gewoon niet anders. Maar wat haar plaats in het grote geheel was, dat weet ik niet.'

'Wat was lord Asriel van plan?'

'U denkt toch niet dat hij me dat vertelde, Serafina Pekkala? Ik ben zijn bediende, meer niet. Ik verzorg zijn kleren, kook zijn eten en houd zijn huis schoon. In de jaren dat ik mijn meester heb gediend ben ik wel een paar dingen te weten gekomen, maar alleen omdat ik die toevallig opving. Hij zou mij net zomin in vertrouwen nemen als zijn scheerkwast.'

'Vertel me dan wat u toevallig hebt opgevangen,' drong ze aan.

Thorold was een man op jaren, maar hij was gezond en krachtig en voelde zich gevleid door de aandacht van deze mooie, jonge heks, zoals iedere man zich gevleid zou voelen. Maar daarnaast was hij schrander en hij begreep wel dat haar aandacht in wezen niet op hem was gericht, maar op wat hij wist. En omdat hij eerlijk was rekte hij zijn verhaal niet langer dan nodig was.

'Ik kan u niet precies vertellen wat hij aan het doen is,' zei hij, 'want alle filosofische details gaan boven mijn pet. Maar ik kan u wel zeggen waardoor mijn meester gedreven wordt, hoewel hij niet weet dat ik het weet. Het is me door tientallen kleinigheden duidelijk geworden. Heb ik het bij het rechte eind als ik zeg dat het heksenvolk andere goden heeft dan wij?'

'Ja, dat is waar.'

'Maar weet u iets over onze God? De God van de kerk, degene die ze de Autoriteit noemen?'

'Ja.'

'Nou, lord Asriel heeft zich om zo te zeggen nooit op z'n gemak gevoeld met de leerstellingen van de kerk. Ik heb vaak een uitdrukking van afschuw over zijn gezicht zien glijden als ze over de sacramenten, boetedoening, verlossing en dat soort dingen praatten. Bij ons is het een doodzonde om je tegen de kerk te verzetten, Serafina Pekkala, maar lord Asriel koestert al opstandige gevoelens zo lang ik hem dien, dat is iets wat ik zeker weet.'

'Een opstand tegen de kerk?'

'Gedeeltelijk, ja. Er is een tijd geweest dat hij overwoog de strijd aan te binden, maar daar heeft hij van afgezien.'

'Waarom? Was de kerk te sterk?'

'Nee,' zei de oude bediende, 'daar zou mijn meester zich niet door laten afschrikken. Het mag u vreemd in de oren klinken, Serafina Pekkala, maar ik ken de man beter dan een echtgenote hem ooit zou kennen, beter dan een moeder. Hij is bijna veertig jaar mijn meester geweest en al die tijd heb ik hem kunnen observeren. Zijn verheven gedachten kan ik net zomin volgen als ik kan vliegen, maar ik zie waar hij op afstevent, al kan ik hem niet bijhouden. Nee, ik ben ervan overtuigd dat hij heeft afgezien van een opstand tegen de kerk, niet omdat de kerk te sterk was, maar omdat die te zwak was om de moeite van het vechten waard te zijn.'

'En... wat is hij dan wel aan het doen?'

'Ik denk dat hij een verhevener strijd voert. Ik denk dat hij een opstand tegen de opperste macht in de zin heeft. Hij is op zoek gegaan naar de verblijfplaats van de Autoriteit Zelf, en hij gaat Hem vernietigen. Dat denk ik. Het kost me moeite het uit te spreken, mevrouw. Ik durf er nauwelijks over te denken. Maar dat is het enige wat zijn optreden voor mij begrijpelijk maakt.'

Serafina bleef even zwijgend zitten om tot zich door te laten dringen wat Thorold had gezegd.

Voor ze iets kon zeggen, ging hij door:

'Natuurlijk zou iedereen die zoiets geweldigs onderneemt het doelwit van de woede van de kerk zijn. Dat spreekt vanzelf. Ze zouden zeggen dat het de grootst mogelijke godslastering was. Ze zouden hem in een oogwenk voor de Consistoriale Tuchtraad slepen en ter dood laten veroordelen. Ik heb er nog nooit over gepraat en ik zal het ook nooit meer doen. Ik zou het niet hardop tegen u durven zeggen als u niet een heks was en buiten de heerschappij van de kerk stond. Maar dat is de enige conclusie die ik kan trekken. Hij gaat de Autoriteit zoeken en Hem vermoorden.'

'Is dat mogelijk?' vroeg Serafina.

'Het leven van lord Asriel is altijd vol onmogelijke dingen geweest. Ik zou niet graag zeggen dat er iets is wat hij niet kan. Maar oppervlakkig gezien is hij hartstikke gek, Serafina Pekkala. Als engelen het niet voor elkaar hebben kunnen krijgen, hoe haalt een mens het dan in zijn hoofd erover te denken?'

'Engelen? Wat zijn engelen?'

'Schepselen met een zuivere geest, zegt de kerk. De kerk leert dat een paar engelen in opstand zijn gekomen vóór de wereld was geschapen, en dat ze de hemel uit gegooid zijn en in de hel geworpen. Ze faalden, begrijpt u, daar gaat het om. Ze kregen het niet voor elkaar. En zij hadden de macht van engelen. Lord Asriel is maar een mens, met menselijke kracht, niet meer dan dat. Maar zijn eerzucht kent geen grenzen. Hij durft te doen wat andere mensen niet eens durven te denken. Bedenk eens wat hij al heeft gedaan: hij heeft de hemel opengescheurd, hij heeft een weg gebaand naar een andere wereld. Wie heeft ooit zoiets gedaan? Wie zou het kunnen verzinnen? Dus met een deel van me, Serafina Pekkala, zeg ik: hij is gek, slecht, gestoord. Maar met een ander deel denk ik: hij is lord Asriel, hij is anders dan andere mensen. Misschien... Als het ooit mogelijk zou zijn, zou hij het doen, en niemand anders.'

'En wat gaat u doen, Thorold?'

'Ik blijf hier wachten. Ik zal op dit huis passen tot hij terugkomt en zegt dat ik iets anders moet doen, of tot ik dood ben. En nu kan ik u hetzelfde vragen, mevrouw.'

'Ik ga ervoor zorgen dat het kind veilig is,' zei ze. 'Misschien voert mijn weg nog eens hierlangs, Thorold. Ik vind het een prettig idee dat u er dan nog zult zijn.'

'Ik ga hier geen stap vandaan,' zei hij.

Thorold bood haar iets te eten aan, maar ze bedankte en nam afscheid.

Een minuut later voegde ze zich weer bij haar gansdæmon, en de dæmon hield zijn snavel toen ze hoog boven de mistige bergen vlogen en zwenkten. Serafina was uitermate bezorgd en dat hoefde ze niet uit te leggen: elk sliertje mos, elke ijskoude plas, elke mug in haar geboorteland doortrilde haar zenuwen en riep haar terug. Ze voelde angst om hen, maar ook angst voor zichzelf, want ze moest veranderen. Ze deed onderzoek naar menselijke zaken, dit was een menselijke kwestie. De god van lord Asriel was de hare niet. Was ze mens aan het worden? Was ze haar heksenaard aan het verliezen?

Als dat zo was, kon ze het niet alleen aan.

'Naar huis nu,' zei ze. 'We moeten met onze zusters praten, Kaisa. Deze gebeurtenissen zijn te groot voor ons alleen.'

En ze spoedden zich door de kolkende mistbanken naar het Enarameer, naar huis.

In de beboste grotten bij het meer troffen ze hun stamgenoten aan, en Lee Scoresby was er ook. De aëronaut had na de catastrofe op Svalbard zijn ballon met moeite in de lucht gehouden, en de heksen hadden hem naar hun geboorteland geloodst, waar hij was begonnen met de reparatie van zijn mand en de gasballon.

'Mevrouw, wat ben ik blij u te zien,' zei hij. 'Hebt u iets over het meisje gehoord?'

'Niets, meneer Scoresby. Wilt u vanavond aan ons beraad deelnemen en ons helpen bij de discussie over maatregelen?'

De Texaan knipperde met zijn ogen van verbazing, want er had nog nooit een man deelgenomen aan een heksenberaad.

'Het zou me een grote eer zijn,' zei hij. 'Misschien heb ik wel een paar suggesties.'

Die hele dag door kwamen de heksen aanvliegen als zwarte sneeuwvlokken op de vleugels van een storm. Ze vulden de hemel met het snelle gefladder van hun zijden gewaden en het suizen van lucht door de naalden van hun wolkdennentakken. Mannen die in de druipende wouden op jacht waren of visten tussen smeltende ijsschotsen, hoorden het hemelsbrede gefluister door de mist heen, en als de mist even optrok, keken ze naar boven en zagen de heksen vliegen, als stukjes duisternis die op een verborgen tij dobberen.

Tegen de avond waren de pijnbomen rond het meer van onderen verlicht door honderd vuren, en het allergrootste vuur was aangelegd voor de vergadergrot. Daar kwamen de heksen na het eten bij elkaar. Serafina Pekkala zat in het midden, met de kroon van kleine vuurrode bloemen op haar blonde haar. Links van haar zat Lee Scoresby en rechts van haar een gast: de koningin van de Letlandse heksen, die Ruta Skadi heette.

Ze was pas een uur geleden aangekomen, en Serafina was verrast. Ze had mevrouw Coulter mooi gevonden, voor korte tijd, maar Ruta Skadi had de schoonheid van mevrouw Coulter met een extra dimensie van het geheimzinnige, het bovennatuurlijke. Ze had omgang gehad met geesten, en dat zag je. Ze was levendig en hartstochtelijk en had grote zwarte ogen. Het gerucht ging dat lord Asriel zelf haar minnaar was geweest. Ze droeg zware, gouden oorringen en een kroon met slagtanden van sneeuwtijgers op haar zwarte krulhaar. Serafina's dæmon Kaisa had van Ruta Skadi's dæmon gehoord dat ze de tijgers zelf had geschoten om de Tataarse stam, die de dieren vereerde, te straffen, want de stamleden hadden haar geen eer betoond toen ze hun gebied bezocht. Beroofd van hun tijgergoden vervielen de stamleden tot angst en depressie. Ze smeekten haar hun toe te staan haar te vereren in plaats van de tijgers, maar ze werden minachtend afgewezen. Wat zou ze aan hun verering hebben? vroeg ze. De tijgers waren er ook niets mee opgeschoten. Zo was Ruta Skadi: beeldschoon, trots en meedogenloos.

Serafina begreep niet helemaal waarom ze was gekomen, maar ze verwelkomde haar en de etiquette eiste dat ze aan Serafina's rechterhand zat. Toen ze allemaal bijeen waren, nam Serafina het woord.

'Zusters! U weet waarom we bijeen zijn gekomen: we moeten

besluiten hoe we zullen reageren op de jongste gebeurtenissen. Het universum is opengebroken en lord Asriel heeft de weg geopend van deze wereld naar een andere. Moeten we ons ermee bemoeien of moeten we ons eigen leven blijven leiden, zoals we tot nu toe hebben gedaan? Dan is er de kwestie van het kind Lyra Belacqua, nu Lyra Zilvertong genoemd door koning Iorek Byrnison. Ze heeft in het huis van dr. Lanselius het goede wolkdennentwijgje gekozen: ze is het kind dat we altijd verwacht hebben, en nu is ze verdwenen. We hebben twee gasten die ons deelgenoot van hun gedachten zullen maken. Eerst spreekt koningin Ruta Skadi.'

Ruta Skadi ging staan. Haar blanke armen glansden in het vuur van de vlammen, haar ogen schitterden zo fel dat zelfs de heks die het verst weg zat de wisselende uitdrukkingen op haar levendige gezicht kon zien.

'Zusters,' begon ze, 'laat me u vertellen wat er aan het gebeuren is, en tegen wie we moeten vechten. Want er komt oorlog. Ik weet niet wie zich bij ons zal aansluiten, maar ik weet tegen wie we moeten vechten. Het is het Magisterium, de kerk. Gedurende haar hele bestaan – en dat is naar onze maatstaven niet lang, maar volgens menselijke maatstaven bijzonder lang – heeft zij geprobeerd elke natuurlijke neiging te onderdrukken en te beheersen. En als zij ze niet kan beheersen, snijdt zij ze eruit. Sommigen onder u hebben gezien wat ze in Bolvangar hebben gedaan. En dat was verschrikkelijk, maar het is niet de enige plaats waar gruwelen gebeuren. Zusters, u kent alleen het noorden: ik heb in de zuidelijke landen gereisd. Geloof me, er zijn daar kerken die ook in hun kinderen snijden, zoals de mensen in Bolvangar... Niet op dezelfde manier, maar net zo verschrikkelijk: ze snijden de geslachtsorganen, ja heus, van jongens en meisjes eruit... Ze besnijden hen met messen zodat ze niets zullen voelen. Dat doet de kerk, en iedere kerk is hetzelfde: beheers, verwoest, vernietig elk goed gevoel. Dus als er oorlog komt, en de kerk staat aan één kant, dan moeten wij aan de andere kant staan, met welke vreemde bondgenoten we ook te maken krijgen.

Ik stel voor dat onze stammen zich verenigen en naar het noorden gaan om die nieuwe wereld te verkennen en te zien wat we daar kunnen ontdekken. Als het kind in onze wereld niet te vinden is, komt dat doordat het lord Asriel al gevolgd is. En lord Asriel is de sleutel tot deze kwestie. Hij is eens mijn minnaar geweest en ik wil me van ganser harte bij hem aansluiten, want hij haat de kerk en alles wat zij doet. Meer heb ik niet te zeggen.'

Ruta Skadi sprak op gedreven toon, en Serafina had bewondering voor haar kracht en schoonheid. Toen de Letlandse koningin weer zat, wendde Serafina zich tot Lee Scoresby.

'Meneer Scoresby is een vriend van het kind en dus een vriend van ons,' zei ze. 'Wilt u ons vertellen hoe u over deze kwestie denkt?'

De Texaan kwam overeind, zo dun als een plank en heel hoffelijk. Hij zag eruit alsof hij zich het vreemde van de situatie niet bewust was, maar dat was wel zo. Zijn haasdæmon Hester hurkte naast hem, haar oren plat langs haar rug, haar goudkleurige ogen half gesloten.

'Mevrouw,' zei hij, 'allereerst wil ik u bedanken voor de vriendelijkheid die u mij hebt betoond en de hulp die u een aëronaut, gehavend door winden uit een andere wereld, hebt verschaft. Ik zal uw geduld niet lang op de proef stellen.

Toen ik met de zigeuzen naar Bolvangar in het noorden trok, heeft het kind Lyra me verteld over een voorval in het college waar ze woonde, toen in Oxford. Lord Asriel had de andere geleerden het afgehouwen hoofd laten zien van een man die Stanislaus Grumman heette. Daardoor werden ze zogezegd overgehaald hem wat geld te geven om naar het noorden te gaan en uit te vinden wat er was gebeurd.

Het kind was zo zeker van wat ze had gezien dat ik haar niet te veel wilde vragen. Maar door haar verhaal kwam er bij mij een soort herinnering boven, alleen kon ik er niet helemaal de vinger op leggen. Ik wist iets over die dr. Grumman. En pas op de vlucht van Svalbard naar hier herinnerde ik me wat het was. Ik had het gehoord van een oude jager uit Tungusk. Het schijnt dat Grumman de verblijfplaats kende van een voorwerp dat degene die het in bezit heeft, beschermt. Ik wil niets afdoen aan de toverkrachten waarover u als heksen kunt beschikken, maar de macht van dit ding, wat het ook is, overtreft alles wat ik op dit gebied ooit heb gehoord.

En nu dacht ik: als ik vanwege mijn bezorgdheid over dat kind mijn pensionering in Texas eens uitstelde en op zoek ging naar dr. Grumman. Ik geloof namelijk niet dat hij dood is. Ik denk dat lord Asriel die geleerden voor de gek heeft gehouden.

Dus ga ik naar Nova Zembla, waar ik het laatste levensteken van hem heb opgevangen, en ga hem zoeken. Ik kan niet in de toekomst kijken, maar het heden zie ik duidelijk genoeg. En ik sta aan uw kant in deze oorlog, als ik u met mijn kogels kan helpen. Maar dat is de taak die ik op me neem, mevrouw,' besloot hij, zich weer tot Serafina Pekkala wendend: 'Ik ga Stanislaus Grumman opsporen en uitvinden wat hij weet, en als ik dat voorwerp kan vinden, breng ik het naar Lyra.'

Serafina vroeg: 'Bent u getrouwd geweest, meneer Scoresby? Hebt u kinderen?'

'Nee, mevrouw, ik heb geen kind, hoewel ik graag vader was geweest. Maar ik begrijp wat u met uw vraag bedoelt en u hebt gelijk: dat meisje heeft pech gehad met haar echte ouders, en misschien kan ik het goedmaken. Iemand moet dat doen en ik doe het graag.'

'Dank u, meneer Scoresby,' zei ze.

Ze haalde haar kroon van haar hoofd en plukte er een van de vuurrode bloemetjes uit, die tijdens het dragen zo fris waren gebleven alsof ze net geplukt waren.

'Neem dit mee,' zei ze, 'en als u mijn hulp nodig hebt, neem het dan in uw hand en roep me. Ik zal u horen, waar u ook bent.'

'Nou, wel bedankt, mevrouw,' zei hij verrast. Hij nam de kleine bloem aan en stopte hem voorzichtig in zijn borstzak.

'En we zullen een wind oproepen om uw reis naar Nova Zembla gemakkelijker te maken,' zei ze tegen hem. 'Wel, zusters, wie mag ik het woord geven?'

Het echte beraad begon. De heksen waren tot op zekere hoogte democratisch: iedere heks, zelfs de jongste, had het recht om iets te zeggen, maar alleen hun koningin had de macht om een beslissing te nemen. De vergadering duurde de hele nacht. Veel heksen pleitten vurig voor een onmiddellijke openlijke oorlog, andere drongen aan op terughoudendheid. Een paar – en dat waren de verstandigsten – stelden voor om alle andere heksenstammen te benaderen en ze dringend te vragen zich voor het eerst te verenigen.

Ruta Skadi was het daarmee eens en Serafina stuurde meteen boodschappers op weg. En wat betreft onmiddellijke actie: Serafina koos twintig van haar beste vechters uit en gaf ze opdracht zich klaar te maken om met haar naar het noorden te vliegen, naar de nieuwe wereld die lord Asriel toegankelijk had gemaakt, en Lyra te gaan zoeken.

'En u, koningin Ruta Skadi?' vroeg Serafina ten slotte. 'Wat zijn uw plannen?'

'Ik zal op zoek gaan naar lord Asriel om uit zijn eigen mond te horen wat hij aan het doen is. En het lijkt erop dat hij ook naar het noorden is gegaan. Mag ik het eerste deel van de reis met u mee, zuster?'

'Dat mag u, graag zelfs,' zei Serafina, die blij was met haar gezelschap.

Aldus werd besloten.

Maar kort nadat de vergadering was afgelopen, kwam er een bejaarde heks naar Serafina Pekkala toe en zei: 'U kunt beter even horen wat Juta Kamainen te zeggen heeft, koningin. Ze is vrij onhandelbaar, maar het is misschien belangrijk.'

De jonge heks Juta Kamainen – jong naar heksenmaatstaven tenminste: ze was pas een goede honderd jaar oud – was koppig en verlegen en haar roodborstdæmon was nerveus: hij vloog van haar schouder naar haar hand en cirkelde hoog boven haar rond voor hij weer even op haar schouder neerstreek. De heks had dikke, blozende wangen en een levendige, vurige aard. Serafina kende haar niet zo goed.

'Koningin,' zei de jonge heks, die onder Serafina's doordringende blik niet kon blijven zwijgen, 'ik ken Stanislaus Grumman. Vroeger hield ik van hem. Maar nu haat ik hem zo hevig dat ik hem zal doden als ik hem zie. Ik was niet van plan iets te zeggen, maar mijn zuster zei dat ik het aan u moest vertellen.'

Ze wierp een blik vol haat op de bejaarde heks, en deze keek haar medelijdend aan: ze wist alles van de liefde.

'Nou,' zei Serafina, 'als hij nog leeft, moet hij blijven leven tot meneer Scoresby hem vindt. Je kunt maar beter met ons meegaan naar de nieuwe wereld, dan lopen we tenminste geen gevaar dat jíj hem voor die tijd doodt. Vergeet hem, Juta Kamainen. Liefde laat ons lijden. Maar deze taak van ons is veel belangrijker dan wraak. Onthoud dat goed.'

'Ja, koningin,' zei de jonge heks nederig.

En Serafina Pekkala en haar eenentwintig medeheksen en koningin Ruta Skadi van Letland maakten zich klaar om de nieuwe wereld in te vliegen, waar nog nooit een heks had gevlogen.

3
Een kinderwereld

Lyra was vroeg wakker. Ze had een afschuwelijke droom gehad: ze had het vacuümvat gekregen dat ze haar vader, lord Asriel, had zien tonen aan de docenten en geleerden van het Jordan-college.

Toen dat in werkelijkheid was gebeurd, had Lyra in de klerenkast verstopt gezeten en had ze gezien hoe lord Asriel het vat opendeed om de geleerden het afgehouwen hoofd van Stanislaus Grumman, de verongelukte ontdekkingsreiziger, te laten zien. Maar in haar droom had Lyra het vat zelf geopend, en dat wilde ze niet. Sterker nog: ze was doodsbang. Maar ze moest, of ze wilde of niet, en ze voelde haar handen slap worden van angst toen ze het deksel openklikte en de lucht in de bevroren ruimte hoorde stromen. Toen lichtte ze het deksel op, bijna stikkend van angst, maar wetend dat ze moest, dat ze het moest doen. En er zat niets in. Het hoofd was weg. Er was niets om bang voor te zijn.

Maar evengoed werd ze huilend en zwetend wakker in het warme slaapkamertje aan de haven, terwijl het maanlicht door het raam naar binnen viel. Ze lag in andermans bed, omklemde andermans kussen, en de hermelijn-Pantalaimon wreef met zijn neus tegen haar aan en maakte kalmerende geluidjes. O, wat was ze geschrokken! En het rare was dat ze in het werkelijke leven het hoofd van Stanislaus Grumman dolgraag had willen zien en lord Asriel had gesmeekt om het vat weer open te maken en haar te laten kijken. En toch was ze in haar droom zo doodsbang geweest.

Toen het ochtend was, vroeg ze de alethiometer wat de droom betekende, maar hij zei alleen: *Het was een droom over een hoofd.*

Ze dacht erover om de jongen wakker te maken, maar hij was zo vast in slaap dat ze besloot het niet te doen. In plaats daarvan ging ze naar de keuken en probeerde een omelet te maken. Twintig minuten later ging ze buiten aan een tafeltje zitten en at heel trots het verkoolde, korrelige ding op, terwijl de mus-Pantalaimon naar de stukjes eierschaal pikte.

Ze hoorde een geluid achter zich, en daar stond Will, zijn ogen nog halfdicht van de slaap.

'Ik kan een omelet maken,' zei ze. 'Wil je er een?'

Hij keek naar haar bord en zei: 'Nee, ik neem wat cornflakes. Er staat nog een beetje melk in de koelkast die niet zuur is. Ze kunnen niet lang weg zijn, de mensen die hier woonden.'

Ze keek hoe hij cornflakes in een kommetje schudde en er melk overheen goot: nog iets wat ze nooit had gezien.

Hij nam het kommetje mee naar buiten en zei: 'Als je niet uit deze wereld komt, waar ligt jouw wereld dan? Hoe ben je hier gekomen?'

'Over een brug. Mijn vader heeft die brug gemaakt, en... ik ben achter hem aan gelopen. Maar hij is ergens anders naartoe gegaan, ik weet niet waarheen. Het kan me niet schelen. Maar toen ik de brug over liep, was er zo veel mist, en toen ben ik verdwaald, denk ik. Ik heb dagen in de mist rondgelopen en alleen bessen en zo gegeten die ik vond. Toen trok de mist op een dag op en stonden we op dat klif daar...'

Ze gebaarde achter zich. Will keek het strand langs, voorbij de vuurtoren, en zag de kust omhooggaan in een lange reeks kliffen die in de wazige verte verdwenen.

'En toen zagen we deze stad en klommen naar beneden, maar er was hier niemand. Er waren tenminste dingen om te eten en bedden om in te slapen. We wisten niet wat we verder moesten doen.'

'Weet je zeker dat dit geen deel van jouw wereld is?'

'Tuurlijk. Dit is mijn wereld niet, dat weet ik zeker.'

Will herinnerde zich zijn eigen absolute zekerheid toen hij het stuk gras door het venster in de lucht zag: dat het niet in zijn wereld lag. Hij knikte.

'Dus liggen er minstens drie werelden tegen elkaar aan,' zei hij.

'Er zijn er miljoenen,' zei Lyra. 'Dat heeft die andere dæmon me verteld. Hij was de dæmon van een heks. Niemand kan tellen hoeveel werelden er zijn, allemaal in dezelfde ruimte, maar niemand kon van de ene wereld in de andere komen voordat mijn vader die brug had gemaakt.'

'En het raam dan, dat ik heb gevonden?'

'Daar weet ik niets van. Misschien beginnen alle werelden in elkaar over te gaan.'

'En waarom ben je op zoek naar stof?'

Ze keek hem koeltjes aan. 'Dat vertel ik je misschien nog wel eens,' zei ze.

'Best. Maar hoe ga je het zoeken?'

'Ik ga een geleerde zoeken die er iets over weet.'

'Een willekeurige geleerde?'

'Nee. Een experimenteel theoloog,' zei ze. 'In mijn Oxford waren dat degenen die er iets over wisten. Logisch dat dat in jouw Oxford ook zo is. Ik ga eerst naar het Jordan-college, want Jordan heeft de beste geleerden.'

'Ik heb nog nooit van experimentele theologie gehoord,' zei hij.

'Ze weten alles over elementaire deeltjes en fundamentele krachten,' legde ze uit. 'En anbaromagnetisme, zulke dingen. Atoomkracht.'

'Wat voor magnetisme?'

'Anbaromagnetisme. Zoals anbarisch. Die lampen,' zei ze, naar de decoratieve straatlantaarns wijzend, 'die zijn anbarisch.'

'Wij noemen ze elektrisch.'

'Elektrisch... Dat lijkt op elektrum. Dat is een soort steen, een edelsteen, die gemaakt is van boomhars. Soms zitten er insecten in.'

'Barnsteen, bedoel je,' zei hij, en toen zeiden ze tegelijk: 'Anbar...'

En ze zagen allebei hun eigen gelaatsuitdrukking weerspiegeld op het gezicht van de ander. Will bleef zich dat moment heel lang herinneren.

'Nou, elektromagnetisme,' ging hij door, een andere kant uit kijkend. 'Die experimentele theologie van jullie lijkt op onze natuurkunde. Je hebt wetenschappers nodig, geen theologen.'

'Ah,' zei ze, op haar hoede. 'Ik vind ze wel.'

Ze zaten in de weidse heldere ochtend, terwijl de zon kalmpjes op de haven glinsterde, en ze stonden allebei op het punt hun mond open te doen, want ze zaten vol brandende vragen. Maar toen hoorden ze verderop, in de buurt van de casinotuin, een stem.

Ze keken allebei verschrikt die kant op. Het was een kinderstem, maar er was niemand te zien.

Will zei zachtjes tegen Lyra: 'Hoe lang zei je dat je hier bent geweest?'

'Drie, vier dagen, ik ben de tel kwijt. Ik heb nooit iemand gezien. Er is hier niemand. Ik heb bijna overal gekeken.'

Maar er was wel iemand. Twee kinderen, een meisje van Lyra's leeftijd en een jongen die jonger was, kwamen uit een van de straten die naar de haven leidden. Ze droegen allebei een mand en ze hadden allebei rood haar. Ze waren op ongeveer honderd meter genaderd toen ze Will en Lyra aan het cafétafeltje zagen zitten.

Pantalaimon veranderde van een distelvink in een muis en rende langs Lyra's arm omhoog naar de zak in haar bloes. Hij had gezien dat deze nieuwe kinderen op Will leken: ze hadden geen van beiden een zichtbare dæmon.

De twee kinderen kwamen aanslenteren en gingen vlakbij aan een tafeltje zitten.

'Komen jullie uit Ci'gazze?' vroeg het meisje.

Will schudde zijn hoofd.

'Uit Sant'Elia?'

'Nee,' zei Lyra. 'We komen ergens anders vandaan.'

Het meisje knikte. Dat was een redelijk antwoord.

'Wat is hier aan de hand?' zei Will. 'Waar zijn de grote mensen?'

De ogen van het meisje vernauwden zich. 'Zijn de Spoken niet in jullie stad geweest?' vroeg ze.

'Nee,' zei Will. 'We zijn hier net. We weten niets over Spoken. Hoe heet deze stad?'

'Ci'gazze,' zei het meisje wantrouwend. 'Cittàgazze eigenlijk.'

'Cittàgazze,' herhaalde Lyra. 'Ci'gazze. Waarom moeten de grote mensen weg?'

'Vanwege de Spoken,' zei het meisje met een vermoeide zucht. 'Hoe heet je?'

'Lyra. En hij heet Will. Hoe heten jullie?'

'Angelica. Mijn broertje heet Paolo.'

'Waar komen jullie vandaan?'

'Uit de heuvels. Het begon ontzettend te misten en te stormen en iedereen was bang, dus zijn we allemaal de heuvels in gerend. Toen de mist was opgetrokken, konden de grote mensen met verrekijkers zien dat de stad vol Spoken zat, dus konden ze niet terug. Maar de kinderen, wij zijn niet bang voor Spoken, snap je. Er komen nog meer kinderen naar beneden. Ze komen later, maar wij zijn hier het eerst.'

'Tullio en wij,' zei de kleine Paolo trots.

'Wie is Tullio?'

Angelica was boos: Paolo had niet over hem mogen praten, maar nu was het geheim verraden.

'Onze grote broer,' zei ze. 'Hij is niet meegekomen. Hij verbergt zich tot hij... Hij verbergt zich gewoon.'

'Hij gaat...' begon Paolo, maar Angelica gaf hem een klap, en hij hield meteen zijn mond, zijn bevende lippen op elkaar klemmend.

'Wat zei je over de stad?' zei Will. 'Dat die vol Spoken zit?'

'Ja, Ci'gazze, Sant'Elia, alle steden, waar mensen zijn, daar gaan de Spoken heen. Waar kom jij vandaan?'

'Uit Winchester,' zei Will.

'Daar heb ik nooit van gehoord. Hebben ze daar geen Spoken?'

'Nee. En hier zie ik ze ook niet.'

'Tuurlijk niet!' kraaide ze. 'Je bent geen groot mens! Als we groot worden, zien we Spoken.'

'Ik ben helemaal niet bang voor Spoken,' zei het jongetje en hij stak zijn smoezelige kin naar voren. 'Doodmaken die smeerlappen.'

'Komen de grote mensen helemaal niet meer terug?' vroeg Lyra.

'Jawel, over een paar dagen,' zei Angelica. 'Als de Spoken ergens anders heen zijn. Wij vinden het leuk als de Spoken komen, want dan kunnen we in de stad rondrennen, alles doen waar we zin in hebben, snap je.'

'Maar wat denken de grote mensen dan dat de Spoken doen?' vroeg Will.

'Nou, als een Spook een groot mens vangt, is dat niet zo'n leuk gezicht. Ze slurpen ter plekke het leven eruit, snap je. Ik wil geen groot mens zijn, dat weet ik wel. Eerst weten de mensen dat het gebeurt, en dan zijn ze bang en huilen alsmaar. Ze proberen een andere kant uit te kijken en net te doen of er niets aan de hand is, maar dat is er wel. Het is te laat. En niemand komt bij ze in de buurt, ze moeten het alleen rooien. Dan worden ze bleek en bewegen niet meer. Ze leven nog wel, maar het is net of ze vanbinnen zijn opgevreten. Als je in hun ogen kijkt, zie je de achterkant van hun hoofd. Er zit niks.'

Het meisje draaide zich om naar haar broertje en snoot zijn neus met de mouw van zijn bloes.

'Paolo en ik gaan een ijsje zoeken,' zei ze. 'Gaan jullie mee?'

'Nee,' zei Will, 'we hebben iets anders te doen.'

'Ajuus dan,' zei ze, en Paolo zei: 'Dood aan de Spoken!'

'Dag,' zei Lyra.

Zodra Angelica en het jongetje waren verdwenen, kwam Pantalaimon met verward haar en glinsterende ogen uit Lyra's zak te voorschijn.

'Ze weten niets over het raam dat je hebt gevonden,' zei hij tegen Will.

Het was de eerste keer dat Will hem had horen praten en hij was sinds het begin van zijn avontuur nog niet zo verbijsterd geweest. Lyra lachte om zijn verbazing.

'Hij... maar hij praatte... praten alle dæmonen?' zei Will.

'Tuurlijk doen ze dat!' zei Lyra. 'Dacht je soms dat hij gewoon een huisdier was?'

Will haalde een hand door zijn haar en knipperde met zijn ogen. Toen schudde hij zijn hoofd. 'Nee,' zei hij tegen Pantalaimon. 'Daar heb je denk ik gelijk in. Ze weten er niets van.'

'Dan kunnen we het maar beter heel voorzichtig aanpakken als we erdoorheen gaan,' zei Pantalaimon.

Het was maar heel even vreemd om tegen een muis te praten. Toen was het niet vreemder meer dan telefoneren, omdat hij eigenlijk tegen Lyra praatte. Maar de muis was wél een wezen op zich; hij had iets van Lyra in zijn uitdrukking, maar ook iets anders. Het was te moeilijk om het allemaal door te denken, nu er zo veel vreemde dingen tegelijkertijd gebeurden. Will probeerde zijn gedachten te verzamelen.

'Je moet andere kleren zoeken voordat je naar mijn Oxford gaat,' zei hij tegen Lyra.

'Waarom?' zei ze koppig.

'Omdat je niet met mensen in mijn wereld kunt gaan praten, zoals je er nu uitziet: ze zouden niets met je te maken willen hebben. Je moet eruitzien alsof je erbij hoort. Je mag niet opvallen. Dat wéét ik gewoon, ik leef al jaren zo. Je kunt maar beter naar me luisteren, anders word je gepakt, en als ze erachter komen waar je vandaan komt en over het raam en alles horen... Hoe dan ook, deze wereld is een goede schuilplaats. Weet je, ik ben... ik moet me voor een paar mensen verborgen houden. Dit is de beste schuilplaats die ik me had kunnen wensen en ik wil hem geheim houden. Dus wil ik niet dat je hem verraadt omdat je er anders dan anders uitziet, of alsof je niet thuishoort in mijn wereld. Ik heb mijn eigen zaken te regelen in Oxford en als je alles verklapt, maak ik je dood.'

Ze slikte eens. De alethiometer loog nooit: deze jongen was een moordenaar, en als hij al eens iemand had gedood zou hij haar ook kunnen doden. Ze knikte ernstig, en ze meende het.

'Goed,' zei ze.

Pantalaimon was een vosaap geworden en staarde hem met ontstellend grote ogen aan. Will staarde terug, en de dæmon veranderde weer in een muis en kroop in Lyra's zak.

'Mooi,' zei Will. 'Zolang we hier zijn, doen we tegenover de andere kinderen net of we uit hun wereld komen. Het komt goed uit dat er geen grote mensen in de buurt zijn. We kunnen gewoon onze gang gaan zonder dat het opvalt. Maar in mijn wereld moet je doen wat ik zeg. En het eerste is dat je je maar beter eens goed kunt wassen. Je moet er schoon uitzien, anders val je op. We moeten gecamoufleerd zijn, overal waar we heen gaan. We moeten eruitzien alsof we er helemaal bij horen, zodat de mensen ons niet eens opmerken. Ga dus om te beginnen je haar wassen. Er is shampoo in de badkamer. Daarna zullen we wat andere kleren gaan zoeken.'

'Ik weet niet hoe het moet,' zei ze. 'Ik heb nog nooit mijn haar gewassen. Op het Jordan-college deed de huishoudster het altijd, en daarna hoefde het nooit meer.'

'Nou, verzin maar iets,' zei hij. 'Was je helemaal. In mijn wereld zijn de mensen schoon.'

'Hmm,' zei Lyra, en ze ging naar boven. Een woest rattengezicht blikte hem kwaad aan over haar schouder, maar hij keek koel terug.

Een deel van hem verlangde ernaar om op deze zonnige, stille ochtend rond te slenteren en de stad te verkennen, een ander deel beefde van ongerustheid over zijn moeder, en weer een ander deel verkeerde nog steeds in shocktoestand vanwege de dood die hij had veroorzaakt. En boven dit alles hing de gedachte aan het karwei dat hij moest klaren. Maar het was goed om bezig te blijven, dus maakte hij, terwijl hij op Lyra wachtte, het aanrecht en de tafel in de keuken schoon, dweilde de vloer en gooide het afval in het vuilnisvat dat buiten in de steeg stond.

Toen haalde hij de groenleren schrijfmap uit zijn boodschappentas en keek er verlangend naar. Zodra hij Lyra had laten zien hoe ze door het raam in zijn Oxford moest komen, zou hij teruggaan om erin te kijken. Maar nu stopte hij de map zolang onder de matras van het bed waarin hij had geslapen. In deze wereld was hij veilig.

Toen Lyra schoon en met natte haren beneden kwam, vertrokken ze om kleren voor haar te zoeken. Ze vonden een warenhuis dat net zo rommelig was als alle warenhuizen overal, met kleding die Will een beetje ouderwets leek, maar ze zochten voor Lyra een geruite rok en een groene mouwloze bloes met een borstzak voor Pantalaimon uit. Ze weigerde een spijkerbroek te dragen, weigerde zelfs Will te geloven toen hij haar vertelde dat de meeste meisjes die droegen.

'Het is een broek,' zei ze. 'Ik ben een meisje. Doe niet zo dom.'

Hij haalde zijn schouders op; de geruite rok zag er onopvallend uit en dat was het belangrijkste. Voor ze weggingen, stopte Will een paar munten in de kassa achter de toonbank.

'Wat doe je?' vroeg ze.

'Betalen. Je moet voor dingen betalen. Doen ze dat in jouw wereld niet?'

'In deze niet! Ik wed dat die andere kinderen nergens voor betalen.'

'Dat moeten zij weten, ik doe het wel.'

'Als je je als een groot mens gaat gedragen, nemen de Spoken je te pakken,' zei ze, maar ze wist niet of ze hem al kon plagen of dat ze bang voor hem moest zijn.

Bij daglicht zag Will dat de gebouwen in het hart van de stad oeroud waren en dat sommige op instorten stonden. Gaten in de weg waren niet gerepareerd, ramen waren kapot, pleisterwerk schilferde. En toch was dit eens een mooie, grootse stad geweest: door gebeeldhouwde poorten zagen ze ruime binnenplaatsen vol groen en er waren grote gebouwen die er als paleizen uitzagen, al waren de traptreden gebarsten en hingen de deurposten uit de muur. Het zag eruit alsof de burgers van Ci'gazze een huis liever eindeloos oplapten dan het af te breken en een nieuw te bouwen.

Op een gegeven moment kwamen ze bij een toren die in z'n eentje op een klein plein stond. Het was het oudste bouwwerk dat ze hadden gezien: een eenvoudige toren met drie verdiepingen en kantelen. Op de een of andere manier intrigeerde het Will en Lyra dat hij daar zo stil in de heldere zon stond, en ze voelden zich allebei aangetrokken door de half openstaande deur boven aan de trap. Maar ze praatten er niet over en liepen lichtelijk schoorvoetend door.

Toen ze bij de grote boulevard met de palmbomen waren, zei hij dat ze moest uitkijken naar een klein café op een hoek met groen gelakte metalen tafeltjes buiten op de stoep. Ze zag het binnen een minuut. Bij daglicht zag het er kleiner en armetieriger uit, maar het was hetzelfde café, met de bar met zinken blad, het espressoapparaat, het half leeggegeten bord risotto, die nu bedorven begon te ruiken in de warme lucht.

'Is het hier?' vroeg ze.

'Nee, het is midden op de weg. Let goed op of er geen andere kinderen in de buurt zijn...'

Maar ze waren alleen. Will liep met haar naar de middenberm onder de palmbomen en keek rond om zich te oriënteren.

'Volgens mij was het ongeveer hier,' zei hij. 'Toen ik door het raam kwam, zag ik net die hoge heuvel achter dat witte huis daar, en aan deze kant was het café, en...'

'Hoe ziet het eruit? Ik zie niets.'

'Je herkent het meteen. Het ziet er totaal anders uit dan wat dan ook.'

Hij keek overal rond. Was het verdwenen? Was het dichtgegaan? Hij zag het nergens.

En toen had hij het plotseling. Hij bewoog zich heen en weer, terwijl hij de rand in de gaten hield. Net zoals hij de nacht tevoren aan de Oxfordse kant had gemerkt, zag je het alleen vanuit een bepaalde hoek: als je erachter ging staan, was het onzichtbaar. En de zon op het gras erachter was precies hetzelfde als de zon op het gras aan deze kant, alleen was het op een onverklaarbare manier anders.

'Hier is het,' zei hij, toen hij het zeker wist.

'Ah! Ik zie het!'

Ze stond met open mond te kijken: ze zag er net zo verbijsterd uit als hij, toen hij Pantalaimon hoorde praten. Haar dæmon, die het niet langer kon uithouden in haar zak, kwam er als wesp uit vliegen, en hij zoemde een paar keer omhoog naar het gat en weer terug, terwijl zij pieken wreef in haar nog vochtige haar.

'Ga opzij staan,' zei hij tegen haar. 'Als je ervoor staat, zien de mensen alleen een paar benen, en dan zouden ze écht nieuwsgierig worden. Ik wil niet dat iemand iets merkt.'

'Wat is dat voor geluid?'

'Verkeer. Het raam zit bij de rondweg om Oxford. Die is natuurlijk druk. Ga op je knieën zitten en kijk er van opzij naar. Het is eigenlijk het verkeerde ogenblik om erdoorheen te gaan, er zijn veel te veel mensen. Maar als we het midden in de nacht doen, kun je bijna nergens heen. Nu kunnen we ons tenminste gemakkelijk onder de massa mengen, als we er eenmaal zijn. Ga jij maar eerst. Duik er gewoon snel doorheen en wacht op me aan de andere kant.'

Ze had een klein blauw rugzakje gedragen sinds ze uit het café waren vertrokken. Ze schoof het van haar schouders en hield het in haar armen toen ze hurkte om door het venster te kijken.

Ze slaakte een kreetje. 'Is dat jouw wereld? Het ziet er helemaal niet uit als Oxford. Weet je zeker dat je in Oxford bent geweest?'

'Natuurlijk weet ik dat zeker. Als je erdoor bent, zie je een weg vlak voor je. Ga linksaf en neem dan een eindje verderop de weg naar rechts. Die gaat naar het centrum. Kijk eerst of je ziet waar dit raam is en onthoud het, goed? Het is de enige manier om terug te komen.'

'Goed,' zei ze, 'ik zal het onthouden.'

Met haar rugzak in haar armen dook ze door het venster in de lucht en verdween. Will ging op zijn hurken zitten om te kijken waar ze heen ging.

En daar stond ze op het gras in zijn Oxford met Pan nog als een wesp op haar schouder, en voorzover hij wist, had niemand haar te voorschijn zien komen. Een paar meter verderop raasden auto's en vrachtwagens langs, en op dit drukke kruispunt zou geen bestuurder tijd hebben om opzij te kijken naar een raar stukje lucht, als ze het al konden zien. En iemand die aan de overkant stond kon het venster niet zien vanwege het verkeer.

Er klonk gegier van remmen, een schreeuw, een klap. Hij liet zich vallen om te kijken.

Lyra lag op het gras. Een auto had zo hard geremd dat een vrachtwagen erachterop was gereden en de auto een eind vooruit had geschoven, en nu lag Lyra daar roerloos...

Will schoot het raam door. Niemand zag hem komen: alle ogen waren gericht op de auto, de ingedeukte bumper, de bestuurder die uitstapte, en op het meisje.

'Ik kon er niets aan doen... ze liep zó voor de auto...' zei de bestuurder, een vrouw van middelbare leeftijd. 'U reed te dicht achter me,' zei ze beschuldigend tegen de vrachtwagenchauffeur.

'Daar hebben we het nu niet over,' zei hij, 'hoe is het met het kind?'

De chauffeur vroeg het aan Will, die op zijn knieën naast Lyra zat. Will keek omhoog en om zich heen, maar er was niets aan te doen: hij was verantwoordelijk. Op het gras naast hem bewoog Lyra haar hoofd heen en weer, hevig met haar ogen knipperend. Naast haar zag Will de wesp-Pantalaimon half verdoofd langs een grasspriet omhoog klimmen.

'Gaat het een beetje?' vroeg Will. 'Beweeg je armen en benen eens.'

'Stom kind!' zei de vrouw van de auto. 'Rende gewoon voor m'n auto. Keek niet op of om. Wat moet ik dan?'

'Ben je er nog, liefje?' vroeg de vrachtwagenchauffeur.

'Ja hoor,' mompelde Lyra.

'Werkt alles nog?'

'Beweeg je voeten en handen,' drong Will aan.

Ze deed het. Er was niets gebroken.

'Er is niets ergs aan de hand,' zei Will. 'Ik zorg wel voor haar. Niks aan de hand.'

'Ken je haar?' vroeg de vrachtwagenchauffeur.

'Het is mijn zusje,' zei Will. 'Maak u geen zorgen. We wonen vlak om de hoek. Ik breng haar naar huis.'

Lyra was overeind gaan zitten en omdat ze kennelijk niet zwaargewond was, richtte de vrouw haar aandacht weer op de auto. De rest van het verkeer reed om de twee stilstaande voertuigen heen, en in het voorbijgaan wierpen de bestuurders nieuwsgierige blikken op het tafereeltje, zoals mensen altijd doen. Will hielp Lyra overeind: hoe sneller ze weg waren, hoe beter. De vrouw en de vrachtwagenchauffeur hadden zich gerealiseerd dat hun ruzie behandeld moest worden door hun verzekeringen en ze waren adressen aan het uitwisselen, toen de vrouw Lyra, gesteund door Will, weg zag strompelen.

'Wacht even!' riep ze. 'Jullie zijn getuigen. Ik moet jullie naam en adres hebben.'

'Ik heet Mark Ransom,' zei Will, zich omdraaiend, 'en mijn zusje heet Lisa. Ons adres is Bourne Close 26.'

'Postcode?'

'Die kan ik nooit onthouden,' zei hij. 'Luister, ik moet met haar naar huis.'

'Spring in de cabine,' zei de vrachtwagenchauffeur, 'dan breng ik jullie even.'

'Nee, het is de moeite niet, we zijn er vlugger als we lopen, eerlijk.'

Lyra liep niet erg mank. Ze sjokten samen terug over het gras onder de beukenbomen en sloegen de eerste de beste hoek om.

Daar gingen ze op een lage tuinmuur zitten.

'Heb je ergens pijn?' vroeg Will.

'Ik heb m'n been gestoten. En toen ik viel, werden m'n hersens door elkaar gerammeld,' zei ze.

Maar ze maakte zich meer zorgen over de inhoud van de rugzak. Ze rommelde erin, haalde er een zwaar, in zwart fluweel gewikkeld bundeltje uit en vouwde het open. Will zette grote ogen op toen hij de alethiometer zag: de piepkleine symbolen die langs de rand van de ronde wijzerplaat waren geschilderd, de gouden wijzers, de zoeknaald, de zware weelderigheid van het omhulsel sloegen hem met stomheid.

'Wat is dat?' vroeg hij.

'Mijn alethiometer. Het is een waarheidsverteller. Een symbolenduider. Ik hoop dat hij niet kapot is...'

Maar hij was niet beschadigd. Zelfs nu haar handen trilden, zwaaide de lange naald zonder haperingen rond. Ze borg hem weer op en zei: 'Ik heb nog nooit zo veel karren en zo gezien... Ik had er geen idee van dat ze zo hard gingen.'

'Hebben ze in jouw Oxford geen auto's en vrachtwagens?'

'Niet zo veel. Niet zoals deze. Ik was er niet aan gewend. Maar nu weet ik het.'

'Nou, wees van nu af aan voorzichtig. Als je onder een bus loopt of verdwaalt of zoiets, zullen ze zich realiseren dat je niet uit deze wereld komt en naar de doorgang gaan zoeken...'

Hij was veel bozer dan nodig was. Ten slotte zei hij: 'Moet je horen. Als je net doet of je mijn zusje bent, is dat een goede camouflage voor mij, want de persoon die ze zoeken, heeft geen zusje. En als ik met je meega, kan ik je laten zien hoe je moet oversteken zonder overreden te worden.'

'Goed,' zei ze onderdanig.

'En geld. Ik wed dat je geen... nou ja, waar zou je geld vandaan moeten hebben? Hoe denk je te eten en zo?'

'Ik heb wel geld,' zei ze, en ze schudde een paar soevereinen uit haar beurs.

Will keek er ongelovig naar.

'Is dat goud? Ja, hè? Nou, daar zou je de mensen pas echt nieuwsgierig mee maken. Dat is gewoon niet veilig. Ik zal je wat geld geven. Stop die munten weg en laat ze aan niemand zien. En onthoud goed: je bent mijn zusje en je heet Lisa Ransom.'

'Lizzie. Ik heb mezelf wel eens meer Lizzie genoemd. Dat weet ik nog.'

'Goed, Lizzie dan. En ik heet Mark. Goed onthouden.'

'Goed,' zei ze vredelievend.

Haar been zou pijn gaan doen: het was al rood en opgezwollen waar de auto haar had geraakt en er begon een geweldige blauwe plek op te komen. In combinatie met de blauwe plek op haar wang van de klap die hij haar de avond tevoren had gegeven, zag het er niet best uit: alsof ze was mishandeld. En dat baarde hem ook zorgen: stel dat een agent nieuwsgierig zou worden?

Hij probeerde het uit zijn gedachten te zetten en ze gingen op weg. Ze staken over bij het stoplicht en wierpen nog één blik in de richting van het venster onder de beukenbomen. Het was totaal onzichtbaar en het verkeer stroomde weer voort.

In Summertown, tien minuten lopen over Banbury Road, bleef Will voor een bank staan.

'Wat doe je?' vroeg Lyra.

'Ik ga wat geld trekken. Dat kan ik waarschijnlijk beter niet te vaak doen, maar het wordt pas geregistreerd aan het eind van de werkdag, denk ik.'

Hij stopte het bankpasje van zijn moeder in de automaat en tikte haar pincode in. Alles leek goed te gaan, dus nam hij honderd pond op, en zonder mankeren gleden de biljetten uit de automaat. Lyra keek met open mond toe. Hij gaf haar een briefje van twintig pond.

'Bewaar dat voor later,' zei hij. 'Koop iets, dan kun je het wisselen. Laten we een bus naar het centrum nemen.'

Lyra liet hem alles regelen met de bus en zat stilletjes te kijken naar de huizen en tuinen van de stad die haar stad was, en toch ook weer niet. Het was of je in andermans droom leefde. Ze stapten in het centrum uit naast een oude stenen kerk, die ze kende, tegenover een groot warenhuis, dat haar niet bekend voorkwam.

'Het is allemaal veranderd,' zei ze. 'Alsof... Is dat niet de Cornmarket? En dit is Broad. Daar is Balliol. En de Bodley-bibliotheek verderop. Maar waar is het Jordan-college?'

Ze trilde nu hevig. Misschien was het een verlate reactie op het ongeluk, of de schok die ze nu kreeg omdat ze een totaal ander gebouw aantrof op de plaats van het Jordan-college, dat haar thuis was geweest.

'Dat klopt niet,' zei ze. Ze praatte zacht, omdat Will had gezegd dat ze niet zo luid moest wijzen op alles wat niet klopte. 'Dit is een ander Oxford.'

'Nou, dat wisten we al,' zei hij.

Hij was niet voorbereid op Lyra's verbijsterde hulpeloosheid. Hij kon niet weten hoe vaak ze als kind door straten had gerend die bijna hetzelfde waren als deze; hoe trots ze erop was geweest dat ze bij het Jordan-college hoorde, dat de knapste geleerden en de best gevulde schatkist had en in schoonheid zijn weerga niet kende. En nu was het er gewoon niet, en zij was niet meer Lyra van het Jordan. Ze was een verdwaald klein meisje in een vreemde wereld, dat nergens bij hoorde.

'Nou,' zei ze beverig, 'als het hier niet is...'

Het zou gewoon meer tijd vergen dan hij had gedacht, dat was alles.

4
Trepaneren

Zodra Lyra alleen op pad was gegaan, zocht Will een telefooncel en draaide het nummer van het advocatenkantoor dat vermeld stond op de brief die hij in zijn hand hield.

'Hallo? Mag ik meneer Perkins?'

'Met wie spreek ik?'

'Ik bel in verband met John Parry. Ik ben zijn zoon.'

'Een ogenblik, alstublieft...'

Er verstreek een minuut en toen zei een mannenstem: 'Hallo, met Alan Perkins. Met wie spreek ik?'

'Met William Parry. Neem me niet kwalijk dat ik bel. Het gaat over mijn vader John Parry. U hebt om de drie maanden geld van mijn vader op de bankrekening van mijn moeder gestort.'

'Ja...'

'Nou, ik wil graag weten waar mijn vader is. Leeft hij nog of is hij dood?'

'Hoe oud ben je, William?'

'Twaalf. Ik wil weten hoe het zit met hem.'

'Ja... Heeft je moeder... is ze... weet ze dat je me belt?'

Will dacht zorgvuldig na.

'Nee,' zei hij. 'Maar haar gezondheid is niet zo goed. Ze kan me niet veel vertellen en ik wil het weten.'

'Juist, ik begrijp het. Waar ben je nu? Thuis?'

'Nee, ik ben... ik ben in Oxford.'

'In je eentje?'

'Ja.'

'En je moeder maakt het niet zo goed, zeg je?'

'Nee.'

'Ligt ze in het ziekenhuis of zo?'

'Zoiets. Maar kunt u me nou iets vertellen of niet?'

'Nou, ik kan je wel iets vertellen, maar niet veel en niet op dit ogenblik. En ik doe het liever niet over de telefoon. Ik heb over vijf minuten een cliënt... Kun je rond halfdrie op mijn kantoor komen?'

'Nee,' zei Will. Het zou te riskant zijn: de advocaat had tegen die tijd misschien gehoord dat hij door de politie werd gezocht. Hij dacht snel na en ging door: 'Ik moet een bus naar Nottingham halen en die wil ik niet missen. Maar u kunt me toch over de telefoon vertellen wat ik wil weten? Alles wat ik wil weten is of mijn vader nog leeft en zo ja, waar ik hem kan vinden. Dat kunt u me toch wel vertellen?'

'Zo eenvoudig is het niet. Ik mag geen vertrouwelijke informatie over een cliënt geven, tenzij ik zeker weet dat de cliënt dat wil. Bovendien zou ik enig bewijs moeten hebben dat je bent wie je zegt dat je bent.'

'Ja, dat begrijp ik, maar kunt u me alleen zeggen of hij nog leeft of dood is?'

'Nou... Nee, dat zou niet vertrouwelijk zijn. Maar jammer genoeg kan ik het toch niet vertellen, want ik weet het niet.'

'Wat?'

'Het geld komt uit een familiefonds. Hij heeft instructies achtergelaten dat ik moest betalen tot hij zou zeggen dat ik ermee moest stoppen. Sedertdien heb ik nooit meer wat van hem gehoord. Waar het in feite op neerkomt... Nou ja, ik denk dat hij verdwenen is. Daarom kan ik geen antwoord geven op je vraag.'

'Verdwenen? Gewoon... weg?'

'Dat is in wezen algemeen bekend. Hoor eens, kom nou naar mijn kantoor en...'

'Dat kan niet. Ik moet naar Nottingham.'

'Nou, schrijf me dan of laat je moeder schrijven, dan zal ik antwoorden voorzover dat in mijn vermogen ligt. Maar je moet begrijpen dat ik over de telefoon niet veel kan doen.'

'Ja, dat zal wel. Goed. Maar kunt u me zeggen waar hij is verdwenen?'

'Zoals ik al zei: dat is algemeen bekend. Er hebben destijds verschillende verhalen in de krant gestaan. Je weet dat hij ontdekkingsreiziger was?'

'Daar heeft mijn moeder iets over gezegd, ja...'

'Nou, hij leidde een expeditie en iedereen is gewoon verdwenen. Ongeveer tien jaar geleden.'

'Waar?'

'Helemaal in het noorden. Alaska, geloof ik. Dat kun je opzoeken in de openbare bibliotheek. Waarom...'

Maar op dat moment was Wills geld op, en hij had geen kleingeld meer. De kiestoon zoemde in zijn oor. Hij legde de hoorn op de haak en keek om zich heen.

Wat hij het liefst van alles wilde was met zijn moeder praten. Hij moest zichzelf dwingen mevrouw Coopers nummer niet te draaien, want als hij de stem van zijn moeder hoorde, zou het heel moeilijk zijn om niet naar haar toe te gaan, en dan zouden ze allebei gevaar lopen. Maar hij kon haar een briefkaart sturen.

Hij koos een stadsgezicht en schreef: 'Lieve mam, ik maak het goed en ik zie je binnenkort weer. Ik hoop dat met jou ook alles goed is. Ik hou van je, Will.' Hij schreef het adres erop, kocht een postzegel en hield de kaart even tegen zich aan voor hij hem in een brievenbus deed.

Het was midden op de ochtend en hij stond in de drukste winkelstraat, waar bussen zich toeterend een weg baanden door de menigte voetgangers. Hij begon zich te realiseren hoe hij opviel, want het was een werkdag en dan moest een kind van zijn leeftijd op school zitten. Waar kon hij heen?

Hij had niet lang nodig om zich te camoufleren. Will kon gemakkelijk verdwijnen omdat hij er goed in was; hij was zelfs trots op zijn bedrevenheid. Hij deed het bijna net zoals Serafina Pekkala zich op het schip onzichtbaar had gemaakt: hij maakte zichzelf intens onopvallend. Hij liet zichzelf opgaan in de achtergrond.

Hij kende de wereld waarin hij leefde en ging nu dus naar een kantoorboekhandel, waar hij een ballpoint, een blocnote en een bord om die op vast te klemmen kocht. Scholen stuurden er vaak groepjes leerlingen op uit om een enquête onder het winkelpubliek te houden of zoiets. Als het leek of hij met zo'n project bezig was, zou niemand denken dat hij niets om handen had.

Daarna slenterde hij, speurend naar de openbare bibliotheek, verder, terwijl hij net deed of hij aantekeningen maakte.

Intussen was Lyra op zoek naar een rustig plekje om haar alethiometer te raadplegen. In haar eigen Oxford zouden er meer dan tien plekjes op minder dan vijf minuten loopafstand te vinden zijn. Maar dit Oxford was zo verwarrend anders, met stukjes hartverscheurende vertrouwdheid vlak naast het eenvoudigweg vreemdsoortige: waarom hadden ze die gele strepen op de weg geschilderd? Wat waren die witte plekjes, waarmee alle stoepen bezaaid waren? (In haar wereld hadden ze nooit van kauwgum gehoord.) Wat betekenden die rode en groene lichten op de hoek van de straat? Het was allemaal veel moeilijker te duiden dan de alethiometer.

Maar daar was de poort van het St. John-college, waar Roger en zij na donker eens overheen waren geklommen om vuurwerk in de bloemperken te planten. En die speciale versleten steen op de hoek van Catte Street: daar waren de initialen SP die Simon Parslow erin had gekrast, precies dezelfde! Ze had het hem zien doen! Iemand in deze wereld met dezelfde initialen moest hier hebben staan lanterfanten en precies hetzelfde hebben gedaan.

Misschien was er een Simon Parslow in deze wereld.

Misschien was er een Lyra.

Er gleed een huivering langs haar ruggengraat, en Pantalaimon in muizenvorm huiverde in haar borstzakje. Ze vermande zich. Er waren al genoeg mysteries zonder dat zij ze zich hoefde in te beelden.

Er was nog een verschil tussen dit Oxford en het hare: hier dromden massa's mensen op alle stoepen, liepen ze bij tientallen de gebouwen in en uit. Alle soorten mensen: vrouwen die als mannen gekleed waren, Afrikanen, zelfs een groep Tataren die gedwee hun leider volgden, allemaal keurig gekleed en met zwarte doosjes aan een band om hun nek. Eerst keek ze hen woedend en angstig aan, omdat ze geen dæmonen hadden en in haar wereld als geesten of nog erger beschouwd zouden worden.

Maar (en dat was zo vreemd) ze zagen er allemaal springlevend uit. Deze wezens gedroegen zich heel opgewekt, net of ze mensen waren, en Lyra moest toegeven dat ze dat waarschijnlijk ook waren, en dat hun dæmonen binnen in hen zaten, net als bij Will.

Toen ze een uur had rondgezworven om een indruk te krijgen van dit namaak-Oxford kreeg ze honger, en ze kocht een reep chocola met haar briefje van twintig. De winkelier keek haar bevreemd aan, maar hij was een Indiër en verstond haar accent misschien niet goed, hoewel ze het heel duidelijk had gevraagd. Met het wisselgeld kocht ze een appel op de overdekte markt, die meer op het echte Oxford leek, en ze liep naar het park. Daar stond een weids gebouw, een echt Oxfordachtig gebouw, dat in haar wereld helemaal niet voorkwam, maar er niet zou misstaan. Ze ging buiten op het gras zitten eten en bekeek het gebouw goedkeurend.

Ze ontdekte dat het een museum was. De deuren stonden open en binnen zag ze opgezette dieren en fossiele skeletten en vitrines met mineralen, net zoals in het Royal Geological Museum waar ze met mevrouw Coulter was geweest in haar Londen. Aan de andere kant van de grote hal van glas en metaal lag de ingang naar een ander deel van het museum, en omdat het er bijna uitgestorven was, ging ze daar binnen en keek om zich heen. De alethiometer zat nog steeds vooraan in haar gedachten, maar in deze tweede zaal was ze ineens omringd door dingen die ze goed kende. Er stonden vitrines vol poolkleding – net als haar eigen bontkleren –, sleden, snijwerk uit walrustanden en harpoenen voor de zeehondenjacht. Vitrines met een allegaartje van duizend en één trofeeën, souvenirs, magische voorwerpen, gereedschappen en wapens, niet alleen van de noordpool, zoals ze zag, maar uit alle delen van deze wereld.

Maar wat vreemd. Die jassen van kaliboebont waren precies hetzelfde als de hare, terwijl ze het tuig van die slee volkomen verkeerd hadden vastgebonden. Maar hier was een fotogram van een paar Samojeedse jagers, gewoon het evenbeeld van de jagers die Lyra gevangen hadden genomen en aan Bolvangar verkocht: kijk! Het waren dezelfde mannen! En zelfs dat touw was op precies dezelfde plaats doorgesleten en opnieuw geknoopt, en ze kende het van heel dichtbij, omdat ze een paar ellendige uren in die slede vastgebonden had gezeten... Wat waren dit voor mysteries? Bestond er uiteindelijk toch maar één wereld, die voortdurend droomde over andere werelden?

En toen zag ze iets waardoor ze weer aan de alethiometer moest denken. In een oude vitrine met zwart geschilderde houten omlijsting lag een aantal menselijke schedels, en in sommige daarvan zaten gaten: aan de voorkant, opzij of bovenop. In de schedel die in het midden lag, zaten twee gaten. Op een kaartje stond in spichtig handschrift dat dit procédé trepaneren, ofwel de schedel doorboren, heette. Op het kaartje stond ook dat alle gaten geboord waren toen de eigenaars nog leefden, want het bot was geheeld en glad geworden aan de rand. Maar bij één schedel was dat niet zo: het gat was veroorzaakt door een bronzen pijlpunt, die er nog in stak, en de randen waren scherp en brokkelig, zodat je het verschil kon zien.

Dit was nu precies wat de Tataren uit het noorden deden. En wat Stanislaus Grumman bij zichzelf had gedaan, tenminste volgens de geleerden van het Jordan die hem hadden gekend. Lyra keek snel om zich heen, zag niemand en haalde de alethiometer te voorschijn.

Ze concentreerde haar geest op de schedel in het midden en vroeg: *Van wat voor soort mens is deze schedel geweest, en waarom hebben ze die gaten erin geboord?*

Terwijl ze zich stond te concentreren in het stoffige licht dat door het glazen dak schemerde en langs de bovengalerijen omlaag viel, merkte ze niet dat iemand naar haar keek.

Een krachtig uitziende man van een eindje in de zestig, met een prachtig gesneden linnen pak aan en een panamahoed in zijn hand, stond op de bovengelegen galerij en keek over de ijzeren balustrade naar beneden.

Zijn grijze haar was keurig weggeborsteld van zijn gladde, gebruinde, nauwelijks gerimpelde voorhoofd. Hij had grote, donkere, indringende ogen met lange wimpers, en om de minuut glipte zijn scherpe, donkergepunte tong even uit een mondhoek en gleed vochtig over zijn lippen. De spierwitte zakdoek in zijn borstzak was besprenkeld met een zwaar geurende eau de cologne, die deed denken aan kasplanten die zo uitbundig geuren dat je de verrotting bij hun wortels ruikt.

Hij had een paar minuten naar Lyra staan kijken. Hij was over de galerij met haar meegelopen, en toen ze stilstond bij de kast met schedels, bekeek hij haar aandachtig. Hij nam haar helemaal in zich op: haar ruige, slordige haren, de blauwe plek op haar wang, de nieuwe kleren, haar blote nek die over de alethiometer was gebogen, haar blote benen.

Hij trok de zakdoek uit zijn borstzak, schudde hem uit, wiste zijn voorhoofd af en liep naar de trap.

Intussen kwam Lyra, helemaal geboeid, vreemde dingen aan de weet. Deze schedels waren onvoorstelbaar oud. Op de kaartjes in de vitrine stond gewoon 'Bronzen Tijdperk', maar de alethiometer, die nooit loog, zei dat de man wiens schedel het was, 33.254 jaar geleden had geleefd, en dat hij tovenaar was geweest, en dat het gat in zijn schedel was geboord om de goden in zijn hoofd binnen te laten. En vervolgens voegde de alethiometer, die soms nonchalant antwoordde op een vraag die Lyra niet had gesteld, eraan toe dat er heel wat meer Stof zat rond de doorboorde schedels dan rond de schedel met de pijlpunt.

Wat kon dat in hemelsnaam betekenen? Lyra ontwaakte uit de geconcentreerde rust die ze met de alethiometer had gedeeld, dreef langzaam terug naar het heden en kwam tot de ontdekking dat ze niet meer alleen was. Een man op leeftijd in een licht pak, die zoet rook, stond in de vitrine naast haar te kijken. Hij deed haar aan iemand denken, maar ze wist niet wie.

Hij merkte dat ze hem aanstaarde en keek glimlachend op.

'Bekijk je de doorboorde schedels?' zei hij. 'Wat doen de mensen zichzelf toch vreemde dingen aan.'

'Mm,' zei ze neutraal.

'Weet je dat er nog steeds mensen zijn die het doen?'

'Ja,' zei ze.

'Hippies, weet je, dat soort mensen. In feite ben je veel te jong om je de hippies te herinneren. Ze zeggen dat het meer effect heeft dan drugs.'

Lyra had de alethiometer in haar rugzak gestopt en vroeg zich af hoe ze weg kon komen: ze had de belangrijkste vraag nog niet gesteld, en nu had deze oude man een praatje met haar aangeknoopt.

Hij leek best aardig, en hij rook lekker. Hij stond nu dichterbij. Zijn hand raakte de hare toen hij zich over de vitrine boog.

'Wel verbazingwekkend, hè? Geen verdoving, geen ontsmettingsmiddelen, waarschijnlijk gedaan met stenen gereedschap. Het moeten taaie lui zijn geweest. Ik geloof niet dat ik je hier al eens heb gezien. Ik kom hier vaak. Hoe heet je?'

'Lizzie,' zei ze moeiteloos.

'Lizzie. Hallo, Lizzie. Ik heet Charles. Zit je in Oxford op school?'

Ze wist niet precies wat ze daarop moest antwoorden.

'Nee,' zei ze.

'Gewoon op bezoek? Nou, je hebt een prachtig museum uitgezocht. Waar ben je speciaal in geïnteresseerd?'

Ze had heel lang niemand ontmoet die haar zo voor raadsels stelde als deze man. Aan de ene kant was hij vriendelijk en aardig en heel schoon en chic gekleed, maar aan de andere kant trok Pantalaimon, in haar borstzak, haar aandacht en smeekte haar om voorzichtig te zijn, omdat ook hij zich half en half iets herinnerde. En ergens ving ze iets op wat niet echt een luchtje was, maar het idee van een luchtje, en het was de reuk van mest, van verrotting. Ze moest denken aan het paleis van Iofur Raknison, waar de lucht geurde, maar waar een dikke laag vuil op de vloer lag.

'Waar ik belangstelling voor heb?' zei ze. 'O, voor van alles eigenlijk. In die schedels ben ik zonet geïnteresseerd geraakt, omdat ik ze daar zag liggen. Ik kan me niet voorstellen dat iemand zoiets wil. Het is vreselijk.'

'Nee, ik zou het ook niet prettig vinden, maar ik verzeker je dat het nog steeds gebeurt. Ik kan je voorstellen aan iemand die het heeft gedaan,' zei hij, en hij keek zo vriendelijk en hulpvaardig dat ze bijna in de verleiding kwam. Maar toen kwam die kleine donkere tongpunt naar buiten, zo snel als die van een slang: floep, lik. En ze schudde haar hoofd.

'Ik moet weg,' zei ze. 'Dank u wel voor het aanbod, maar ik kan het beter niet doen. Ik moet trouwens gaan, want ik heb met iemand afgesproken. Een kennis,' voegde ze eraan toe. 'Waar ik logeer.'

'Ik begrijp het,' zei hij vriendelijk. 'Nou, het was gezellig om met je te praten. Dag, Lizzie.'

'Dag,' zei ze.

'O... voor het geval dat... hier heb je mijn naam en adres,' zei hij, haar een kaartje gevend, 'gewoon voor het geval je meer over dit soort dingen wilt weten.'

'Dank u,' zei ze minzaam, en ze stopte het in het zakje achter op haar rugzak voor ze de zaal uit liep. Ze voelde de hele tijd zijn ogen in haar rug.

Toen ze eenmaal het museum uit was liep ze het park in, waar zoals ze wist een veld was voor cricket en andere sporten. Ze zocht een rustig plekje onder een paar bomen en probeerde de alethiometer opnieuw.

Deze keer vroeg ze waar ze een geleerde kon vinden die iets over Stof wist. Het antwoord dat ze kreeg was eenvoudig: het verwees haar naar een bepaalde kamer in het hoge vierkante gebouw achter haar. In feite was het antwoord zo ongecompliceerd en kwam het zo snel dat Lyra ervan overtuigd was dat de alethiometer meer te zeggen had. Ze begon nu te merken dat hij stemmingen had, net als een mens, en aan te voelen wanneer hij haar meer wilde vertellen.

En dat wilde hij nu. Wat hij zei was: *Je moet je bezighouden met de jongen. Het is je taak hem te helpen zijn vader te vinden. Richt daar je aandacht op.*

Ze knipperde met haar ogen. Ze was echt verbijsterd. Will was uit het niets verschenen om haar te helpen: dat was toch wel duidelijk. De gedachte dat zíj helemaal hierheen was gekomen om hém te helpen, sloeg haar met stomheid.

Maar de alethiometer was nog niet klaar. De naald bewoog weer, en ze las: *Jok niet tegen de geleerde.*

Ze wikkelde de alethiometer in het fluweel en stopte hem weg in de rugzak. Toen kwam ze overeind, keek zoekend rond naar het gebouw waar ze haar geleerde zou vinden en liep erheen. Ze voelde zich niet op haar gemak en opstandig.

Will had geen moeite de bibliotheek te vinden. De bibliothecaris van de afdeling naslagwerken nam zonder meer aan dat hij onderzoek deed voor een geografieproject op school. Hij hielp hem bij het zoeken naar de gebonden exemplaren van het *Times*-register voor zijn geboortejaar, het jaar waarin zijn vader was verdwenen. Will ging zitten om ze door te kijken. Inderdaad waren er verschillende verwijzingen naar John Parry, in verband met een archeologische expeditie.

Hij ontdekte dat elke maand op een apart rolletje microfilm stond. Hij stopte ze om de beurt in de projector, draaide de tekst door om de artikelen te vinden en las die hevig geconcentreerd. Het eerste artikel ging over het vertrek van een expeditie naar het noorden van Alaska. De expeditie werd gesubsidieerd door het Archeologisch Instituut van de universiteit van Oxford, en het ging om verkenning van een gebied waar men bewijs hoopte te vinden van vroege menselijke nederzettingen. John Parry, gewezen officier in de Koninklijke Marine en ontdekkingsreiziger van beroep, had de leiding.

Het tweede bericht was zes weken later gedateerd. Daarin werd in het kort vermeld dat de groep onderzoekers was aangekomen bij het Noord-Amerikaanse Station voor Poolonderzoek in Noatak, Alaska.

Het derde was twee maanden later gedateerd. Daarin stond dat er geen antwoord was gekomen op signalen van het onderzoeksstation en dat John Parry en zijn groep als vermist werden beschouwd.

Daarna was er een korte reeks artikelen verschenen over de opsporingsgroepen die vergeefs naar hen hadden gezocht, de zoekvluchten boven de Beringzee en de reactie van het Archeologisch Instituut. Er waren ook interviews met familieleden...

Zijn hart begon te bonzen, want er was een foto van zijn moeder. Met een baby in haar armen. Hij.

De verslaggever had een standaardverhaal geschreven over de echtgenote die gekweld en met betraand gezicht op nieuws wacht. Will was teleurgesteld over het gebrek aan echte feiten. In een korte alinea stond dat John Parry een succesvolle carrière had gehad bij de Koninklijke Marine en dat hij daar was weggegaan om zich te specialiseren in het organiseren van geografische en wetenschappelijke expedities. Dat was alles.

In het register was verder niets te vinden en Will zat verbijsterd naar het lege scherm te kijken. Er moest ergens anders toch meer informatie zijn, maar waar? En als hij er te lang naar zocht, zou hij opgespoord worden...

Hij gaf de rolletjes microfilm terug en vroeg aan de bibliothecaris: 'Weet u soms het adres van het Archeologisch Instituut?'

'Daar kan ik wel achter komen... Op welke school zit je?'

'De St. Peter-school,' zei Will.

'Dat is toch niet in Oxford?'

'Nee, in Hampshire. Mijn klas is bezig met een soort veldonderzoek. Ervaring opdoen in onderzoek naar woonomgeving, om zo te zeggen...'

'O, ik begrijp het. Wat wilde je ook weer... Archeologisch... Hier.'

Will schreef het adres en telefoonnummer over, en omdat hij veilig kon toegeven dat hij Oxford niet kende, vroeg hij waar het was. Het was niet ver weg. Hij bedankte de bibliothecaris en ging op pad.

In het gebouw zag Lyra onder aan de trap een brede balie, waar een portier achter zat.

'Waar moet dat heen?' vroeg hij.

Het was of ze weer thuis was. Ze voelde dat Pan, in haar borstzak, ervan genoot.

'Ik heb een boodschap voor iemand op de eerste verdieping,' zei ze.

'Wie?'

'Dr. Lister,' zei ze.

'Dr. Lister zit op de tweede verdieping. Als je iets voor hem hebt, kun je het hier achterlaten en dan waarschuw ik hem wel.'

'Ja, maar dit is iets wat hij onmiddellijk nodig heeft. Hij heeft er net om gevraagd. Het is in feite geen díng, het is iets wat ik hem moet vertellen.'

Hij nam haar eens goed op, maar was niet opgewassen tegen de minzame, stompzinnige volgzaamheid die Lyra kon uitstralen als ze dat wilde. Ten slotte knikte hij en dook weer in zijn krant.

Van de alethiometer kreeg Lyra natuurlijk geen namen te horen. Ze had dr. Listers naam gelezen op een vakje aan de muur achter de portier. Als je net doet of je iemand kent, heb je meer kans dat ze je binnenlaten. In sommige opzichten kende Lyra Wills wereld beter dan hij.

Op de eerste verdieping lag een lange gang. Er stonden twee deuren open: achter de ene zag Lyra een lege collegezaal en achter de andere een kleinere ruimte waar twee geleerden iets stonden te bespreken bij een zwart schoolbord. De zalen en de muren van de gang waren saai, kaal en lelijk op een manier die Lyra associeerde met armoede, niet met de geleerdheid en pracht van Oxford. Toch waren de stenen muren glad geschilderd, de deuren van zwaar hout en de trapleuningen van glimmend staal, dus waren ze duur. Het was gewoon het zoveelste aspect van deze wereld dat haar vreemd voorkwam.

Algauw vond ze de deur waarover de alethiometer haar had verteld. Op het kaartje dat er opgeprikt zat, stond: ONDERZOEKSGROEP DONKERE MATERIE, en daaronder had iemand gekrabbeld: RIP. In een ander handschrift was er met potlood bij geschreven: DIRECTEUR; LAZARUS.

Lyra begreep er niets van. Ze klopte en een vrouwenstem zei: 'Binnen.'

Het was een kleine kamer vol wankele stapels papier en boeken, en de schrijfborden aan de muren waren overdekt met getallen en vergelijkingen. Op de binnenkant van de deur was een tekening geprikt die er Chinees uitzag. Door een open deur zag Lyra nog een kamer, met een of ander ingewikkeld anbarisch apparaat waar geen geluid uit kwam.

Lyra was een beetje verbaasd dat de geleerde die ze zocht een vrouw bleek te zijn, maar de alethiometer had niet gezegd dat het een man was en dit was tenslotte een vreemde wereld. De vrouw zat aan een apparaat dat cijfers en vormen liet zien op een klein glazen scherm. Voor het scherm stond een ivoorkleurig blad met groezelige kleine blokjes waar alle letters van het alfabet op stonden. De geleerde drukte op een blokje en het scherm werd leeg.

'Wie ben je?' vroeg ze.

Lyra deed de deur achter zich dicht. Indachtig de opdracht van de alethiometer deed ze haar uiterste best om niet te doen wat ze in normale omstandigheden zou hebben gedaan, en ze vertelde de waarheid.

'Lyra Zilvertong,' antwoordde ze. 'Hoe heet u?'

De vrouw knipperde met haar ogen. Ze was achter in de dertig, schatte Lyra, misschien iets ouder dan mevrouw Coulter, en ze had kort zwart haar en rode wangen. Ze droeg een openhangende witte jas over een groene bloes en zo'n blauwe katoenen broek die zo veel mensen in deze wereld droegen.

Op Lyra's vraag haalde de vrouw een hand door haar haren en zei: 'Tjonge, jij bent de tweede onverwachte gebeurtenis vandaag. Ik ben doctor Mary Malone. Wat wil je?'

'Ik wil dat u me over Stof vertelt,' zei Lyra, nadat ze had rondgekeken om zeker te weten dat ze alleen waren. 'Ik weet dat u er iets over weet. Dat kan ik bewijzen. U moet het me vertellen.'

'Stof? Waar heb je het over?'

'Misschien noemt u het anders. Het gaat om elementaire deeltjes. In mijn wereld noemen de geleerden het Rusakov-deeltjes, maar meestal noemen ze het Stof met een hoofdletter. Ze zijn niet gemakkelijk te zien, maar ze komen uit de ruimte en hechten zich aan mensen. Maar niet zo vaak aan kinderen. Meestal aan volwassenen. En ik heb vandaag een ontdekking gedaan: ik was in dat museum een eindje verderop, en daar waren een paar oude schedels met gaten erin, zoals de Tataren doen, en daar zat veel meer Stof omheen dan om de schedel waar een ander soort gat in zat. Wat is het Bronzen Tijdperk?'

De vrouw keek haar met opengesperde ogen aan.

'Het Bronzen Tijdperk? Hemel, ik weet niet... ongeveer vijfduizend jaar geleden,' zei ze.

'O, nou ja, dan hadden ze het mis toen ze dat kaartje schreven. Die schedel met twee gaten erin is drieëndertigduizend jaar oud.'

Toen hield ze haar mond, want dr. Malone leek op het punt flauw te vallen. De rode kleur verdween volledig uit haar wangen, ze legde een hand op haar borst, terwijl ze met de andere haar stoelleuning omklemde, en haar mond zakte open.

Lyra stond koppig en verbaasd te wachten op een antwoord.

'Wie ben je?' zei de vrouw eindelijk.

'Lyra Zilver...'

'Nee, waar kom je vandaan? Wat ben je? Hoe weet je zulke dingen?'

Lyra zuchtte vermoeid. Ze was vergeten hoe omslachtig geleerden kunnen zijn. Het was moeilijk om hun de waarheid te vertellen, terwijl ze een leugen zo veel vlugger zouden hebben begrepen.

'Ik kom uit een andere wereld,' begon ze. 'En in die wereld is net zo'n Oxford als hier, alleen anders, en daar kom ik vandaan. En...'

'Wacht, wacht, wacht. Waar kom je vandaan?'

'Ergens anders vandaan,' zei Lyra wat voorzichtiger. 'Niet hiervandaan.'

'O, ergens anders vandaan,' zei de vrouw. 'Ik begrijp het. Tenminste, ik geloof dat ik het begrijp.'

'En ik moet erachter komen hoe het met Stof zit,' legde Lyra uit. 'Want de mensen van de kerk in mijn wereld zijn bang voor Stof, snapt u, omdat ze denken dat het de oerzonde is. Dus is het erg belangrijk. En mijn vader... Nee,' zei ze hartstochtelijk, en ze stampte zelfs met haar voet op de grond, 'dat is níet wat ik wilde zeggen. Ik doe het helemaal verkeerd.'

Dr. Malone keek naar Lyra's wanhopige frons en gebalde vuisten, naar de blauwe plekken op haar wang en haar been, en zei: 'Lieve hemel, kind, rustig...'

Ze brak haar zin af en wreef in haar ogen, die rood zagen van vermoeidheid.

'Waarom luister ik eigenlijk naar je?' ging ze door. 'Ik lijk wel gek. Je moet weten dat dit de enige plek op de wereld is waar je het antwoord op je vraag kunt krijgen, en ze staan op het punt onze afdeling te sluiten... Waar je het over hebt, jouw Stof, lijkt op iets waar we al een tijd onderzoek naar doen, en van je verhaal over de schedels in het museum schrok ik, omdat... O nee, dit kan ik niet aan. Ik ben te moe. Ik wil naar je luisteren, geloof me, maar niet nu alsjeblieft. Zei ik al dat ze onze afdeling gaan sluiten? Ik heb een week de tijd om een voorstel voor de subsidiecommissie in elkaar te timmeren, maar we hebben geen schijn van kans...'

Ze gaapte met wijdopen mond.

'Wat was het eerste onverwachte ding dat vandaag gebeurde?' vroeg Lyra.

'O. Ja. Iemand op wie ik had gerekend om onze subsidieaanvraag kracht bij te zetten, heeft zijn ondersteuning ingetrokken. Nou ja, zo onverwacht was het trouwens ook weer niet.'

Ze gaapte weer.

'Ik ga koffie maken,' zei ze. 'Anders val ik in slaap. Wil jij ook?'

Ze deed water in een elektrisch keteltje, en terwijl ze oploskoffie in twee bekers deed, staarde Lyra naar de Chinese tekening op de deur.

'Wat is dat?' vroeg ze.

'Het is Chinees. De karakters van de I Ching. Weet je wat dat is? Hebben ze dat in jouw wereld?'

Lyra keek haar met samengeknepen ogen aan, voor het geval ze het sarcastisch bedoelde. Ze zei: 'Sommige dingen zijn hetzelfde en andere zijn verschillend, dat is alles. Ik weet niet alles over mijn wereld. Misschien hebben ze dat Chinggedoe ook.'

'Neem me niet kwalijk,' zei dr. Malone. 'Ja, misschien wel.'

'Wat is donkere materie?' vroeg Lyra. 'Dat staat toch op het bordje?'

Dr. Malone ging weer zitten en trok met haar voet een stoel bij voor Lyra.

'Mijn groep doet onderzoek naar donkere materie,' zei ze toen. 'Niemand weet wat het is. Er zijn in het universum namelijk meer stoffen dan wij kunnen zien. We zien de sterren en de melkweg en dingen die licht uitstralen, maar er is veel meer voor nodig om het allemaal te laten samenhangen, niet uit elkaar te laten vliegen... om de zwaartekracht te laten werken, begrijp je. Maar niemand kan het opsporen. Dus lopen er een heleboel verschillende onderzoeksprojecten om uit te vinden wat het is, en dit is er een van.'

Lyra was een en al oor. Eindelijk was de vrouw serieus.

'En wat denkt u dat het is?' vroeg ze.

'Nou, wat *wij* denken...' begon ze, toen het water kookte, zodat ze opstond en de koffie maakte, terwijl ze doorging: 'Wij denken dat het een of ander elementair deeltje is. Iets heel anders dan wat er tot nu toe is ontdekt. Maar ze zijn heel moeilijk op te sporen... Waar ga je op school? Weet je iets over natuurkunde?'

Lyra voelde Pantalaimon even in haar hand bijten: een waarschuwing dat ze niet boos moest worden. Het was allemaal goed en wel dat de alethiometer had gezegd dat ze de waarheid moest spreken, maar ze wist wat er zou gebeuren als ze de volle waarheid sprak. Ze moest het voorzichtig aanpakken en gewoon directe leugens vermijden.

'Ja,' zei ze. 'Ik weet er wel iets van. Maar niet over donkere materie.'

'Nou, we proberen te midden van het rumoer van alle andere rondrazende deeltjes dit praktisch onopspoorbare ding op te sporen. Meestal stoppen ze detectors honderden meters onder de grond. Maar wij hebben een elektromagnetisch veld om de detector opgezet, dat dingen die we niet nodig hebben, buiten houdt en dingen die we wel willen, doorlaat. Vervolgens versterken we het signaal en voeren het door een computer.'

Ze gaf Lyra een beker koffie. Er was geen melk en geen suiker, maar ze vond wel een paar gemberkoekjes in een la, en Lyra nam er hongerig een aan.

'En we hebben een deeltje gevonden dat aan de vereisten voldoet,' ging dr. Malone door. 'Dat denken we tenminste. Maar het is zo vreemd... Waarom vertel ik je dit allemaal? Dat moet helemaal niet. Het is niet gepubliceerd, niet in een voordracht besproken, zelfs niet opgeschreven. Ik ben vanmiddag een beetje gek. Nou...' ging ze door, en toen gaapte ze zo uitgebreid dat Lyra dacht dat ze nooit zou ophouden... 'Onze deeltjes zijn vreemde duiveltjes, dat moet ik wel zeggen. We noemen ze schaduwdeeltjes, Schaduwen. Weet je waarom ik daarnet bijna van mijn stoel viel van verbijstering? Toen je het over de schedels in het museum had? Een lid van ons team is amateur-archeoloog, moet je weten. En op een dag ontdekte hij iets wat we niet konden geloven. Maar we konden het niet negeren, omdat het aansloot bij de idiootste eigenschap van de Schaduwen. Zal ik je eens wat vertellen? Ze hebben bewustzijn. Ja, echt. Schaduwen zijn bewustzijnsdeeltjes. Heb je ooit zoiets geks gehoord? Geen wonder dat we geen subsidie meer krijgen.'

Ze nipte van haar koffie. Lyra zoog elk woord op als een spons.

'Ja,' ging dr. Malone door, 'ze weten dat we hier zijn. Ze geven antwoord. En wat nog het allergekst is: je ziet ze niet, tenzij je dat verwacht. Tenzij je je geest in een bepaalde toestand brengt. Je moet tegelijkertijd zelfverzekerd en ontspannen zijn. Je moet in staat zijn... waar is die aanhaling...'

Ze rommelde in de stapels papier op haar bureau en vond een vodje waarop iemand met groene inkt had geschreven. Ze las voor: '"...in staat om met onzekerheden, mysteries, twijfels te leven en naar waarheid en rede te streven zonder prikkelbaar te worden..." In die geestestoestand moet je komen. Dit is trouwens een citaat uit een gedicht van Keats. Ik kwam het laatst tegen. Je moet jezelf dus in de juiste geestestoestand brengen en dan naar de Grot kijken...'

'De grot?' vroeg Lyra.

'O, sorry. De computer. Die noemen wij de Grot. Schaduwen op de muren van de Grot, snap je, uit Plato. Dat is weer iets van onze archeoloog. Hij is een allround intellectueel. Maar hij is naar Genève voor een sollicitatiegesprek en komt vast niet terug... Waar was ik gebleven? O ja, de Grot. Als er eenmaal verbinding is, en je dénkt, dan reageren de Schaduwen. Daar is geen twijfel aan. De Schaduwen stromen als een vlucht vogels naar je gedachten...'

'Wat is er met de schedels?'

'Daar wilde ik het net over hebben. Oliver Payne, die collega van mij, was op een dag voor de grap dingen aan het testen met de Grot. En het was zo raar: er was geen touw aan vast te knopen, niet op de manier die een natuurkundige zou verwachten. Hij had een stuk ivoor, gewoon een brok, en daar zaten geen Schaduwen omheen. Het reageerde niet. Maar een ivoren schaakstuk deed dat wel. Een grote houtsplinter van een plank reageerde niet, maar een houten liniaal wel. Een houten beeldje had meer Schaduwen... En ik heb het nota bene over elementaire deeltjes. Minuscule brokjes van bijna niets. Ze wísten wat het voor voorwerpen waren. Alles wat te maken had met menselijk handwerk en menselijk denken was omgeven door Schaduwen...

En toen vroeg Oliver, dr. Payne, een paar fossiele schedels aan een vriend in het museum, en die testte hij om te zien hoe ver het effect in de tijd terugging. De scheidingslijn lag op een tijdstip ongeveer dertig-, veertigduizend jaar geleden. Daarvóór waren er geen Schaduwen, daarna een heleboel. En dat is blijkbaar ongeveer het tijdstip dat de eerste moderne menselijke wezens verschenen. Ik bedoel onze verre voorvaderen, snap je, maar mensen die eigenlijk niet anders waren dan wij...'

'Het is Stof,' zei Lyra op gezaghebbende toon. 'Dat is het.'

'Maar als je serieus genomen wilt worden kun je zoiets niet in een subsidieaanvraag zetten, begrijp je. Het is niet logisch. Het kan niet bestaan. Het is onmogelijk, en als het niet onmogelijk is, is het niet ter zake dienende, en als het dat geen van beide is, is het gênant.'

'Ik wil de Grot zien,' zei Lyra.

Ze stond op.

Dr. Malone streek met haar handen door haar haren en knipperde hevig met haar vermoeide ogen om ze open te houden.

'Nou ja, waarom ook niet,' zei ze. 'Morgen hebben we misschien geen Grot meer. Kom maar mee.'

Ze nam Lyra mee naar de andere kamer. Die was groter en stond vol elektronische apparatuur.

'Deze is het. Daar,' zei ze, op een scherm wijzend dat met een grijze leegte glansde. 'Daar is de detector, achter al die bedrading. Om de Schaduwen te zien, moet je verbonden zijn met een paar elektroden. Zoals wanneer hersengolven worden gemeten.'

'Ik wil het proberen,' zei Lyra.

'Je zult niets zien. Ik ben trouwens te moe. Het is te ingewikkeld.'

'Alstublieft! Ik weet wat ik doe!'

'Daar zeg je me wat. Ik wou dat ik dat wist. Néé, verdraaid nog aan toe. Dit is een duur, moeilijk, wetenschappelijk experiment. Je kunt hier niet zomaar komen binnenvallen en verwachten dat je ermee aan de gang mag alsof het een fruitautomaat is... Waar kóm je trouwens vandaan? Hoor je niet op school te zitten? Hoe ben je hier binnengekomen?'

En ze wreef weer in haar ogen, alsof ze net wakker werd.

Lyra trilde. Vertel de waarheid, dacht ze bij zichzelf. 'Hiermee ben ik binnengekomen,' zei ze, en ze haalde de alethiometer te voorschijn.

'Wat is dat in hemelsnaam? Een kompas?'

Lyra gaf hem aan haar. Dr. Malone zette grote ogen op toen ze het gewicht voelde.

'Lieve Heer, hij is van goud. Waar heb je in hemelsnaam...'

'Volgens mij doet hij hetzelfde wat uw Grot doet. Dat wil ik uitzoeken. Als ik het goede antwoord op een vraag geef,' zei Lyra wanhopig, 'een vraag waarop u het antwoord weet en ik niet, mag ik dan uw Grot proberen?'

'Wat, zijn we nu bezig met voorspellen? Wat ís dit voor een ding?'

'Alstublieft! U hoeft me alleen maar een vraag te stellen!'

Dr. Malone haalde haar schouders op. 'Nou ja, wat geeft het ook,' zei ze. 'Vertel me... Vertel me wat ik deed voor ik met dit werk begon.'

Lyra nam gretig de alethiometer van haar over en wond hem op. Ze voelde haar geest al naar de juiste beelden reiken voor de wijzers ernaar wezen, en ze voelde de langere naald trillen van verlangen om te reageren. Toen hij de wijzerplaat rond begon te zwaaien, volgden haar ogen hem, oplettend, berekenend, langs de lange schakels van betekenis omlaag kijkend naar het niveau waar de waarheid lag.

Toen knipperde ze met haar ogen, zuchtte en ontwaakte uit haar tijdelijke trance.

'U was non,' zei ze. 'Dat zou ik nooit hebben kunnen raden. Van nonnen wordt verwacht dat ze eeuwig in hun kloosters blijven. Maar u raakte uw geloof in de kerk kwijt en ze lieten u gaan. Zo gaat het in mijn wereld helemaal niet, totaal niet.'

Dr. Malone liet zich in de enige stoel vallen en staarde haar aan.

Lyra vroeg: 'Het is waar, hè?'

'Ja. En daar ben je achter gekomen door die...'

'Door mijn alethiometer. Hij werkt door middel van Stof, denk ik. Ik ben helemaal hierheen gekomen om meer over Stof te weten te komen, en hij heeft gezegd dat ik naar u toe moest. Dus is uw donkere materie volgens mij hetzelfde. Mag ik nú uw Grot proberen?'

Dr. Malone schudde haar hoofd, maar niet om nee te zeggen, gewoon uit hulpeloosheid. Ze spreidde haar handen. 'Goed,' zei ze. 'Ik denk dat ik droom. Ik kan er net zo goed mee doorgaan.'

Ze draaide zich met stoel en al om en drukte op een paar knoppen, waardoor elektrisch gezoem en het geluid van de computerventilator tot leven kwamen. Toen dat gebeurde, slaakte Lyra een onderdrukt kreetje. Dat kwam doordat het geluid in deze kamer hetzelfde geluid was als ze in dat vreselijke, glinsterende vertrek in Bolvangar had gehoord, waar de zilveren guillotine haar bijna van Pantalaimon had gescheiden. Ze voelde hem beven in haar borstzak en gaf hem een zacht, geruststellend kneepje.

Maar dr. Malone had niets gemerkt: ze was te druk bezig met het omdraaien van de juiste knoppen en het tikken op de letters in weer zo'n ivoorkleurig blad. Terwijl ze dat deed, veranderde het scherm van kleur en verschenen er kleine letters en getallen op.

'Ga jij nu zitten,' zei ze en ze gaf de stoel aan Lyra. Toen draaide ze het deksel van een potje en zei: 'Ik moet een beetje gel op je huid smeren om beter elektrisch contact te maken. Je kunt het er zó afwassen. Even stilzitten.'

Dr. Malone pakte zes snoeren, allemaal met een plat stukje aan het uiteinde, en drukte ze op verschillende plaatsen op Lyra's hoofd. Lyra was vastbesloten om stil te blijven zitten, maar haar ademhaling ging snel en haar hart bonsde.

'Goed, je bent helemaal gekoppeld,' zei dr. Malone. 'De kamer zit vol Schaduwen. Het universum zit vol Schaduwen, als het daarover gaat. Maar dit is de enige manier waarop we ze kunnen zien: als je je geest leegmaakt en naar het scherm kijkt. Vooruit maar.'

Lyra keek. Het glas was donker en er stond niets op. Ze zag vaag haar eigen spiegelbeeld, maar dat was alles. Bij wijze van proef deed ze net of ze de alethiometer aan het aflezen was en verbeeldde zich dat ze vroeg: *Wat weet deze vrouw over Stof? Welke vragen stelt zíj?*

In gedachten bewoog ze de wijzers van de alethiometer over de plaat, en toen ze dat deed, begon het scherm te flikkeren. Ze was zo verbaasd dat ze haar concentratie verloor, en de flikkering verdween. Ze merkte niet dat dr. Malone lichtelijk opgewonden raakte. Ze fronste, boog zich voorover en begon zich weer te concentreren.

Deze keer kwam er onmiddellijk een reactie. Een stroom dansende lichten – het leken wel de glimmende draperieën van de dageraad – straalde op het scherm. Ze vormden patronen die even standhielden, dan uiteenvielen en andere vormen aannamen, of andere kleuren. Ze maakten lussen en slingerden, ze spatten uiteen, ze barstten uit in lichtfonteinen die alle kanten uit zwenkten als een vlucht vogels die in de lucht van richting verandert. En terwijl Lyra toekeek, voelde ze zich alsof ze trillend op de drempel van het begrip stond, een gevoel dat ze zich herinnerde uit de tijd dat ze begon met het aflezen van de alethiometer.

Ze stelde nog een vraag: *Is dít Stof? Is het een en hetzelfde ding dat deze patronen vormt en de naald van de alethiometer laat bewegen?*

Er verschenen weer lussen en wervelingen van licht. Ze nam aan dat het ja betekende. Toen kwam er nog een gedachte bij haar op. Ze draaide zich om naar dr. Malone en zag dat die er met opengevallen mond en een hand op haar hoofd bij stond.

'Wat is er?' vroeg ze.

Het scherm verbleekte. Dr. Malone knipperde met haar ogen.

'Wat is er?' vroeg Lyra weer.

'O... je hebt gewoon het mooiste op het scherm gekregen wat ik ooit heb gezien, dat is alles,' zei dr. Malone. 'Wat was je aan het doen? Wat was je aan het denken?'

'Ik was aan het denken dat het duidelijker kan,' zei Lyra.

'Duidelijker? Zo duidelijk is het nog nooit geweest!'

'Maar wat betekent het? Kunt u het lezen?'

'Nou,' zei dr. Malone, 'je léést het niet zoals je een bericht leest, zo werkt het niet. Wat er gebeurt is dat de Schaduwen reageren op de aandacht die je aan ze besteedt. Dat is al revolutionair genoeg: ze reageren namelijk op ons bewustzijn.'

'Nee,' legde Lyra uit, 'ik bedoel: die kleuren en vormen daar. Die Schaduwen zouden andere dingen kunnen doen. Ze zouden alle vormen kunnen maken die je wilt. Ze zouden plaatjes kunnen maken als je dat wilde. Kijk maar.'

En ze draaide zich om naar het scherm en concentreerde haar geest weer, maar deze keer maakte ze zichzelf wijs dat het scherm de alethiometer zelf was, met alle zesendertig symbolen om de rand heen. Ze kende die nu zo goed dat haar vingers automatisch in haar schoot bewogen toen ze de denkbeeldige wijzers richtte op de kaars (voor begrip), de alfa en omega (voor taal) en de mier (voor voortvarendheid), en de vraag vormde: *Wat zouden deze mensen moeten doen om de taal van de Schaduwen te begrijpen?*

Het scherm reageerde in een oogwenk en uit de chaos van lijnen en flitsen ontstond een reeks volmaakt duidelijke beelden: kompassen, weer alfa en omega, bliksem, engel. Elk beeld flitste een verschillend aantal keren aan en uit, en toen kwamen er drie andere: kameel, tuin, maan.

Lyra wist precies wat ze betekenden en liet haar concentratie varen om het uit te leggen. Toen ze zich deze keer omdraaide zag ze dat dr. Malone met een bleek gezicht de rand van de tafel omklemde.

'Wat de Schaduwen zeggen,' zei Lyra, 'zeggen ze in mijn taal, snapt u, de taal in beelden. Net zoals de alethiometer. Maar ze zeggen dat ze ook gewone taal kunnen gebruiken, woorden, als u de computer daarop instelt. U kunt die zo instellen dat er woorden op het scherm verschijnen. Maar u zou het heel nauwkeurig uit moeten rekenen – dat was het kompas –, en de bliksem betekende anbarisch, elektriciteit bedoel ik, u hebt meer elektriciteit nodig. En de engel, dat gaat over berichten. Ze willen dingen zeggen. Maar toen ze doorgingen met het tweede deel... Dat betekende Azië, bijna het verste oosten, maar niet helemaal. Ik weet niet welk land dat is... China misschien... En in dat land hebben ze ook een manier om met Stof, ik bedoel Schaduwen te praten, net zoals u het met de Grot doet en ik met de... met de plaatjes, alleen doen zij het met stokjes. Ik denk dat ze die tekening op de deur bedoelden, maar ik begreep het eigenlijk niet. Toen ik het voor het eerst zag dacht ik dat er iets belangrijks mee was, alleen wist ik niet wat. Dus moeten er een heleboel manieren bestaan om met Schaduwen te praten.'

Dr. Malone was sprakeloos.

Toen zei ze: 'De I Ching. Ja, dat is Chinees. Een vorm van waarzeggerij... voorspellen eigenlijk. En ze gebruiken inderdaad stokjes. De tekening hangt er alleen voor de sier,' zei ze, alsof ze Lyra wilde geruststellen, haar duidelijk wilde maken dat ze er niet echt in geloofde. 'Wil je me vertellen dat mensen die de I Ching raadplegen, contact krijgen met schaduwdeeltjes? Met donkere materie?'

'Ja,' zei Lyra. 'Er zijn een heleboel manieren, zoals ik al zei. Dat had ik me nog niet gerealiseerd. Ik dacht dat er maar één manier was.'

'Die plaatjes op het scherm...' begon dr. Malone.

Lyra voelde een vage gedachte opkomen en draaide zich weer om naar het scherm. Ze was nog maar net begonnen een vraag te formuleren toen er nog meer beelden opflitsten, die elkaar zo snel opvolgden dat dr. Malone ze nauwelijks kon bijhouden. Maar Lyra begreep wat ze betekenden en draaide zich weer naar haar om.

'De Schaduwen zeggen dat ú ook belangrijk bent,' zei ze tegen de wetenschapper, 'dat u iets belangrijks moet doen. Ik weet niet wat, maar ze zouden het niet zeggen als het niet waar was. Dus u moet de computer waarschijnlijk zo instellen dat er woorden verschijnen, zodat u begrijpt wat ze zeggen.'

Dr. Malone zweeg even. Toen zei ze: 'Zeg op: waar kom je vandaan?'

Lyra kauwde op haar lippen. Ze realiseerde zich dat dr. Malone uitgeput en wanhopig was en dat ze alleen daarom haar werk had laten zien aan een onbekend kind dat uit het niets was komen opdagen. Ze besefte ook dat ze er spijt van begon te krijgen. Maar Lyra moest de waarheid spreken.

'Ik kom uit een andere wereld,' zei ze. 'Echt waar. Ik ben naar deze overgestapt. Ik was... ik moest vluchten omdat mensen in mijn wereld me achtervolgden, om me te doden. En de alethiometer komt uit... komt uit dezelfde wereld. Ik heb hem gekregen van de rector van het Jordan-college. In mijn Oxford is een Jordan-college, maar hier niet. En ik heb zelf uitgevonden hoe ik de alethiometer moet aflezen. Ik heb een manier om mijn geest leeg te maken, en dan zie ik gewoon meteen wat de symbolen betekenen. Net zoals wat u zei over... twijfels en mysteries en zo. Dus toen ik naar de Grot keek deed ik hetzelfde, en het werkt precies hetzelfde, dus zijn mijn Stof en uw Schaduwen ook hetzelfde. Dus...'

Dr. Malone was nu klaarwakker. Lyra pakte de alethiometer en wikkelde het stuk fluweel eromheen, zoals een moeder haar kind beschermt, voor ze hem weer in haar rugzak stopte.

'Hoe dan ook,' zei ze, 'u kunt dit scherm zo instellen dat het in woorden tegen u praat, als u dat wilt. Dan zou u tegen de Schaduwen kunnen praten zoals ik tegen de alethiometer. Maar wat ik nu wel eens zou willen weten: waarom haten de mensen in mijn wereld het? Stof, bedoel ik, Schaduwen. Donkere materie. Ze willen het vernietigen. Ze denken dat het een kwaad is. Maar ik vind wat zíj doen een kwaad. Ik heb het ze zien doen. Dus wat is het nou eigenlijk, Schaduwen? Goed of kwaad of wat?'

Dr. Malone wreef over haar gezicht en dat maakte haar wangen nog roder dan ze al waren.

'Dit is allemaal zo gênant,' zei ze. 'Weet je hoe gênant het is om in een wetenschappelijk laboratorium over goed en kwaad te spreken? Heb je daar enig idee van? Een van de redenen dat ik wetenschapper ben geworden was dat ik over dat soort dingen niet meer hoefde na te denken.'

'U móet erover nadenken,' zei Lyra streng. 'U kunt Schaduwen, Stof, wat het ook is, niet onderzoeken zonder over dat soort dingen na te denken, goed en kwaad en zo. En op het scherm stond dat u het moet onderzoeken, weet u nog? U kunt niet weigeren. Wanneer gaan ze deze afdeling sluiten?'

'De subsidiecommissie neemt aan het eind van de week een beslissing... Hoezo?'

'Dan hebt u vannacht nog,' zei Lyra. 'U kunt het apparaat zo instellen dat er woorden op het scherm verschijnen in plaats van de plaatjes die ik heb gemaakt. Dat kunt u gemakkelijk. Dan kunt u het aan ze laten zien en dan moeten ze u wel meer geld geven om door te gaan. En u zou alles kunnen uitvinden over Stof, of Schaduwen, en het aan mij vertellen. Want weet u,' ging ze een beetje hooghartig door, zoals een hertogin praat over een dienstmeisje dat niet voldoet, 'de alethiometer wil me niet precies vertellen wat ik moet weten. Maar dat zou u voor me kunnen uitvinden. Anders kan ik het nog met dat Chinggedoe proberen, met die stokjes. Maar plaatjes zijn gemakkelijker om mee te werken. Dat vind ik tenminste. Ik haal deze er nu af,' voegde ze eraan toe, en ze trok de elektroden van haar hoofd.

Dr. Malone gaf haar een papieren zakdoekje om de gel af te vegen en rolde de snoeren op.

'Dus je gaat ervandoor?' zei ze. 'Nou, je hebt me een vreemd uur laten meemaken, dat moet ik zeggen.'

'Gaat u het apparaat zo instellen dat er woorden komen?' vroeg Lyra, terwijl ze haar rugzak oppakte.

'Daar schiet ik waarschijnlijk net zo veel mee op als met het invullen van de subsidieaanvraag,' zei dr. Malone. 'Nee, luister eens. Ik wil dat je morgen terugkomt. Kan dat? Ongeveer dezelfde tijd. Ik wil je nog iets anders laten zien.'

Lyra keek haar met samengeknepen ogen aan. Was dit een val?

'Nou, goed,' zei ze. 'Maar denk eraan: ik moet bepaalde dingen weten.'

'Ja, natuurlijk. Kom je?'

'Ja,' zei Lyra. 'Als ik zeg dat ik kom, dan kom ik. Ik kan u waarschijnlijk wel helpen.'

En ze vertrok. De portier achter de balie keek even op en verdiepte zich toen weer in zijn krant.

'Die opgraving bij Nuntiatak,' zei de archeoloog, zijn stoel ronddraaiend. 'Je bent de tweede persoon in een maand die me daarnaar vraagt.'

'Wie was de ander?' vroeg Will, meteen op zijn hoede.

'Een journalist geloof ik, ik weet het niet zeker.'

'Waarom wilde hij er iets over weten?'

'In verband met een van de mannen die tijdens die expeditie zijn verdwenen. De koude oorlog was op zijn hoogtepunt toen de leden van de expeditie verdwenen. Star Wars, ruimteverdediging. Je bent waarschijnlijk te jong om je dat te herinneren. De Amerikanen en Russen waren overal op de noordpool enorme radarinstallaties aan het bouwen... Hoe dan ook, wat kan ik voor je doen?'

'Nou,' zei Will, die zijn best deed om rustig te blijven, 'ik probeer eigenlijk gewoon iets aan de weet te komen over die expeditie. Voor een schoolproject over prehistorische mensen. En ik las over die verdwenen expeditie en ik werd nieuwsgierig.'

'Nou, je bent de enige niet, zoals je ziet. Het veroorzaakte destijds een geweldige opschudding. Ik heb het allemaal opgezocht voor die journalist. Het ging om een voorlopige verkenning, niet om een echte opgraving. Je kunt pas gaan opgraven als je weet dat het de moeite waard is om er tijd in te steken. Daarom ging deze groep erop uit om een aantal plaatsen te bekijken en een rapport te maken. Zes kerels alles bij elkaar. Soms werk je bij zo'n expeditie samen met mensen van een andere discipline, geologen of zo, om de kosten te delen. Zij bekijken wat zij interessant vinden en wij hebben onze eigen bedoening. In dit geval zat er een natuurkundige in het team. Ik geloof dat hij onderzoek deed naar atmosferische deeltjes op hoog niveau. De aurora, weet je, het noorderlicht. Hij had blijkbaar ballonnen met radiozenders.

En er was nog een man bij. Een ex-marineman, die om zo te zeggen ontdekkingsreiziger van beroep was. Ze gingen naar een vrij woest gebied en ijsberen zijn altijd een gevaar op de noordpool. Archeologen kunnen best wat aan, maar we hebben niet leren schieten. Het is heel nuttig om iemand bij je te hebben die dat wel kan, en die kan navigeren en een kamp opzetten en weet hoe je in leven moet blijven.

Maar toen verdwenen ze allemaal. Ze onderhielden radiocontact met een plaatselijk onderzoeksstation, maar op een dag kwam er geen signaal, en sedertdien heeft niemand meer iets gehoord. Er was een sneeuwstorm geweest, maar dat was niets abnormaals. De zoekexpeditie heeft hun laatste kamp gevonden. Het was min of meer intact, hoewel de beren hun voorraden hadden opgegeten, maar de mensen waren nergens te bekennen.

En dat is alles wat ik je kan vertellen.'

'Ja,' zei Will. 'Dank u wel. Eh... die journalist,' vroeg hij nog, terwijl hij bij de deur bleef stilstaan, 'u zei dat die in een van de mannen was geïnteresseerd. Welke man was dat?'

'De ontdekkingsreiziger. Die heette Parry.'

'Hoe zag hij eruit? De journalist, bedoel ik?'

'Waarom wil je dat weten?'

'Omdat...' Will kon geen plausibele reden bedenken. Hij had het niet moeten vragen. 'Nergens om. Ik vroeg het me gewoon af.'

'Voorzover ik me herinner, was het een grote blonde man. Heel lichtblond haar.'

'O ja, bedankt,' zei Will, en hij draaide zich om naar de deur.

De man keek hem lichtelijk fronsend na zonder iets te zeggen. Will zag hem naar de telefoon grijpen en hij liep snel het gebouw uit.

Hij merkte dat hij op zijn benen stond te trillen. De zogenaamde journalist was een van de mannen die naar zijn huis waren gekomen: een lange man met zulk lichtblond haar dat hij geen wenkbrauwen of wimpers leek te hebben. Hij was niet degene die van de trap was gevallen: hij was degene die in de deur van de huiskamer was verschenen toen Will over de trapleuning naar beneden gleed en over het lijk sprong.

Maar hij was geen journalist.

Er lag een groot museum in de buurt. Will ging naar binnen, met zijn blocnote in de aanslag, alsof hij aan het werk was, en ging in een zaal vol schilderijen zitten. Hij trilde hevig en voelde zich misselijk. De wetenschap dat hij iemand had gedood, dat hij een moordenaar was, drukte zwaar op hem. Tot nog toe had hij de gedachte op afstand kunnen houden, maar dat kostte hem steeds meer moeite. Hij had de man het leven benomen.

Hij bleef een halfuur stil zitten, en het was een van de ergste halfuren die hij ooit had doorgebracht. Mensen kwamen en gingen, bekeken de schilderijen, spraken zacht met elkaar, negeerden hem. Een bewaker bleef een paar minuten met zijn handen op zijn rug in de deuropening staan en liep toen langzaam weg. En Will worstelde met de verschrikking van wat hij had gedaan en verroerde geen vin.

Geleidelijk aan kwam hij tot rust. Hij had zijn moeder verdedigd. Ze maakten haar bang: gezien de toestand waarin ze verkeerde, kwam dat op haar over als achtervolging. Hij had het recht zijn huis te verdedigen. Zijn vader zou gewild hebben dat hij dat deed. Hij had het gedaan omdat het de juiste actie was. Hij had het gedaan om te verhinderen dat ze de groenleren map stalen. Hij had het gedaan om zijn vader te kunnen vinden, en had hij daar niet het recht toe? Al zijn kinderspelletjes kwamen hem weer voor de geest: zijn vader en hij, die elkaar redden van lawines of vechtende piraten. Nou, nu was het menens. Ik zal je vinden, zei hij in gedachten. Help me alleen, en dan zal ik je vinden, en dan zorgen we voor mam, en dan komt alles goed...

En tenslotte had hij nu een schuilplaats, ergens waar het zo veilig was dat niemand hem ooit zou vinden. En de papieren in de map (die hij wegens tijdgebrek nog steeds niet had gelezen) waren ook veilig, onder de matras in Cittàgazze.

Eindelijk drong het tot hem door dat de mensen doelbewuster liepen, en allemaal in dezelfde richting. Ze vertrokken omdat de bewaker zei dat het museum over tien minuten dichtging. Will vermande zich en liep de zaal uit. Hij vond de weg naar High Street, waar het kantoor van de advocaat was, en vroeg zich af of hij er toch maar heen zou gaan. De man had best vriendelijk geklonken...

Maar toen hij op het punt stond de straat over te steken en naar binnen te gaan, bleef hij plotseling staan.

De lange man met de bleke wenkbrauwen stapte uit een auto.

Will keerde zich meteen nonchalant om en ging in de etalage van een juwelier staan kijken. Hij zag het spiegelbeeld van de man rondkijken, zijn das rechttrekken, en het kantoor van de advocaat binnengaan. Zodra hij binnen was, liep Will weg. Zijn hart bonkte weer. Er was nergens een veilige plek. Hij slenterde in de richting van de universiteitsbibliotheek en wachtte op Lyra.

5
Luchtpostpapier

'Will,' klonk Lyra's stem.

Ze zei het zacht, maar hij schrok evengoed. Ze zat naast hem op de bank en hij had het niet eens gemerkt.

'Waar kom je vandaan?'

'Ik heb mijn geleerde gevonden! Ze heet dr. Malone. En ze heeft een apparaat waarmee je Stof kunt zien en ze gaat het laten praten...'

'Ik heb je helemaal niet aan zien komen.'

'Je keek gewoon niet,' zei ze. 'Je zat zeker aan iets anders te denken. 't Is maar goed dat ik je heb gevonden. Luister, het is heel gemakkelijk om mensen voor de gek te houden. Let op...'

Er kwamen twee politieagenten aan wandelen, een man en een vrouw in zomerse witte hemdsmouwen die de ronde deden in hun wijk, met hun walkietalkies, gummiknuppels en wantrouwige blikken. Voor ze bij de bank waren, was Lyra al overeind en sprak ze hen aan.

'Kunt u me alstublieft zeggen waar het museum is?' zei ze. 'Mijn broer en ik hebben daar met onze ouders afgesproken, maar we zijn verdwaald.'

De politieagent keek naar Will, en Will, die zijn boosheid inhield, haalde zijn schouders op alsof hij wilde zeggen: ze heeft gelijk, we zijn verdwaald, stom hè? De man glimlachte. De vrouw vroeg: 'Welk museum? Het Ashmolean?'

'Ja, dat is het,' zei Lyra, en ze deed net of ze heel goed luisterde toen de vrouw haar aanwijzingen gaf.

Will stond op en zei: 'Bedankt,' en Lyra en hij liepen samen weg. Ze keken niet om, maar de politie had al geen belangstelling meer.

'Zie je wel?' zei ze. 'Ik weet niet of ze naar je op zoek waren, maar ik heb ze afgescheept. Want ze kijken niet uit naar iemand met een zusje. Ik kan van nu af aan maar beter bij je blijven,' ging ze op enigszins verwijtende toon door, toen ze eenmaal de hoek om waren. 'In je eentje ben je niet veilig.'

Hij zei niets. Zijn hart bonkte van woede. Ze liepen verder naar een rond gebouw met een grote glas-in-loodkoepel dat midden op een plein stond. Om het plein stonden honingkleurige stenen collegegebouwen, een kerk, en bomen die met hun brede kronen boven hoge tuinmuren uit staken. De middagzon hulde alles in de warmste kleuren en de lucht zelf had bijna de tint van zware goudgele wijn. Geen blaadje bewoog, en op dit pleintje klonk zelfs het verkeersrumoer gedempt.

Eindelijk kreeg Lyra in de gaten dat Will boos was en ze vroeg: 'Wat is er?'

'Als je tegen mensen praat trek je alleen maar hun aandacht,' zei hij met trillende stem. 'Je moet je gewoon rustig en stil houden, dan kijken ze over je heen. Dat heb ik mijn hele leven al gedaan. Ik weet hoe het moet. Op jouw manier maak je... maak je jezelf gewoon zichtbaar. Dat moet je niet doen. Je moet er geen grapje van maken. Je bent niet serieus.'

'Denk je dat?' zei ze, ineens boos. 'Denk je dat ik niets weet over liegen en dat soort dingen? Ik ben de beste leugenaar die er bestaat. Maar tegen jou lieg ik niet en dat zal ik ook nooit doen, dat zweer ik. Je bent in gevaar, en als ik dat zopas niet had gedaan, was je opgepakt. Zag je niet hoe ze naar je keken? Want dat deden ze. Je bent niet voorzichtig genoeg. Als je 't weten wilt: jíj bent niet serieus.'

'Als ik niet serieus was, waarom zou ik hier dan rondhangen en op jou wachten, terwijl ik al kilometers weg kon zijn? Of me in die andere stad veilig kon verstoppen? Ik heb mijn eigen dingen te doen, maar ik hang hier rond om jou te helpen. Ga alsjeblieft niet beweren dat ik niet serieus ben.'

'Je móest wel mee,' zei ze, des duivels. Niemand mocht haar zo toespreken: ze was een aristocrate. Ze was Lyra. 'Je moest wel, anders zou je nooit iets uitvinden over je vader. Je hebt het voor jezelf gedaan, niet voor mij.'

Ze maakten hartstochtelijk ruzie, maar op gedempte toon vanwege de rust op het plein en de mensen die in hun buurt voorbijdrentelden. Maar toen ze dat laatste zei, bleef Will staan. Hij moest steun zoeken tegen de muur van het college naast hem. Hij was lijkbleek geworden.

'Wat weet je over mijn vader?' zei hij heel zacht.

'Ik weet niets,' antwoordde ze net zo zacht. 'Alles wat ik weet is dat je hem zoekt. Dat is het enige wat ik heb gevraagd.'

'Aan wíe gevraagd?'

'Aan de alethiometer natuurlijk.'

Het duurde even voor hij weer wist wat ze bedoelde. En toen keek hij zo boos en wantrouwig dat ze de alethiometer uit haar rugzak haalde en zei: 'Goed dan, ik zal het je laten zien.'

Ze ging op de stenen rand zitten die om het gras in het midden van het plein liep. Ze boog haar hoofd over het gouden instrument en begon de wijzers te draaien met zulke vlugge vingerbewegingen dat het bijna niet te volgen was. Toen hield ze een paar seconden op, terwijl de dunne naald rondzwaaide over de wijzerplaat en hier en daar even stopte, en daarna stelde ze de wijzers even snel opnieuw in. Will keek voorzichtig om zich heen, maar in de buurt was niemand te zien. Een groep toeristen keek omhoog naar het gebouw met de koepel en een ijsventer reed met zijn kar over het plaveisel, maar ze hadden geen aandacht voor Lyra en hem.

Lyra knipperde met haar ogen en zuchtte, alsof ze net wakker werd.

'Je moeder is ziek,' zei ze zacht. 'Maar ze is veilig. Er is een dame die voor haar zorgt. En jij hebt een paar brieven gepakt en bent weggelopen. En er was een man, een dief geloof ik, en die heb je gedood. En je bent op zoek naar je vader, en...'

'Goed, goed, hou maar op,' zei Will. 'Zo is het wel genoeg. Je hebt niet het recht om zo in mijn leven te kijken. Doe dat nooit weer. Het is gewoon spioneren.'

'Ik weet wanneer ik moet ophouden met vragen,' zei ze. 'De alethiometer is bijna net een mens, snap je. Ik weet wel ongeveer wanneer hij boos wordt of wanneer hij vindt dat ik bepaalde dingen niet mag weten. Dat voel ik zo'n beetje. Maar toen jij gisteren uit het niets opdook, moest ik wel vragen wie je was, anders kwam ik misschien in gevaar. En hij zei...' Ze ging nog zachter praten. 'Hij zei dat je een moordenaar was en ik dacht: dat is prima, dat is iemand die ik kan vertrouwen. Maar verder heb ik toen niets gevraagd, en als je wilt dat ik niets meer vraag, dan doe ik het ook niet, dat beloof ik. Dit is geen privé-kijkkast. Als ik niets anders zou doen dan mensen bespioneren, zou hij niet meer werken. Dat weet ik zo zeker als ik mijn eigen Oxford ken.'

'Je had het aan mij kunnen vragen in plaats van aan dat ding. Heeft hij gezegd of mijn vader nog leeft?'

'Nee, want dat heb ik niet gevraagd.'

Intussen zaten ze allebei. Will liet vermoeid zijn hoofd in zijn handen zakken.

'Nou,' zei hij ten slotte, 'we zullen elkaar wel moeten vertrouwen, denk ik.'

'Dat vind ik best. Ik vertrouw jou.'

Will knikte grimmig. Hij was zo moe, en er was niet het minste uitzicht op slaap in deze wereld. Lyra was meestal niet zo opmerkzaam, maar er was iets in zijn houding waardoor ze dacht: hij is bang, maar hij houdt zijn angst onder controle, zoals Iorek Byrnison zei dat we moesten doen; zoals ik deed bij het vishuis aan het bevroren meer.

'En Will,' zei ze nog, 'ik zal je niet verraden, aan niemand. Dat beloof ik.'

'Goed.'

'Dat heb ik een keer gedaan. Ik heb iemand verraden. En dat was het ergste wat ik ooit heb gedaan. Ik dacht nota bene dat ik hem het leven redde, maar ik heb hem rechtstreeks naar de gevaarlijkste plek gebracht die er bestond. Ik vond het zo vreselijk van mezelf, dat ik zo dom was geweest. Dus zal ik heel erg mijn best doen om niet onvoorzichtig of vergeetachtig te zijn, zodat ik je niet verraad.'

Hij zei niets. Hij wreef in zijn ogen en knipperde er heftig mee in een poging zichzelf wakker te schudden.

'We kunnen pas door het raam als het veel later is,' zei hij. 'We hadden er trouwens niet overdag doorheen moeten komen. We kunnen niet riskeren dat iemand het ziet. En nu moeten we uren rondhangen...'

'Ik heb honger,' zei Lyra.

Toen zei hij: 'Ik weet het! We kunnen naar de bioscoop!'

'De wat?'

'Dat zal ik je laten zien. Daar kunnen we ook iets te eten krijgen.'

In de buurt van het centrum was een bioscoop, tien minuten lopen. Will betaalde voor twee kaartjes en kocht worstenbroodjes en popcorn en cola. Dat namen ze mee naar binnen, en ze zaten nog maar net toen de film al begon.

Lyra raakte helemaal in vervoering. Ze had geprojecteerde fotogrammen gezien, maar niets in haar wereld had haar voorbereid op de bioscoop. Ze schrokte het worstenbroodje en de popcorn op, slokte de Coca-Cola naar binnen, en gierde van verrukking om de personages op het witte doek. Gelukkig was het een rumoerig publiek met veel kinderen, zodat haar opwinding niet opviel. Will deed meteen zijn ogen dicht en viel in slaap.

Hij werd wakker door het geluid van opklappende stoelen toen de mensen de zaal uit liepen, en knipperde met zijn ogen in het licht. Hij zag op zijn horloge dat het kwart over acht was. Lyra ging schoorvoetend met hem mee.

'Dat is het mooiste wat ik ooit heb gezien,' zei ze. 'Ik snap niet waarom ze dat in mijn wereld niet hebben uitgevonden. Sommige dingen zijn bij ons beter dan hier, maar dit was beter dan alles wat we hebben.'

Will kon zich de titel van de film niet eens herinneren. Het was nog licht en het was druk op straat.

'Wil je er nog een zien?'

'Ja!'

Dus gingen ze naar de volgende bioscoop, een paar honderd meter verderop om de hoek, en kochten weer kaartjes. Lyra installeerde zich met haar voeten op de stoel en haar armen om haar knieën geslagen, en Will soesde weg. Toen ze weer naar buiten kwamen, was het bijna elf uur: veel beter.

Lyra had weer honger, dus kochten ze hamburgers bij een

kraampje en aten die onder het lopen op, ook iets wat nieuw voor haar was.

'Wij gaan altijd zitten om te eten. Ik heb nog nooit mensen onder het lopen zien eten,' zei ze. 'Er zijn hier zo veel dingen anders. Het verkeer bijvoorbeeld. Dat vind ik niet fijn. Maar de bioscoop en hamburgers vind ik leuk. Die vind ik heel leuk. En die geleerde, dr. Malone, gaat dat apparaat zo instellen dat er woorden op het scherm komen. Dat weet ik gewoon. Ik zal er morgen weer heen gaan om te zien hoe het ermee is. Ik kan haar vast wel helpen. Ik kan er waarschijnlijk ook wel voor zorgen dat de geleerden haar het geld geven dat ze wil hebben. Weet je hoe mijn vader dat deed? Lord Asriel? Hij nam ze bij de neus...'

Terwijl ze Banbury Road af liepen, vertelde ze hem over de avond dat ze zich in de klerenkast had verstopt en had gezien hoe lord Asriel de geleerden van het Jordan het afgehouwen hoofd van Stanislaus Grumman in het vacuümvat had vertoond. En omdat Will zo'n goede toehoorder was, ging ze door en vertelde hem de rest van haar verhaal, vanaf de tijd dat ze ontsnapte uit de flat van mevrouw Coulter tot het verschrikkelijke moment waarop ze besefte dat het haar schuld was dat Roger de dood had gevonden op de ijzige rotsen van Svalbard. Will luisterde zonder commentaar te geven, maar aandachtig, met medegevoel. Haar verslag over een reis in een luchtballon, geharnaste beren, heksen, en de wrekende arm van de kerk leken helemaal aan te sluiten bij zijn droombeeld van een prachtige stad bij de zee, leeg en stil en veilig: het kon niet waar zijn, zo simpel was dat.

Maar ten slotte kwamen ze bij de rondweg en de beukenbomen. Er was nu heel weinig verkeer: ongeveer om de minuut een auto, meer niet. En daar was het venster. Will voelde zichzelf glimlachen. Alles zou goed komen.

'Wacht tot er geen auto's aankomen,' zei hij. 'Ik ga er nu doorheen.'

En even later stond hij op het gras onder de palmbomen, en twee seconden daarna volgde Lyra.

Ze voelden zich alsof ze weer thuis waren. De weidse, warme nacht, de geur van bloemen en zee, en de stilte overspoelden hen als kalmerend water.

Lyra rekte zich uit en gaapte, en Will voelde een last van zijn schouders vallen. Hij had die de hele dag gedragen en niet gemerkt hoe hij er bijna door in de grond werd gedrukt, maar nu voelde hij zich licht en vrij en kalm.

En toen greep Lyra zijn arm. Op hetzelfde moment hoorde hij ook iets.

Ergens in de straatjes achter het café was iets aan het schreeuwen.

Will ging meteen op het geluid af en Lyra volgde hem toen hij een smalle steeg in dook, waar geen maanlicht kwam. Na een paar bochten en kronkelingen kwamen ze uit op het pleintje voor de stenen toren die ze die ochtend hadden gezien.

Een stuk of twintig kinderen stonden in een halve kring aan de voet van de toren naar iets vlak bij de trap te kijken. Sommigen hadden stokken in hun hand, en sommigen gooiden stenen naar iets wat ze tegen de muur in het nauw hadden gebracht. Eerst dacht Lyra dat het ook een kind was, maar van binnen uit de halve kring kwam een afschuwelijk hoog gejammer dat niets menselijks had. En de kinderen schreeuwden ook, van angst en van haat.

Will rende naar de kinderen toe en trok het eerste het beste kind achteruit. Het was een jongen van ongeveer zijn leeftijd, een jongen in een gestreept T-shirt. Toen hij zich omdraaide, zag Lyra het woeste wit om zijn pupillen. De andere kinderen beseften wat er gebeurde en keken allemaal om. Angelica en haar broertje waren er ook, met stenen in hun hand, en de ogen van alle kinderen schitterden fel in het maanlicht.

Ze werden stil. Alleen het hoge gejammer hield aan, en toen zagen Will en Lyra wat het was: een cyperse kat met een gescheurd oor en een gebogen staart zat tegen de torenmuur ineengedoken. Het was de kat die Will op Sunderland Avenue had gezien, die op Moxie leek, die hem naar het raam had geleid.

Zodra hij haar herkende duwde hij de jongen die hij vasthad opzij. De jongen viel op de grond en was in een wip weer overeind, razend, maar de anderen hielden hem tegen. Will hurkte al bij de kat.

En toen vloog ze in zijn armen. Hij hield haar dicht tegen zich aan, kwam overeind en keek de kinderen aan, en heel even ging de dwaze gedachte door Lyra's hoofd dat zijn dæmon eindelijk was verschenen.

'Waarom pesten jullie die kat?' wilde hij weten, en ze hadden geen antwoord. Ze stonden benauwd te trillen omdat Will zo boos was, omklemden hun stokken en stenen, en konden geen woord uitbrengen.

Maar toen klonk Angelica's stem duidelijk: 'Je bent niet van hier! Je komt niet uit Ci'gazze! Je wist het niet van de Spoken en je weet ook niets over katten. Je bent anders dan wij!'

De jongen in het gestreepte T-shirt, die door Will op de grond was gegooid, popelde om te gaan vechten. Als Will de kat niet in zijn armen had gehad, was hij hem te lijf gegaan met vuisten, tanden en voeten, en Will zou hem graag van katoen hebben gegeven: er knetterde een stroom van haat tussen die twee, die alleen door geweld onschadelijk gemaakt kon worden. Maar de jongen was bang voor de kat.

'Waar komen jullie vandaan?' vroeg hij minachtend.

'Het doet er niet toe waar we vandaan komen. Als jullie bang zijn voor die kat, zal ik haar meenemen. Als ze jullie ongeluk brengt, brengt ze ons geluk. En nu uit de weg.'

Even dacht Will dat hun haat het zou winnen van hun angst, en hij hield zich klaar om de kat neer te zetten en te vechten. Maar toen klonk er een laag, donderachtig gegrom achter de kinderen, en toen ze omkeken zagen ze Lyra staan met haar hand op de schoft van een groot gevlekt luipaard, waarvan de tanden wit blikkerden terwijl hij gromde. Zelfs Will, die Pantalaimon herkende, schrok even. Het dier had een dramatisch effect op de kinderen: ze draaiden zich meteen om en sloegen op de vlucht. Even later was het plein leeg.

Maar voor Will en zij weggingen, keek Lyra omhoog langs de toren. Dat was een reactie op gegrom van Pantalaimon, en heel even zag ze iemand op de top, die over de rand van de kantelen naar beneden keek. Het was geen kind, maar een jongeman met krulhaar.

Een halfuur later waren ze in de flat boven het café. Will had een blikje gecondenseerde melk gevonden, en de kat had het hongerig opgeslokt en was daarna haar wonden gaan likken. Pantalaimon had uit nieuwsgierigheid een kattengedaante aangenomen en eerst had de kat wantrouwig een hoge rug opgezet. Maar ze realiseerde zich algauw dat Pantalaimon hoe dan ook geen echte kat was en ook geen bedreiging vormde, en toen negeerde ze hem verder.

Lyra keek gefascineerd toe hoe Will voor de kat zorgde. De enige dieren die ze in haar wereld van dichtbij had meegemaakt (afgezien van de geharnaste beren), waren werkdieren; katten waren er om het Jordan-college vrij te houden van muizen, niet om er huisdieren van te maken.

'Volgens mij is haar staart gebroken,' zei Will. 'Ik weet niet wat ik eraan moet doen. Misschien heelt hij vanzelf. Ik zal wat honing op haar oor smeren. Dat heb ik ergens gelezen: het werkt ontsmettend...'

Het was een kleverige boel, maar de kat had tenminste iets te doen met aflikken, en de wond werd hoe langer hoe schoner.

'Weet je zeker dat dit de kat is die je al eerder hebt gezien?' vroeg Lyra.

'O ja. En als ze allemaal zo bang zijn voor katten, zouden die er in deze wereld trouwens niet zijn. Ze heeft waarschijnlijk de weg terug niet kunnen vinden.'

'Ze waren gewoon door het dolle heen,' zei Lyra. 'Ze zouden haar dood hebben gemaakt. Ik heb kinderen nog nooit zoiets zien doen.'

'Ik wel,' zei Will.

Maar hij klonk gereserveerd: hij wilde er niet over praten, en ze paste wel op om ernaar te vragen. Ze wist dat ze het niet eens aan de alethiometer zou vragen.

Ze was ontzettend moe, dus ging ze al snel naar bed, en ze viel meteen in slaap.

Wat later, toen de kat zich had opgerold om te slapen, ging Will met een kop koffie en de groenleren schrijfmap op het balkon zitten. Er viel genoeg licht door het raam om bij te lezen, en hij wilde de papieren bekijken.

Het waren er niet veel. Zoals hij al dacht, waren het brieven, op luchtpostpapier geschreven met zwarte inkt. De letters waar hij op dit moment naar keek, waren gevormd door de hand van de man die hij zo graag wilde vinden. Hij streek er met zijn vingers talloze keren overheen en drukte ze tegen zijn gezicht in een poging dichter bij het wezen van zijn vader te komen. Toen begon hij te lezen.

Fairbanks, Alaska
Woensdag, 19 juni 1985

Lieveling,

Het gebruikelijke mengelmoes van doelmatigheid en chaos. Alle voorraden zijn hier, maar de natuurkundige, een joviale onbenul die Nelson heet, heeft niets geregeld om die verdomde ballonnen van hem de bergen in te krijgen. We moeten duimen zitten draaien, terwijl hij rondscharrelt om aan vervoer te komen. Maar daardoor had ik wel gelegenheid om met een oude kerel te praten die ik de vorige keer had ontmoet: Jake Petersen, een goudgraver. Spoorde hem op in een gore bar en vroeg hem naar de anomalie (je weet wel: onregelmatigheid, afwijking van de regel), terwijl er op de tv een baseballwedstrijd gaande was. Hij wilde er daar niet over praten, nam me mee naar zijn appartement en vertelde met behulp van een fles Jack Daniel's hele verhalen. Had het zelf niet gezien, maar een eskimo die hij had gesproken wel. Die kerel zei dat het een deur naar de geestenwereld was. Ze wisten al eeuwen van het bestaan af. Als een medicijnman werd ingewijd, hoorde daarbij dat hij door die deur ging en de een of andere trofee meebracht als hij terugkwam. Alleen kwamen ze niet allemaal terug. Maar de oude Jake had wel een kaart van het gebied en hij had aangetekend waar dat ding volgens zijn vriend was. (Voor het geval je het nodig mocht hebben: het is op 69°02′11″N, 157°12′19″W, op een uitloper van het Lookoutgebergte, een kilometer of drie ten noorden van de Colvillerivier.) Vervolgens gingen we over op andere arctische legenden: het Noorse schip dat al zestig jaar onbemand ronddobbert, dat soort dingen. De archeologen zijn aardige lui, helemaal klaar om aan het werk te gaan. Houden hun ongeduld over Nelson en zijn ballonnen maar net in bedwang. Niemand van hen heeft ooit van de doorgang gehoord, en geloof me: dat ga ik zo houden. Veel liefs voor jullie allebei, Johnny.

Umiat, Alaska
Zaterdag, 22 juni 1985

Lieveling,

Met mijn opmerking dat de natuurkundige Nelson een joviale onbenul is, zat ik er dus volledig naast. Dat is hij helemaal niet, en als ik me niet vergis, is hij nota bene ook op zoek naar de doorgang. De overval in Fairbanks was door hem op touw gezet, niet te geloven. Hij wist dat de rest van het team niet zou willen wachten, behalve als er een serieuze reden was, zoals gebrek aan vervoer. Daarom heeft hij iemand vooruitgestuurd om de bestelde voertuigen af te zeggen. Ik kwam daar bij toeval achter en wilde hem net vragen wat hij in godsnaam in zijn schild voerde, toen ik hem via de radio met iemand hoorde praten. Hij beschreef de doorgang, ja echt, maar hij wist niet waar die te vinden was. Een poosje daarna heb ik hem op een drankje getrakteerd. Ik speelde de rondborstige soldaat, de oude rot in het arctische vak, suggereerde mysteries, deed net of ik hem plaagde met de beperkingen van de wetenschap (wed dat je geen verklaring hebt voor 'Bigfoot', enzovoort). Intussen observeerde ik hem. Op een gegeven moment kwam ik onverwacht met de anomalie op de proppen: eskimolegende over een doorgang naar de geestenwereld, onzichtbaar, ergens in de buurt van het Lookoutgebergte, waar wij nota bene op weg naartoe zijn, stel je voor. En hij verstijfde van schrik, weet je. Hij wist precies waar ik het over had. Ik deed net of ik niets merkte en ging door over toverij, vertelde hem het Zaïrese verhaal over de luipaard. Hoop dus maar dat hij me als een bijgelovige militaire domkop beschouwt. Maar ik had gelijk, Elaine, hij is er ook naar op zoek. De vraag is: zal ik het hem vertellen of niet? Moet eerst eens uitvissen wat hij in zijn schild voert. Veel liefs voor jullie allebei, Johnny.

Colville-bar, Alaska
24 juni 1985

Lieveling,

Ik krijg voorlopig geen kans meer om een brief te posten. Dit is de laatste stad voor we de bergen in gaan: het Brooksgebergte. De archeologen popelen om te vertrekken. Een van die kerels is ervan overtuigd dat hij bewijs zal vinden dat er veel eerder mensen hebben gewoond dan iemand vermoedde. Hoeveel eerder, vroeg ik, en waarom wist hij het zo zeker. Hij vertelde dat hij bij een vroegere opgraving een paar ivoren narwal-beeldjes had gevonden. Via een proef met carboon-14 zijn ze toegeschreven aan een ongelooflijk oud tijdperk, veel ouder dan alles wat ze tot op dat ogenblik op die plek hadden aangetroffen... Een anomalie in feite. Zou het niet vreemd zijn als die beeldjes daar vanuit een andere wereld waren beland via *mijn* anomalie? Over andere wereld gesproken: de natuurkundige Nelson is nu de dikste maatjes met me: plaagt me, laat opmerkingen vallen die suggereren dat hij weet dat ik weet dat hij weet, enzovoort. En ik gedraag me als de rondborstige majoor Parry, flinke vent in een crisissituatie, maar niet erg snugger. Maar ik weet dat hij ernaar op zoek is. Om te beginnen komt zijn subsidie – hoewel hij een bonafide academicus is – nota bene van het ministerie van Defensie (ik weet welke financiële codes ze gebruiken). Ten tweede bestaan zijn zogenaamde weerballonnen helemaal niet. Ik heb in een kist gekeken en ik mag een boon wezen als daar geen stralingspak in zat. Een rare bedoening, lieveling. Ik blijf bij mijn plan: ik breng de archeologen naar hun plek en ga er een paar dagen alleen op uit om de doorgang te zoeken. Als Nelson door het Lookoutgebergte gaat zwerven en ik loop hem tegen het lijf, dan zie ik wel.

Later op de dag. Een geweldige bof! Ik heb Jake Petersens

vriend, de eskimo, gesproken. Matt Kigalik. Jake had me verteld waar ik hem kon vinden, maar ik durfde niet te hopen dat hij er zou zijn. Hij vertelde me dat de Sovjets ook naar de doorgang op zoek zijn geweest. Hij was eerder in het jaar hoog in de bergen een man tegengekomen en had hem ongemerkt een paar dagen geobserveerd, omdat hij vermoedde wat hij aan het doen was. En hij had gelijk, en de man bleek een Rus te zijn, een spion. Meer heeft hij me niet verteld. Ik kreeg de indruk dat hij hem een kopje kleiner had gemaakt. Maar hij heeft de doorgang beschreven. Het lijkt op een gat in de lucht, een soort raam. Je kijkt erdoorheen en dan zie je een andere wereld. Maar het is niet gemakkelijk te vinden, want dat deel van de andere wereld ziet er net zo uit als deze wereld: rotsen, mos, enzovoort. Het is aan de linkerkant van een smalle kreek, ongeveer vijftig passen ten westen van een hoge rots, die de vorm heeft van een staande beer. En de positie die Jake me heeft opgegeven, klopt niet helemaal: het is eerder 12″N dan 11.

Wens me succes, lieveling. Ik zal een trofee voor je meenemen uit de geestenwereld. Ik zal eeuwig van je houden, geef de jongen een zoen van me, Johnny.

Will merkte dat zijn hoofd duizelde.

Zijn vader beschreef precies wat hijzelf onder de beukenbomen had gevonden. Hij had ook een raam gevonden, gebruikte er zelfs hetzelfde woord voor! Dus moest Will op het goede spoor zitten. En naar die gegevens waren de mannen op zoek geweest... Dus was het ook gevaarlijk.

Will was één jaar toen die brief was geschreven. Zes jaar later had hij zich op die ochtend in de supermarkt gerealiseerd dat zijn moeder in groot gevaar verkeerde en dat hij haar moest beschermen. En vervolgens groeide in de daaropvolgende maanden langzaam het besef dat het gevaar een product van haar verbeelding was en dat hij haar des te meer moest beschermen.

En nu, met een klap, de onthulling dat uiteindelijk niet al het gevaar een product van haar verbeelding was. Ze werd echt achtervolgd. Door iemand die deze brieven, deze informatie wilde hebben.

Hij had geen idee wat het betekende. Maar hij voelde zich diep gelukkig dat hij zoiets belangrijks met zijn vader deelde, dat John Parry en zijn zoon Will allebei, onafhankelijk van elkaar dit buitengewone ding hadden ontdekt. Wanneer ze elkaar zagen konden ze erover praten, en zijn vader zou trots zijn dat Will in zijn voetstappen was getreden.

Het was een rustige nacht en de zee was kalm. Hij vouwde de brieven op, borg ze in de map en viel in slaap.

6
Lichtgevende vliegende schepsels

'Grumman?' zei de zwartbebaarde bonthandelaar. 'Van de Berlijnse Academie? Roekeloos. Ik heb hem vijf jaar geleden ontmoet in het noordelijk deel van de Oeral. Ik dacht dat hij dood was.'

Sam Cansino, een oude kennis van Lee Scoresby en ook een Texaan, zat in de naar nafta stinkende, rokerige bar van hotel Samirsky en sloeg een maatje prikkelend koude wodka achterover. Hij schoof het bord pekelvis en zwart brood door naar Lee, die zijn mond volpropte en Sam met een knikje beduidde dat hij verder moest vertellen.

'Hij was in een val gelopen die die gekke Yakolev had gezet,' ging de bonthandelaar door, 'en zijn been was tot op het bot opengesneden. In plaats van gewone medicijnen te nemen, wilde hij met alle geweld dat spul dat beren eten: bloedmos, een soort korstmos, geen echt mos. Hoe dan ook, hij lag op een slee beurtelings te brullen van de pijn en instructies te schreeuwen naar zijn mannen. Ze waren sterren aan het observeren en de metingen moesten nauwkeurig gebeuren, anders kregen ze ervan langs, en die man had verdorie een scherpe tong. Een slanke man, taai, sterk, overal even nieuwsgierig naar. Wist je dat hij een Tataar was, door adoptie en inwijding?'

''t Is niet waar,' zei Lee Scoresby, terwijl hij Sams glas weer vol wodka schonk. Zijn dæmon Hester zat op de bar ineengedoken naast zijn elleboog, de ogen halfdicht zoals gewoonlijk, de oren plat langs haar rug.

Lee was die middag aangekomen, naar Nova Zembla gedreven

op de wind die de heksen hadden opgeroepen. Zodra hij zijn uitrusting had opgeborgen was hij regelrecht naar hotel Samirsky gegaan, vlak bij de visverpakkingspost. Er kwamen veel arctische zwervers in dat hotel om nieuwtjes uit te wisselen, een baan te zoeken of boodschappen voor elkaar achter te laten. Lee Scoresby had er in het verleden meerdere malen gelogeerd als hij op een contract of een passagier of een gunstige wind moest wachten, dus was er nu niets ongewoons aan zijn gedrag.

En omdat de mensen aanvoelden dat er grote veranderingen gaande waren in de wereld om hen heen, was het heel natuurlijk dat ze bij elkaar kwamen om een praatje te maken. Elke dag was er nieuws: het ijs in de Jenisseirivier was verdwenen, in deze tijd van het jaar nota bene; een deel van de oceaan was opgedroogd, waardoor merkwaardige regelmatige steenformaties op de zeebodem zichtbaar werden; een dertig meter lange pijlinktvis had drie vissers uit hun boot getrokken en uiteengereten...

En de mist bleef vanuit het noorden aanrollen, dicht en koud en soms gedrenkt in onvoorstelbaar vreemd licht, waarin je zo nu en dan vaag grote gedaanten kon onderscheiden en geheimzinnige stemmen kon horen.

Al met al was het geen goede tijd om te werken, en daarom zat de bar van hotel Samirsky propvol.

'Hadden jullie het over Grumman?' zei de man die even verderop aan de bar zat, een wat oudere man in de uitrusting van een zeehondenjager. Zijn lemmingdæmon keek plechtig over de rand van zijn zak. 'Die was inderdaad Tataar. Ik was erbij toen hij lid van die stam werd. Ik heb gezien dat zijn schedel werd doorboord. Hij had ook nog een andere naam, een Tataarse naam, het schiet me zo wel te binnen.'

'Wat zeg je me daarvan,' zei Lee Scoresby. 'Neem een drankje van me, vriend. Ik ben op zoek naar nieuws over die man. Van welke stam is hij lid geworden?'

'De Jenissei Pakhtars. Aan de voet van het Semyonovgebergte. Vlak bij de plek waar de Jenissei samenvloeit met de... ik ben vergeten hoe die heet... een rivier die uit de bergen komt. Bij de landingsplaats ligt een rotsblok zo groot als een huis.'

'Ach ja,' zei Lee, 'nu herinner ik het me. Ik ben eroverheen gevlogen. En Grumman heeft zijn schedel laten doorboren, zeg je? Waar was dat voor?'

'Hij was een sjamaan, een priester-tovenaar zogezegd,' zei de oude zeehondenjager. 'Ik geloof dat de stam hem als sjamaan heeft erkend voordat ze hem adopteerden. Dat is me wat, dat boren. Het duurt twee nachten en een dag. Ze doen het met een boogdrilboor, die je ook gebruikt om een vuur aan te maken.'

'O, vandaar dat zijn team hem gehoorzaamde,' zei Sam Cansino. 'Ze waren het ruigste stelletje schurken dat ik ooit heb gezien, maar ze renden als zenuwachtige kinderen rond om te doen wat hij zei. Ik dacht dat het aan zijn gevloek lag. Als ze dachten dat hij een sjamaan was, wordt het veel begrijpelijker. Maar weet je, die man was zo waanzinnig nieuwsgierig: hij beet zich overal in vast als een wolf, hij wilde gewoon níet loslaten. Ik moest hem alles, maar dan ook alles vertellen over het gebied daar, en over de gewoonten van veelvraten en vossen. En door die verdomde val van Yakolev had hij behoorlijk veel pijn; zijn been lag open, maar hij noteerde de resultaten van dat bloedmos, nam zijn temperatuur op, keek hoe het litteken zich vormde, maakte over het kleinste dingetje aantekeningen... Een vreemde man. Een heks heeft hem ooit als minnaar gewild, maar hij heeft haar afgewezen.'

'Heus?' zei Lee Scoresby, en hij dacht aan de schoonheid van Serafina Pekkala.

'Dat had hij niet moeten doen,' zei de zeehondenjager. 'Als een heks je haar liefde aanbiedt, moet je die aanvaarden. Wanneer je dat niet doet, is het je eigen schuld als er akelige dingen met je gebeuren. Je moet als het ware een keus maken: zegen of vervloeking. Het enige wat je niet mag is geen van beide kiezen.'

'Misschien had hij er een reden voor,' zei Lee.

'Als hij een beetje verstand had, moet het wel een heel goede reden zijn geweest.'

'Hij was koppig,' zei Sam Cansino.

'Misschien was hij trouw aan een andere vrouw,' opperde Lee. 'Ik heb nog iets anders over hem gehoord: dat hij zou weten waar een bepaald magisch voorwerp te vinden is. Ik weet niet wat het voor iets is, maar het beschermt degene die het in bezit heeft. Hebben jullie dat verhaal ooit gehoord?'

'Ja, ik heb het gehoord,' zei de zeehondenjager. 'Hij had het zelf niet, maar hij wist waar het was. Een man heeft eens geprobeerd dat van hem los te krijgen, maar Grumman heeft hem gedood.'

'Zijn dæmon,' zei Sam Cansino, 'dat was ook iets merkwaardigs. Ze was een arend, een zwarte arend met witte kop en borst, een soort dat ik nog nooit had gezien, en de naam wist ik ook niet.'

'Het was een visarend,' zei de barkeeper, die meeluisterde. 'Jullie hebben het toch over Stan Grumman? Zijn dæmon was een visarend.'

'Wat is er met hem gebeurd?' vroeg Lee Scoresby.

'O, hij is betrokken geraakt bij de Skraeling-oorlogen in Beringland. Het laatste wat ik erover heb gehoord is dat hij is neergeschoten,' zei de zeehondenjager. 'Op slag dood.'

'Ik heb gehoord dat ze hem hebben onthoofd,' zei Lee Scoresby.

'Nee, jullie hebben het allebei mis,' zei de barkeeper, 'en ik kan het weten, want ik heb het gehoord van een Inuit die erbij was. Het schijnt dat ze ergens op Sakhalan hun tenten hadden opgeslagen en door een lawine zijn overvallen. Grumman is onder honderd ton rotsblokken begraven. Die Inuit zag het gebeuren.'

'Wat ik niet begrijp,' zei Lee Scoresby, terwijl hij de fles nog eens rond liet gaan, 'wat ik niet begrijp is wat de man nou eigenlijk deed. Was hij rotsolie aan het zoeken misschien? Of was hij militair? Of was het iets filosofisch? Je zei iets over metingen, Sam. Waar sloeg dat op?'

'Ze waren het sterrenlicht aan het meten. En het noorderlicht. Hij was bezeten van het noorderlicht. Maar ik geloof dat hij het meest geïnteresseerd was in ruïnes. In stokoude dingen.'

'Ik weet waar je meer over hem kunt horen,' zei de zeehondenjager. 'In de bergen staat een observatorium van de Keizerlijke Moskouse Academie. Die lui moeten je iets over hem kunnen vertellen. Ik weet dat hij er meer dan eens is geweest.'

'Waarom wil je het trouwens weten, Lee?' vroeg Sam Cansino.

'Ik heb geld van hem te goed,' zei Lee Scoresby.

Dit was zo'n bevredigende verklaring dat het meteen gedaan was met de nieuwsgierigheid. Ze gingen over op het onderwerp dat iedereen bezighield: de catastrofale veranderingen die om hen heen plaatsgrepen en die niemand kon zien.

'De vissers,' zei de zeehondenjager, 'zeggen dat je zomaar die nieuwe wereld in kunt varen.'

'Is er een nieuwe wereld?' vroeg Lee.

'Zodra deze verdomde mist optrekt, kijken we er recht naar binnen,' zei de zeehondenjager zelfverzekerd. 'Toen het de eerste keer gebeurde, zat ik in mijn kajak en keek toevallig naar het noorden. Ik zal nooit vergeten wat ik zag. In plaats van dat de aarde over de horizon naar beneden boog, ging hij rechtdoor. Er kwam geen eind aan en zo ver ik zien kon, waren er land, kustlijn, bergen, havens, groene bomen en korenvelden, almaar door in de lucht. Ik kan jullie wel vertellen, vrienden, dat het vijftig jaar zwoegen waard was, die aanblik. Ik zou zonder meer de lucht in gepeddeld zijn naar die rustige zee, maar toen kwam de mist op...'

'Nog nooit zo'n mist gezien,' mopperde Sam Cansino. 'Zal wel een maand duren, misschien langer. Maar als je geld te goed hebt van Stanislaus Grumman, heb je pech gehad, Lee: de man is dood.'

'Ah! Nu weet ik zijn Tataarse naam weer!' zei de zeehondenjager. 'Het schoot me net te binnen hoe ze hem noemden toen ze aan het boren waren. Het klonk als Jopari.'

'Jopari? Zo'n naam heb ik nog nooit gehoord,' zei Lee. 'Wellicht Japans. Nou, als ik mijn geld wil hebben, kan ik misschien zijn erfgenamen en rechtverkrijgenden opsporen. Of misschien kan de Berlijnse Academie de rekening vereffenen. Ik ga bij het observatorium informeren, kijken of ze een adres voor me hebben.'

Het observatorium lag een eindje naar het noorden, en Lee Scoresby huurde een hondenslee en voerman. Het viel niet mee om iemand te vinden die bereid was de riskante tocht in de mist te ondernemen, maar Lee had overredingskracht, of liever: zijn geld had dat. En ten slotte kreeg hij een oude Tataar uit het Obgebied na een hele tijd pingelen zover dat hij hem naar het observatorium wilde brengen.

De voerman vertrouwde niet op een kompas, want dan zou het niet gelukt zijn. Hij hield koers met behulp van andere aanwijzingen, om te beginnen die van zijn arctische vosdæmon, die voor op de slee enthousiast naar de goede weg zat te snuffelen. Lee, die nooit zonder kompas op pad ging, had al gemerkt dat het magnetische veld van de aarde net zo verstoord was als al het andere.

Toen ze stilhielden om koffie te maken, zei de oude voerman: 'Dit is al eens gebeurd, dit.'

'Wat, dat de lucht openging? Is dat al eens gebeurd?'

'Veel duizenden generaties geleden. Mijn volk weet het nog. Allemaal heel lang geleden, veel duizenden generaties.'

'Wat vertellen ze erover?'

'De lucht valt open en geesten verplaatsen zich tussen deze wereld en die wereld. Al het land beweegt. Het ijs smelt en bevriest dan weer. Na een tijdje maken de geesten het gat weer dicht. Verzegelen het. Maar heksen zeggen dat de lucht daar dun is, achter het noorderlicht.'

'Wat gaat er gebeuren, Umaq?'

'Hetzelfde als toen. Ze doen alles weer hetzelfde. Maar pas na grote moeilijkheden, grote oorlog. Geestenoorlog.'

Meer wilde de voerman er niet over loslaten en even later reden ze door, langzaam hun weg zoekend over hobbels en kuilen en langs uitstekende rotspunten, die vaag opdoemden in de bleke mist, tot de oude man zei: 'Het observatorium is daarboven. U moet verder lopen. Het pad is te bochtig voor een slee. Als u terug wilt, wacht ik hier.'

'Ja, ik wil terug als ik klaar ben, Umaq. Maak een vuurtje, vriend, en ga even zitten uitrusten. Ik heb een uur of drie, vier nodig.'

Lee Scoresby ging op pad, met Hester boven in zijn jas gestopt, en na een halfuur flink klimmen zag hij plotseling een groep gebouwen boven zich, alsof ze daar net door een reuzenhand waren neergezet. Maar dat leek alleen zo omdat de mist even was opgetrokken, en een seconde later was het effect verdwenen. Hij zag de grote koepel van het hoofdobservatorium, een kleinere een beetje verder weg, en daartussenin een aantal administratieve gebouwen en woonruimten. Er waren geen lichten te zien, want de ramen waren permanent verduisterd omdat het zo donker mogelijk moest zijn voor hun telescopen.

Een paar minuten na aankomst praatte Lee al met een groep astronomen die reikhalzend uitkeken naar nieuws. Weinig natuurkundigen zullen ooit zo gefrustreerd zijn als astronomen die in de mist zitten. Hij vertelde ze alles wat hij had gezien en toen het onderwerp helemaal was uitgekauwd, vroeg hij naar Stanislaus Grumman. De astronomen hadden wekenlang geen bezoek gehad en waren onmiddellijk bereid tot een praatje.

'Grumman? Ja, daar zal ik u eens iets over vertellen,' zei de directeur. 'Hij was een Engelsman, al zou je dat niet denken vanwege de naam. Ik herinner me...'

'Nee, hoor,' zei de onderdirecteur. 'Hij was lid van de Keizerlijke Duitse Academie. Ik heb hem in Berlijn ontmoet. Ik dacht zeker dat hij een Duitser was.'

'Nee, volgens mij was hij Engels. In elk geval beheerste hij die taal volmaakt,' zei de directeur. 'Maar ik ben met je eens: hij was stellig lid van de Berlijnse Academie. Hij was geoloog...'

'Nee, nee, dat heb je verkeerd,' zei iemand anders. 'Hij bestudeerde de aarde, maar niet als geoloog. Ik heb eens een lang gesprek met hem gehad. Ik denk dat je hem een paleo-archeoloog moet noemen.'

Ze zaten met z'n vijven om een tafel in de kamer die diende als huis-, zit- en eetkamer, bar, recreatieruimte, kortom als ruimte voor alles. Twee van hen kwamen uit Moskou, en dan waren er nog een Pool, een Yoruba en een Skraeling. Lee Scoresby merkte dat de kleine gemeenschap blij was met zijn bezoek, al was het alleen maar omdat hij een nieuw onderwerp van gesprek aanbracht. De Pool had het laatst gesproken, en nu kwam de Yoruba ertussen: 'Wat bedoel je met een paleo-archeoloog? Archeologen bestuderen al wat oud is. Waarom moet je er een woord voor zetten dat ook "oud" betekent?'

'Omdat zijn studieterrein veel verder terugging dan je zou verwachten. Hij zocht naar overblijfselen van beschavingen van twintig-, dertigduizend jaar geleden,' antwoordde de Pool.

'Nonsens!' zei de directeur. 'Totale nonsens! De man heeft je voor de gek gehouden. Beschavingen die dertigduizend jaar oud zijn? Ha! Waar is het bewijs?'

'Onder het ijs,' zei de Pool. 'Dat is het punt. Volgens Grumman is in het verleden het magnetisch veld van de aarde verschillende keren enorm veranderd, en is de aardas ook verschoven, zodat de gematigde gebieden ingevroren werden.'

'Hoe?' zei de Yoruba.

'O, hij had de een of andere ingewikkelde theorie. Waar het om ging was dit: als er al bewijs was geweest voor heel vroege beschavingen, dan was dat nu allang onder het ijs begraven. Hij beweerde dat hij een paar fotogrammen had van ongebruikelijke rotsformaties...'

'Ha! Is dat alles?' zei de directeur.

'Ik vertel alleen maar wat hij zei, ik verdedig hem niet,' zei de Pool.

'Hoe lang kende u Grumman al, heren?' informeerde Lee Scoresby.

'Nou, laat eens kijken,' zei de directeur. 'Zeven jaar geleden heb ik hem voor het eerst ontmoet.'

'Hij werd een jaar of twee daarvóór al bekend door zijn artikel over variaties in de magnetische pool,' zei de Yoruba. 'Maar hij was uit het niets opgedoken. Ik bedoel: niemand had hem als student gekend of vroeger werk van hem gezien...'

Ze praatten een tijdje door, droegen herinneringen aan en deden suggesties over het lot van Grumman, hoewel ze bijna allemaal dachten dat hij wel dood zou zijn. Toen de Pool nog wat koffie ging zetten, zei Lee's haasdæmon Hester zacht tegen hem: 'Let eens op de Skraeling, Lee.'

De Skraeling had heel weinig gezegd. Lee had gedacht dat hij van nature zwijgzaam was, maar aangezet door Hester keek hij bij de volgende pauze in het gesprek nonchalant zijn kant op. De dæmon van de man, een sneeuwuil, staarde hem met heloranje ogen fel aan. Nou, zo zagen uilen eruit, en staren deden ze ook, maar Hester had gelijk: de dæmon straalde een vijandigheid en een wantrouwen uit, die je op het gezicht van de man helemaal niet zag.

En toen zag Lee nog iets anders: de Skraeling droeg een ring waarop het symbool van de kerk was gegraveerd. Plotseling besefte hij waarom de man zo zwijgzaam was. Elke instelling voor wijsgerig onderzoek moest een vertegenwoordiger van het Magisterium in haar staf hebben, had hij gehoord. Die moest als censor optreden en nieuws over eventuele heidense ontdekkingen onderdrukken.

Omdat hij dit besefte en zich nu ook een opmerking van Lyra herinnerde, vroeg Lee: 'Vertel eens, heren, weet u toevallig of Grumman ooit onderzoek heeft gedaan naar Stof?'

Er viel meteen een stilte in de bedompte, kleine kamer, en ieders aandacht was op de Skraeling gericht, hoewel niemand hem rechtstreeks aankeek. Lee wist dat Hester ondoorgrondelijk zou blijven met haar halfdichte ogen en haar oren plat langs haar rug, en zelf keek hij met een vrolijk onschuldige uitdrukking op zijn gezicht iedereen om de beurt aan.

Ten slotte liet hij zijn blik op de Skraeling rusten en zei: 'Neem me niet kwalijk... Heb ik iets gevraagd over een verboden onderwerp?'

De Skraeling vroeg: 'Waar hebt u iets over dit onderwerp gehoord, meneer Scoresby?'

'Van passagiers die ik een tijdje geleden over de zee heb gevlogen,' zei Lee soepeltjes. 'Ze hebben niet gezegd wat het was, maar uit de manier waarop ze erover praatten, maakte ik op dat het net iets was voor dr. Grumman om te onderzoeken. Ik nam aan dat het een of ander ding in de hemel was, zoals het noorderlicht. Maar het verbaasde me wel, want als aëronaut ken ik de hemel vrij goed, en ik was zoiets nooit tegengekomen. Wat is het trouwens?'

'Net wat u zegt: een verschijnsel aan de hemel,' zei de Skraeling. 'Het heeft geen praktische betekenis.'

Niet lang daarna concludeerde Lee dat het tijd was om op te stappen; hij was niet verder gekomen met zijn vraag en hij wilde Umaq niet laten wachten. Hij liet de astronomen achter in hun door mist belaagde observatorium en liep het pad af, vlak achter zijn dæmon aan omdat haar ogen dichter bij de grond waren.

Ze waren pas tien minuten onderweg toen er in de mist iets langs zijn hoofd vloog en een duik nam naar Hester. Het was de uildæmon van de Skraeling.

Maar Hester voelde haar aankomen en drukte zich op tijd tegen de grond, zodat de klauwen van de uil haar net misten. Hester kon vechten: ze had ook scherpe klauwen, en ze was taai en dapper. Lee wist dat de Skraeling zelf in de buurt moest zijn, en hij greep naar de revolver in zijn riem.

'Achter je, Lee,' zei Hester, en hij draaide zich pijlsnel om, tegelijkertijd duikend, toen een pijl over zijn schouder suisde.

Hij schoot meteen. De Skraeling zakte kreunend in elkaar toen de kogel zich met een dof geluid in zijn been boorde. Even later streek de uildæmon, op stille vleugels aanzwevend, met een onhandige, onmachtige beweging naast hem neer. Ze bleef half overeind op de sneeuw liggen en probeerde moeizaam haar vleugels te vouwen.

Lee Scoresby spande de haan van zijn revolver en drukte het wapen tegen het hoofd van de man.

'Nou, verdomde dwaas die je bent,' zei hij. 'Waar was dat goed voor? Begrijp je niet dat we allemaal in hetzelfde schuitje zitten nu dat ding met de lucht is gebeurd?'

'Het is te laat,' zei de Skraeling.

'Te laat voor wat?'

'Te laat om het tegen te houden. Ik heb al een vogel met een boodschap gestuurd. Het Magisterium zal weten dat je geïnformeerd hebt, en ze zullen blij zijn met het bericht over Grumman...'

'Wat voor bericht?'

'Het feit dat er anderen naar hem op zoek zijn. Het bevestigt wat we al dachten. En de anderen weten wat Stof is. Je bent een vijand van de kerk, Lee Scoresby. Aan hun vruchten zult ge hen kennen. Aan hun vragen zult ge de slang zien die aan hun hart knaagt...'

De uil maakte zachte krassende geluiden en klapperde zo nu en dan met haar vleugels. Over haar feloranje ogen lag een waas van pijn. In de sneeuw rond de Skraeling breidde zich een rode vlek uit: zelfs in het mistige schemerlicht zag Lee dat de man dood zou gaan.

'Mijn kogel zal wel een slagader hebben geraakt,' zei hij. 'Laat m'n mouw los, dan zal ik je been afbinden.'

'Nee!' zei de Skraeling scherp. 'Ik ben blij dat ik doodga! Ik krijg de palmtak van de martelaar! Daar zul je me niet van beroven!'

'Ga dan maar dood, als je dat beslist wilt. Vertel me alleen...'

Maar hij kreeg de kans niet om zijn vraag af te maken, want met een akelige kleine huivering verdween de uildæmon. De ziel van de Skraeling was weg. Lee had eens een schilderij gezien waarop een heilige van de kerk werd aangevallen door moordenaars. Terwijl zij zijn stervend lichaam ranselden, werd de dæmon van de heilige ten hemel gedragen door cherubijnen, en kreeg hij een palmtak, het ereteken van de martelaar. Op het gezicht van de Skraeling lag nu dezelfde uitdrukking als op dat van de heilige op het schilderij: een extatisch verlangen naar vergetelheid. Lee liet hem vol walging vallen.

Hester klakte met haar tong.

'Ik had moeten weten dat hij een boodschap zou sturen,' zei ze. 'Pak zijn ring.'

'Waarom in hemelsnaam? We zijn toch geen dieven?'

'Nee, we zijn afvalligen,' zei ze. 'Niet uit vrije wil, maar door zijn boosaardigheid. Als de kerk dit eenmaal hoort, zijn we er trouwens toch geweest. Maak in de tussentijd gebruik van iedere kans die we krijgen. Vooruit, pak de ring en berg hem op, misschien kunnen we hem nog gebruiken.'

Lee zag wel in dat het verstandig was, en hij trok de ring van de vinger van de dode man. Hij tuurde het schemerdonker in en zag dat het pad aan één kant steil afliep tot in het rotsachtige duister. Hij rolde het lijk van de Skraeling over de rand. Het duurde een hele tijd voor hij een plof hoorde. Lee had nooit plezier gehad in geweld, en doden haatte hij, hoewel hij het al drie keer eerder had moeten doen.

'Het heeft geen zin om erover te piekeren,' zei Hester. 'Hij heeft ons geen keus gelaten, en we hebben geen dodelijk schot gelost. Verdomme, Lee, hij wilde gewoon dood. Deze mensen zijn niet goed snik.'

'Je zult wel gelijk hebben,' zei hij, en hij stak zijn revolver weg.

Onder aan het pad troffen ze de voerman aan, die de honden had ingespannen en klaar was voor vertrek.

'Vertel eens, Umaq,' zei Lee, toen ze op weg gingen naar de visverpakkingspost, 'heb je ooit van een zekere Grumman gehoord?'

'Natuurlijk,' zei de voerman. 'Iedereen kent dr. Grumman.'

'Wist je dat hij een Tataarse naam had?'

'Niet Tataars. Jopari, bedoelt u? Niet Tataars.'

'Wat is er met hem gebeurd? Is hij dood?'

'Als u me dat vraagt, moet ik zeggen dat ik het niet weet. Zodat u de waarheid niet van mij hoort.'

'O. Wie kan ik het dan wel vragen?'

'U kunt het beter aan zijn stam vragen. U kunt beter naar Jenissei gaan en het hun vragen.'

'Zijn stam... Je bedoelt de mensen die hem ingewijd hebben? Die zijn schedel doorboord hebben?'

'Ja. U kunt het beter aan hen vragen. Misschien is hij niet dood, misschien wel. Misschien is hij niet dood en niet in leven.'

'Hoe kan dat nou?'

'In de geestenwereld. Misschien is hij in de geestenwereld. Ik heb al te veel gezegd. Nu zeg ik niets meer.'

En dat deed hij ook niet.

Maar toen ze bij de post terug waren, ging Lee meteen naar de haven om een schip te zoeken dat hem naar de monding van de Jenissei kon brengen.

Intussen waren de heksen ook aan het zoeken. De Letlandse koningin Ruta Skadi vloog vele dagen en nachten mee met Serafina Pekkala en haar gezelschap, door mist en wervelwinden, over gebieden die verwoest waren door overstromingen of aardverschuivingen. Het was zeker dat ze in een wereld waren die ze geen van allen kenden, een wereld met vreemde winden, vreemde geuren in de lucht, grote onbekende vogels die hen aanvielen zodra ze hen zagen en die met een regen van pijlen verjaagd moesten worden. En toen ze een plek op de grond vonden om uit te rusten, waren zelfs de planten vreemd.

Maar sommige planten waren eetbaar, en er waren kleine konijnachtige wezens die lekker smaakten, en er was water in overvloed. Het had een goede wereld kunnen zijn om in te leven, als die spookachtige gedaanten er niet waren geweest. Ze zweefden als mist over de weiden en verzamelden zich in de buurt van riviertjes en ondergelopen land. Bij een bepaalde lichtval zag je ze nauwelijks: dan waren ze alleen zichtbaar als een zwevend onderdeel van het licht, een ritmisch oplichten, alsof sluiers doorzichtigheid voor een spiegel ronddraaiden. De heksen hadden nog nooit zulke wezens gezien en wantrouwden ze meteen.

'Denkt u dat ze leven, Serafina Pekkala?' vroeg Ruta Skadi, toen ze hoog boven een groep van die dingen cirkelden, die roerloos aan de rand van een bos stond.

'Of ze nu leven of dood zijn, ze zitten vol boosaardigheid,' antwoordde Serafina. 'Dat voel ik hier zelfs. En zolang ik niet weet met welk wapen ik ze kan bestrijden, kom ik liever niet dichter in de buurt.'

De Spoken schenen aan de aarde gebonden te zijn en niet te kunnen vliegen, en daar hadden de heksen geluk bij. Later op die dag zagen ze wat de Spoken konden doen.

Het gebeurde bij een rivierovergang, waar een stoffige weg over een lage stenen brug liep naast een bomenbosje. De stralen van de namiddagzon vielen schuin over het weiland en lieten de grond intens groen oplichten en de lucht stoffig goud. En in dat warme, schuin vallende licht zagen de heksen een groep reizigers op de brug af komen, sommigen te voet, anderen in door paarden getrokken wagens, en twee te paard. Ze hadden de heksen niet gezien, want ze hadden geen reden om naar boven te kijken, maar het waren de eerste mensen die de heksen in deze wereld hadden gezien, en Serafina stond op het punt naar beneden te vliegen om met hen te praten, toen ze een verschrikte kreet hoorde.

Die kwam van de berijder van het voorste paard. Hij wees naar de bomen, en toen de heksen naar beneden keken zagen ze een stroom van die spookachtige gedaanten over het gras storten, schijnbaar moeiteloos naar de mensen, hun prooi, vloeiend.

De mensen vlogen uit elkaar. Serafina was geschokt toen ze zag dat de voorste ruiter er meteen in galop vandoor ging en niet bleef om zijn kameraden te helpen. De tweede ruiter deed hetzelfde: hij vluchtte zo snel als hij kon in een andere richting.

'Ga lager vliegen en let goed op, zusters,' zei Serafina tegen haar medeheksen, 'maar kom niet tussenbeide vóór ik het zeg.'

Ze merkten dat er in het kleine reisgezelschap ook kinderen waren, sommigen in de wagens, anderen ernaast lopend. En het was duidelijk dat de kinderen de Spoken niet zagen, en dat de Spoken zich niet voor hen interesseerden: ze hadden het alleen op de volwassenen gemunt. Ruta Skadi werd boos om de lafheid van een oude vrouw, die op een wagen zat met twee kleine kinderen op schoot:

de vrouw probeerde zich achter de kinderen te verstoppen en duwde hen naar het Spook dat op haar af kwam, alsof ze hen opofferde om haar eigen leven te redden.

De kinderen rukten zich los en sprongen van de wagen. Ze renden nu net als de andere kinderen in paniek heen en weer, of omklemden elkaar huilend terwijl de Spoken de volwassenen aanvielen. De oude vrouw in de wagen was algauw omgeven door een doorzichtige nevel die druk in beweging was, zich gretig voedend op een onzichtbare manier die Ruta Skadi ellendig vond om aan te zien. Hetzelfde lot trof alle volwassenen in het gezelschap, behalve de twee die op hun paarden waren gevlucht.

Gefascineerd en vervuld van afschuw vloog Serafina Pekkala nog dichterbij. Een vader had geprobeerd wadend de rivier over te steken met zijn kind, maar een Spook had hem ingehaald. Terwijl het kind zich huilend aan de rug van zijn vader vastklampte, kwam de man steeds langzamer vooruit, tot hij, tegengehouden en hulpeloos, bleef staan, het water tot aan zijn middel.

Wat gebeurde er met hem? Serafina zweefde een paar meter van hem vandaan boven het water en keek vol afschuw toe. Van reizigers in haar eigen wereld had ze de legende van de vampier gehoord, en daar moest ze aan denken toen ze het Spook gulzig zag schrokken van... iets, iets van de man, zijn ziel, zijn dæmon misschien. Want in deze wereld zaten dæmonen kennelijk binnenin, niet aan de buitenkant. Zijn armen verslapten en lieten de benen van het kind los. Het kind viel achter hem in het water en probeerde naar lucht happend en schreeuwend zijn hand te grijpen. Maar de man draaide alleen langzaam zijn hoofd om en keek volmaakt onverschillig neer op zijn zoontje, dat naast hem aan het verdrinken was.

Dat werd Serafina te veel. Ze maakte een duikvlucht en plukte het kind uit het water, en toen ze dat deed, riep Ruta Skadi: 'Pas op, zuster! Achter u...'

En heel even voelde Serafina een afschuwelijke loomheid vlak bij haar hart, en ze reikte omhoog naar Ruta Skadi's hand, die haar wegtrok van het gevaar. Ze gingen hoger vliegen, terwijl het kind gilde en zich met scherpe vingers om haar middel klemde, en Serafina zag het Spook achter zich: een sliert mist die ronddraaide op het water, tastend naar de verloren prooi. Ruta Skadi schoot een pijl in zijn hart, maar dat had geen enkel effect.

Serafina zette het jongetje neer op de rivieroever, omdat ze wist dat de Spoken hem niets zouden doen, en ze stegen weer op. Het kleine gezelschap reizigers was nu definitief gestopt. De paarden graasden of schudden met hun hoofden de vliegen van zich af, de kinderen brulden of klampten zich aan elkaar vast, terwijl ze van een afstand toekeken, en alle volwassenen waren stilgevallen. Ze hadden hun ogen open; sommigen stonden, maar de meesten waren gaan zitten, en er hing een verschrikkelijke stilte om hen heen. Toen het laatste Spook verzadigd wegzweefde, vloog Serafina naar beneden en streek neer voor een vrouw die op het gras zat, een sterke, gezond ogende vrouw met rode wangen en glanzend blond haar.

'Vrouw?' zei Serafina. Er kwam geen reactie. 'Kun je me horen? Kun je me zien?'

Ze schudde haar bij de schouder heen en weer. Met reusachtige inspanning keek de vrouw op. Ze leek nauwelijks iets te zien. Haar ogen hadden geen uitdrukking, en toen Serafina in haar onderarm kneep, keek ze alleen langzaam naar beneden en toen weer een andere kant op.

De andere heksen liepen tussen de verspreide wagens door en keken met ontzetting naar de slachtoffers. Intussen verzamelden de kinderen zich op een kleine heuvel een eindje verderop, waar ze naar de heksen staarden en angstig met elkaar fluisterden.

'De ruiter observeert ons,' zei een heks.

Ze wees naar een plek waar de weg door een uitholling in de heuvels liep. De ruiter die op de vlucht was geslagen had zijn paard ingehouden en zich omgedraaid. Met een hand boven zijn ogen keek hij wat er gebeurde.

'We gaan met hem praten,' zei Serafina, en ze sprong de lucht in.

Hoe de man zich ook had gedragen toen hij met de Spoken werd geconfronteerd, hij was geen lafaard. Toen hij de heksen zag aankomen, trok hij zijn geweer van zijn schouder en drong zijn paard het weiland in, waar hij ruimte had om te manoeuvreren, te schieten en zich tegen hen te verweren. Maar Serafina Pekkala streek langzaam neer, hield haar boog voor zich uit, en legde hem toen op de grond.

Of ze dat gebaar hier nu kenden of niet, de bedoeling was duidelijk. De man liet het geweer van zijn schouder zakken en wachtte, terwijl hij van Serafina naar de andere heksen keek, en omhoog naar hun dæmonen die boven hen cirkelden. Jonge, woeste vrouwen, die gekleed waren in flarden zwarte zijde en op dennentakken door de lucht vlogen... zoiets bestond in deze wereld niet, maar hij reageerde met kalme behoedzaamheid. Toen Serafina dichterbij kwam zag ze ook verdriet op zijn gezicht, en kracht. Dat alles was moeilijk in overeenstemming te brengen met het feit dat hij was gevlucht terwijl zijn kameraden omkwamen.

'Wie bent u?' vroeg hij.

'Ik heet Serafina Pekkala. Ik ben de koningin van de heksen van het Enarameer, dat in een andere wereld ligt. Hoe heet u?'

'Joachim Lorenz. Heksen, zegt u? Onderhandelt u dan met de duivel?'

'Als we dat deden, zouden we dan uw vijanden zijn?'

Hij dacht even na en legde het geweer over zijn dijbenen. 'Vroeger misschien wel,' zei hij, 'maar de tijden zijn veranderd. Waarom bent u naar deze wereld gekomen?'

'Omdat de tijden zijn veranderd. Wat zijn dat voor wezens, die uw gezelschap hebben aangevallen?'

'Nou, Spoken...' zei hij schouderophalend, half verbaasd. 'Kent u de Spoken niet?'

'In onze wereld hebben we ze nooit gezien. We zagen u op de vlucht gaan, en wisten niet wat we ervan moesten denken. Nu begrijp ik het.'

'Er is geen verweer tegen ze,' zei Joachim Lorenz. 'Alleen de kinderen worden met rust gelaten. Volgens de wet moet elk reisgezelschap een man en een vrouw te paard bij zich hebben, en die moeten doen wat wij hebben gedaan, anders hebben de kinderen niemand om voor ze te zorgen. Maar het zijn slechte tijden. De steden zitten vol Spoken, terwijl er vroeger niet meer dan een stuk of tien op één plaats zaten.'

Ruta Skadi keek om zich heen. Ze zag de andere ruiter terugrijden naar de wagens, en zag dat het inderdaad een vrouw was. De kinderen renden op haar af.

'Maar zeg me wat u zoekt,' ging Joachim Lorenz door. 'U hebt nog geen antwoord op mijn vraag gegeven. U bent niet voor niets hierheen gekomen. Geef me nu antwoord.'

'We zoeken een kind,' zei Serafina, 'een jong meisje uit onze wereld. Haar naam is Lyra Belacqua, ze wordt Lyra Zilvertong genoemd. Maar we hebben er geen idee van waar ze is, ze kan overal op de wereld zijn. Hebt u soms een vreemd kind in haar eentje gezien?'

'Nee. Maar we hebben een paar avonden geleden wel engelen zien overvliegen in de richting van de pool.'

'Engelen?'

'Hele troepen in de lucht, gewapend en glinsterend. De afgelopen jaren vertoonden ze zich niet vaak, hoewel ze in de tijd van mijn grootvader regelmatig door deze wereld kwamen, dat zei hij tenminste altijd.'

Hij hield een hand boven zijn ogen en keek naar de verspreide wagens, de gestrande reizigers. De andere ruiter was nu afgestegen om een paar kinderen te troosten.

Serafina volgde zijn blik en zei: 'Als we vannacht bij u kamperen en u beschermen tegen de Spoken, wilt u ons dan wat meer vertellen over deze wereld en over de engelen die u hebt gezien?'

'Zeker. Gaat u maar met me mee.'

Met hulp van de heksen werden de wagens verder gereden, de brug over en weg van de bomen waar de Spoken vandaan waren gekomen. De getroffen volwassenen moesten blijven waar ze waren, maar het was akelig om te zien hoe kleine kinderen zich vastklampten aan een moeder die zich niets meer van hen aantrok, of aan de mouw rukten van een vader die niets zei en in het luchtledige staarde met nietsziende ogen. De jongste kinderen begrepen niet waarom ze bij hun ouders weg moesten. De ouderen, van wie sommigen hun ouders al verloren hadden en die het al eens hadden meegemaakt, keken alleen somber voor zich uit en zeiden geen woord. Serafina tilde het jongetje op dat in de rivier was gevallen. Het bleef om zijn vader roepen, zijn armpjes uitstrekkend naar de zwijgende figuur die nog steeds in het water stond, onverschillig. Serafina voelde zijn tranen op haar blote huid. De vrouwelijke ruiter, die een grofkatoenen broek droeg en als een man op haar paard zat, zei niets tegen de heksen. Haar gezicht stond grimmig. Ze dreef de kinderen voort, sprak ze streng toe en negeerde hun tranen. De avondzon doordrenkte de lucht met een gouden licht, waarin elk detail scherp uitkwam en niets verblindend was, en de gezichten van de kinderen, en ook die van de man en de vrouw leken onsterfelijk en sterk en mooi.

Later op de avond, toen de sintels van een vuur gloeiden binnen een kring met as bestoven keien, en de weidse heuvels rustig onder de maan lagen, vertelde Joachim Lorenz de geschiedenis van zijn wereld aan Serafina en Ruta Skadi.

Eens was het een gelukkige wereld geweest, legde hij uit. De steden waren ruim opgezet en elegant, de akkers goed onderhouden en vruchtbaar. Koopvaardijschepen gleden af en aan over de blauwe oceanen, en vissers haalden netten vol kabeljauw, tonijn, baars en poon op; de bossen liepen over van het wild, en geen kind had honger. Op de binnenplaatsen en pleinen van de grote steden mengden ambassadeurs van Brazilië, Benin, Ierland en Korea zich onder tabaksverkopers, toneelspelers uit Bergamo en handelaren in geluksobligaties. 's Avonds troffen gemaskerde gelieven elkaar in de met rozen begroeide zuilengangen of in de door lampjes verlichte tuinen, en de lucht was bezwangerd met de geur van jasmijn en trilde op de muziek van de mandarone.

De heksen luisterden ademloos naar het verhaal over een wereld die zo op de hunne leek en toch ook zo anders was.

'Maar het ging mis,' zei hij. 'Driehonderd jaar geleden ging het allemaal mis. Sommige mensen geven de schuld aan het wijsgerengilde van de Torre degli Angeli, de Engelentoren, in de stad waar we net vandaan komen. Anderen zeggen dat het de straf was voor een grote zonde, maar welke zonde dat dan was, daarover is niemand het eens. Maar plotseling doken de Spoken uit het niets op, en sindsdien worden we erdoor belaagd. U hebt gezien wat ze doen. Stel u nu voor hoe het is om te leven in een wereld met Spoken. Hoe kan er welvaart heersen als we van niets zeker weten of het blijft zoals het was? Op elk moment kan een vader worden gepakt, of een moeder, en dan valt het gezin uit elkaar. Een koopman kan worden gepakt, zodat zijn zaak failliet gaat en al zijn klerken en agenten hun baan kwijtraken. En hoe kunnen geliefden op hun beloften vertrouwen? Alle vertrouwen en alle deugdzaamheid zijn uit onze wereld verdwenen toen de Spoken kwamen.'

'Wie zijn die wijsgeren?' vroeg Serafina. 'En waar staat de toren waar u het over hebt?'

'In de stad waar we vandaan komen: Cittàgazze. De stad van de eksters. Weet u waarom die zo genoemd wordt? Omdat eksters stelen, en dat is het enige wat we nog kunnen. We scheppen niets, we hebben honderden jaren niets gebouwd, alles wat we kunnen is dingen stelen uit andere werelden. O ja, we weten dat er andere werelden bestaan. Die wijsgeren in de Torre degli Angeli hebben over dat onderwerp alles ontdekt wat we moeten weten. Ze hebben een toverformule, en als je die uitspreekt, kun je door een deur gaan die er niet is, en in een andere wereld terechtkomen. Sommigen zeggen dat het geen toverformule is, maar een sleutel die kan openen, zelfs als er geen slot is. Wie weet? Wat het ook is, de Spoken zijn erdoor binnengekomen. En ik heb begrepen dat de wijsgeren er nog steeds gebruik van maken. Ze gaan naar andere werelden en stelen daar en brengen mee wat ze vinden. Goud en edelstenen natuurlijk, maar ook andere dingen, zoals ideeën, zakken graan of potloden. Zij zijn de bron van al onze rijkdom,' zei hij verbitterd, 'dat dievengilde.'

'Waarom doen de Spoken kinderen geen kwaad?' vroeg Ruta Skadi.

'Dat is het grootste mysterie van alles. Er ligt een kracht in de onschuld van kinderen die de Spoken der Onverschilligheid afstoot. Maar dat is het niet alleen. Kinderen zien de Spoken gewoon niet, hoewel we niet begrijpen hoe dat komt. Dat hebben we nooit begrepen. Maar Spookwezen zijn een gewoon verschijnsel, zoals u zich kunt voorstellen: kinderen wier ouders door Spoken zijn gepakt. Ze zwerven in groepen door het land, en soms gaan ze in dienst bij volwassenen om voedsel en voorraden te zoeken in een gebied met veel Spoken, en soms dolen ze plunderend rond.

Dat is dus onze wereld. O, we hebben leren leven met die vervloeking. De Spoken zijn echte parasieten: ze maken hun gastheer niet dood, hoewel ze bijna alle leven uit hem slurpen. Maar de zaak was min of meer in evenwicht... tot voor kort, tot de orkaan. Wat een orkaan was dat; het klonk alsof de hele wereld krakend in brokstukken uiteenviel; niemand kon zich herinneren dat het ooit zo gestormd had.

En toen kwam er een mist die dagenlang bleef hangen en alle delen van de wereld die ik ken, bedekte. Niemand kon ergens heen. En toen de mist optrok, zaten de steden vol Spoken, honderdduizenden. Dus vluchtten we de heuvels in en de zee op, maar deze keer ontsnappen we niet aan ze, waar we ook naartoe gaan. Dat hebt u zelf gezien.

Nu is het uw beurt. Vertel me over uw wereld en waarom u die hebt verlaten en hierheen bent gekomen.'

Serafina vertelde hem eerlijk alles wat ze wist. Hij was een oprecht man, en ze hoefde niets voor hem te verbergen. Hij luisterde aandachtig, verbaasd zijn hoofd schuddend, en toen ze was uitgesproken, zei hij: 'Ik heb u verteld over het vermogen dat onze wijsgeren zouden hebben: het openen van de doorgang naar andere werelden. Nou, sommige mensen denken dat ze zo nu en dan een deur open laten staan, uit vergeetachtigheid. Het zou me niets verbazen als reizigers uit andere werelden van tijd tot tijd de weg hierheen vonden. We weten tenslotte dat er engelen door onze wereld gaan.'

'Engelen?' zei Serafina. 'Daar heeft u het al eerder over gehad. We hebben nooit van engelen gehoord. Wat zijn het?'

'Wilt u iets horen over engelen?' zei Joachim Lorenz. 'Goed. Ik heb gehoord dat ze zichzelf *bene elim* noemen. Sommige mensen noemen hen ook wel Wachters. Het zijn geen wezens van vlees en bloed, zoals wij, maar schepsels van de geest, of misschien is hun vlees dunner dan het onze, lichter en zuiverder, ik weet het niet. Maar ze zijn anders dan wij. Ze brengen berichten van de hemel, dat is hun roeping. Soms zien we ze heel hoog in de lucht, dan komen ze deze wereld door, op weg naar een andere, lichtend als vuurvliegjes. In een stille nacht kun je zelfs hun vleugelslagen horen. Ze bekommeren zich om andere dingen dan wij, hoewel ze heel vroeger wel eens naar beneden kwamen en zaken deden met mensen. Sommigen beweren zelfs dat ze ook seks met ons hadden.

Toen de mist opkwam, na de orkaan, werd ik daar op weg naar

huis door overvallen in de heuvels achter de stad Sant'Elia. Ik schuilde in een herdershut bij een bron, vlak bij een berkenbos. En de hele nacht hoorde ik stemmen boven me in de mist, verschrikte en boze kreten, en ook vleugelslagen, dichterbij dan ik ze ooit had gehoord. Tegen de ochtend hoorde ik de geluiden van een wapenschermutseling, het suizen van pijlen en het gekletter van zwaarden. Ik durfde niet naar buiten om te kijken, hoewel ik hevig nieuwsgierig was, maar ik was bang. Ik was doodsbang, als u het wilt weten. Toen het buiten zo licht was als het ooit werd tijdens die mist, waagde ik een kijkje, en ik zag een grote gedaante gewond bij de bron liggen. Ik had het gevoel dat ik dingen zag die ik niet mocht zien... heilige dingen. Ik moest een andere kant uit kijken, en toen ik weer keek, was de gedaante verdwenen.

Zo dicht bij een engel ben ik nooit meer geweest. Maar zoals ik u al zei: een paar avonden geleden hebben we ze gezien, heel hoog tussen de sterren, op weg naar de pool, als een vloot machtige schepen... Er is iets aan het gebeuren, en hierbeneden weten we niet wat dat kan zijn. Misschien is er een oorlog op komst. Er is een keer oorlog geweest in de hemel, duizenden jaren geleden, talloze tijdperken terug, maar ik weet niet hoe die is afgelopen. Het zou kunnen zijn dat er weer een oorlog komt. Maar dat zou een reusachtige verwoesting geven, en wat de gevolgen voor ons zouden zijn... daar heb ik geen idee van.

Hoewel,' ging hij door, terwijl hij zich vooroverboog om het vuur op te poken, 'de afloop misschien niet zo desastreus zou zijn als ik vrees. Misschien heeft een oorlog in de hemel tot gevolg dat alle Spoken van deze wereld worden geveegd, terug naar de hel waar ze vandaan komen. Wat zou dat een zegen zijn! Wat zouden we onbekommerd en gelukkig kunnen leven, bevrijd van die vreselijke pest!'

Maar Joachim Lorenz zag er allerminst hoopvol uit terwijl hij in de vlammen zat te staren. Het flakkerende licht speelde over zijn gezicht, maar in zijn krachtige trekken lag niets speels: hij keek grimmig en verdrietig.

Ruta Skadi zei: 'De pool, meneer. U zei dat die engelen op weg waren naar de pool. Waarom zouden ze dat doen, weet u dat? Ligt de hemel daar?'

'Dat zou ik niet weten. Ik ben niet erg ontwikkeld, dat ziet u duidelijk genoeg. Maar het noorden van onze wereld, nou, dat is de verblijfplaats van geesten, zeggen ze. Als engelen zich zouden verzamelen, dan zouden ze daarheen gaan, en als ze van plan waren de hemel aan te vallen, dan denk ik dat ze daar hun fort zouden bouwen als uitvalsbasis.'

Hij keek omhoog, en de heksen volgden zijn blik. Ze hadden in deze wereld net zulke sterren als in de hunne: de melkweg schitterde helder tegen de hemelkoepel, en het duister was bezaaid met ontelbare sterrenlichtjes, die bijna net zo straalden als de maan...

'Hebt u ooit van Stof gehoord, meneer?' vroeg Serafina.

'Stof? U bedoelt zeker iets anders dan het stof op de wegen. Nee, daar heb ik nooit van gehoord. Maar kijk... daar gaat een troep engelen...'

Hij wees naar het sterrenbeeld Ophiucus. En waarachtig, er bewoog iets doorheen: een groepje lichtende schepsels. En het was geen doelloos zwalken wat ze deden, ze bewogen zich voort met de doelbewuste vlucht van ganzen of zwanen.

Ruta Skadi stond op.

'Zuster, het is tijd dat ik afscheid van u neem,' zei ze tegen Serafina. 'Ik vlieg omhoog om met die engelen te praten, wat het ook voor wezens zijn. Als ze naar lord Asriel gaan, ga ik met ze mee. Zo niet, dan ga ik in m'n eentje verder zoeken. Dank voor uw gezelschap en het ga u goed.'

Ze kusten elkaar en Ruta Skadi pakte haar wolkdennentak en sprong in de lucht. Haar dæmon Sergi, een blauwkeeltje, vloog uit het donker naast haar op.

'Gaan we hoog?' vroeg hij.

'Zo hoog als die lichtende vliegende schepsels in Ophiucus. Ze gaan snel, Sergi. Laten we ze inhalen!'

En met haar dæmon racete ze omhoog, sneller vliegend dan vonken uit een vuur, terwijl de lucht door de twijgen van haar tak suisde en haar zwarte haren achter haar liet uitwaaieren. Ze keek niet om naar het kleine vuur in het weidse duister, de slapende kinderen, of haar reisgezellen, de heksen. Dat deel van de reis was afgesloten, en bovendien waren die lichtende wezens vóór haar nog niet dichterbij.

Ze moest ze goed in het oog houden, anders gingen ze zó verloren tussen de schitteringen van de immense sterrenhemel.

Zo vloog ze door, steeds de engelen in het oog houdend, en toen ze geleidelijk dichterbij kwam, kregen ze een duidelijker vorm.

Ze straalden, niet alsof ze brandden, maar alsof ze door zonlicht werden beschenen, waar ze ook waren en hoe donker de nacht ook was. Ze leken op mensen, maar dan met vleugels, en veel groter. En omdat ze niets aan hadden, zag de heks dat het drie mannen en twee vrouwen waren. Hun vleugels ontsproten aan hun schouderbladen, en hun ruggen en borstkassen waren sterkgespierd. Ruta Skadi bleef een poosje achter hen vliegen om ze te bekijken en hun kracht te schatten, voor het geval ze met hen moest vechten. Ze waren niet gewapend, maar aan de andere kant vlogen ze met het grootste gemak en zouden ze het misschien wel van haar winnen als het tot een achtervolging kwam.

Terwijl ze voor de zekerheid haar boog klaar hield, zette ze vaart en vloog naast hen mee, terwijl ze riep: 'Engelen! Stop even en luister naar me! Ik ben de heks Ruta Skadi en ik wil met u praten!'

Ze zwenkten. Hun grote vleugels klapten binnenwaarts om af te remmen, en hun onderlichamen zwaaiden omlaag tot ze rechtop in de lucht stonden. Ze bleven op hun plaats door met hun vleugels te slaan. Ze sloten haar in, vijf reusachtige gestalten die in het duister oplichtten, beschenen door een onzichtbare zon.

Ze keek rond, terwijl ze trots en onbevreesd op haar wolkdennentak zat, maar haar hart bonsde door al het vreemde, en haar dæmon streek fladderend vlak naast haar neer om haar lichaamswarmte te kunnen voelen.

Ieder engelenschepsel was duidelijk een individu, en toch leken ze meer op elkaar dan op enig mens die ze kende. Wat ze gemeen hadden was een glinsterend, flitsend spel van intelligentie en gevoel, dat hen allemaal tegelijk leek te overspoelen. Ze waren naakt, maar zij voelde zich naakt onder hun blik, zo doordringend was die en zo diep ging hij.

Toch schaamde ze zich niet voor zichzelf, en ze beantwoordde hun blik met opgeheven hoofd.

'Dus u bent engelen,' zei ze, 'of Wachters, of bene elim. Waar gaat u heen?'

'We geven gehoor aan een oproep,' zei er een.

Ze wist niet wie er had gesproken. Het kon ieder van hen of allemaal tegelijk zijn.

'Wiens oproep?' vroeg ze.

'Van een man.'

'Lord Asriel?'

'Misschien.'

'Waarom geven jullie gehoor aan zijn oproep?'

'Omdat we daartoe bereid zijn,' kwam het antwoord.

'Dan kunt u me bij hem brengen, waar hij ook is,' zei ze bevelend.

Ruta Skadi was vierhonderdzestien jaar oud, en ze had alle trots en kennis van een volwassen heksenkoningin. Ze was oneindig veel wijzer dan enig kortlevend mens, maar ze had er geen idee van hoe kinderlijk ze leek naast deze oeroude wezens. Ook wist ze niet dat hun bewustzijn zich als draadvormige tentakels uitstrekte tot in de uithoeken van universums waarvan ze nooit had gedroomd, en evenmin dat ze hen alleen als menselijke gestalten zag omdat haar ogen dat verwachtten. Als ze hun werkelijke vorm zou kunnen zien, zouden ze meer weg hebben van architectuur dan van organismen, een soort reusachtige gebouwen die waren opgetrokken uit intelligentie en gevoel.

Maar ze verwachtten niet anders: ze was heel jong.

Meteen sloegen ze hun vleugels uit en vlogen met een vaart weg, en zij stoof met hen mee, deinend op de beroering die hun wieken in de lucht veroorzaakten, en genietend van de snelheid en kracht die het aan haar vlucht toevoegde.

Ze vlogen de hele nacht. De sterren fonkelden om hen heen, en vervaagden en verdwenen toen de dageraad langzaam omhoog kroop vanuit het oosten. De wereld was ineens een en al schittering toen de rand van de zon verscheen, en nu vlogen ze door een blauwe hemel en heldere lucht, fris en geurig en vochtig.

Bij daglicht waren de engelen minder goed te zien, maar hun vreemdheid was voor iedereen duidelijk. Het licht waarbij Ruta Skadi hen zag, was nog steeds niet dat van de zon, die nu in de hemel klom, maar een ander licht dat ergens anders vandaan kwam.

Onvermoeibaar vlogen ze almaar door, en onvermoeibaar hield zij ze bij. Ze was bevangen door een felle vreugde dat ze deze onsterfelijke verschijningen kon bevelen. En ze genoot van haar vlees en bloed, van de ruwe dennenschors die ze tegen haar huid voelde, van het kloppen van haar hart en de prikkeling van al haar zintuigen, van de honger die nu opkwam, van het gezelschap van haar zoetgevooisde blauwborstdæmon, van de aarde onder haar en van het leven van elk wezen, plantaardig of dierlijk. Ze vond het heerlijk om te weten dat ze uit dezelfde stof bestond als zij, en dat haar vlees, als ze dood was, andere levens zou voeden zoals zij haar hadden gevoed. En ze was ook blij dat ze lord Asriel weer zou zien.

Het werd weer nacht, en nog steeds vlogen de engelen door. En op een gegeven moment veranderde er iets in de lucht. Ze werd niet slechter en niet beter, alleen anders, en Ruta Skadi wist dat ze van de ene wereld waren overgegaan in de andere. Ze had er geen idee van hoe dat was gebeurd.

'Engelen!' riep ze, toen ze de verandering voelde. 'Hoe hebben we de wereld verlaten waar ik u heb gevonden? Waar was de grens?'

'Er zijn onzichtbare plekken in de lucht,' kwam het antwoord, 'openingen naar andere werelden. Wij kunnen ze zien, maar u niet.'

Ruta Skadi kon de onzichtbare doorgang inderdaad niet zien, maar dat hoefde ook niet: heksen konden beter hun koers bepalen dan vogels. Zodra de engel sprak, richtte ze haar aandacht op drie rafelige rotspunten onder zich en prentte hun formatie precies in haar hoofd. Nu kon ze de plek zo nodig weer vinden, wat de engelen ook mochten denken.

Ze vlogen verder, en na een tijdje hoorde ze een engelenstem: 'Lord Asriel is in deze wereld, en daar is de vesting die hij aan het bouwen is...'

Ze waren langzamer gaan vliegen en cirkelden als adelaars rond op middenhoogte. Ruta Skadi keek naar de plek die een engel aanwees. De eerste flauwe lichtschijn kleurde het oosten, hoewel alle sterren boven hen nog helder straalden tegen het diepzwarte fluweel van de hoge hemel. En op de uiterste rand van de wereld, waar het licht met de seconde sterker werd, verrezen de toppen van een grote bergketen; puntige speren van zwarte rots, kolossale gespleten rotsblokken en gekartelde bergkammen, ordeloos opeengestapeld als de wrakstukken van een wereldramp. Maar op het hoogste punt, dat onder haar ogen werd aangeraakt en gemarkeerd door de eerste stralen van de ochtendzon, stond een geordend bouwwerk: een reusachtige vesting, waarvan de kantelen bestonden uit basaltblokken die een halve heuvel hoog waren, en waarvan de omvang gemeten moest worden in vliegtijd.

Onder die kolossale vesting gloeiden vuren en rookten ovens in het schemerduister van de vroege ochtend, en op vele kilometers afstand hoorde Ruta Skadi hamerslagen en het gebonk van grote molens. En van alle kanten zag ze er vluchten engelen heen vliegen, en niet alleen engelen, ook machines: voertuigen met stalen vleugels die voortgleden als albatrossen, glazen cabines onder flitsende waterjuffervleugels, zeppelins die gonsden als geweldige hommels. Allemaal vlogen ze naar de vesting die lord Asriel op de bergen op de rand van de wereld bouwde.

'En is lord Asriel daar?' vroeg ze.

'Ja, hij is er,' antwoordden de engelen.

'Laten we er dan heen vliegen om hem te ontmoeten. En u moet mijn erewacht zijn.'

Gehoorzaam spreidden ze hun vleugels en koersten op de goudomrande vesting aan, terwijl de heks verlangend voor hen uit vloog.

7
De Rolls Royce

Lyra werd vroeg wakker en merkte dat het een rustige warme ochtend was, alsof deze stad niets anders dan dit kalme zomerse weer kende. Ze glipte haar bed uit en liep naar beneden, en toen ze kinderstemmen op het water hoorde, ging ze kijken wat ze aan het doen waren.

Drie jongens en een meisje spetterden in twee peddelboten door de zonovergoten haven en raceten op de trap af. Toen ze Lyra zagen minderden ze even vaart, maar algauw nam de race ze weer in beslag. De winnaars bonkten zo hard tegen de trap aan dat een van hen in het water viel. Vervolgens probeerde hij in de andere boot te klimmen, en die sloeg ook om, en toen plasten ze allemaal in het rond alsof ze de avond tevoren nooit bang waren geweest. Ze waren jonger dan de meeste kinderen bij de toren, dacht Lyra, en ze ging ook het water in, terwijl Pantalaimon als een zilvervisje naast haar glinsterde. Ze kon altijd goed met andere kinderen opschieten, en binnen de kortste keren zaten ze in plasjes water op de warme stenen om haar heen, terwijl hun bloesjes snel droogden in de zon. De arme Pantalaimon moest weer in haar borstzak, een kikkergedaante in het koele, vochtige katoen.

'Wat ga je met de kat doen?'

'Kun je echt het ongeluk wegtoveren?'

'Waar kom je vandaan?'

'Is je vriendje niet bang voor Spoken?'

'Will is nergens bang voor,' zei Lyra. 'En ik ook niet. Waarom zijn jullie bang voor katten?'

'Weet je niet wat er met katten is?' vroeg de oudste jongen ongelovig. 'Katten, daar zit de duivel in. Je moet iedere kat die je ziet doodmaken. Ze bijten en dan zit de duivel ook in jou. En wat deed je met die grote luipaard?'

Ze realiseerde zich dat hij Pantalaimon in zijn luipaardgedaante bedoelde, en schudde onschuldig haar hoofd.

'Je moet gedroomd hebben,' zei ze. 'Allerlei dingen zien er anders uit in het maanlicht. Maar waar Will en ik vandaan komen, daar hebben ze geen Spoken, dus daar weten we niet veel van.'

'Als je ze niet ziet ben je veilig,' zei een van de jongens. 'Als je ze ziet, weet je dat ze je kunnen pakken. Dat zei mijn vader, en toen kregen ze hem te pakken. Die keer had hij ze net gemist.'

'En zijn ze nu hier, overal om ons heen?'

'Ja,' zei het meisje. Ze stak een hand uit en greep een vuist vol lucht, terwijl ze kraaide: 'Nu heb ik er een te pakken!'

'Ze kunnen jou niets doen,' zei een van de jongens. 'Dus kunnen we hun ook niets doen, snap je.'

'En zijn er altijd Spoken geweest in deze wereld?' vroeg Lyra.

'Ja,' zei een van de jongens, maar een andere zei: 'Nee, ze zijn een hele tijd geleden gekomen. Honderden jaren geleden.'

'Ze zijn gekomen vanwege het Gilde,' zei de derde.

'Het wat?' zei Lyra.

'Helemaal niet!' zei het meisje. 'Mijn oma zegt dat ze gekomen zijn omdat de mensen slecht waren, en toen heeft God ze gestuurd om ons te straffen.'

'Je oma weet er niets van,' zei een van de jongens. 'Je oma heeft een sik. Ze is een geit.'

'Wat is het Gilde?' hield Lyra aan.

'Je weet de Torre degli Angeli,' zei een van de jongens, 'de stenen toren, nou, die is van het Gilde, en er zit een geheime plek in. Het Gilde, dat zijn mannen die van alles weten. Filosofie, alchimie, van alles weten ze. En die hebben de Spoken binnengelaten.'

'Dat is niet waar,' zei een andere jongen. 'Ze zijn van de sterren gekomen.'

'Wel waar! En zo is het gebeurd: honderden jaren geleden was zo'n man van het Gilde een metaal uit elkaar aan het halen. Lood.

Hij wilde er goud van maken. En hij sneed het in steeds kleinere stukken tot het niet kleiner kon. Iets kleiners bestaat er niet. Zo klein dat je het zelfs niet kon zien. Maar toch sneed hij dat ook door, en in dat kleinste stukje zaten alle Spoken zo dicht op elkaar gepakt en gedraaid en opgevouwen, dat ze helemaal geen plaats innamen. Maar toen hij het eenmaal had opengesneden: boem! Toen vlogen ze eruit, en sindsdien zijn ze hier altijd geweest. Zo heeft mijn vader het verteld.'

'Zit er nu een Gildeman in de toren?' vroeg Lyra.

'Nee! Ze zijn weggelopen, net zoals iedereen,' zei het meisje.

'Er zit niemand in de toren. Het spookt daar,' zei een van de jongens. 'Daarom kwam de kat daarvandaan. Wij gaan daar niet naar binnen, snap je. Dat doet geen een kind. Dat is eng.'

'De Gildemannen durven er wel in,' zei een ander.

'Die hebben speciale toverkracht of zoiets. Ze zijn inhalig, ze teren op de arme mensen,' zei het meisje. 'De arme mensen doen al het werk, en de Gildemannen wonen daar gewoon voor niks.'

'Maar is er nu niemand in de toren?' zei Lyra. 'Geen grote mensen?'

'Er zijn helemaal geen grote mensen in de stad!'

'Dat zouden ze niet durven, snap je.'

Maar ze had daarboven een jongeman gezien. Dat wist ze zeker. En er was iets met de manier waarop de kinderen praatten: als volleerde leugenaar herkende ze andere leugenaars, en ze logen ergens over.

En plotseling schoot haar iets te binnen: de kleine Paolo had laten vallen dat Angelica en hij een oudere broer hadden, Tullio, die ook in de stad was, en Angelica had hem de mond gesnoerd... Was de jongeman die ze had gezien misschien hun broer?

De kinderen gingen hun boten opvissen om terug te peddelen naar het strand, en Lyra ging naar binnen om koffie te zetten en te kijken of Will wakker was. Maar hij sliep nog, met de kat opgekruld bij zijn voeten, en Lyra popelde om haar geleerde weer te spreken. Dus schreef ze een briefje, dat ze naast zijn bed op de vloer legde, pakte haar rugzak en vertrok om het raam te zoeken.

Haar weg voerde over het pleintje waar ze de avond tevoren waren geweest. Maar het was nu leeg, en het zonlicht gleed over de voorkant van de toren en belichtte het vage beeldhouwwerk in de muur naast de deur: mensachtige gestalten met gevouwen vleugels, hun trekken uitgesleten door eeuwenlange invloed van het weer. Maar in hun onbeweeglijkheid drukten ze op de een of andere manier macht en mededogen en intellectuele kracht uit.

'Engelen,' zei Pantalaimon, die als krekel op haar schouder zat.

'Misschien wel Spoken,' zei Lyra.

'Nee! Ze zeiden dat dit iets heette met *angeli,*' hield hij vol. 'Ik wed dat dat engelen zijn.'

'Zullen we naar binnen gaan?'

Ze keken op naar de grote eikenhouten deur met zijn sierlijke ijzeren scharnieren. De zes treden erheen waren diep uitgesleten, en de deur zelf stond een klein eindje open. Er was niets wat Lyra verhinderde om naar binnen te gaan, behalve haar angst.

Ze liep op haar tenen de trap op en keek door de opening. Een donkere hal met plavuizen was alles wat ze zag, en dat nog niet eens goed. Maar Pantalaimon fladderde angstig op haar schouder, net zoals toen ze dat grapje hadden uitgehaald met de schedels in de crypte van het Jordan-college, en ze was inmiddels een beetje wijzer geworden. Deze plek ademde boosaardigheid. Ze rende de trap af en het plein over, en zocht het heldere zonlicht van de boulevard met palmbomen op. En zodra ze er zeker van was dat er niemand keek, stak ze recht over naar het raam en ging erdoorheen naar Wills Oxford.

Veertig minuten later stond ze weer tegenover de portier in het natuurkundegebouw, maar deze keer had ze een troef in handen.

'Vraag het maar aan dr. Malone,' zei ze liefjes. 'Dat is alles wat u hoeft te doen. Zij zegt wel dat het goed is.'

De portier pakte de telefoon, en Lyra keek hem medelijdend aan toen hij de toetsen indrukte en met dr. Malone praatte. Hij had niet eens een behoorlijke loge om in te zitten, zoals in een echt Oxford-college, alleen maar een grote houten toonbank, alsof het een winkel was.

'In orde,' zei de portier. 'Je mag naar boven. Denk erom: nergens anders heen gaan.'

'Nee,' zei ze bezadigd, als een zoet meisje dat deed wat haar gezegd werd.

Maar boven aan de trap wachtte haar een verrassing: toen ze een deur met het symbool 'dames' voorbijliep, ging die open en daar stond dr. Malone, die haar zwijgend binnenwenkte.

Verbaasd ging ze naar binnen. Dit was niet het laboratorium, het was een wc, en dr. Malone was opgewonden.

Ze zei: 'Lyra... Er is iemand anders in het lab... Politieagenten of zo... Ze weten dat je gisteren hier bent geweest... Ik weet niet wat ze willen, maar het bevalt me niets... Wat is er aan de hand?'

'Hoe weten ze dat ik bij u ben geweest?'

'Dat weet ik niet! Ze wisten niet hoe je heet, maar ik begreep wie ze bedoelden...'

'O. Nou ja, ik kan tegen ze jokken. Dat is makkelijk genoeg.'

'Maar wat is er aan de hand?'

Een vrouw riep vanuit de gang: 'Dr. Malone? Hebt u het kind gezien?'

'Ja,' riep dr. Malone. 'Ik was haar net aan het wijzen waar de wc is...'

Lyra vond dat ze zich onnodig druk maakte, maar misschien was ze niet gewend aan gevaar.

De vrouw in de gang was jong en heel goed gekleed. Ze probeerde te glimlachen toen Lyra de wc uit kwam, maar haar ogen bleven hard en wantrouwig.

'Hallo,' zei ze. 'Jij bent Lyra, hè?'

'Ja. Hoe heet u?'

'Ik ben sergeant Clifford. Ga mee naar binnen.'

Die jonge vrouw had wel lef, bedacht Lyra, om net te doen of het laboratorium van haar was, maar ze knikte onderdanig. Op dat moment voelde ze voor het eerst iets van spijt. Ze wist dat ze hier niet hoorde te zijn; ze wist welke opdracht de alethiometer haar had gegeven, en daar ging ze nu tegenin. Ze bleef weifelend in de deuropening staan.

Er zat al een lange, krachtige man met witte wenkbrauwen in de kamer. Lyra wist hoe geleerden eruitzagen, en geen van deze twee was een geleerde.

'Kom binnen, Lyra,' zei sergeant Clifford weer. 'Je hoeft niet bang te zijn. Dit is inspecteur Walters.'

'Hallo, Lyra,' zei de man. 'Dr. Malone heeft me alles over je verteld. Ik wil graag even met je praten en je een paar vragen stellen, als je het goedvindt.'

'Wat voor vragen?' zei ze.

'Niets moeilijks,' zei hij glimlachend. 'Kom zitten, Lyra.'

Hij duwde een stoel naar haar toe. Lyra ging voorzichtig zitten en hoorde de deur dichtgaan. Dr. Malone stond vlakbij. Pantalaimon, in krekelgedaante in Lyra's borstzakje, was opgewonden: ze voelde hem tegen haar borst en hoopte maar dat er niets van het getril te zien was. In gedachten zei ze tegen hem dat hij zich rustig moest houden.

'Waar kom je vandaan, Lyra?' vroeg inspecteur Walters.

Als ze Oxford zei, konden ze dat gemakkelijk natrekken. Maar ze kon ook niet zeggen dat ze uit een andere wereld kwam. Dit waren gevaarlijke mensen, ze zouden meteen meer willen weten. De naam van de enige andere stad die ze in deze wereld kende, schoot haar te binnen: de stad waar Will vandaan was gekomen.

'Winchester,' zei ze.

'Je bent wel toegetakeld, hè Lyra?' zei de inspecteur. 'Hoe kom je aan die blauwe plekken? Je hebt een blauwe plek op je wang, en nog een op je been... Heeft iemand je mishandeld?'

'Nee,' zei Lyra.

'Ga je naar school, Lyra?'

'Ja. Soms,' voegde ze eraan toe.

'Had je vandaag niet op school moeten zijn?'

Ze zei niets. Ze voelde zich steeds minder op haar gemak. Ze keek naar dr. Malone, die er gespannen en ongelukkig uitzag.

'Ik wilde dr. Malone spreken,' zei Lyra.

'Logeer je in Oxford, Lyra? Waar logeer je?'

'Bij mensen,' zei ze. 'Gewoon vrienden.'

'Waar wonen die?'

'Ik weet niet precies hoe het heet. Ik kan het gemakkelijk vinden, maar ik weet de naam van de straat niet meer.'

'Wie zijn die mensen?'

'Vrienden van mijn vader,' zei ze.

'O, juist. Hoe heb je dr. Malone gevonden?'

'Omdat mijn vader natuurkundige is en haar kent.'

Het ging nu gemakkelijker, vond ze. Ze raakte wat meer ontspannen en de leugens rolden er natuurlijker uit.

'En ze heeft je laten zien waar ze mee bezig is, nietwaar?'

'Ja. Het apparaat met het scherm... Ja, dat allemaal.'

'Ben je in dat soort dingen geïnteresseerd? Wetenschap en zo?'

'Ja. Vooral in natuurkunde.'

'Word je wetenschapper als je groot bent?'

Zo'n vraag verdiende een wezenloze blik, en die kreeg hij ook. Hij liet zich niet uit het veld slaan. Zijn bleke ogen gingen even naar de jonge vrouw en toen weer naar Lyra.

'En was je verbaasd over wat dr. Malone je liet zien?'

'Nou, een beetje, maar ik wist wat ik kon verwachten.'

'Vanwege je vader?'

'Ja. Omdat hij hetzelfde soort werk doet.'

'Juist ja. Begrijp je het?'

'Een beetje.'

'Doet je vader onderzoek naar donkere materie?'

'Ja.'

'Is hij net zo ver als dr. Malone?'

'Niet op dezelfde manier. Sommige dingen doet hij beter, maar hij heeft niet zo'n apparaat met woorden op het scherm.'

'Logeert Will ook bij je vrienden?'

'Ja, hij...'

En verder zei ze niets. Ze wist meteen dat ze een gruwelijke fout had gemaakt.

Dat wisten zij ook, en ze kwamen onmiddellijk overeind om te voorkomen dat ze wegliep. Maar op de een of andere manier stond dr. Malone in de weg, en de sergeant struikelde en viel voor de voeten van de inspecteur. Daardoor kon Lyra de kamer uit vliegen, de deur achter zich dichtslaan en pijlsnel naar de trap rennen.

Er kwamen twee mannen in witte jassen een deur uit, en daar botste ze tegenop, en plotseling was Pantalaimon een kraai. Hij krijste en klapperde met zijn vleugels en maakte hen zo aan het schrikken dat ze achteruit sprongen. Ze rukte zich los, en ze racete de laatste trap af en de hal in op het moment dat de portier de telefoon op de haak legde en stommelend achter zijn balie in beweging kwam, terwijl hij uitriep: 'Hé daar! Blijven staan, jij!'

Maar het blad dat hij omhoog moest klappen, zat aan de andere kant, en ze was bij de draaideur voor hij achter de balie uit was en haar kon grijpen.

En achter haar gingen de liftdeuren open en de man met het bleke haar rende eruit: zo snel, zo sterk...

En de deur wilde niet draaien! Pantalaimon krijste tegen haar: ze duwden de verkeerde kant op!

Ze slaakte een kreet van angst, vloog het ene compartiment uit en het andere in en gooide haar nietige gewicht tegen het zware glas, dwong het te draaien. Ze kreeg de deur net op tijd in beweging om aan de greep van de portier te ontsnappen, die vervolgens de man met het bleke haar in de weg stond, zodat Lyra naar buiten kon rennen en weg kon komen voor ze de deur door kwamen.

De straat over, zonder op de auto's, het gegier van remmen en gepiep van banden te letten. Een ruimte tussen twee hoge gebouwen in en een andere straat over, met auto's uit beide richtingen. Maar ze was snel, ontweek fietsen, steeds met de bleekharige man vlak achter haar... O, wat was hij angstaanjagend!

Een tuin in, een schutting over, een paar struiken door. Pantalaimon scheerde boven haar, een zwaluw, en riep welke kant ze uit moest. Ze zat in elkaar gedoken achter een kolenhok toen de voetstappen van de bleke man langs raceten, en ze hoorde hem niet eens hijgen: hij was zo snel en in zo'n goede conditie. Pantalaimon zei: 'Terug nu, ga terug naar de straat.'

Dus kroop ze uit haar schuilplaats en rende terug over het grasveld, door het tuinhek, weer naar de open ruimte van Banbury Road. En weer schoot ze tussen het verkeer door, weer piepten er banden op de straat. Toen rende ze Norham Gardens in, een rustige straat bij het park met bomen en hoge Victoriaanse huizen aan weerszijden.

Ze bleef even staan om op adem te komen. Langs een van de tuinen stond een hoge heg, met daarvoor een laag muurtje, en daar ging ze zitten, helemaal weggedrukt in de liguster.

'Ze heeft ons geholpen!' zei Pantalaimon. 'Dr. Malone heeft ze expres voor de voeten gelopen. Ze staat aan onze kant, niet aan de hunne.'

'O, Pan,' zei ze. 'Ik had dat niet moeten zeggen over Will... Ik had voorzichtiger moeten zijn...'

'Je had er niet heen moeten gaan,' zei hij streng.

'Dat weet ik. Dat ook...'

Maar ze had geen tijd om zichzelf op haar kop te geven, want Pantalaimon fladderde naar haar schouder en zei toen: 'Kijk uit... achter je...' En meteen veranderde hij weer in een krekel en dook haar borstzakje in.

Ze ging staan, klaar om ervandoor te gaan, en zag een grote donkerblauwe auto geluidloos naar het trottoir glijden. Ze stond op het punt de ene of de andere kant op te vliegen, maar het raam van het achterportier gleed omlaag en er verscheen een gezicht dat ze herkende.

'Lizzie,' zei de oude man van het museum. 'Wat leuk dat ik je weer zie. Kan ik je ergens heen brengen?'

En hij deed het portier open en schoof op om plaats voor haar te maken. Pantalaimon pikte door het dunne katoen in haar borst, maar ze stapte meteen in, haar rugzak omklemmend, en de man boog zich over haar heen en trok het portier dicht.

'Je ziet eruit of je haast hebt,' zei hij. 'Waar wil je heen?'

'Naar Summertown, alstublieft,' zei ze.

De chauffeur had een pet op. Alles aan de auto was glad en zacht en krachtig, en in de besloten ruimte rook de eau de cologne van de oude man heel sterk. De auto reed zonder enig geluid weg.

'En, wat heb je uitgevoerd, Lizzie?' vroeg de oude man. 'Ben je nog iets aan de weet gekomen over die schedels?'

'Ja,' zei ze, zich omdraaiend om door de achterruit te kijken. De bleekharige man was nergens te bekennen. Ze was ontsnapt! En hij zou haar nooit vinden, nu ze veilig en wel in een snelle auto zat met zo'n rijke man. Er schoot een triomfantelijk gevoel door haar heen.

'Ik heb ook navraag gedaan,' zei hij. 'Een vriend van me die antropoloog is, zei dat ze nog meer schedels in de collectie hebben, die niet zijn tentoongesteld. Sommige zijn heel oud. Neanderthal, weet je.'

'Ja, dat heb ik ook gehoord,' zei Lyra, die geen idee had waar hij het over had.

'En hoe is het met je kennis?'

'Welke kennis?' zei Lyra geschrokken. Had ze hem ook over Will verteld?

'De kennis bij wie je logeert.'

'O. Ja. Het gaat heel goed met haar, dank u.'

'Wat doet ze? Is ze archeologe?'

'O... Ze is natuurkundige. Ze onderzoekt donkere materie,' zei Lyra, nog niet helemaal op dreef. In deze wereld was het moeilijker om leugens te vertellen dan ze had gedacht. En er zat haar nog iets dwars: deze oude man kwam haar op de een of andere manier bekend voor, en ze kon maar niet bedenken waarom.

'Donkere materie?' zei hij. 'Wat fascinerend! Daar heb ik vanmorgen iets over gelezen in *The Times*. Het universum zit vol met dat geheimzinnige spul, en niemand weet wat het is! En is je vriendin op het goede spoor?'

'Ja. Ze weet er een heleboel van.'

'En wat ga jij later doen, Lizzie? Ook natuurkunde?'

'Misschien,' zei Lyra. 'Dat hangt ervan af.'

De chauffeur kuchte bescheiden en minderde vaart.

'Nou, hier hebben we Summertown,' zei de oude man. 'Waar wil je afgezet worden?'

'O, gewoon bij die winkels... Van daaruit loop ik verder,' zei Lyra. 'Dank u wel.'

'Draai links South Parade in en stop dan aan de rechterkant, Allan,' zei de oude man.

'Zeker, meneer,' zei de chauffeur.

Even later stopte de auto geluidloos bij een openbare bibliotheek. De oude man deed het portier aan zijn kant open, zodat Lyra langs zijn knieën moest om uit te stappen. Er was ruimte genoeg, maar het was toch een beetje vervelend, en ze wilde hem niet aanraken, hoe aardig hij ook was.

'Vergeet je rugzak niet,' zei hij, en hij reikte hem aan.

'Dank u wel,' zei ze.

'Hopelijk tot ziens, Lizzie,' zei hij. 'Doe je vriendin de groeten van me.'

'Dag,' zei ze, en ze bleef op de stoep staan tot de auto de hoek om was en uit het gezicht was verdwenen. Toen ging ze op de beukenbomen af. Ze had een idee wie de bleekharige man was, en ze wilde het aan de alethiometer vragen.

Will zat op het terras de brieven van zijn vader te herlezen. In de verte hoorde hij kreten van kinderen die van het havenhoofd af doken, en hij las het duidelijke handschrift op de dunne luchtpostvelletjes, terwijl hij probeerde zich de schrijver voor de geest te halen. Hij keek steeds weer naar wat hij over de baby, over hem, had geschreven.

Hij hoorde Lyra in de verte aan komen rennen. Hij stopte de brieven in zijn zak en kwam overeind, en vrijwel meteen stond Lyra voor hem met een verwilderde blik in haar ogen. Pantalaimon was een grommende, woeste boskat, te wanhopig om zich te verbergen. Lyra huilde zelden, maar nu snikte ze van razernij. Hijgend en tandenknarsend gooide ze zich tegen hem aan, omklemde zijn armen en riep: 'Maak hem dood! Maak hem dood! Hij moet dood! Ik wou dat Iorek hier was... O, Will, ik heb alles verkeerd gedaan, het spijt me zo...'

'Wat? Wat is er aan de hand?'

'Die oude man... hij is een doodgewone dief... hij heeft hem gestólen, Will! Hij heeft mijn alethiometer gestolen! Die stinkende oude man met zijn mooie kleren en zijn bediende om de auto te rijden... O, ik heb vanochtend alles verkeerd gedaan... O, ik...'

En ze snikte zo hartstochtelijk dat hij dacht dat harten echt konden breken, en dat het hare nu brak, want ze viel jammerend en sidderend op de grond. Pantalaimon naast haar veranderde in een wolf die een verbitterd, smartelijk gehuil uitstootte.

De kinderen, ver weg in het water, hielden op met spelen en keken met hun handen boven hun ogen wat er aan de hand was. Will ging naast Lyra zitten en schudde haar aan haar schouder heen en weer.

'Hou op! Hou op met huilen!' zei hij. 'Vertel vanaf het begin. Welke oude man? Wat is er gebeurd?'

'Je zult zo boos zijn... Ik heb beloofd dat ik je niet zou verraden, ik heb het belóófd, en dan...' snikte ze. En Pantalaimon werd een jonge, onhandige hond die zijn oren liet hangen en kwispelstaartend in elkaar dook van schaamte. Will begreep dat Lyra iets had gedaan waarover ze zich zo schaamde dat ze het niet durfde te vertellen, en daarom vroeg hij het aan de dæmon.

'Wat is er in hemelsnaam gebeurd? Vertel het nou gewoon,' zei hij.

Pantalaimon zei: 'We zijn naar de geleerde gegaan, en daar was nog iemand, een man en een vrouw. En die hebben ons erin laten lopen: ze vroegen een heleboel en toen vroegen ze naar jou, en voor we het wisten lieten we merken dat we je kenden, en toen zijn we weggelopen...'

Lyra verborg haar gezicht in haar handen en duwde haar hoofd tegen de stoep. In zijn zenuwen flitste Pantalaimon van de ene gedaante in de andere: hond, vogel, kat, sneeuwwitte hermelijn.

'Hoe zag de man eruit?' vroeg Will.

'Groot,' kwam Lyra's gesmoorde stem, 'en ontzettend sterk, en met bleke ogen...'

'Heeft hij je terug zien gaan door het raam?'

'Nee, maar...'

'Nou, dan weet hij niet waar we zijn.'

'Maar de alethiometer!' riep ze uit, en ze schoot overeind, haar gezicht strak van emotie, als een Grieks masker.

'Ja,' zei Will. 'Vertel eens wat daarmee is.'

Al snikkend en tandenknarsend vertelde ze wat er was gebeurd: hoe de oude man haar de dag tevoren in het museum de alethiometer had zien gebruiken; hoe hij vandaag met de auto was gestopt en hoe zij toen was ingestapt om aan de bleke man te ontkomen; en hoe de auto aan de verkeerde kant van de straat was gestopt, zodat ze langs hem had moeten stappen om eruit te komen, en hoe hij vlug de alethiometer uit de rugzak gehaald moest hebben toen hij haar die aangaf...

Hij begreep dat ze totaal van de kaart was, maar niet waarom ze zich schuldig voelde. En toen zei ze: 'En Will, alsjeblieft, ik heb iets heel slechts gedaan. Want de alethiometer had gezegd dat ik niet meer naar Stof moest zoeken, en dat ik jou moest helpen. Ik moest je helpen om je vader te vinden. En dat kón ik ook: als ik de alethiometer had gehad, had ik je overal heen kunnen brengen, waar hij ook is. Maar ik wilde niet luisteren. Ik heb gewoon gedaan wat ik zélf wilde, en dat had ik niet moeten doen...'

Hij had haar de alethiometer zien gebruiken en hij wist dat die haar de waarheid kon vertellen. Hij keerde zich af. Ze greep zijn pols, maar hij rukte zich los en liep naar de rand van het water. De kinderen waren weer aan het spelen aan de andere kant van de haven. Lyra rende naar hem toe en zei: 'Will, het spijt me zo...'

'Wat schiet ik daarmee op? Het kan me niet schelen of je spijt hebt of niet. Je hebt het gedaan.'

'Maar Will, we moeten elkaar helpen, jij en ik, want er is niemand anders!'

'Ik zie niet hoe.'

'Ik ook niet, maar...'

Ze hield midden in haar zin op en haar ogen verhelderden. Ze draaide zich om, rende naar haar rugzak, die ze op de stoep had laten liggen, en begon er koortsachtig in te rommelen.

'Ik weet wie hij is! En waar hij woont! Kijk!' zei ze, en ze hield een wit kaartje omhoog. 'Dit heeft hij me in het museum gegeven! We kunnen de alethiometer terug gaan halen!'

Will pakte het kaartje en las:

Sir Charles Latrom, CBE
Limefield House
Old Headington
Oxford

'Hij is een sir,' zei hij. 'Een ridder. Dat betekent dat de mensen automatisch geloven wat hij zegt, niet wat wij zeggen. Wat wil je trouwens dat ik doe? Naar de politie gaan? Ik word door de politie gezocht! En als ze me gisteren niet op het spoor waren, zijn ze dat intussen wél. En als jíj gaat, weten ze wie je bent en dat je me kent, dus dat werkt ook niet.'

'We zouden hem kunnen stelen. We zouden naar zijn huis kunnen gaan en hem stelen. Ik weet waar Headington is, in mijn Oxford is ook een Headington. Het is niet ver. We kunnen er gemakkelijk in een uur heen lopen.'

'Je bent een domkop.'

'Iorek Byrnison zou er rechtstreeks heen gaan en zijn hoofd eraf rukken. Ik wou dat hij hier was. Hij zou...'

Maar de woorden bleven in haar mond steken. Will keek haar alleen maar aan, en ze kroop in haar schulp. Dat zou ze ook gedaan hebben als de gepantserde beer haar zo had aangekeken, want Wills ogen leken, hoe jong ze ook waren, een beetje op de ogen van Iorek.

'Ik heb nog nooit zoiets doms gehoord,' zei hij. 'Denk je dat we gewoon zijn huis kunnen binnensluipen en de alethiometer stelen? Je moet nadenken. Je moet die verdomde hersens van je gebruiken. Als hij rijk is, heeft hij natuurlijk allerlei alarminstallaties en zo, met bellen die afgaan en speciale sloten en lampen met infrarode schakelaars die automatisch aangaan...'

'Daar heb ik nooit van gehoord,' zei Lyra. 'Die hebben we niet in mijn wereld. Dat kon ik niet weten, Will.'

'Goed, denk dan hier eens over na: hij heeft een heel huis om de alethiometer in te verstoppen, en hoe lang heeft een inbreker nodig om alle kasten en laden en geheime hoekjes van een heel huis te doorzoeken? De mannen die in mijn huis zijn geweest hadden uren de tijd om te zoeken, en ze hebben niet gevonden wat ze zochten, en ik wed dat zijn huis veel groter is dan het onze. En een brandkast heeft hij waarschijnlijk ook. Dus zelfs als we binnen zouden kunnen komen, zouden we de alethiometer nooit vinden voor de politie er was.'

Ze liet haar hoofd hangen. Hij had helemaal gelijk.

'Wat moeten we dan doen?' zei ze.

Hij antwoordde niet. Maar het was 'we', dat was zeker. Hij zat nu aan haar vast, of hij het wilde of niet.

Hij liep naar de rand van het water, terug naar het terras en weer naar het water. Hij sloeg zijn handen tegen elkaar, terwijl hij naar een antwoord zocht, maar er kwam niets en hij schudde boos zijn hoofd.

'We gaan er gewoon heen,' zei hij. 'We gaan er gewoon heen en vragen hem te spreken. Het heeft ook geen zin je geleerde om hulp te vragen, want de politie is bij haar geweest. Die gelooft ze vast eerder dan ons. Als we zijn huis in komen zien we tenminste waar de belangrijkste kamers zijn. Dat is een beginnetje.'

Zonder verder iets te zeggen ging hij naar binnen en stopte de brieven onder zijn kussen in de kamer waar hij had geslapen. Dan zouden ze die niet in handen krijgen, als hij werd opgepakt.

Lyra stond te wachten op het terras, met Pantalaimon in mussengedaante op haar schouder. Ze zag er wat opgewekter uit.

'We krijgen hem terug,' zei ze. 'Dat voel ik gewoon.'

Hij zei niets. Ze gingen op weg naar het raam.

Het was anderhalf uur lopen naar Headington. Lyra wees de weg, om het centrum heen, en Will keek steeds oplettend rond, zonder iets te zeggen. Lyra had het nu veel moeilijker dan destijds in het hoge noorden, op weg naar Bolvangar. Toen had ze de zigeuzen en Iorek Byrnison bij zich gehad, en ook al was de toendra vol gevaren, je herkende het gevaar als je het zag. Hier, in de stad die haar stad was en toch ook weer niet, kon gevaar een vriendelijk gezicht hebben, en kon verraad glimlachen en lekker ruiken. En ook al zouden ze haar niet vermoorden of van Pantalaimon scheiden, ze hadden haar van haar enige gids beroofd. Zonder de alethiometer was ze gewoon... een verdwaald klein meisje.

Limefield House had de kleur van warme honing, en de halve voorgevel was bedekt met wilde wingerd. Het huis stond in een grote, goed onderhouden tuin, met struiken aan de ene kant en een oprit van grind naar de voordeur aan de andere. De Rolls Royce stond geparkeerd voor een dubbele garage links van het huis. Alles wat Will zag, ademde rijkdom en macht, het soort informele, gevestigde superioriteit, dat sommige Engelsen uit de hoogste stand nog steeds vanzelfsprekend vonden. Er was iets in de sfeer wat hem deed tandenknarsen, en hij wist niet waarom, tot hij zich plotseling een gebeurtenis uit zijn vroegste jeugd herinnerde. Zijn moeder had hem meegenomen naar een huis dat hier wel op leek. Ze hadden hun netste kleren aangetrokken en hij had zich keurig moeten gedragen, en een oude man en vrouw hadden zijn moeder aan het huilen gemaakt, en toen ze het huis uit waren, huilde ze nog...

Lyra zag hem snel ademen en zijn vuisten ballen, maar ze was zo verstandig om hem niet te vragen wat er was: het had iets met hem te maken, niet met haar. Even later haalde hij diep adem.

'Nou,' zei hij, 'laten we 't maar proberen.'

Hij liep de inrit op en Lyra liep vlak achter hem aan. Ze voelden zich erg kwetsbaar.

Er hing een ouderwetse trekbel naast de deur, zoals die in Lyra's wereld, en Will kon hem niet vinden, tot Lyra het hem wees. Toen ze eraan trokken, klingelde de bel ergens achter in het huis.

De deur werd opengedaan door de man die had gechauffeerd, alleen had hij nu zijn pet niet op. Hij keek eerst naar Will en toen naar Lyra, en toen veranderde er iets in zijn gezichtsuitdrukking.

'We willen sir Charles Latrom spreken,' zei Will.

Zijn kaak stak vooruit, zoals toen hij de avond tevoren werd geconfronteerd met de kinderen die bij de toren met stenen gooiden. De bediende knikte.

'Wacht hier,' zei hij. 'Ik zal het tegen sir Charles zeggen.'

Hij deed de deur dicht. Het was een degelijke eikenhouten deur met twee zware sloten en met grendels aan de boven- en onderkant, maar welke verstandige inbreker zou de voordeur nu proberen, dacht Will bij zichzelf. Op de voorgevel van het huis zat een opzichtig alarm en op elke hoek hing een grote schijnwerper. Niemand zou onopgemerkt in de buurt kunnen komen, laat staan kunnen inbreken.

Er klonken regelmatige voetstappen achter de deur, en toen ging die weer open. Will keek omhoog in het gezicht van de man die zo veel bezat dat hij nog meer wilde hebben, en constateerde tot zijn verbijstering dat hij er vriendelijk onverschillig en bedaard en machtig uitzag, helemaal niet schuldig of beschaamd.

Omdat hij het ongeduld en de boosheid van Lyra voelde, zei Will vlug: 'Neemt u me niet kwalijk, maar Lyra denkt dat ze per ongeluk iets in uw auto heeft laten liggen toen ze eerder op de dag een lift van u kreeg.'

'Lyra? Ik ken geen Lyra. Wat een ongewone naam. Ik ken een kind dat Lizzie heet. En wie ben jij?'

Zichzelf in stilte vervloekend dat hij zijn mond voorbij had gepraat, zei Will: 'Ik ben haar broer. Mark.'

'Juist. Hallo, Lizzie, of Lyra. Kom maar even binnen.'

Hij ging opzij staan. Will en Lyra hadden dit eigenlijk geen van beiden verwacht en ze gingen onzeker naar binnen. In de hal was het schemerig en het rook er naar bijenwas en bloemen. Elk oppervlak was geboend en gestoft, en in een mahonie kast tegen de muur stonden sierlijke porseleinen figuurtjes. Will zag de bediende op de achtergrond staan, alsof hij wachtte of hij nog nodig was.

'Kom in mijn studeerkamer,' zei sir Charles, en hij hield een deur open die ook op de hal uitkwam.

Hij was beleefd, zelfs hartelijk, maar er zat een scherp kantje aan zijn gedrag waardoor Will op zijn hoede raakte. De studeerkamer was groot en gezellig op een sigarenrook- en leren fauteuilachtige manier, en het leek er vol boekenplanken, schilderijen en jachttrofeeën. Er stonden drie of vier kasten met glazen deuren, waarin antieke wetenschappelijke instrumenten lagen: koperen microscopen, met groen leer beklede telescopen, sextanten en kompassen. Het was duidelijk waarom hij de alethiometer wilde hebben.

'Ga zitten,' zei sir Charles, op een leren bank wijzend. Hij nam plaats op de stoel achter zijn bureau en ging door: 'Nou, wat hebben jullie me te vertellen?'

'U hebt mijn...' begon Lyra heftig, maar Will keek haar aan, en ze hield haar mond.

'Lyra denkt dat ze iets in uw auto heeft laten liggen,' zei hij weer. 'Dat komen we ophalen.'

'Is dit het voorwerp dat je bedoelt?' vroeg hij, en hij pakte iets uit zijn la wat in fluweel gewikkeld was. Lyra kwam overeind. Hij negeerde haar en vouwde het fluweel open, de gouden pracht onthullend van de alethiometer, die in zijn handpalm lag.

'Ja!' barstte Lyra uit, en ze deed er een greep naar.

Maar hij sloot zijn hand. Het bureau was groot, en ze kon hem niet bereiken, en voor ze iets anders kon doen, draaide hij zich snel om, legde de alethiometer in een kast met glazen deur, deed die op slot en liet de sleutel in zijn vestzak glijden.

'Maar hij is niet van jou, Lizzie,' zei hij. 'Of Lyra, als je zo heet.'

'Hij is wel van mij! Het is mijn alethiometer!'

Hij schudde bedroefd en zwaarmoedig zijn hoofd, alsof hij haar tot zijn verdriet een verwijt moest maken, maar het deed omdat het voor haar eigen bestwil was. 'Volgens mij bestaat er over deze kwestie op z'n minst grote twijfel,' zei hij.

'Maar hij is van haar!' zei Will. 'Echt! Ze heeft hem aan me laten zien! Ik weet dat hij van haar is!'

'Ik denk dat je dat moet bewijzen, weet je,' zei hij. 'Ik hoef niets te bewijzen, omdat ik hem in mijn bezit heb. Dan wordt aangenomen dat hij van mij is. Net zoals alle andere onderdelen van mijn verzameling. Ik moet zeggen, Lyra, dat het me verbaast dat je zo oneerlijk...'

'Ik ben niet oneerlijk!' riep Lyra uit.

'O jawel. Je hebt gezegd dat je Lizzie heette. Nu hoor ik dat je anders heet. Om je de waarheid te zeggen is er geen kijk op dat je iemand kunt overtuigen dat zo'n kostbaar voorwerp van jou is. Weet je wat we doen? We halen de politie erbij.'

Hij draaide zijn hoofd om om de bediende te roepen.

'Nee, wacht...' zei Will vóór sir Charles iets kon zeggen. Maar Lyra liep snel om het bureau heen, en ineens had ze Pantalaimon in haar armen, een grommende boskat die zijn tanden ontblootte en tegen de oude man siste. Sir Charles knipperde even met zijn ogen toen de dæmon plotseling verscheen, maar verder vertrok hij bijna geen spier.

'U weet niet eens wát u hebt gestolen,' gilde Lyra buiten zichzelf. 'U hebt gezien dat ik hem gebruikte en toen kwam u op het idee om hem te stelen, en dat hebt u gedaan. Maar u... u... u bent erger dan mijn moeder... Zij weet tenminste dat hij belangrijk is... U legt hem gewoon in een kast en doet er niets mee! U zou dóód moeten! Als ik de kans krijg, laat ik u door iemand vermoorden. U bent het niet waard om te leven. U bent...'

Ze kon niet meer uit haar woorden komen. Maar ze kon wel hem recht in zijn gezicht spugen, en dat deed ze, uit alle macht.

Will zat het doodstil aan te zien en keek rond om in zijn geheugen te prenten waar alles stond.

Sir Charles schudde kalmpjes een zijden zakdoek uit en wiste zijn gezicht schoon.

'Heb je dan helemaal geen zelfbeheersing?' zei hij. 'Ga zitten, smerige meid die je bent.'

Lyra voelde dat de tranen uit haar ogen schoten door het sidderen van haar lichaam, en ze liet zich op de bank vallen. Pantalaimon stond op haar schoot, met zijn dikke kattenstaart rechtop en zijn flitsende ogen op de oude man gericht.

Will zat er zwijgend en verbaasd bij. Sir Charles had hen er allang uit kunnen laten gooien. Wat voerde hij in zijn schild?

En toen zag hij zoiets bizars, dat hij dacht dat hij het zich had verbeeld. Uit de mouw van het linnen jasje van sir Charles, over de sneeuwwitte manchet van zijn overhemd kwam de smaragdgroene kop van een slang. Zijn zwarte tong floepte alle kanten op, en zijn geschubde kop met de goudomrande ogen bewoog van Lyra naar Will en weer terug. Lyra was zo boos dat ze niets zag, en Will zag het maar even, tot de slang zich weer in de mouw van de oude man terugtrok, maar zijn ogen werden groot van schrik.

Sir Charles verhuisde naar de bank onder het raam en ging rustig zitten, de plooi in zijn broek zorgvuldig schikkend.

'Ik denk dat je beter naar me kunt luisteren dan je zo onbeheerst gedragen,' zei hij. 'Je hebt echt geen keus. Het instrument is in mijn bezit en daar blijft het. Ik wil het hebben. Ik ben verzamelaar. Je kunt zo veel spugen, op de grond stampen en gillen als je wilt, maar tegen de tijd dat je iemand zover hebt dat hij naar je luistert, heb ik documenten te over om te bewijzen dat ik het heb gekocht. Dat is voor mij heel gemakkelijk te doen. En dan krijg je het instrument nooit terug.'

Ze zwegen nu allebei. Hij was nog niet uitgepraat. Grote verwarring maakte dat Lyra's hart langzamer ging kloppen en dat het heel stil was in de kamer.

'Maar,' ging hij door, 'er is iets wat ik nog liever wil hebben. En zelf kan ik er niet aan komen, dus ben ik bereid een afspraak met jullie te maken. Als jullie voor mij het voorwerp dat ik wil hebben, te pakken kunnen krijgen, geef ik de – hoe noemen jullie het ook alweer? – terug.'

'Alethiometer,' zei Lyra schor.

'Alethiometer. Wat interessant. Aletheia, waarheid... die symbolen... ja, ik begrijp het.'

'Wat is dat ding dat u wilt hebben?' vroeg Will. 'En waar is het?'

'Het is ergens waar ik niet kan komen, maar jullie wel. Ik weet heel goed dat jullie ergens een doorgang hebben gevonden. Ik neem aan dat die in de buurt van Summertown is, waar ik Lizzie, of Lyra, vanochtend heb afgezet. En dat er aan de andere kant van de deur een andere wereld ligt, een wereld zonder volwassenen. Heb ik het tot zover bij het rechte eind? Welnu, de man die die doorgang heeft gemaakt, heeft een mes. Op dit moment houdt hij dat mes in die andere wereld verborgen, en hij is ontzettend bang. Daar heeft hij reden toe. Als hij is waar ik denk dat hij is, zit hij in een oude toren, waar in de steen rond de deur engelen zijn uitgehouwen. De Torre degli Angeli.

Daar moeten jullie dus heen. Het kan me niet schelen hoe jullie het doen, maar ik wil dat mes hebben. Als jullie het me bezorgen, kun je de alethiometer terugkrijgen. Het zal me spijten hem af te moeten geven, maar ik ben een man van mijn woord. Dat is wat jullie moeten doen: me het mes bezorgen.'

8
De Engelentoren

'Wie is de man die het mes heeft?' vroeg Will.

Ze zaten in de Rolls Royce en reden door Oxford. Sir Charles zat half omgedraaid voorin, en Will en Lyra zaten achterin, met Pantalaimon, die nu een muis was, tot rust gekomen in Lyra's handen.

'Iemand die niet meer recht op het mes heeft dan ik op de alethiometer,' zei sir Charles. 'Jammer genoeg voor ons allemaal is de alethiometer in mijn bezit, en heeft hij het mes.'

'Hoe weet u het trouwens, van die andere wereld?'

'Ik weet een heleboel dingen die jij niet weet. Wat kun je anders verwachten? Ik ben heel wat ouder, en aanzienlijk beter geïnformeerd. Er bestaan verschillende doorgangen tussen deze wereld en die andere; degenen die weten waar ze zijn, kunnen moeiteloos van de ene wereld in de andere stappen en weer terug. In Cittàgazze is een Gilde van zogeheten geleerde mannen, die het voortdurend deden.'

'U komt helemaal niet uit deze wereld!' zei Lyra plotseling. 'U komt daarvandaan, is het niet?'

En weer voelde ze dat vreemde duwtje tegen haar geheugen. Ze wist bijna zeker dat ze hem al eens had gezien.

'Nee, daar kom ik niet vandaan,' zei hij.

Will zei: 'Als we die man het mes willen ontfutselen, moeten we meer over hem weten. Hij zal het ons toch niet zomaar geven, of wel soms?'

'Stellig niet. Het is het enige ding waarmee je de Spoken op afstand kunt houden. Het zal zeker niet gemakkelijk zijn.'

'Zijn de Spoken bang voor het mes?'

'Heel erg bang.'

'Waarom vallen ze alleen grote mensen aan?'

'Dat hoef je nu niet te weten. Dat doet er niet toe. Lyra,' zei sir Charles, zich naar haar omdraaiend, 'vertel me eens iets over je opmerkelijke vriend.'

Hij bedoelde Pantalaimon. Zodra hij het had gezegd, realiseerde Will zich dat de slang die hij in zijn mouw verborgen had gezien, ook een dæmon was, en dat sir Charles uit Lyra's wereld moest komen. Hij vroeg naar Pantalaimon om hen af te leiden: dus besefte hij niet dat Will zijn dæmon had gezien.

Lyra hield Pantalaimon omhoog tegen haar borst, en hij werd een zwarte rat, die zijn staart een paar keer om haar pols zwiepte en met zijn rode ogen sir Charles nijdig aankeek.

'Het was niet de bedoeling dat u hem zag,' zei ze. 'Hij is mijn dæmon. U denkt dat de mensen in deze wereld geen dæmonen hebben, maar dat hebben ze wel. Uw dæmon is vast een mestkever.'

'Als de Egyptische farao's er tevreden mee waren om te worden uitgebeeld als scarabee, dan ben ik dat ook,' reageerde hij. 'Zo, dus jij komt uit weer een andere wereld. Wat interessant. Komt de alethiometer daarvandaan, of heb je die op een van je reizen gestolen?'

'Ik heb hem cadeau gekregen,' zei Lyra woedend. 'De rector van het Jordan-college in mijn Oxford heeft hem aan mij gegeven. Hij is van mij. En u zou niet weten wat u ermee zou moeten doen, stomme, stinkende oude man die u bent, u zou hem in geen honderd jaar kunnen aflezen. Voor u is het gewoon een stuk speelgoed. Maar ik heb hem nódig, en Will ook. We krijgen hem terug, maakt u zich maar geen zorgen.'

'We zullen zien,' zei sir Charles. 'Hier heb ik Lyra eerder afgezet. Willen jullie hier uitstappen?'

'Nee,' zei Will, die verderop in de straat een politieauto zag. 'U kunt niet in Ci'gazze komen vanwege de Spoken, dus geeft het niet als u weet waar het raam is. Breng ons verder naar de rondweg.'

'Zoals je wilt,' zei sir Charles, en de wagen reed door. 'Wanneer, of als je het mes te pakken krijgt, bel me dan, zodat Allan jullie op kan halen.'

Ze zeiden niets meer tot de chauffeur de auto tot stilstand bracht. Toen ze uitstapten, liet sir Charles zijn raam omlaag glijden en zei tegen Will: 'Tussen twee haakjes: als jullie het mes niet te pakken kunnen krijgen, doe dan geen moeite om terug te komen. Als jullie zonder het mes naar mijn huis komen, bel ik de politie. Ik denk dat ze onmiddellijk voor onze neus staan als ik hun je ware naam vertel. William Parry, nietwaar? Ja, dat dacht ik al. In de krant van vandaag staat een heel goede foto van je.'

Toen reed de auto weg. Will was sprakeloos.

Lyra trok aan zijn arm. 'Maak je niet druk,' zei ze. 'Hij zal het echt niet doorvertellen. Als hij dat van plan was geweest, had hij het allang gedaan. Kom mee.'

Tien minuten later stonden ze op het pleintje aan de voet van de Engelentoren. Will had Lyra over de slangdæmon verteld, en ze was pardoes op straat stil blijven staan, weer gekweld door die halve herinnering. Wie was die oude man toch? Waar had ze hem gezien? Het hielp niet om erover te denken; de herinnering kwam niet duidelijk boven.

'Ik wilde niet dat hij het wist,' zei Lyra zacht, 'maar ik heb gisteravond daarboven een man gezien. Hij keek naar beneden toen de kinderen die stampei maakten...'

'Hoe zag hij eruit?'

'Jong, met krulhaar. Helemaal niet oud. Maar ik zag hem maar even, helemaal bovenaan, boven die kantelen. Ik dacht dat hij misschien... Weet je nog dat we Angelica en Paolo zagen, en dat hij zei dat ze een oudere broer hadden, en dat hij ook in de stad was, en dat Paolo van haar zijn mond moest houden, alsof het een geheim was? Nou, ik dacht dat hij het misschien was. Misschien zoekt hij ook naar het mes. En alle kinderen zullen het wel weten. Ik denk dat ze eigenlijk alleen daarom terug zijn gekomen.'

'Mm,' zei hij, omhoog kijkend. 'Het zou kunnen.'

Ze herinnerde zich wat de kinderen die ochtend hadden gezegd: geen kind zou zich in de toren wagen; er waren daar griezelige dingen. En ze herinnerde zich haar eigen huiverige gevoel toen Pantalaimon en zij door de open deur hadden gekeken, voor ze de stad uit gingen. Misschien hadden ze daarom een volwassen man nodig om naar binnen te gaan. Haar dæmon, een mot in het heldere zonlicht, fladderde nu angstig fluisterend om haar hoofd.

'Stil,' fluisterde ze terug, 'we hebben geen keus, Pan. Het is onze schuld. We moeten het goedmaken, en dit is de enige manier.'

Will liep naar rechts, langs de muur van de toren. Bij de hoek zag hij een smal klinkerstraatje dat tussen de toren en het volgende gebouw lag, en ook daar liep hij door, omhoog kijkend om het terrein te verkennen. Lyra liep achter hem aan. Hij stond stil onder een raam op de eerste verdieping en vroeg aan Pantalaimon: 'Kun je daarheen vliegen? Kun je naar binnen kijken?'

Pantalaimon werd meteen een mus en vloog weg. Hij haalde het maar net; Lyra hijgde en slaakte een kreetje toen hij op de vensterbank belandde. Hij bleef daar een paar seconden zitten voor hij weer naar beneden dook. Ze zuchtte en haalde diep adem, zoals iemand die van de verdrinkingsdood is gered. Will fronste verbaasd zijn voorhoofd.

'Het is moeilijk als je dæmon van je weggaat,' legde ze uit, 'het doet pijn...'

'Wat vervelend. Heb je iets gezien?' vroeg hij.

'Trappen,' zei Pantalaimon, 'trappen en donkere kamers. Er hingen zwaarden aan de muur, en speren en schilden, zoals in een museum. En ik heb de man gezien. Hij was... aan het dansen.'

'Aan het dansen?'

'Hij liep heen en weer... zwaaide rond met zijn hand. Het leek ook een beetje alsof hij zich tegen iets onzichtbaars verdedigde... Ik heb hem alleen door een openstaande deur gezien. Niet duidelijk.'

'Zou hij zich tegen een Spook verdedigen?' vroeg Lyra zich af.

Maar ze wisten het niet, dus liepen ze door. Achter de toren stond een hoge muur met glasscherven erbovenop, die een kleine tuin omsloot met vormelijke kruidenbedden en een fontein in het midden (Pantalaimon vloog weer omhoog om te kijken). En aan de andere kant was weer een steeg, waardoor ze terugliepen naar het pleintje. De ramen in de toren waren klein en diepliggend, als samengeknepen ogen.

'Dan moeten we aan de voorkant naar binnen,' zei Will.

Hij liep de trap op en duwde de deur open. Zonlicht viel naar binnen en de zware scharnieren piepten. Hij ging een paar stappen naar binnen, en toen hij niemand zag liep hij verder. Lyra volgde hem op de voet. De vloer was gemaakt van stenen plavuizen die in de loop der eeuwen glad gesleten waren, en het was er koel.

Will zag een trap naar beneden en liep er een eindje af. De trap kwam uit op een brede kamer met lage zoldering en met een enorme haard aan één kant; de gepleisterde muur eromheen was zwart van het roet. Maar er was niemand en hij ging weer naar de hal, waar Lyra met een vinger op haar lippen omhoog stond te kijken.

'Ik hoor hem,' fluisterde ze. 'Hij praat zeker in zichzelf.'

Will luisterde ingespannen en hoorde het ook: een zacht neuriënd gemompel, dat zo nu en dan werd onderbroken door een ruwe lach of een korte boze kreet. Het klonk als de stem van een waanzinnige.

Will vatte moed en begon de trap op te klimmen. Het was een heel grote, brede trap van zwart geworden eikenhout, met treden die net zo uitgesleten waren als de plavuizen: veel te solide om onder je voeten te kraken. Hoe hoger ze kwamen, hoe donkerder het werd, want de enige verlichting kwam door een klein, diepliggend raam op elke overloop. Ze klommen naar de eerste verdieping, bleven staan om te luisteren en klommen toen naar de volgende. Behalve de stem van de man hoorden ze nu ook het geluid van ongelijkmatige, ritmische voetstappen. Het kwam uit een kamer aan de andere kant van de overloop, waarvan de deur op een kier stond.

Will liep er op zijn tenen heen en duwde hem een paar centimeter verder open, zodat hij iets kon zien.

Het was een grote kamer met dikke spinnenwebben tegen het plafond. De muren waren bedekt met boekenplanken waarop slecht geconserveerde boeken stonden: de banden vielen uit elkaar en schilferden of waren scheefgetrokken door het vocht. Verschillende boeken waren van de planken getrokken en lagen opengeslagen op de grond of op de brede stoffige tafels, en andere waren lukraak ergens teruggezet.

Midden in de kamer was een jongeman aan het... dansen. Pantalaimon had gelijk gehad: zo zag het er precies uit. Met zijn rug naar de deur schuifelde hij eerst de ene en dan de andere kant op, en de hele tijd bewoog hij zijn rechterhand voor zich uit, alsof hij zich een weg baande door onzichtbare obstakels. In die hand had hij een mes, geen bijzonder mes zo te zien, gewoon een dof lemmet dat ongeveer twintig centimeter lang was. Hij stak het vooruit, kapte ermee opzij, liet het zoekend naar voren glijden, prikte ermee op en neer, alles in de lucht.

Hij maakte een beweging alsof hij zich ging omdraaien, en Will trok zich terug. Hij legde een vinger op zijn lippen, wenkte Lyra en liep voor haar uit naar de trap en de volgende verdieping.

'Wat is hij aan het doen?' vroeg ze fluisterend.

Hij beschreef het zo goed mogelijk.

'Volgens mij is hij niet goed snik,' zei Lyra. 'Is hij mager, met krulhaar?'

'Ja. Rood haar, zoals dat van Angelica. Hij ziet er inderdaad uit of hij niet goed snik is. Ik weet het niet, maar ik denk dat het allemaal raarder is dan sir Charles zei. Laten we boven gaan kijken voor we met hem praten.'

Ze volgde hem gedwee nog een trap op naar de bovenste verdieping. Hier was het veel lichter: een wit geschilderde trap voerde naar het dak, of liever: naar een koepel van hout en glas die eruitzag als een kleine broeikas. Zelfs onder aan de trap voelden ze de hitte die het dak absorbeerde.

Terwijl ze daar stonden hoorden ze gekreun van boven komen.

Ze schrokken zich wild. Ze waren ervan overtuigd geweest dat er maar één man in de toren zat. Pantalaimon veranderde van schrik onmiddellijk van een kat in een vogel en vloog naar Lyra's borst. Toen hij dat deed, realiseerden Will en Lyra zich dat ze elkaars hand hadden gegrepen, en ze lieten langzaam los.

'We kunnen maar beter gaan kijken,' fluisterde Will. 'Ik zal voorop gaan.'

'Ik moet eigenlijk voorop,' fluisterde ze terug, 'omdat het mijn schuld is.'

'Omdat het jouw schuld is, moet je doen wat ik zeg.'

Ze trok een gezicht, maar volgde hem.

Hij klom omhoog naar de zon. Het licht in de koepel was verblindend. Het was er bovendien zo warm als in een broeikas, en Will had moeite met zien en ademen. Hij vond een deurknop, draaide die om en liep snel naar buiten, met zijn hand boven zijn ogen tegen de zon.

Hij stond op een loden dak, omgeven door een borstwering met kantelen. De glazen koepel zat in het midden, en het lood liep overal af naar de goot aan de binnenkant van de borstwering. In de steen zaten vierkante gaten om het regenwater te laten weglopen.

Een oude man met wit haar lag op het lood in de volle zon. Zijn gezicht was geschaafd en gehavend, en één oog zat dicht, en toen ze dichterbij kwamen zagen ze dat zijn handen achter zijn rug waren samengebonden.

Hij hoorde hen aankomen en kreunde weer, terwijl hij probeerde zich om te draaien om zichzelf te beschermen.

'Wees maar niet ongerust,' zei Will zacht, 'we doen u niets. Heeft de man met het mes dit gedaan?'

'Mm,' kreunde de oude man.

'Laten we het touw losmaken. Hij heeft het niet erg goed geknoopt...'

Het was onhandig en haastig vastgeknoopt, en toen Will eenmaal zag hoe het zat, was het zó los. Ze hielpen de oude man overeind en namen hem mee naar de schaduw onder de borstwering.

'Wie bent u?' vroeg Will. 'We wisten niet dat hier twee mensen waren. We dachten dat er maar één man in de toren zat.'

'Giacomo Paradisi,' mompelde de oude man tussen kapotgeslagen tanden door. 'Ik ben de drager. Niemand anders. De jongeman heeft het mes van me gestolen. Er zijn altijd dwazen die omwille van het mes zulke risico's nemen. Maar deze man is wanhopig. Hij gaat me vermoorden...'

'Nee, dat gaat hij niet,' zei Lyra. 'Wat is een drager? Wat betekent dat?'

'Ik draag het listige mes in naam van het Gilde. Waar is hij gebleven?'

'Hij is beneden,' zei Will. 'We zijn langs hem naar boven gegaan. Hij heeft ons niet gezien. Hij was met het mes in de lucht aan het zwaaien...'

'Hij probeert erdoorheen te snijden. Dat zal hem niet lukken. Als hij...'

'Pas op,' zei Lyra.

Will draaide zich om. De jongeman klom omhoog naar het glazen koepeltje. Hij had hen nog niet gezien, maar ze konden zich nergens verstoppen, en toen ze overeind kwamen, zag hij de beweging en draaide zich pijlsnel naar hen om.

Pantalaimon werd meteen een beer, die op zijn achterpoten ging staan. Alleen Lyra wist dat hij de jongeman niet zou kunnen aanraken, en deze knipperde dan ook verbijsterd even met zijn ogen, maar Will zag dat het niet echt tot hem was doorgedrongen. Deze man was gek. Zijn rode krulhaar was dof, zijn kin zat vol spuugspikkels, en het wit van zijn ogen was overal rond de pupillen te zien.

En hij had het mes, terwijl zij helemaal geen wapens hadden.

Will liep over het lood omhoog, weg van de oude man, en dook in elkaar, klaar om aan te vallen, te vechten of uit de weg te springen.

De jongeman sprong naar voren en sloeg naar hem met het mes, links-rechts-links, steeds dichterbij komend, zodat Will achteruit moest wijken tot hij klem zat in een hoek van de toren.

Lyra klauterde van achteren naar de man toe met het losse touw in haar hand. Will schoot plotseling naar voren, net zoals hij had gedaan bij de man in zijn huis, en met hetzelfde gevolg. Zijn tegenstander tuimelde onverwacht achterwaarts, struikelde over Lyra en kwam met een klap op het lood terecht. Het gebeurde allemaal zo snel dat Will geen tijd had om bang te zijn. Maar hij had wel tijd om te zien dat het mes uit de hand van de jongeman vloog en een halve meter verderop meteen in het lood zonk met de punt naar beneden, zo soepel alsof het in de boter was gevallen. Het boorde zich erin tot het heft en bleef toen met een schokje steken.

De jongeman kwam meteen in beweging om het te pakken, maar Will wierp zich op zijn rug en greep zijn haren vast. Hij had op school leren vechten: toen de andere kinderen eenmaal hadden gemerkt dat er iets niet in orde was met zijn moeder, was daar volop gelegenheid voor. En hij had geleerd dat het bij een knokpartij op school niet belangrijk was of je punten haalde voor stijl, maar of je je tegenstander tot overgave dwong. En dat betekende dat je hem harder moest raken dan hij jou. Hij wist ook dat je bereid moest zijn om iemand pijn te doen, en had gemerkt dat niet veel mensen dat waren als het erop aankwam. Maar hij was ertoe bereid.

Hij was dus aan vechten gewend, maar hij had nog nooit gevochten tegen een bijna volwassen man, die met een mes gewapend was. Hij moest ten koste van alles voorkomen dat hij het weer te pakken kreeg, nu hij het eenmaal had laten vallen.

Hij begroef zijn vingers in het dikke, vochtige haar van de jongeman en trok toen zo hard als hij kon. De man kreunde en gooide zich opzij, maar Will klampte zich nog steviger vast, en zijn tegenstander brulde van pijn en woede. Hij duwde zich op en vervolgens met een klap naar achteren, zodat Will bekneld raakte tussen hem en de borstwering. Dat was te veel: alle lucht werd uit Wills lichaam geperst, en van schrik verslapte zijn greep. De man rukte zich los.

Will viel op zijn knieën in de goot, totaal buiten adem, maar hij kon daar niet blijven. Hij ging rechtop op zijn knieën zitten en probeerde toen overeind te komen... en daarbij schoot zijn voet door een regenafvoergat. Eén verschrikkelijke seconde dacht hij dat er alleen leegte achter hem was. Zijn vingers schraapten wanhopig over het lood. Maar er gebeurde niets; zijn linkerbeen stak de ruimte in, maar verder was hij veilig.

Hij trok zijn voet terug en krabbelde overeind. De man had nu zijn hand op het mes, maar voor hij het uit het lood kon trekken, sprong Lyra op zijn rug, krabbend, schoppend, bijtend als een boskat. Maar ze kreeg niet goed vat op zijn haren en hij gooide haar van zich af. En toen hij overeind kwam, had hij het mes in zijn hand.

Lyra was een eindje verderop beland, met Pantalaimon, nu een boskat met rechtop staande haren en ontblote tanden, naast zich. Will stond recht tegenover de man en zag hem voor het eerst duidelijk. Er viel niet aan te twijfelen: hij was inderdaad de broer van Angelica en bovendien een boosaardige tegenstander. Hij was volledig geconcentreerd op Will, en hij had het mes in zijn hand.

Maar Will was ook geen doetje.

Hij had het touw gepakt toen Lyra het had laten vallen, en nu wond hij het om zijn linkerhand als bescherming tegen het mes. Hij ging tussen de jongeman en de zon in staan, zodat zijn tegenstander met spleetogen tegen het licht in moest knipperen. En nog beter waren de fel schitterende weerkaatsingen die de glazen koepel in zijn ogen wierp: Will zag dat hij heel even bijna verblind was.

Hij sprong, met zijn linkerhand omhoog, naar de linkerkant van de man, weg van het mes, en schopte keihard tegen zijn knie. Hij had zorgvuldig gemikt en het kwam goed aan. De man viel luid kreunend neer en rolde onhandig opzij.

Will sprong hem achterna en schopte hem telkens weer, overal waar hij hem te pakken kon krijgen, hem steeds meer achteruit dringend naar de glazen koepel. Als hij hem tot boven aan de trap kon krijgen...

Nu maakte de man een zwaardere val en zijn rechterhand met het mes erin sloeg vlak bij Wills voeten op het lood. Will stampte er meteen hard op en verpletterde de vingers van zijn tegenstander tussen het heft en het lood. Vervolgens wikkelde hij het touw wat steviger om zijn hand en stampte nog een keer. De man schreeuwde en liet het mes los. Will schopte het meteen weg – gelukkig voor hem kwam zijn schoen tegen het heft – en het gleed omlaag over het lood en bleef in de goot naast een afvoergat liggen. Het touw om zijn hand was weer losgeraakt, en ergens vandaan leek een verrassende hoeveelheid bloed op het lood en op zijn schoenen gedropen te zijn. De man begon overeind te komen...

'Kijk uit!' schreeuwde Lyra, maar Will was voorbereid.

Op het moment dat de man nog net niet stevig stond, gooide hij zich zo hard als hij kon tegen het middenrif van zijn tegenstander. De man viel achteruit tegen het glas, dat meteen brak, en het dunne houten raamwerk begaf het ook. Hij hing half boven het trapgat tussen het puin en greep de deurpost, maar die werd niet meer ondersteund en schoot los. Hij stortte omlaag en overal om hem heen vielen scherven.

Will vloog terug naar de goot en pakte het mes. Het gevecht was afgelopen. De jongeman stommelde gehavend en vol snijwonden de trap op en zag Will boven zich staan met het mes in zijn hand. Hij wierp een blik vol walgende woede op hem, draaide zich toen om en ging ervandoor.

'Au,' zei Will, terwijl hij ging zitten. 'Au.'

Er was iets helemaal mis, en hij had het niet gemerkt. Hij liet het mes vallen en drukte zijn linkerhand tegen zich aan. De wikkel van touw was doordrenkt met bloed, en toen hij hem wegtrok...

'Je vingers!' fluisterde Lyra. 'O, Will...'

Zijn pink en ringvinger vielen met het touw op de grond.

Hij werd helemaal licht in zijn hoofd. Bloed stroomde uit de stompjes waar zijn vingers hadden gezeten, en zijn spijkerbroek en schoenen waren al doordrenkt. Hij ging achteroverliggen en deed zijn ogen even dicht. Hij had niet eens zo veel pijn, en een deel van zijn geest constateerde dat met lome verbazing: het voelde meer aan als een aanhoudende doffe hamerslag dan als de heldere, scherpe pijn van een oppervlakkige snee.

Hij had zich nog nooit zo slap gevoeld. Hij was zeker even in slaap gevallen. Lyra deed iets met zijn arm. Hij ging zitten om de schade te bekijken en voelde zich misselijk worden. De oude man was ergens in de buurt, maar Will zag niet wat hij deed, en intussen praatte Lyra tegen hem.

'Als we wat bloedmos hadden,' zei ze, 'wat de beren gebruiken, dan kon ik je beter maken, Will, dan kon ik... Luister, ik bind dit stuk touw om je arm om het bloeden te stoppen, want ik kan het niet vastbinden waar je vingers zaten, er is niets om het aan vast te maken... Even stilzitten...'

Hij liet haar begaan en keek zoekend rond naar zijn vingers. Daar lagen ze: als een bloederig aanhalingsteken opgekruld op het lood. Hij lachte.

'Hé,' zei ze, 'hou daarmee op. Kom overeind. Meneer Paradisi heeft een of ander medicijn, zalf of zo, ik weet niet wat het is. Je moet mee naar beneden. De andere man is weg, we hebben hem de deur uit zien rennen. Hij is nu weg. Je hebt hem verslagen. Kom mee, Will... toe nou...'

Beurtelings vittend en vleiend kreeg ze hem de trap af, en ze liepen voorzichtig tussen de glasscherven en het versplinterde hout door naar een kleine, koele kamer aan de overloop. Op planken aan de muren stonden flessen, kruiken, potten, vijzels met stampers en apothekersweegschalen. Onder het vuile raam zat een stenen wasbak waar de oude man met een bevende hand iets uit een grote fles in een kleinere fles schonk.

'Ga zitten en drink dit op,' zei hij, terwijl hij een klein glas met een gouden vocht vulde.

Will ging zitten en nam het glas aan. De eerste slok brandde in zijn keel als vuur. Lyra nam vlug het glas over om te zorgen dat het niet viel toen Will naar adem hapte.

'Drink het helemaal op,' zei de oude man bevelend.

'Wat is het?'

'Pruimenjenever. Drink op.'

Will nipte wat voorzichtiger. Zijn hand begon nu echt pijn te doen.

'Kunt u hem beter maken?' vroeg Lyra, en haar stem klonk wanhopig.

'O ja, we hebben overal medicijnen voor. Doe de la in die tafel eens open, meisje, en haal er een rol verband uit.'

Will zag het mes op de tafel in het midden van de kamer liggen, maar voor hij het kon pakken, kwam de oude man naar hem toe strompelen met een kom water.

'Drink nog eens,' zei hij.

Will omklemde het glas en sloot zijn ogen, terwijl de oude man iets met zijn hand deed. Het prikte verschrikkelijk, maar toen voelde hij de ruige wrijving van een handdoek op zijn pols, en iets waarmee de wond wat voorzichtiger werd gebet. Het voelde even koel aan en toen deed het weer pijn.

'Dit is kostbare zalf,' zei de oude man. 'Heel moeilijk aan te komen. Heel goed voor wonden.'

Het was een stoffige, gedeukte tube doodgewone ontsmettingscrème, die Will in zijn wereld bij elke drogist had kunnen kopen. De oude man ging ermee om alsof het mirre was. Will keek een andere kant op.

Terwijl de man de wond verbond, voelde Lyra dat Pantalaimon haar geluidloos toeriep dat ze uit het raam moest komen kijken. Hij zat als torenvalk op de lijst van het open raam en zijn ogen hadden beneden een beweging opgevangen. Lyra kwam bij hem staan en zag een bekende figuur: Angelica, die naar haar oudere broer Tullio toe rende. Hij stond aan de overkant van de smalle straat met zijn rug tegen de muur en maaide met zijn armen door de lucht alsof hij een troep vleermuizen uit zijn gezicht wilde slaan. Toen draaide hij zich om en begon met zijn handen over de stenen in de muur te strijken. Hij bekeek alle stenen aandachtig, telde ze, voelde langs de randen, trok zijn schouders op alsof hij iets achter zich wilde afweren, schudde zijn hoofd.

Angelica was wanhopig en de kleine Paolo achter haar ook, en toen ze bij hun broer waren grepen ze zijn armen en probeerden hem weg te trekken van het ding dat hem hinderde.

Lyra voelde zich opeens misselijk worden toen ze besefte wat er aan de hand was: de man werd aangevallen door Spoken. Angelica wist het, hoewel ze ze natuurlijk niet zag, en de kleine Paolo huilde en sloeg in de lucht in een poging ze te verdrijven. Maar het hielp niet, en Tullio was verloren. Zijn bewegingen werden steeds lomer en even later hielden ze helemaal op. Angelica klemde zich aan hem vast en trok almaar aan zijn arm, maar hij was niet wakker te krijgen. Paolo riep steeds maar weer de naam van zijn broer, alsof dat hem terug zou brengen.

Toen scheen Angelica te voelen dat Lyra naar haar keek, en ze keek naar boven. Even ontmoetten hun blikken elkaar. Lyra voelde een schokje alsof het meisje haar echt een klap had gegeven, zo intens was de haat in haar blik. Paolo zag zijn zusje naar boven kijken en keek ook en schreeuwde met zijn kleine-jongensstem: 'We vermoorden je! Het is jouw schuld, wat er met Tullio is gebeurd! We vermoorden je, als je dat maar weet!'

De twee kinderen draaiden zich om en renden weg. Hun getroffen broer bleef achter in de steeg, en Lyra trok zich geschrokken en schuldig in de kamer terug en deed het raam dicht. De anderen hadden niets gehoord. Giacomo Paradisi was nog meer zalf op de wond aan het smeren, en Lyra probeerde uit haar gedachten te zetten wat ze had gezien. Ze concentreerde zich op Will.

'U moet iets om zijn arm binden om het bloeden te stoppen,' zei ze. 'Anders houdt het niet op.'

'Ja, ja, dat weet ik,' zei de oude man, maar het klonk verdrietig.

Will keek een andere kant op terwijl ze het verband aanlegden, en dronk de pruimenjenever slokje voor slokje. Na een tijdje voelde hij zich gekalmeerd en afstandelijk, hoewel zijn hand afschuwelijk pijn deed.

'Nou,' zei Giacomo Paradisi, 'hier is het mes, het is van jou.'

'Ik wil het niet,' zei Will. 'Ik wil er niets mee te maken hebben.'

'Je hebt geen keus,' zei de oude man. 'Jij bent nu de drager.'

'Ik dacht dat u zei dat ú de drager was?' zei Lyra.

'Ik heb mijn tijd gehad,' zei hij. 'Het mes weet wanneer het de ene hand moet verlaten en zich in een andere moet nestelen, en ik weet hoe je dat kunt zien. Geloven jullie me niet? Kijk maar!'

Hij stak zijn linkerhand op. De pink en de ringvinger ontbraken, net als bij Will.

'Ja,' zei hij, 'mij is het ook overkomen: ik heb gevochten en ben dezelfde vingers kwijtgeraakt, het teken van de drager. En ik wist het ook niet vooruit.'

Lyra ging met opengesperde ogen zitten. Will hield zich met zijn goede hand vast aan de stoffige tafel. Hij zocht koortsachtig naar woorden.

'Maar ik... we zijn hier alleen naartoe gekomen... Een man heeft iets van Lyra gestolen, en hij wilde het mes hebben, en als we het hem zouden brengen, zei hij, dan zou hij...'

'Ik ken die man. Hij is een leugenaar, een oplichter. Vergis je niet: hij geeft jullie niets. Hij wil het mes hebben en als hij het eenmaal heeft, verraadt hij jullie. Hij zal nooit drager zijn. Het mes behoort jou rechtens toe.'

Met zware tegenzin richtte Will zijn aandacht op het mes zelf. Hij trok het naar zich toe. Het was een onopvallende dolk met een ongeveer twintig centimeter lang tweesnijdend lemmet van dof metaal, een kort dwarsstuk van hetzelfde metaal en een handgreep van rozenhout. Toen hij het mes een beetje beter bekeek, zag hij dat het rozenhout was ingelegd met gouden draden. Ze vormden een tekening, die hij pas herkende toen hij het mes andersom legde en een engel met gevouwen vleugels zag. Aan de andere kant stond een andere engel, met opgeheven vleugels. De draden staken een beetje boven het oppervlak uit, zodat je een vaste greep had, en toen hij het mes oppakte merkte hij dat het licht en sterk en prachtig evenwichtig in zijn hand lag, en dat het lemmet uiteindelijk niet dof was. Sterker nog: er leek een zwerm wolkige kleuren net onder de oppervlakte van het metaal te leven. Purperblauw, zeeblauw, aardebruin, wolkengrijs, het donkere groen onder dicht bebladerde bomen, de samendrommende schaduwen bij de ingang van een graftombe wanneer de avond over een verlaten kerkhof valt, als er tenminste zoiets bestond als schaduwkleurig. Het was het lemmet van het listige mes.

Maar de sneden waren anders, en ook onderling verschillend. De ene was van helderglanzend staal, dat een eindje naar binnen toe opging in die subtiele schaduwkleuren, maar staal van een onvergelijkbare scherpte. Will durfde er bijna niet naar te kijken, zo scherp leek het. De andere snede was net zo scherp, maar zilver van kleur, en Lyra, die er over Wills schouder naar keek, zei: 'Ik heb die kleur al eens gezien! Het heeft dezelfde kleur als het mes waarmee ze Pan en mij van elkaar wilden snijden... precies dezelfde!'

'Met deze kant,' zei Giacomo Paradisi, het staal aanrakend met de steel van een lepel, 'kun je door elk materiaal dat er op de wereld bestaat, heen snijden. Kijk maar.'

En hij drukte de zilveren lepel tegen de snede. Will, die het mes vasthield, voelde maar een klein beetje tegenstand, en toen viel het topje van de lepelsteel op tafel, glad afgesneden.

'De andere kant,' ging de oude man door, 'is nog wonderbaarlijker. Daarmee kun je een opening in de lucht snijden, waardoor je deze wereld kunt verlaten. Probeer het nu. Doe wat ik zeg... Jij bent de drager. Je moet het weten. Je kunt het alleen van mij leren, en ik heb niet veel tijd meer. Ga staan en luister naar me.'

Will duwde zijn stoel achteruit en ging staan, het mes losjes in zijn hand. Hij voelde zich duizelig, misselijk en opstandig.

'Ik wil niet...' begon hij, maar Giacomo Paradisi schudde zijn hoofd.

'Hou je mond! Je wilt niet... je wilt niet... je hebt geen keus! Luister naar me, want we hebben niet veel tijd. Houd het mes nu voor je uit... zo. Je moet niet alleen met het mes snijden, maar ook met je geest. Je moet het denken. Doe dus het volgende: richt je geest op de uiterste punt van het mes. Concentreer je, jongen. Bal je geest samen. Denk niet aan je wond. Die zal helen. Denk aan de punt van het mes. Daar ben je nu. Voel nu heel voorzichtig met de punt. Je zoekt een gaatje dat zo klein is dat je het nooit met je ogen zou kunnen zien, maar de punt van het mes zal het vinden, als je je geest daarop richt. Tast de lucht af tot je het kleinste gaatje van de wereld vindt...'

Will probeerde het echt. Maar zijn hoofd tolde en zijn linkerhand deed gruwelijk pijn en hij zag zijn twee vingers weer op het dak liggen, en toen dacht hij aan zijn moeder, zijn arme moeder... Wat zou ze zeggen? Hoe zou ze hem troosten? Hoe kon hij haar ooit troosten? En hij legde het mes op tafel en dook helemaal in elkaar met zijn gewonde hand tegen zich aan, en begon te huilen. Het was allemaal te veel. De folterende snikken verscheurden zijn keel en borst en de tranen verblindden hem, en hij zou om zijn moeder moeten huilen, de arme, angstige, ongelukkige innig geliefde, hij had haar in de steek gelaten, hij had haar in de steek gelaten...

Hij was ontroostbaar. Maar toen voelde hij iets heel vreemds, en hij veegde met zijn rechterpols over zijn ogen, en zag Pantalaimons kop op zijn knie. De dæmon, in de gedaante van een wolfshond, keek naar hem op met smeltende, smartelijke blikken, en toen likte hij voorzichtig keer op keer Wills gewonde hand, en legde zijn kop weer op Wills knie.

Will had er geen idee van of het in Lyra's wereld verboden was de dæmon van een ander aan te raken. Hij had Pantalaimon nog nooit aangeraakt, maar dat had met beleefdheid te maken, niet met kennis. Lyra was inderdaad verbijsterd. Haar dæmon had het uit zichzelf gedaan, en nu trok hij zich terug en fladderde naar haar schouder als een piepkleine mot. De oude man keek belangstellend, maar niet ongelovig toe. Hij had wel eens dæmonen gezien; hij was ook naar andere werelden gereisd.

Pantalaimons gebaar had een goede uitwerking gehad. Will slikte stevig en ging weer staan, de tranen uit zijn ogen wissend.

'Goed,' zei hij, 'ik zal het nog een keer proberen. Zeg me wat ik moet doen.'

Deze keer dwong hij tandenknarsend, sidderend van inspanning en zwetend zijn geest om te doen wat Giacomo Paradisi zei. Lyra kon het bijna niet laten zich ermee te bemoeien, want zij wist hoe het moest. Dr. Malone en de dichter Keats, wie hij ook was, wisten het ook, en allemaal wisten ze dat je met een gespannen geest niets bereikte. Maar ze hield haar mond en kneep haar handen in elkaar.

'Ophouden,' zei de oude man vriendelijk. 'Ontspan je. Dwing het niet. Dit is een fijn mes, geen groot zwaard. Je houdt het te stevig vast. Ontspan je vingers. Laat je geest langs je arm omlaag slenteren, naar je pols, dan naar de handgreep en vandaar langs het lemmet. Haast je niet, doe het voorzichtig, forceer niets. Slenter gewoon. Dan naar de uiterste punt, waar de snede het scherpst is. Je wordt de punt van het mes. Dat is het enige wat je nu hoeft te doen. Ga erheen en voel dat, en kom dan terug.'

Will probeerde het nog eens. Lyra zag de gespannenheid in zijn lichaam, de bewegingen van zijn kaak, en toen zag ze een macht neerdalen, die hem kalmeerde en ontspande en hem inzicht gaf. Het was Wills eigen macht... of die van zijn dæmon misschien. Het moest wel erg voor hem zijn dat hij geen dæmon had! De eenzaamheid... Geen wonder dat hij had gehuild; en het was goed, wat Pantalaimon had gedaan, maar het had haar wel een heel vreemd gevoel gegeven. Ze stak haar hand uit naar haar geliefde dæmon en hij kroop soepel op haar schoot, in hermelijngedaante.

Ze keken samen toe hoe Wills lichaam ophield met trillen. Hij was niet minder geconcentreerd, maar op een andere manier, en het mes zag er ook anders uit. Misschien lag het aan die wolkige kleuren in het lemmet, of aan de manier waarop het zo natuurlijk in Wills hand rustte, maar de kleine bewegingen die hij met de punt maakte, zagen er nu doelbewust uit in plaats van willekeurig. Hij tastte in de ene richting, draaide het mes dan om en tastte in de andere, steeds met de zilveren snede. En toen leek hij een scheurtje in het luchtledige te vinden.

'Wat is dit? Is dit het?' vroeg hij schor.

'Ja. Forceer het niet. Kom terug, kom terug naar jezelf.'

Lyra verbeeldde zich dat ze Wills ziel terug zag vloeien, over het lemmet naar zijn hand, en langs zijn arm omhoog naar zijn hart. Hij deed een stap achteruit, liet zijn hand vallen en knipperde met zijn ogen.

'Ik voelde daar iets,' zei hij tegen Giacomo Paradisi. 'Eerst glipte het mes gewoon door de lucht en toen voelde ik het...'

'Goed. Doe het nu nog een keer. Als je het weer voelt, steek je het mes erin en snijd je verder. Maak een snee. Aarzel niet. Wees niet verbaasd. Laat het mes niet vallen.'

Will moest even in elkaar duiken en een paar keer diep ademhalen en zijn linkerhand onder zijn andere arm stoppen voor hij door kon gaan. Maar hij was vastbesloten. Na een paar seconden ging hij weer rechtop staan, het mes al voor zich uit gestoken.

Deze keer was het gemakkelijker. Nu hij het eenmaal had gevoeld, wist hij waar hij naar moest zoeken, en hij voelde het vreemde scheurtje binnen een minuut. Het was of je met de punt van een ontleedmes heel voorzichtig naar de ruimte tussen twee steken zocht. Hij raakte het scheurtje aan, trok zich terug, raakte het weer aan om het zeker te weten, en deed toen wat de oude man had gezegd: hij sneed naar opzij met de zilveren snede.

Het was maar goed dat Giacomo Paradisi had gewaarschuwd dat hij niet verbaasd moest zijn. Hij hield het mes zorgvuldig vast en legde het op tafel voor hij toegaf aan zijn verbijstering. Lyra was al overeind gesprongen, sprakeloos, omdat midden in de stoffige kleine kamer net zo'n raam zat als dat onder de beukenbomen: een gat in het luchtledige, waardoorheen ze een andere wereld zagen.

Omdat ze hoog in de toren zaten, waren ze hoog boven Noord-Oxford. Boven een kerkhof, om precies te zijn, vanwaar ze over de stad uitkeken. Een eindje voor hen stonden de beukenbomen; verder zagen ze huizen, bomen, straten, en in de verte de torens en spitsen van het centrum.

Als ze het eerste raam niet hadden gezien, zouden ze gedacht hebben dat het een soort optisch bedrog was. Behalve dat het niet alleen met zien te maken had: er kwam lucht door het raam en ze roken uitlaatgassen, die in de wereld van Cittàgazze niet bestonden. Pantalaimon veranderde in een zwaluw en vloog door het venster, genietend van de buitenlucht. Hij hapte een insect op voor hij weer naar Lyra's schouder vloog.

Giacomo Paradisi keek toe met een nieuwsgierige, bedroefde glimlach. Toen zei hij: 'Genoeg over het openmaken. Nu moet je leren om het raam te sluiten.'

Lyra ging achteruit om Will ruimte te geven, en de oude man kwam naast hem staan.

'Hier heb je je vingers voor nodig,' zei hij. 'Het kan met één hand. Zoek de snee zoals je eerst met het mes hebt gezocht. Je vindt hem alleen als je je ziel in je vingertoppen legt. Tast heel voorzichtig, steeds maar weer, tot je de snee hebt gevonden. Dan knijp je hem samen. Dat is alles. Probeer het maar.'

Maar Will stond te beven. Hij kon zijn geest niet meer in de subtiele balans krijgen die nodig was, en hij raakte steeds meer gefrustreerd. Lyra zag wat er aan het gebeuren was.

Ze stond op, pakte zijn rechterarm en zei: 'Luister, Will, ga zitten, dan zal ik je vertellen hoe het moet. Ga gewoon even zitten, want je hand doet pijn, en dan kun je je niet concentreren. Dat is logisch. Als je even wacht, wordt de pijn minder.'

De oude man stak zijn handen omhoog, maar veranderde toen van gedachten. Hij haalde zijn schouders op en ging zitten.

'Wat doe ik verkeerd?' vroeg Will aan Lyra, toen hij weer zat.

Hij was met bloed besmeurd, beefde en keek verwilderd uit zijn ogen. Hij leek op de rand van een zenuwinstorting te verkeren: hij klemde zijn kaken op elkaar, tikte met zijn voeten op de vloer, haalde snel adem.

'Het ligt aan je wond,' zei ze. 'Helemaal niet aan jou. Je doet het goed, maar vanwege je hand kun je je niet concentreren. Ik weet geen gemakkelijke manier om dat te verhelpen, maar misschien moet je niet zo krampachtig proberen de pijn buiten te sluiten...'

'Wat bedoel je?'

'Nou, je probeert twee dingen tegelijkertijd te doen met je geest. Je probeert de pijn te negeren en tegelijkertijd dat raam te sluiten. Ik weet nog dat ik de alethiometer eens heb afgelezen terwijl ik bang was. Misschien was ik er tegen die tijd aan gewend, dat weet ik niet, maar toch was ik de hele tijd dat ik hem aflas bang. Probeer gewoon je geest te ontspannen en te zeggen: ja, het doet pijn, dat weet ik. Probeer niet de pijn buiten te sluiten.'

Zijn ogen gingen even dicht. Zijn ademhaling werd wat rustiger.

'Goed,' zei hij. 'Zo zal ik het proberen.'

En deze keer ging het veel gemakkelijker. Hij tastte naar de snee, vond die binnen een minuut en deed wat Giacomo Paradisi had gezegd: hij kneep de randen samen. Het was zo gemakkelijk als wat. Hij voelde een korte, rustige opwinding, en toen was het raam weg. De andere wereld was gesloten.

De oude man gaf hem een leren schede, verstevigd met hardhoorn en met gespen om het mes op zijn plaats te houden, want de minste zijwaartse beweging van het lemmet zou door het dikste leer zijn gesneden. Will schoof het mes erin en gespte het met zijn onhandige ene hand zo stevig mogelijk vast.

'Dit zou een plechtige gelegenheid moeten zijn,' zei Giacomo Paradisi. 'Als we dagen en weken de tijd hadden, zou ik jullie alles over het listige mes kunnen vertellen, en over het Gilde van de Torre degli Angeli, en de hele ellendige geschiedenis van deze verdorven, onverschillige wereld. Dat de Spoken zijn gekomen, is onze schuld, enkel en alleen onze schuld. Ze zijn gekomen omdat mijn voorgangers – alchimisten, filosofen, geleerden – onderzoek deden naar de wezenlijke aard der dingen. Ze raakten geïnteresseerd in de verbindingen die de kleinste materiedeeltjes bij elkaar houden. Begrijpen jullie wat ik bedoel met een verbinding? Iets wat verbindt?

Nou, dit was een handelsstad. Een stad van kooplieden en bankiers. We dachten dat verbindingen net zoiets waren als verbintenissen, en dat we er alles vanaf wisten. We dachten dat een verbinding, net zoals een verbintenis, verhandelbaar was, iets wat gekocht, verkocht, ingewisseld en omgezet kon worden... Maar we hadden het mis. We hebben de verbindingen losgemaakt, en de Spoken binnengelaten.'

'Waar komen de Spoken vandaan?' vroeg Will. 'Waarom stond het raam onder de bomen, waar we doorheen zijn gekomen, open? Zijn er nog meer ramen in de wereld?'

'Waar de Spoken vandaan komen, is een mysterie. Uit een andere wereld, uit de duisternis van de ruimte, wie weet? Waar het om gaat is dat ze er zijn en ons te gronde hebben gericht. Of er nog andere vensters zijn naar deze wereld? Ja, een paar, omdat een mesdrager soms zorgeloos of vergeetachtig is en de tijd niet neemt om het te sluiten. En het raam waar jullie doorheen zijn gekomen, onder de beukenbomen... Dat heb ik zelf opengelaten, in een moment van onvergeeflijke dwaasheid. Er is een man voor wie ik bang ben, en ik dacht hem door het venster de stad in te lokken, waar hij het slachtoffer zou worden van de Spoken. Maar ik denk dat hij te slim is om voor zo'n truc te vallen. Hij wil het mes hebben. Zorg alsjeblieft dat hij het nooit krijgt.'

Will en Lyra keken elkaar even aan.

'Nou,' zei de oude man ten slotte met een handgebaar, 'alles wat ik kan doen is het mes aan jou doorgeven en je laten zien hoe je het moet gebruiken. Dat heb ik gedaan, en nu moet ik je nog vertellen wat de regels van het Gilde waren, voor het in verval raakte. Ten eerste: maak nooit een opening zonder die weer te sluiten. Ten tweede: laat nooit iemand anders het mes gebruiken. Het is van jou alleen. Ten derde: gebruik het nooit voor een slecht doel. Ten vierde: houd het geheim. Als er nog andere regels zijn, dan ben ik die vergeten, en als ik ze vergeten ben, komt dat doordat ze niet belangrijk zijn. Je hebt het mes. Je bent de drager. Je bent er eigenlijk te jong voor. Maar onze wereld is aan het instorten, en het teken van de drager is onmiskenbaar. Ik weet niet eens hoe je heet. Ga nu. Ik zal binnenkort doodgaan, want ik weet waar ik vergiftige kruiden vandaan moet halen, en ik ben niet van plan op de Spoken te wachten, die zeker komen zodra het mes weg is. Ga.'

'Maar meneer Paradisi...' begon Lyra, maar hij schudde zijn hoofd en ging door: 'Je hebt geen tijd te verliezen. Je bent met een bepaald doel hierheen gekomen. Misschien weet je niet wat dat doel is, maar de engelen die je hier hebben gebracht weten het wel. Ga. Je bent een dappere jongen en je vriendin is slim. En je hebt het mes. Ga.'

'U gaat uzelf toch niet echt vergiftigen?' vroeg Lyra diepbedroefd.

'Kom nou maar,' zei Will.

'En wat bedoelde u met engelen?' ging ze door.

Will trok aan haar arm.

'Kom mee,' zei hij weer. 'We moeten weg. Dank u, meneer Paradisi.'

Hij stak zijn met bloed besmeurde, vuile rechterhand uit, en de oude man schudde die voorzichtig. Hij gaf Lyra ook een hand en knikte naar Pantalaimon, die even zijn hermelijnenkop neigde als antwoord.

Het mes in de leren schede omklemmend ging Will voorop, de brede donkere trappen af en de toren uit. De zon scheen warm op het pleintje, en het was er doodstil. Lyra keek met de grootste omzichtigheid overal om zich heen, maar er was niemand op straat. Ze zou Will niet vertellen wat ze had gezien. Het was beter om hem niet ongerust te maken; ze hadden al meer dan genoeg om ongerust over te zijn. Ze leidde hem weg van de straat waar ze de kinderen had gezien, waar de zwaar beproefde Tullio nog stond, zo stil alsof hij dood was.

'Ik wou...' zei Lyra toen ze bijna het plein af waren, en ze stond stil om nog een keer naar boven te kijken. 'Het is verschrikkelijk om te bedenken... en zijn arme tanden waren allemaal kapot, en hij kon bijna niet uit zijn ene oog kijken... En nu gaat hij gewoon vergif innemen en dan gaat hij dood, en ik wou...'

Ze stond op het punt in tranen uit te barsten.

'Stil maar,' zei Will. 'Hij zal geen pijn hebben. Hij valt gewoon in slaap. Het is beter dan de Spoken, zei hij.'

'O, wat moeten we doen, Will?' zei ze. 'Wat moeten we doen? Jij bent zo zwaargewond, en die arme oude man... Ik haat deze stad, echt waar, ik zou hem het liefst tot de grond laten afbranden. Wat moeten we nu doen?'

'Nou,' zei hij, 'dat is geen probleem. We moeten de alethiometer terug hebben, dus moeten we hem stelen. Dat gaan we doen.'

9
Diefstal

Eerst gingen ze terug naar het café om een beetje bij te komen en schone kleren aan te trekken. Will zat onder het bloed en kon zich natuurlijk nergens zo vertonen, en de tijd dat hij zich schuldig voelde als hij dingen uit winkels meenam, was voorbij. Dus zocht hij een volledig stel nieuwe kleren en schoenen bij elkaar, en Lyra, die beslist wilde helpen en voortdurend rondkeek of ze de andere kinderen zag, droeg ze voor hem naar het café.

Lyra kookte wat water, en Will nam het mee naar de badkamer en kleedde zich uit om zich van top tot teen te wassen. Hij had een aanhoudende doffe pijn in zijn hand, maar het waren tenminste zuivere sneden, en nu hij had gezien wat het mes kon doen, wist hij dat er geen zuiverder sneden bestonden. Maar de stompjes waar zijn vingers hadden gezeten, bleven bloeden. Toen hij ernaar keek werd hij misselijk en zijn hart ging sneller kloppen, waardoor het bloeden nog erger leek te worden. Hij ging op de rand van het bad zitten, deed zijn ogen dicht en haalde een paar keer diep adem.

Na een poosje voelde hij zich rustiger en hij begon zich te wassen. Hij deed het zo goed mogelijk, droogde zich af met steeds bloederigere handdoeken, en trok vervolgens zijn nieuwe kleren aan, heel voorzichtig om er geen bloed op te krijgen.

'Je moet er een schoon verband om doen,' zei hij tegen Lyra. 'Het kan me niet schelen hoe strak je het doet, als het bloeden maar ophoudt.'

Ze scheurde een reep van een laken en wond die zo strak mogelijk om de wond. Hij klemde zijn kaken op elkaar, maar toch kwamen er tranen. Hij veegde ze weg zonder iets te zeggen, en Lyra zei ook niets.

Toen ze klaar was, zei hij: 'Bedankt.' En toen: 'Luister. Ik wil dat je voor mij iets in je rugzak meeneemt, voor het geval we hier niet terug kunnen komen. Alleen maar een paar brieven. Je mag ze lezen als je wilt.'

Hij haalde de groenleren schrijfmap te voorschijn en gaf haar de velletjes luchtpostpapier.

'Ik lees ze alleen als...'

'Ik vind het niet erg. Anders had ik het niet gezegd.'

Ze vouwde de brieven op, en hij ging op bed liggen, duwde de kat opzij en viel in slaap.

Veel later die nacht zaten Will en Lyra ineengedoken in de laan die langs het door bomen beschaduwde struikgewas in de tuin van sir Charles liep. Aan de kant van Cittàgazze lag een grasrijk park dat een klassieke villa omsloot, die wit glansde in het maanlicht. Ze hadden er lang over gedaan om bij het huis van sir Charles te komen. Ze waren voornamelijk in Cittàgazze gebleven, waar ze herhaaldelijk stopten om een venster te snijden en hun positie in Wills wereld te bepalen. Ze sloten het raam zodra ze wisten waar ze waren.

De cyperse kat was niet bij hen, maar ook niet ver uit de buurt. Ze had geslapen sinds ze haar hadden gered van de kinderen die haar met stenen bekogelden. Nu ze weer wakker was verloor ze hen liever niet uit het oog, alsof ze dacht dat ze veilig was zolang ze maar bij hen bleef. Will was daar allesbehalve zeker van, maar zonder de kat had hij al genoeg aan zijn hoofd, en hij negeerde haar. Hij werd steeds vertrouwder met het mes, steeds zekerder in het hanteren. Maar zijn wond deed meer pijn dan eerst, klopte zwaar en onafgebroken, en het schone verband dat Lyra had aangelegd toen hij wakker werd, was al doorweekt.

Hij had niet ver van de witglanzende villa een venster in de lucht gesneden. Daar waren ze doorheen gegaan om in de rustige laan in Headington precies uit te denken hoe ze in de studeerkamer moesten komen waar sir Charles de alethiometer had opgeborgen. Zijn tuin werd verlicht door twee strijklichten, en achter de ramen aan de voorkant van het huis brandde licht, maar niet in de studeerkamer. Die kant werd alleen door de maan beschenen, en het raam van de studeerkamer was donker.

De laan liep tussen bomen naar een andere straat, en was niet verlicht. Een gewone inbreker had gemakkelijk onopgemerkt in het struikgewas en dus in de tuin kunnen komen, ware het niet dat het landgoed van sir Charles helemaal was afgezet met een stevig ijzeren hek, twee keer zo hoog als Will en met lange pieken aan de bovenkant. Maar voor het listige mes vormde het geen obstakel.

'Hou deze spijl vast terwijl ik hem doorsnijd,' fluisterde Will. 'Vang hem op als hij valt.'

Lyra deed wat hij zei, en hij sneed in het geheel vier spijlen uit het hek, genoeg om er moeiteloos door te komen. Lyra legde ze naast elkaar op het gras, en toen waren ze het hek door en slopen ze door het struikgewas.

Toen ze eenmaal vrij zicht hadden op de zijkant van het huis, en aan de overkant van het smetteloze gazon het door klimplanten beschaduwde raam van de studeerkamer zagen, zei Will zacht: 'Ik maak hier een raam naar Ci'gazze en laat het open, en dan ga ik in Ci'gazze naar de plek die volgens mijn berekening vlak bij de studeerkamer ligt, en maak een raam naar deze wereld. Dan haal ik de alethiometer uit die kast, maak het raam daar dicht en kom hier weer naartoe. Jij blijft hier in deze wereld de wacht houden. Zodra je me hoort roepen, kom je door dit raam naar Ci'gazze en dan maak ik het weer dicht. Goed?'

'Ja,' fluisterde ze. 'Pantalaimon en ik gaan allebei op de uitkijk staan.'

Haar dæmon was een kleine bruine uil, bijna onzichtbaar in de gevlekte schaduwen onder de bomen. Zijn grote bleke ogen namen de kleinste beweging in zich op.

Will ging een stapje naar achteren en hield het mes zoekend voor zich uit, de lucht aftastend met heel voorzichtige bewegingen, tot hij na een minuut een plekje vond waar hij kon snijden. Hij deed het snel, opende een raam naar het maanovergoten parklandschap van Ci'gazze en bleef toen staan om te schatten hoeveel stappen hij in deze wereld moest nemen om bij de studeerkamer te komen, en om de richting in zijn geheugen te prenten.

Toen stapte hij zonder iets te zeggen door het venster en verdween.

Lyra ging vlakbij ineengedoken op haar hurken zitten. Pantalaimon zat op een tak boven haar hoofd en keek zwijgend overal om zich heen. Ze hoorde verkeer uit Headington achter zich, de rustige voetstappen van iemand die over de straat aan het eind van de laan liep, en zelfs de gewichtloze beweging van insecten tussen de twijgen en bladeren aan haar voeten.

Een minuut verstreek, en nog een. Waar was Will nu? Ze probeerde door het studeerkamerraam te turen, maar ze zag alleen een donker vierkant met een middenstijl, en afhangende klimplanten erboven. Vanochtend nog was sir Charles op de bank onder het raam gaan zitten, had zijn benen over elkaar geslagen en de plooien van zijn broek geschikt. Waar stond de kast ten opzichte van het raam? Zou Will het huis in komen zonder dat iemand het merkte? Lyra hoorde ook haar hart kloppen.

Pantalaimon liet een zacht gekras horen, en op hetzelfde ogenblik kwam er een ander geluid van de voorkant van het huis, links van Lyra. Ze kon de voorkant niet zien, maar ze zag licht over de bomen scheren en hoorde een laag knerpend geluid: het geluid van banden op grind. Ze had de motor van de auto helemaal niet gehoord.

Ze keek waar Pantalaimon was, en hij zweefde al geluidloos vooruit, zo ver als hij bij haar vandaan kon. Hij keerde om in het donker, vloog snel terug en streek op haar pols neer.

'Sir Charles is terug,' fluisterde hij. 'En hij heeft iemand bij zich.'

Hij steeg weer op en deze keer volgde Lyra hem. Ze liep op haar tenen heel voorzichtig over de zachte grond, gebukt achter de struiken, en ten slotte ging ze op handen en knieën door de bladeren van een laurier zitten kijken.

De Rolls Royce stond voor het huis en de chauffeur liep eromheen om het portier open te doen voor de passagier. Sir Charles stond glimlachend te wachten en bood de vrouw die uitstapte zijn arm aan. Toen Lyra haar zag voelde ze een schok, de ergste schok sinds haar ontsnapping uit Bolvangar, want de gast van sir Charles was haar moeder, mevrouw Coulter.

Will liep voorzichtig over het door de maan beschenen gras in Cittàgazze, terwijl hij zijn stappen telde en zo goed mogelijk onthield waar de studeerkamer was. Hij probeerde de juiste plek te vinden ten opzichte van de witgepleisterde villa met pilaren, die vlakbij stond in een vormelijke tuin met beelden en een fontein. Hij was zich bewust hoe hij opviel in dit maanovergoten parklandschap.

Toen hij dacht dat hij op de goede plek was, stak hij het mes weer uit en tastte voorzichtig de lucht af. Die kleine onzichtbare scheurtjes konden op elke plaats zitten, maar niet overal, want dan zou met iedere snee van het mes een venster opengaan.

Eerst sneed hij een kleine opening, niet groter dan zijn hand, en hij keek erdoorheen. Alleen duisternis aan de andere kant: hij kon niet zien waar hij was. Hij sloot de opening, draaide zich negentig graden om en maakte een andere. Deze keer zag hij stof aan de andere kant, zwaar groen fluweel: de gordijnen van de studeerkamer. Maar waar hingen ze ten opzichte van de kast? Hij moest die opening ook dichtmaken, de andere kant op draaien en het nog eens proberen. De tijd verstreek.

De derde keer had hij meer geluk: hij kon de hele studeerkamer zien in het gedempte licht dat door de openstaande deur naar de hal binnenviel. Daar waren het bureau, de bank, de kast! Hij zag de zijkant van een koperen microscoop flauw glanzen. Er was niemand in de kamer, en in huis was niets te horen. Het kon niet beter.

Hij schatte de afstand zorgvuldig, sloot het raam, ging vier passen vooruit en hield het mes weer omhoog. Als hij het goed had berekend was hij precies op de goede plek om zijn arm door het raam te steken, een stuk glas uit de deur van de kast te snijden, de alethiometer eruit te halen en het raam achter zich te sluiten.

Hij sneed een venster op de juiste hoogte. Het glas van de kastdeur was maar een handbreedte van hem verwijderd. Hij stak zijn hoofd naar voren en keek op alle planken, van boven naar beneden.

De alethiometer was er niet.

Eerst dacht Will dat hij de verkeerde kast te pakken had. Er stonden er vier – hij had ze die ochtend geteld en in zijn geheugen geprent waar ze stonden –, hoge vierkante kasten van donker hout, met glazen voor- en zijkanten en planken die met fluweel waren bekleed, gemaakt om waardevolle voorwerpen van porselein, ivoor of goud uit te stallen. Had hij gewoon voor de verkeerde kast een raam opengemaakt? Maar op de bovenste plank stond dat omvangrijke instrument met de koperen ringen: daar had hij speciaal op gelet. En op de plank in het midden, waar sir Charles de alethiometer had gelegd, was een lege plek. Dit was de goede kast, en de alethiometer was er niet.

Will bleef even staan en haalde diep adem.

Hij zou helemaal door het raam moeten om rond te kijken. Als hij lukraak overal vensters opende was hij de hele nacht bezig. Hij sloot het raam voor de kast en opende een ander om de rest van de kamer te kunnen zien. Toen hij alles goed in zich had opgenomen, sloot hij dat ook en maakte hij achter de bank een groter raam, waardoor hij gemakkelijk en snel zou kunnen ontsnappen als dat nodig was.

Intussen was zijn hand hevig gaan kloppen, en het verband was losgegaan. Hij wikkelde het zo goed mogelijk om de wond en stopte het uiteinde onder het windsel. Toen ging hij door het venster het huis van sir Charles helemaal binnen, hurkte met het mes in zijn rechterhand achter de bank en luisterde ingespannen.

Toen hij niets hoorde kwam hij overeind en keek de kamer rond. De deur naar de hal stond halfopen en er viel genoeg licht naar binnen om bij te zien. De kasten, boekenplanken en schilderijen waren er allemaal, precies zoals vanmorgen.

Hij stapte op het dikke tapijt en keek in alle kasten. De alethiometer was er niet. Hij lag ook niet op het bureau tussen de keurige stapels boeken en papieren, op de schoorsteenmantel tussen de uitnodigingen voor tentoonstellingen en recepties, op de bank met kussens onder het raam, of op het achthoekige tafeltje achter de deur.

Hij liep weer naar het bureau, van plan om de laden te proberen, hoewel hij er weinig van verwachtte. En toen hij dat deed hoorde hij het zachte geknerp van banden op grind. Het was zo zacht dat hij even dacht dat hij het zich verbeeldde, maar hij bleef doodstil staan, ingespannen luisterend. Het hield op.

Toen hoorde hij de voordeur opengaan.

Hij ging meteen weer naar de bank en dook erachter, naast het raam dat toegang gaf tot het door de maan verzilverde gras in Cittàgazze. En hij zat er nog niet of hij hoorde lichte voeten over het gras in die andere wereld rennen, en toen hij door het venster keek zag hij Lyra op zich af komen. Hij kon net op tijd wuiven en een vinger tegen zijn lippen leggen, en ze minderde vaart omdat ze besefte dat hij wist dat sir Charles was thuisgekomen.

'Ik heb hem niet,' fluisterde hij toen ze bij hem was. 'Hij was er niet. Hij heeft hem waarschijnlijk bij zich. Ik ga luisteren en kijken of hij hem teruglegt. Blijf jij hier.'

'Nee! Het is veel erger dan je denkt!' zei ze, bijna echt in paniek. '*Zíj* is bij hem... mevrouw Coulter... mijn moeder... Hoe ze hier komt, weet ik niet, maar als ze me ziet, ben ik er geweest, Will, dan ben ik verloren... En nu weet ik eindelijk wie *híj* is! Ik weet weer waar ik hem vroeger heb gezien! Hij heet lord Boreal, Will! Ik heb hem op de cocktailparty van mevrouw Coulter gezien, toen ik wegliep! En hij moet de hele tijd geweten hebben wie ik was...'

'Sst. Je kunt hier niet blijven als je lawaai maakt.'

Ze vermande zich, slikte stevig en schudde haar hoofd.

'Neem me niet kwalijk. Ik wil bij je blijven,' fluisterde ze. 'Ik wil horen wat ze zeggen.'

'Stil nou...'

Hij hoorde stemmen in de hal. De twee stonden zo dicht bij elkaar dat ze elkaar konden aanraken, hij in zijn wereld, zij in Cittàgazze, en toen Lyra Wills losse verband zag tikte ze op zijn arm en gebaarde dat ze het weer vast wilde maken. Hij stak zijn hand naar haar uit, terwijl hij ineengedoken achter de bank bleef zitten en met zijn hoofd een beetje schuin ingespannen luisterde.

Er ging een licht aan in de kamer. Hij hoorde sir Charles de bediende wegsturen, de studeerkamer binnenkomen en de deur sluiten.

'Kan ik je plezier doen met een glas tokayer?' vroeg hij.

Een zachte, zoetgevooisde vrouwenstem antwoordde: 'Wat aardig van je, Carlo. Ik heb in geen jaren tokayer gedronken.'

'Neem de stoel bij de haard.'

Er klonk zacht geklok van wijn die werd ingeschonken, het getinkel van de karaf op de rand van het glas, en toen ging sir Charles op de bank zitten, een paar centimeter van Will.

'Op je gezondheid, Marisa,' zei hij, van de wijn nippend. 'Vertel me nu eens wat je wilt.'

'Ik wil weten waar je de alethiometer vandaan hebt.'

'Waarom?'

'Omdat Lyra hem had en ik haar wil vinden.'

'Ik kan me niet voorstellen waarom je dat zou willen. Ze is een weerzinwekkend kind.'

'Ik moet je eraan herinneren dat ze mijn dochter is.'

'Dan is ze nog weerzinwekkender, want dan moet ze zich expres tegen jouw charmante invloed verzet hebben. Niemand doet dat per ongeluk.'

'Waar is ze?'

'Dat vertel ik je nog, dat beloof ik. Maar eerst moet je mij iets vertellen.'

'Als ik dat kan,' zei ze op een iets andere toon, die volgens Will een waarschuwing inhield. Haar stem was bedwelmend: kalmerend, zoetgevooisd, welluidend en ook jong. Hij zou graag willen weten hoe ze eruitzag, want Lyra had haar nooit beschreven, en bij deze stem moest een opvallend gezicht horen. 'Wat wil je weten?'

'Wat voert Asriel in zijn schild?'

Er viel een stilte, alsof de vrouw erover nadacht wat ze zou zeggen. Will keek achterom door het raam naar Lyra en zag haar gezicht: beschenen door de maan, met grote angstogen, op haar lippen bijtend om zich stil te houden, en gespannen luisterend, zoals hij.

Eindelijk zei mevrouw Coulter: 'Goed, ik zal het je vertellen. Lord Asriel is een leger aan het opbouwen om de oorlog die eeuwen geleden in de hemel is gevoerd, af te maken.'

'Hoe middeleeuws. Maar hij schijnt een paar uiterst moderne hulpmiddelen te hebben. Wat heeft hij met de magnetische pool uitgevoerd?'

'Hij heeft een manier bedacht om de barrière tussen onze wereld en andere werelden op te blazen. Daardoor is het magnetisch veld van de aarde hevig verstoord en dat moet in deze wereld ook zijn weerslag hebben... Maar hoe weet je er eigenlijk iets van? Carlo, ik geloof dat je mij ook eens op een paar vragen antwoord moet geven. Wat is dit voor een wereld? En hoe heb je me hier gebracht?'

'Dit is een van de miljoenen werelden. Er bestaan doorgangen van de ene wereld naar de andere, maar ze zijn niet gemakkelijk te vinden. Ik ken er een stuk of twaalf, maar de plaatsen waar ze op uitkomen, zijn verschoven en dat komt volgens mij door wat Asriel heeft gedaan. Het schijnt dat we nu rechtstreeks van deze wereld naar de onze kunnen, en waarschijnlijk naar een heleboel andere ook. Vroeger was er één wereld die als een soort kruispunt fungeerde, en alle doorgangen kwamen daarop uit. Je kunt je dus voorstellen hoe verrast ik was je te zien, toen ik vandaag door een opening ging, en hoe fantastisch ik het vond dat ik je rechtstreeks hierheen kon brengen, zonder de riskante reis door Cittàgazze.'

'Cittàgazze? Wat is dat?'

'Het kruispunt. Een wereld waarin ik een persoonlijk belang heb, mijn lieve Marisa. Maar een wereld waar we op het ogenblik niet heen kunnen, omdat het te gevaarlijk is.'

'Waarom is het gevaarlijk?'

'Gevaarlijk voor volwassenen. Kinderen kunnen er ongehinderd heen.'

'Wat? Hier moet ik meer over weten, Carlo,' zei de vrouw, en Will hoorde het heftige ongeduld in haar stem. 'Dit is het wezen van alles, dit verschil tussen kinderen en volwassenen! Daar ligt het hele mysterie van Stof! Daarom moet ik het kind vinden. En de heksen hebben een naam voor haar... ik had hem bijna, van een heks in eigen persoon, ik was er zo dichtbij, maar ze ging te snel dood. Ik moet het kind vinden. Zij heeft op de een of andere manier het antwoord, en dat móet ik hebben...'

'En dat krijg je ook. Dit instrument zal haar bij me brengen... maak je maar niet ongerust. En als ze me eenmaal heeft gegeven wat ik wil hebben, kun jij haar krijgen. Maar vertel eens over je merkwaardige lijfwacht, Marisa. Ik heb nog nooit zulke soldaten gezien. Wie zijn het?'

'Gewoon mannen. Maar... ze hebben intercisie ondergaan. Ze hebben geen dæmonen. Daarom kennen ze geen angst, hebben ze geen verbeeldingskracht en geen vrije wil, en vechten ze tot ze uit elkaar gereten worden.'

'Geen dæmonen... Nou, dat is heel interessant. Ik stel voor een klein experiment uit te voeren, als je een soldaat kunt missen tenminste. Ik zou wel eens willen weten of de Spoken belangstelling voor ze hebben. Zo niet, dan kunnen we misschien toch naar Cittàgazze.'

'Spoken? Wat zijn dat?'

'Dat vertel ik je nog wel, m'n beste. Zij zijn de reden dat volwassenen niet naar die wereld kunnen. Stof... kinderen... Spoken... dæmonen... intercisie... Ja, dat zou best eens kunnen werken. Neem nog een glaasje wijn.'

'Ik wil echt álles weten,' zei ze, terwijl de wijn klokkend werd ingeschonken. 'En daar houd ik je aan. Vertel nu eens: wat voer je uit in deze wereld? Ging je altijd hier naartoe wanneer wij dachten dat je in Brazilië of West-Indië zat?'

'Ik heb de weg hierheen lang geleden ontdekt. Het geheim was te mooi om het te onthullen, zelfs aan jou, Marisa. Ik heb het mezelf heel aangenaam gemaakt, zoals je ziet. Omdat ik thuis deel uitmaakte van de Staatsraad, had ik meteen door waar hier de macht lag.

In feite ben ik spion geworden, hoewel ik mijn opdrachtgevers nooit alles heb verteld wat ik wist. De veiligheidsdiensten in deze wereld zijn jarenlang in beslag genomen door de Sovjet-Unie... wij kennen het als Moskovië. En hoewel de dreiging is afgenomen, zijn er nog steeds afluisterposten en apparaten in die richting afgesteld, en heb ik nog steeds contact met de mensen die de spionnen inzetten.

Kortgeleden hoorde ik dat er een hevige storing in het magnetisch veld van de aarde is opgetreden. De veiligheidsdiensten staan op hun achterste benen. Elke natie die onderzoek doet in fundamentele natuurkunde – wat wij experimentele theologie noemen – zet haar wetenschappers met spoed aan het werk om te ontdekken wat er gaande is. Want ze weten dat er íets aan de hand is. En ze vermoeden dat het te maken heeft met andere werelden.

Daar hebben ze trouwens een paar aanwijzingen voor. Er wordt enig onderzoek gedaan naar Stof. O ja, dat kennen ze hier ook. In deze stad is er zelfs een team mee bezig. En nog iets: tien of twaalf jaar geleden is er in het noorden een man verdwenen, en de veiligheidsdiensten denken dat hij kennis bezat waaraan ze dringend behoefte hebben. Om precies te zijn: de ligging van een bepaalde doorgang tussen de werelden, zo een als waar jij vandaag doorheen bent gekomen. De doorgang die hij heeft gevonden, is de enige waarover ze iets weten: je kunt je voorstellen dat ik hun niet heb verteld wat ik weet. Toen deze nieuwe storing inzette, gingen ze op zoek naar die man.

En zelf ben ik natuurlijk ook nieuwsgierig, Marisa. En ik ben er zeer op gebrand om iets aan mijn kennis toe te voegen.'

Will zat verstijfd achter de bank en zijn hart bonkte zó dat hij bang was dat de volwassenen het zouden horen. Sir Charles had het over zijn vader! De mannen waren dus van de veiligheidsdienst, en ze zochten naar die doorgang!

Maar de hele tijd voelde hij, behalve de stemmen van sir Charles en de vrouw, nog een andere aanwezigheid in de kamer. Er bewoog een schaduw over de grond, tenminste over het stuk dat hij achter het uiteinde van de bank en langs de poten van het achthoekige tafeltje kon zien. Maar sir Charles en de vrouw bewogen geen van beiden. De schaduw sloop snel heen en weer schietend rond, en Will vond het helemaal niet leuk. Het enige licht in de kamer kwam van een staande lamp bij de haard, zodat de schaduw scherp omlijnd was, maar omdat hij steeds bewoog, kon Will niet zien wat het was.

Toen gebeurden er twee dingen. Ten eerste zei sir Charles iets over de alethiometer.

'Zo ben ik bijvoorbeeld heel nieuwsgierig naar dit instrument,' ging hij door met zijn verhaal. 'Als jij me eens vertelde hoe het werkt.'

En hij legde de alethiometer op het achthoekige tafeltje naast de bank. Will zag hem duidelijk; hij kon hem bijna aanraken.

Het tweede wat er gebeurde was dat de schaduw niet meer bewoog. Het schepsel dat er de bron van was zat waarschijnlijk op de rugleuning van mevrouw Coulters stoel, want het licht dat eroverheen viel wierp een duidelijke schaduw op de muur. En zodra de schaduw niet meer bewoog, realiseerde hij zich dat het de dæmon van de vrouw was: een ineengedoken aap, die zoekend zijn kop alle kanten op draaide.

Will hoorde Lyra achter zich naar adem happen toen ze het ook zag. Hij draaide zich om zonder geluid te maken en fluisterde: 'Ga terug naar het andere raam en ga daar zijn tuin in. Zoek een paar stenen en gooi die tegen het raam van de studeerkamer, zodat ze even een andere kant uit kijken, dan kan ik de alethiometer pakken. Ren dan terug naar dat andere raam en wacht daar op me.'

Ze knikte, draaide zich om en holde geluidloos weg over het gras. Will draaide zich weer om.

De vrouw zei: '...de rector van het Jordan-college is een dwaze oude man. Ik heb er geen idee van waarom hij de alethiometer aan haar heeft gegeven. Je moet een paar jaar intensief studeren om iets van dat instrument te begrijpen. En nu moet je mij eens iets vertellen, Carlo. Waar heb je het vandaan? En waar is het kind?'

'Ik zag haar de alethiometer gebruiken in een museum in de stad. Ik herkende haar natuurlijk, want ik had haar destijds op je cocktailparty ontmoet, en ik realiseerde me dat ze een doorgang moest hebben gevonden. En vervolgens realiseerde ik me dat ik het instrument voor mijn eigen doel kon gebruiken. Dus stal ik het toen ik haar een tweede keer tegen het lijf liep.'

'Je bent wel eerlijk.'

'Over zoiets hoef ik niet moeilijk te doen; we zijn allebei volwassen.'

'En waar is ze nu? Wat deed ze toen ze merkte dat hij gestolen was?'

'Ze is me komen opzoeken, en daar was wel enige moed voor nodig, stel ik me zo voor.'

'Aan moed heeft ze geen gebrek. En wat ga je ermee doen? Wat is dat doel van jou?'

'Ik heb haar gezegd dat ze hem terug kan krijgen als ze mij een zeker iets bezorgt, iets waar ik zelf niet aan kan komen.'

'En wat is dat?'

'Ik weet niet of je...'

En op dat moment knalde de eerste steen tegen het raam van de studeerkamer.

Het brak met een bevredigend geluid van vallend glas, en onmiddellijk sprong de aapschaduw van de rugleuning van de stoel, terwijl de volwassenen een kreet slaakten. Er volgde nog een klap en nog een, en Will voelde de bank bewegen toen sir Charles opstond.

Will boog zich naar voren, greep de alethiometer van het tafeltje, duwde hem in zijn zak en sprong weg door het venster. Zodra hij in Cittàgazze op het gras stond, tastte hij in de lucht naar die moeilijk te vinden randen. Hij ontspande zijn geest, haalde langzaam adem, en was zich al die tijd bewust dat op maar een meter afstand verschrikkelijk gevaar school.

Toen hoorde hij gekrijs, niet menselijk, niet dierlijk, maar erger dan een van die twee, en hij wist dat het die walgelijke aap was. Tegen die tijd had hij het grootste deel van het venster gesloten, maar er zat nog een kleine opening ter hoogte van zijn borst... En toen sprong hij achteruit, omdat er een kleine, behaarde, gouden hand met zwarte nagels door de opening kwam, en toen een gezicht: een gezicht uit een nachtmerrie. De tanden van de gouden aap waren ontbloot, zijn ogen schitterden van woede, en hij straalde zo'n geconcentreerde boosaardigheid uit dat die voor Will bijna als een speer aanvoelde.

Nog een seconde, en hij zou door de opening zijn gekomen, en dat zou het einde hebben betekend. Maar Will had het mes nog in zijn hand en hij stak het meteen op en jaapte er links en rechts mee over de apentronie, of liever gezegd: over de plek waar die tronie geweest zou zijn als de aap zich niet net op tijd had teruggetrokken. Daardoor kreeg Will de seconde die hij nodig had om de randen van het raam te grijpen en dicht te drukken. Zijn eigen wereld was verdwenen en hij stond hijgend, trillend en vreselijk geschrokken in z'n eentje in het maanbeschenen parklandschap in Cittàgazze.

Maar nu moest hij Lyra redden. Hij rende terug naar het eerste venster, dat in het struikgewas, en keek erdoorheen. De donkere bladeren van laurier en hulst benamen hem het uitzicht, maar hij stak zijn arm door het raam en duwde ze opzij. Nu zag hij de zijkant van het huis duidelijk, en het gebroken studeerkamerraam stak scherp af in het maanlicht.

Ineens zag hij de aap de hoek van het huis om springen en snel als een kat over het grasveld rennen, en sir Charles en de vrouw kwamen er vlak achteraan. Sir Charles had een revolver in zijn hand. De vrouw zelf was beeldschoon – Will zag dat met een schok –, heel mooi in het maanlicht: haar stralende donkere ogen wijd opengesperd van opwinding, haar tengere gestalte licht en sierlijk. Maar toen ze met haar vingers knipte, stond de aap meteen stil en sprong in haar armen, en hij zag dat de vrouw met het lieve gezicht en de boosaardige aap een en hetzelfde wezen waren.

Maar waar was Lyra?

De volwassenen keken zoekend om zich heen, en toen zette de vrouw de aap op het grasveld, waar hij heen en weer begon te lopen alsof hij een geur wilde oppikken of naar voetsporen zocht. Overal was het stil. Als Lyra al in het struikgewas zat zou ze zich niet kunnen bewegen zonder geluid te maken, en dan verraadde ze zich meteen.

Sir Charles verschoof met een zachte klik iets aan zijn revolver: de veiligheidspal. Hij tuurde de struiken in, leek Will recht aan te kijken, en toen gleed zijn blik verder.

Nu keken beide volwassenen naar links, want de aap had iets gehoord. En als een pijl uit de boog sprong hij naar de plek waar Lyra moest zijn, en even later zou hij haar hebben gevonden...

Op dat moment sprong de cyperse kat sissend uit de struiken en op het grasveld.

De aap hoorde het en draaide zich midden in de lucht om alsof hij verbaasd was, hoewel hij nauwelijks zo verbaasd kon zijn als Will. De aap kwam tegenover de kat op zijn poten neer, en de kat kromde haar rug, stak haar staart omhoog en bleef blazend, uitdagend en spugend zijdelings naar hem toe gekeerd staan.

De aap sprong op haar af. De kat ging op haar achterpoten staan en sloeg links en rechts met razendsnelle, naaldscherpe klauwen, en toen lag Lyra naast Will, door het venster gevallen met Pantalaimon. De kat krijste en de aap krijste ook toen de kattenklauwen over zijn gezicht schraapten. En toen draaide de aap zich om en sprong in de armen van mevrouw Coulter. De kat schoot weg onder de struiken van haar eigen wereld en verdween.

Will en Lyra waren het venster door en Will tastte weer naar de bijna onvoelbare randen in de lucht en kneep ze vlug samen, het venster over de hele lengte sluitend, terwijl door de steeds kleiner wordende opening het geluid van voeten tussen twijgen en brekende takken kwam...

Toen was de opening nog maar zo groot als Wills hand, en toen was zij dicht en was alles stil. Hij viel op zijn knieën op het bedauwde gras en trok de alethiometer uit zijn zak.

'Hier,' zei hij tegen Lyra.

Ze nam hem aan. Met een bevende hand schoof hij het mes weer in de schede. Toen ging hij, trillend over al zijn ledematen, liggen en sloot zijn ogen. Hij voelde hoe de maan hem overspoelde met zilver licht en hoe Lyra met voorzichtige, zachte bewegingen zijn verband loswikkelde en weer vastmaakte.

'O, Will,' zei ze, 'dank je voor wat je hebt gedaan, dank je voor alles...'

'Ik hoop dat alles goed is met de kat,' mompelde hij. 'Ze lijkt op mijn Moxie. Ze is waarschijnlijk naar huis gegaan. Ze is weer in haar eigen wereld. Het zal nu wel in orde zijn.'

'Weet je wat ik dacht? Ik dacht even dat ze je dæmon was. Ze heeft in elk geval gedaan wat een dæmon zou doen. Wij hebben haar gered en zij heeft ons gered. Kom mee, Will, blijf niet op het gras liggen, het is nat. Je moet in een behoorlijk bed, anders vat je kou. We gaan naar dat grote huis daar. Daar zijn vast bedden en eten en zo. Kom mee, dan doe ik een schoon verband om je hand, ik zet koffie, ik maak een omelet of wat je maar wilt, en dan gaan we slapen... Nu we de alethiometer weer hebben zijn we veilig, snap je. Ik doe nu niets anders meer dan je helpen om je vader te vinden, dat beloof ik...'

Ze hielp hem overeind en ze liepen langzaam door de tuin naar het grote huis, dat wit glansde onder de maan.

10
De sjamaan

Lee Scoresby ontscheepte zich in de havenstad bij de monding van de Jenissei, en merkte dat het daar een chaos was. Vissers probeerden hun povere vangsten van onbekende soorten vis te verkopen aan de conservenfabrieken; scheepseigenaars maakten zich kwaad over de havengelden, die door de autoriteiten waren verhoogd in verband met de overstromingen; jagers en pelsjagers liepen doelloos door de stad omdat ze niet konden werken vanwege de snel vallende dooi in het bos en het afwijkende gedrag van de dieren.

Het zou niet meevallen om over de wegen naar het binnenland te gaan, dat was zeker. In normale tijden bestond een weg gewoon uit een vrijgemaakt spoor over bevroren grond, maar nu zelfs de permafrost aan het smelten was, was het wegoppervlak een moeras van omgewoelde modder.

Dus sloeg Lee zijn ballon en gereedschap op, huurde met zijn gestaag minderende goud een boot met een gasmotor, kocht een paar jerrycans brandstof en wat voorraden, en ging op weg over de gezwollen rivier.

In het begin schoot hij niet erg op. Niet alleen stond er een sterke stroom, maar ook was het water bezaaid met allerlei rommel: boomstammen, kreupelhout, verdronken dieren, en een keer het opgezwollen lijk van een man. Hij moest zorgvuldig navigeren en de kleine motor hard laten werken om enigszins vooruit te komen.

Zijn doel was het dorp van Grummans stam. Als gids had hij alleen zijn herinnering aan de vliegtocht die hij een paar jaar tevoren over het land had gemaakt. Maar hij had een goed geheugen en het kostte hem niet veel moeite om tussen de snel stromende rivieren de juiste koers te vinden, ook al waren de oevers soms verdwenen onder het melkachtig bruine overgestroomde water. De insecten waren in beroering gebracht door de temperatuur, en een wolk muggen maakte alle omtrekken wazig. Lee smeerde zijn gezicht in met doornappelcrème en rookte voortdurend scherp ruikende sigaren, die de ergste insecten op afstand hielden.

Hester zat zwijgzaam voorin, haar lange oren plat langs haar magere rug en haar ogen samengeknepen. Hij was gewend aan haar zwijgzaamheid, en zij aan de zijne. Ze spraken alleen als het nodig was.

Op de ochtend van de derde dag koerste Lee met het kleine vaartuig een kreek in die op de hoofdrivier uitkwam. De rivier stroomde omlaag vanuit een lage bergketen die dik onder de sneeuw had moeten liggen, maar waar nu bruine vlekken en strepen te zien waren. Algauw voeren ze tussen lage dennen en sparren door, en na een paar kilometer kwamen ze bij een groot rond rotsblok, dat zo hoog was als een huis, waar Lee bij de oever aanlegde.

'Vroeger was hier een steiger,' zei hij tegen Hester. 'Weet je nog dat die oude zeehondenjager in Nova Zembla dat vertelde? Hij moet nu bijna twee meter onder water liggen.'

'Dan hoop ik maar dat ze zo verstandig zijn geweest om het dorp hogerop te bouwen,' reageerde ze, terwijl ze aan wal sprong.

Niet meer dan een halfuur daarna legde hij zijn rugzak neer bij het houten huis van het dorpshoofd, draaide zich om en begroette de kleine menigte die zich had verzameld. Hij maakte het gebaar dat in het noorden overal vriendschap aanduidt en legde zijn geweer bij zijn voeten.

Een oude Siberische Tataar, wiens ogen bijna helemaal schuilgingen in de rimpels eromheen, legde zijn boog ernaast. Zijn veelvraatdæmon maakte een snelle neusbeweging naar Hester, die als antwoord met een oor flapte, en toen nam het dorpshoofd het woord.

Lee antwoordde, en ze probeerden een stuk of zes talen voor ze er een vonden waarin ze met elkaar konden praten.

'Mijn eerbiedige groeten aan u en uw stam,' zei Lee. 'Ik heb wat rookkruid bij me, wat niet kostbaar genoeg is, maar het zou me een eer zijn als ik het u mocht aanbieden.'

Het dorpshoofd knikte goedkeurend en een van zijn vrouwen nam het pakje in ontvangst dat Lee uit zijn rugzak haalde.

'Ik zoek een man die Grumman heet,' zei Lee. 'Ik heb horen vertellen dat hij door uw stam is geadopteerd. Hij heeft misschien een andere naam aangenomen, maar hij is Europeaan.'

'Ah,' zei het dorpshoofd, 'we hebben op u gewacht.'

De andere dorpsbewoners, die op het modderige plein tussen de huizen bij elkaar stonden in het waterige zonlicht, verstonden niet wat er werd gezegd, maar ze zagen dat het dorpshoofd tevreden was. Tevreden en opgelucht, voelde Lee Hester denken.

Het dorpshoofd knikte een paar keer.

'We hebben u verwacht,' zei hij weer. 'U bent gekomen om dr. Grumman naar de andere wereld te brengen.'

Lee's wenkbrauwen gingen omhoog, maar hij zei alleen: 'Zoals u wilt, meneer. Is hij hier?'

'Volg me,' zei het dorpshoofd.

De dorpsbewoners weken eerbiedig uiteen. Lee tilde Hester op, omdat hij wel begreep dat ze geen zin had om door de smerige modder te lopen, hees zijn rugzak op zijn rug en volgde het dorpshoofd over een bospad naar een hut, die op tien boogschoten afstand van het dorp op een open plek tussen de lariksen stond.

Het dorpshoofd bleef buiten de hut van hout en dierenvellen staan. De optrek was versierd met slagtanden van wilde zwijnen en de geweien van eland en rendier, maar het waren niet gewoon jachttrofeeën, want er waren gedroogde bloemen aan gehangen en zorgvuldig gevlochten dennentwijgjes, alsof het om een ritueel ging.

'U moet hem eerbiedig toespreken,' zei het dorpshoofd zacht. 'Hij is een sjamaan. En zijn hart is ziek.'

Plotseling voelde Lee een rilling langs zijn ruggengraat gaan, en Hester verstijfde in zijn armen, want ze merkten dat ze al die tijd geobserveerd waren. Tussen de gedroogde bloemen en dennentwijgjes door keken felgele ogen naar buiten. Het was een dæmon, en onder Lee's ogen draaide ze haar kop, nam voorzichtig een dennentwijgje in haar machtige snavel en trok het voor de open ruimte als een gordijn.

Het dorpshoofd riep iets in zijn eigen taal en sprak de man aan bij de naam die de oude zeehondenjager hem had verteld: Jopari. Even later ging de deur open.

In de deuropening stond een broodmagere, in vellen en bont geklede man met vlammende ogen. In zijn zwarte haar zaten grijze strepen, zijn stevige kaak stak vooruit en zijn visarenddæmon zat op zijn vuist felle blikken op de bezoekers te werpen.

Het dorpshoofd boog drie keer en trok zich terug, Lee alleen latend met de sjamaan-wetenschapper die hij was komen zoeken.

'Dr. Grumman,' zei hij. 'Ik ben Lee Scoresby. Ik kom uit Texas en ben aëronaut van beroep. Als ik even mag gaan zitten en iets zeggen, dan zal ik u vertellen waarom ik hier ben. Ik heb het toch goed? U bent toch dr. Stanislaus Grumman van de Berlijnse Academie?'

'Ja,' zei de sjamaan. 'En u komt uit Texas, zegt u. De winden hebben u een heel eind van uw vaderland geblazen, meneer Scoresby.'

'Nou, er waaien op het ogenblik vreemde winden door de wereld, meneer.'

'Inderdaad. De zon is lekker warm, geloof ik. In mijn hut staat een bank. Als u me helpt die naar buiten te dragen, dan kunnen we in dit aangename licht zitten en hierbuiten praten. Ik heb koffie, als u die met me wilt drinken.'

'Heel vriendelijk, meneer,' zei Lee, en hij droeg de houten bank alleen naar buiten, terwijl Grumman naar het fornuis ging en de kokendhete drank in twee blikken bekers schonk. In Lee's oren had hij geen Duits accent, maar een Engels, het accent van iemand uit Engeland. De directeur van het observatorium had gelijk gehad.

Toen ze zaten, Hester met samengeknepen ogen en onverstoorbaar naast Lee en de grote visarenddæmon met felle ogen recht in de zon kijkend, stak Lee van wal. Hij begon bij zijn ontmoeting in Trollesund met John Faa, leider van de zigeuzen, en vertelde hoe ze Iorek Byrnison de beer hadden gerekruteerd en naar Bolvangar waren gereisd, waar ze Lyra en de andere kinderen hadden gered. En toen vertelde hij wat hij van Lyra en Serafina Pekkala had gehoord toen ze in de ballon naar Svalbard vlogen.

'Ziet u, dr. Grumman, uit de manier waarop het kleine meisje het beschreef, kreeg ik de indruk dat lord Asriel gewoon met dat in ijs verpakte afgehouwen hoofd naar die geleerden heeft gezwaaid en ze er zo bang mee heeft gemaakt dat ze niet goed keken. Daarom vermoedde ik dat u nog in leven was. En kennelijk hebt u een soort specialistische kennis op dit gebied, meneer. Overal aan de arctische kust heb ik over u gehoord: dat u uw schedel hebt laten doorboren, dat uw studieonderwerpen variëren van opgravingen op de zeebodem tot het observeren van het noorderlicht, dat u tien, twaalf jaar geleden opeens als het ware uit het niets bent opgedoken, en dat is allemaal machtig interessant. Maar het is niet alleen simpele nieuwsgierigheid die me hierheen heeft getrokken, dr. Grumman. Ik maak me zorgen over het kind. Ik denk dat ze belangrijk is, en dat denken de heksen ook. Als u iets over haar weet en over wat er gaande is, dan zou ik dat graag van u horen. Zoals ik al zei: op de een of andere manier ben ik ervan overtuigd dat u er meer van weet, en daarom ben ik hier.

Maar tenzij ik het verkeerd heb begrepen, meneer, heb ik het dorpshoofd horen zeggen dat ik gekomen ben om u naar een andere wereld te brengen. Heb ik het mis of heeft hij dat echt gezegd? En dan nog een vraag, meneer: met welke naam sprak hij u aan? Was dat een soort stamnaam, een tovenaarstitel?'

Grumman glimlachte even en zei: 'De naam die hij gebruikte, is mijn eigen werkelijke naam: John Parry. Ja, u bent gekomen om mij naar de andere wereld te brengen. En wat betreft het doel van uw bezoek: ik denk dat u zult merken dat het dit was.'

En hij deed zijn hand open. In de palm lag iets wat Lee wel zag, maar niet begreep. Hij zag een ring van zilver en turkoois, een navajo-ontwerp, hij zag hem duidelijk en herkende hem als de ring van zijn moeder. Hij kende het gewicht en de gladheid van de steen en de manier waarop de zilversmid het metaal meer naar binnen had gebogen op de hoek waar een scherfje van de steen af was. Hij wist hoe de geschilferde hoek glad was gesleten omdat hij er vele malen met zijn vingers overheen had gestreken, jaren geleden in zijn jeugd, in de alsemvelden van zijn geboorteland.

Hij merkte dat hij was gaan staan. Hester stond trillend rechtop, haar oren overeind. De visarend had zich zonder dat Lee het merkte tussen hem en Grumman opgesteld om haar mens te verdedigen, maar Lee was niet van plan hem aan te vallen. Hij was helemaal ontdaan; hij voelde zich weer kind, en zijn stem klonk gespannen en beverig toen hij vroeg: 'Waar hebt u hem vandaan?'

'Neem hem,' zei Grumman, of Parry. 'Hij heeft zijn werk gedaan. Hij heeft u opgeroepen. Nu heb ik hem niet meer nodig.'

'Maar hoe...' zei Lee, terwijl hij het geliefde voorwerp uit Grummans hand nam. 'Ik begrijp niet hoe u... hebt u... waar hebt u hem vandaan? Ik heb hem veertig jaar niet gezien.'

'Ik ben een sjamaan. Ik kan veel dat u niet begrijpt. Ga zitten, meneer Scoresby. Kalmeer. Ik zal u vertellen wat u moet weten.'

Lee ging weer zitten met de ring in zijn hand, en liet zijn vingers er telkens weer overheen gaan.

'Nou,' zei hij, 'ik ben helemaal van slag, meneer. Ik wil graag horen wat u me kunt vertellen.'

'Goed,' zei Grumman. 'Ik zal beginnen. Ik heet, zoals ik u al heb gezegd, Parry, en ik ben niet in deze wereld geboren. Lord Asriel is zeker niet de eerste die tussen verschillende werelden heen en weer heeft gereisd, hoewel hij wel de eerste is die de weg op zo'n spectaculaire manier heeft geopend. In mijn eigen wereld was ik marineofficier en daarna ontdekkingsreiziger. Twaalf jaar geleden leidde ik een expeditie naar een plek in mijn wereld die overeenkomt met uw Beringland. Mijn kameraden hadden andere plannen, maar ik zocht naar iets waarover ik had gehoord in oude legenden: een scheur in het materiaal van de wereld, een gat dat tussen ons universum en een ander was verschenen. Nou, een paar kameraden raakten verdwaald. Toen we naar ze op zoek waren, liepen twee anderen en ik zonder het te merken door dat gat, die doorgang, en verlieten onze wereld helemaal. In het begin beseften we niet wat er was gebeurd. We liepen door tot we bij een stad kwamen, en toen was het duidelijk: we waren in een andere wereld.

Nou, hoe we het ook probeerden, we konden die eerste doorgang niet terugvinden. We waren er tijdens een sneeuwstorm doorheen gekomen, en u, als oude arctische rot, begrijpt wat dat betekent.

Dus hadden we geen keuze: we moesten in die nieuwe wereld

blijven. En we ontdekten algauw hoe gevaarlijk het daar was. Het scheen dat er een vreemd soort geest of verschijning rondwaarde, iets dodelijks en onverzoenlijks. Mijn twee kameraden stierven spoedig daarna, slachtoffers van de Spoken, zoals ze worden genoemd.

Het resultaat was dat ik hun wereld verschrikkelijk vond en er zo snel mogelijk weg wilde. De weg terug naar mijn eigen wereld was voor altijd afgesloten. Maar er waren doorgangen naar andere werelden, en na even zoeken vond ik de weg naar deze wereld.

Zo ben ik hier terechtgekomen. En zodra ik er was ontdekte ik iets wonderbaarlijks, meneer Scoresby, want de werelden zijn heel verschillend, en in deze wereld zag ik voor het eerst mijn dæmon. Ja, ik leerde Sayan Kötör pas kennen toen ik in uw wereld kwam. De mensen hier kunnen zich niet voorstellen dat er werelden bestaan waar dæmonen een geluidloze stem in de geest zijn, en meer niet. Kunt u zich indenken hoe verbaasd ik op mijn beurt was toen ik ontdekte dat een deel van mijzelf vrouwelijk was, en vogelvormig en mooi?

Dus zwierf ik met Sayan Kötör aan mijn zijde door de noordelijke landen, en ik heb een heleboel geleerd van de arctische volken, zoals mijn goede vrienden in het dorp daar. Wat ze me over deze wereld hebben verteld, vulde wat leemten in de kennis die ik in mijn wereld had opgedaan, en ik begon het antwoord op veel mysteries te zien.

Ik ging naar Berlijn onder de naam Grumman. Ik vertelde niemand waar ik vandaan kwam; dat was mijn geheim. Ik presenteerde een proefschrift aan de Academie en verdedigde het in een discussie, zoals daar gewoonte is. Ik was beter geïnformeerd dan de leden van de Academie en verkreeg het lidmaatschap zonder moeite.

Met mijn nieuwe kwalificaties kon ik aan het werk in deze wereld, waar ik me meestal buitengewoon tevreden heb gevoeld. Natuurlijk miste ik een paar dingen uit mijn eigen wereld. Bent u getrouwd, meneer Scoresby? Nee? Nou, ik was het wel, en ik hield heel veel van mijn vrouw en van mijn zoon, mijn enig kind, een jongetje dat nog geen jaar oud was toen ik uit mijn wereld wegdwaalde. Ik miste ze verschrikkelijk. Maar ik kon duizend jaar zoeken en de weg terug niet vinden. We waren voor altijd gescheiden.

Maar mijn werk nam me erg in beslag. Ik zocht andere vormen van kennis; ik werd ingewijd in de schedelcultus; ik werd sjamaan. En ik heb een paar nuttige ontdekkingen gedaan: zo heb ik bijvoorbeeld een manier gevonden om een zalf te maken van bloedmos, die alle goede eigenschappen van de verse plant bewaart.

Ik weet nu een heleboel over deze wereld, meneer Scoresby. Ik weet bijvoorbeeld iets over Stof. Ik zie aan uw gezicht dat u de term hebt gehoord. Uw theologen zijn er als de dood voor, maar ik ben doodsbang voor hen. Ik weet wat lord Asriel aan het doen is en waarom, en daarom heb ik u hier laten komen. Ik ga hem helpen, begrijpt u, omdat de taak die hij op zich heeft genomen de meest grootse is in de menselijke geschiedenis. De meest grootse in vijfendertigduizend jaar menselijke geschiedenis, meneer Scoresby.

Zelf kan ik niet veel doen. Ik heb een hartziekte die niemand in deze wereld kan genezen. Misschien kan ik me nog één grote inspanning getroosten. Maar ik weet iets wat lord Asriel niet weet, iets wat hij moet weten als hij in zijn poging wil slagen.

Ik was namelijk geïntrigeerd door die spookwereld waar de Spoken zich voedden met menselijk bewustzijn. Ik wilde weten wat het voor wezens waren, hoe ze waren ontstaan. Als sjamaan kan ik dingen ontdekken in de geest, wanneer ik niet lijfelijk ergens heen kan, en zo heb ik die wereld verkend terwijl ik in trance was. Ik heb ontdekt dat de filosofen daar eeuwen geleden een instrument hebben geschapen dat hun eigen ondergang betekende: een instrument dat ze het listige mes noemden. Het had vele eigenschappen, meer dan ze konden raden toen ze het maakten, veel meer dan ze zelfs nu weten... En op de een of andere manier hebben ze, toen ze het gebruikten, de Spoken in hun wereld binnengelaten.

Nou, ik weet alles over het listige mes en zijn eigenschappen. En ik weet waar het is en hoe je degene kunt herkennen die het moet gebruiken, en ik weet wat hij moet doen in naam van lord Asriels doel. Ik hoop dat hij tegen zijn taak opgewassen is. Daarom heb ik u hier laten komen: u moet me naar het noorden vliegen, naar de wereld die lord Asriel geopend heeft, waar ik de drager van het mes denk te vinden.

Het is een gevaarlijke wereld, weet dat wel. Die Spoken zijn erger dan wat ook in uw wereld of de mijne. We zullen voorzichtig en moedig moeten zijn. Ik zal niet terugkeren, en als u uw land terug wilt zien, zult u al uw moed, bekwaamheid en geluk nodig hebben.

Dat is uw taak, meneer Scoresby. Daarom hebt u me opgezocht.'

De sjamaan zweeg. Zijn gezicht was bleek en er lag een fijn waas van zweet over.

'Dit is het waanzinnigste plan dat ik ooit in mijn leven heb gehoord,' zei Lee.

In zijn opwinding kwam hij overeind en begon te ijsberen, terwijl Hester hem vanaf de bank gadesloeg zonder met haar ogen te knipperen. Grummans ogen waren half gesloten; zijn dæmon zat op zijn knie en hield Lee waakzaam in de gaten.

'Wilt u er geld voor hebben?' zei Grumman na enkele ogenblikken. 'Ik kan wel aan goud komen. Dat is niet zo moeilijk.'

'Ik ben hier niet gekomen om goud te krijgen, verdomme,' zei Lee heftig. 'Ik ben hierheen gekomen... ik ben hierheen gekomen om te zien of u nog leefde, zoals ik dacht. Nou, op dat punt is mijn nieuwsgierigheid wel zo'n beetje bevredigd.'

'Ik ben blij het te horen.'

'En er zit nog een andere kant aan de zaak,' voegde Lee eraan toe, en hij vertelde Grumman over het heksenberaad bij het Enarameer, en het besluit dat de heksen hadden genomen. 'Dat kleine meisje Lyra, begrijpt u...' eindigde hij. 'Nou, zij is de reden waarom ik de heksen ben gaan helpen. U zegt dat u me hierheen heeft geroepen met die navajo-ring. Misschien is dat waar, misschien niet. Ik weet alleen dat ik hier ben omdat ik dacht dat ik Lyra daarmee hielp. Ik heb nog nooit zo'n kind gezien. Als ik zelf een dochter had, zou ik al blij zijn als ze half zo sterk en moedig en goed zou zijn. Ik had gehoord dat u iets wist over een voorwerp, wat het was wist ik niet, dat bescherming geeft aan degene die het bezit. En uit wat u vertelt, maak ik op dat dat voorwerp het listige mes moet zijn.

Dus dat is mijn prijs voor het vervoer, dr. Grumman: geen goud, maar het listige mes, en ik wil het niet voor mezelf, ik wil het voor Lyra. U moet zweren dat u haar onder de bescherming van dat voorwerp zult brengen, en dan breng ik u overal heen waar u wilt.'

De sjamaan luisterde aandachtig en zei toen: 'Heel goed, meneer Scoresby, ik zweer het. Vertrouwt u mijn eed?'

'Waar zweert u bij?'

'U zegt het maar.'

Lee dacht even na en zei toen: 'Zweer bij datgene waardoor u de liefde van de heks hebt afgewezen. Dat is het belangrijkste wat u kent, denk ik.'

Grumman keek hevig verbaasd, en zei toen: 'Dat hebt u goed geraden, meneer Scoresby. Daar wil ik met alle plezier bij zweren. Ik geef u mijn woord dat ik ervoor zal zorgen dat het kind Lyra Belacqua onder de bescherming van het listige mes komt. Maar ik waarschuw u: de drager van dat mes heeft zelf een taak te verrichten, en het kan zijn dat ze daardoor in nog groter gevaar komt.'

Lee knikte ernstig. 'Dat kan zijn,' zei hij, 'maar zolang er een kleine kans op veiligheid is, wil ik dat ze die heeft.'

'Ik geef u mijn woord. En nu moet ik naar de nieuwe wereld, en u moet me daarheen brengen.'

'En de wind? U bent toch niet zo ziek geweest dat u niet hebt gezien wat voor weer het is?'

'Laat de wind maar aan mij over.'

Lee knikte. Hij ging weer op de bank zitten en liet almaar zijn vingers over de ring met de turkoois glijden, terwijl Grumman een paar dingen die hij nodig had in een rugzak van hertenvel stopte. Toen ging het tweetal over het bospad terug naar het dorp.

Het dorpshoofd hield een lange toespraak. Er kwamen steeds meer dorpsbewoners te voorschijn, die Grummans hand even aanraakten, een paar woorden mompelden en op hun beurt een zegening ontvingen. Intussen keek Lee naar het weer. In het zuiden was de hemel onbewolkt, en een fris geurend briesje kwam net de twijgen op en neer bewegen en de toppen van dennen in beroering brengen. In het noorden hing de mist nog over de gezwollen rivier, maar voor het eerst in dagen leek het of hij zou optrekken.

Bij de ronde rots, waar de steiger was geweest, legde hij Grummans rugzak in de boot en deed brandstof bij de kleine motor, die meteen aansloeg. Hij duwde de boot van de kant, en met de sjamaan voorin vloog die met de stroom mee, schoot onder de bomen door en scheerde met zo'n snelheid de hoofdrivier op dat Lee bang was voor Hester, die onder het boord ineengedoken zat; maar ze was een ervaren reiziger, dat had hij moeten weten; waarom was hij toch zo verdomd nerveus?

Toen ze bij de havenstad aan de riviermonding waren, ontdekten ze dat alle hotels, pensions en privé-kamers door soldaten waren gevorderd. En niet de eerste de beste soldaten: dit waren troepen van de Keizerlijke Garde van Moskovië, het hardst getrainde en meest overdadig toegeruste leger op de wereld, en bovendien een leger dat tot taak had de macht van het Magisterium te ondersteunen.

Lee was van plan geweest een nacht over te blijven omdat Grumman eruitzag of hij wel wat rust kon gebruiken, maar er was geen kans op een kamer.

'Wat is er aan de hand?' vroeg hij de botenverhuurder, toen hij de boot terugbracht.

'Dat weten we niet. Het regiment is gisteren aangekomen en heeft alle slaapplaatsen, alles wat er aan voedsel is, en alle schepen in de stad gevorderd. Als u deze boot niet had gehuurd, hadden ze die nu ook gehad.'

'Weet u waar ze heen gaan?'

'Naar het noorden,' zei de botenverhuurder. 'Iedereen zegt dat daar oorlog komt, de grootste oorlog die er ooit geweest is.'

'Naar het noorden, naar die nieuwe wereld?'

'Klopt. En er komen nog meer troepen... Dit is pas de pioniersgarde. Binnen een week is er geen brood of liter drank meer te vinden. Ik heb geboft dat u deze boot hebt gehuurd, de prijs is al verdubbeld...'

Het had nu geen zin meer om rust te nemen, zelfs als ze een slaapplaats hadden kunnen vinden. Hevig ongerust over zijn ballon ging Lee meteen naar het pakhuis waar hij hem had opgeslagen, en Grumman ging mee. De man hield dapper vol. Hij zag er ziek uit, maar hij was taai.

De eigenaar van het pakhuis, die bezig was een paar reservemotoronderdelen uit te tellen voor een vorderingssergeant, keek even op van zijn lijst.

'Ballon... pech gehad... gisteren gevorderd,' zei hij. 'U begrijpt het wel. Ik heb geen keus.'

Hester flapte met haar oren, en Lee begreep wat ze bedoelde.

'Hebt u de ballon al afgeleverd?' vroeg hij.

'Ze komen hem vanmiddag halen.'

'Nee, dat doen ze niet,' zei Lee, 'want ik heb meer autoriteit dan de Garde.'

En hij liet de eigenaar van het pakhuis de ring zien, die hij op Nova Zembla van de vinger van de dode Skraeling had getrokken. De sergeant, die naast hem bij de toonbank stond, sprong in de houding en salueerde zodra hij het teken van de Kerk zag. Maar hoe gedisciplineerd hij ook was, hij kon niet verhinderen dat er een trek van verbazing over zijn gezicht gleed.

'Dus wil ik de ballon onmiddellijk hebben,' zei Lee, 'en laat een paar mannen komen om hem te vullen. En ik bedoel ogenblikkelijk. En daar is voedsel, water en ballast bij inbegrepen.'

De pakhuiseigenaar keek naar de sergeant, die zijn schouders ophaalde, en snelde toen weg om voor de ballon te zorgen. Lee en Grumman gingen naar de kade, waar de gashouders stonden, om toezicht te houden op het vullen en rustig te kunnen praten.

'Waar hebt u die ring vandaan?' vroeg Grumman.

'Van de vinger van een dode. Beetje riskant om hem te gebruiken, maar ik zag geen andere manier om mijn ballon terug te krijgen. Denkt u dat de sergeant iets vermoedde?'

'Natuurlijk deed hij dat. Maar hij is gedisciplineerd. Hij zal zich niet tegen de kerk verzetten. Als hij het al rapporteert, zijn wij onderweg tegen de tijd dat ze iets kunnen doen. Nou, ik heb u wind beloofd, meneer Scoresby. Ik hoop dat hij u bevalt.'

Boven hen was de hemel nu blauw, en de zon scheen helder. In het noorden hingen de mistbanken nog als een bergketen boven zee, maar de wind dreef ze steeds verder terug, en Lee popelde om de lucht in te gaan.

Terwijl de ballon zich vulde en begon op te zwellen tot boven de dakrand van het pakhuis, controleerde Lee de mand en stuwde hij al zijn gereedschap extra zorgvuldig. Wie wist op welke storingen ze in de andere wereld zouden stuiten? Zijn instrumenten bevestigde hij ook heel degelijk aan het frame, zelfs het kompas, waarvan de naald nutteloos over de wijzerplaat ronddraaide. Ten slotte maakte hij rondom een twintigtal zakken zand aan de mand vast om als ballast te dienen.

Toen de gasballon vol was en naar het noorden overhelde in de beukende bries, en het hele toestel aan de dikke kabels rukte die het verankerd hielden, betaalde Lee de pakhuiseigenaar met zijn laatste goud en hielp Grumman in de mand. Toen draaide hij zich om naar de mannen bij de touwen en gaf ze bevel los te laten.

Maar voor ze dat konden doen, kwam er iets tussen. Uit de steeg aan de zijkant van het pakhuis klonk het rumoer van stampende laarzen in galop, en een bevelende kreet: 'Halt!'

De mannen bij de touwen aarzelden. Een paar keken die kant uit, een paar naar Lee, en die riep scherp: 'Loslaten! Laten gaan!'

Twee van de mannen gehoorzaamden, en de ballon schoot omhoog, maar de andere twee waren gebiologeerd door de soldaten, die de hoek van het pakhuis om kwamen rennen. Die twee hielden hun touwen nog vast om de bolders gewonden, en de ballon helde akelig over naar één kant. Lee greep de steunbeugel; Grumman hield hem ook al vast, en zijn dæmon had haar klauwen er stevig omheen geklemd.

'Laat los, idioten die jullie zijn!' schreeuwde Lee. 'Hij gaat omhoog!'

Want de drijfkracht van de gasballon was te groot, en de mannen konden hem niet tegenhouden, hoe ze ook trokken. Een van de twee liet het touw gaan en het zwiepte los van de bolder. Maar de andere man, die zijn touw omhoog voelde gaan, bleef instinctief vasthouden in plaats van los te laten. Lee had het al eens zien gebeuren en vond het vreselijk. De dæmon van de arme man, een gedrongen eskimohond, stond op de kade van angst en pijn te brullen toen de ballon omhoog schoot, en vijf eindeloze seconden later was het gebeurd. De man hield het niet meer en viel, halfdood, met een klap in het water.

Maar de soldaten hadden hun geweren al in de aanslag. Een regen van kogels floot langs de mand, en eentje ketste vonkend tegen de steunbeugel, zodat Lee's handen prikten van de klap, maar geen van de kogels trof doel. Tegen de tijd dat ze voor de tweede keer vuurden, was de ballon bijna buiten bereik, schoot hij de blauwe hemel in en racete weg over zee. En Lee voelde zich gelukkig worden. Hij had tegen Serafina Pekkala eens gezegd dat vliegen hem niets deed, dat het gewoon een baan was, maar dat was niet waar. Snel opstijgen, met een gunstige wind in de rug en een nieuwe wereld in het verschiet: wat kon je in dit leven beter hebben?

Hij liet de steunbeugel los en zag dat Hester in haar gebruikelijke hoekje gedoken lag met half gesloten ogen. Van ver onder hen en een heel eind terug kwam nog een vruchteloos salvo geweervuur. De stad werd snel kleiner, en de brede riviermond beneden hen blikkerde in het zonlicht.

'Nou, dr. Grumman,' zei hij, 'ik weet niet hoe u erover denkt, maar in de lucht voel ik me beter. Maar ik wou wel dat die arme kerel het touw had losgelaten. Het is zo verdomd gemakkelijk, en als je niet meteen loslaat, red je het niet.'

'Dank u, meneer Scoresby,' zei de sjamaan. 'Dat hebt u heel goed gedaan. Nu gaan we rustig vliegen. Als u me die bontdeken even kunt aangeven, dan zou ik dat heel prettig vinden; het is nog koud in de lucht.'

11
De uitzichttoren

In de grote witte villa sliep Will onrustig, geplaagd door dromen vol angsten, maar ook vol heerlijke dingen, zodat hij zijn best deed om wakker te worden en toch ook weer naar slaap verlangde. Toen hij zijn ogen helemaal open had voelde hij zich zo suf dat hij zich nauwelijks kon bewegen, en toen hij ging zitten merkte hij dat het verband los was gegaan en dat zijn bed doorweekt was van het bloed.

Hij kwam moeizaam zijn bed uit en liep door het zware, stoffige zonlicht en de stilte van het grote huis naar de keuken, beneden. Lyra en hij hadden in de bediendekamers op zolder geslapen, omdat ze zich niet thuis voelden in de grote hemelbedden in de prachtige kamers op de lagere verdieping, en het duurde lang voor hij op zijn wankele benen beneden was.

'Will...' zei Lyra meteen bezorgd, toen ze zich van het fornuis af draaide om hem naar een stoel te helpen.

Hij voelde zich duizelig. Hij zou wel een heleboel bloed verloren hebben; dat was trouwens wel zeker: hij was helemaal besmeurd met het bewijs. En de wond bloedde nog steeds.

'Ik ging net koffie maken,' zei ze. 'Wil je die eerst, of zal ik een schoon verband om je hand doen? Wat je maar wilt. En er zijn eieren in de koude kast, maar ik kan geen witte bonen in tomatensaus vinden.'

'Die vind je niet in een huis als dit. Doe eerst het verband. Komt er warm water uit de kraan? Ik wil me wassen. Ik vind het vreselijk om er zo uit te zien...'

Ze liet warm water in de gootsteen lopen en hij kleedde zich uit tot hij alleen zijn onderbroek nog aanhad. Hij voelde zich te slap en te duizelig om verlegen te zijn, maar Lyra werd verlegen en liep de keuken uit. Hij waste zich zo goed mogelijk en droogde zich af met de theedoeken die bij het fornuis aan een lijn hingen.

Toen Lyra terugkwam had ze kleren voor hem bij zich: een overhemd, een katoenen broek en een riem. Hij trok ze aan, en ze scheurde een schone theedoek in repen en verbond zijn hand weer stevig. Ze maakte zich ernstig zorgen: de wond bloedde nog steeds, en nu was de rest van de hand opgezwollen en rood. Maar hij zei er niets over en zij ook niet.

Toen maakte ze koffie en roosterde wat oud brood, en dat namen ze mee naar de prachtige kamer aan de voorkant van het huis, die over de stad uitkeek. Toen hij had gegeten en gedronken voelde hij zich een beetje beter.

'Je moet maar aan de alethiometer vragen wat we nu moeten doen,' zei hij. 'Heb je hem al iets gevraagd?'

'Nee,' zei ze. 'Van nu af aan doe ik alleen wat jij zegt. Ik heb er gisteravond even over gedacht, maar ik heb het niet gedaan. En ik ga het ook niet doen, tenzij jij het vraagt.'

'Nou, doe het dan nu maar,' zei hij. 'Het is in deze wereld nu even gevaarlijk als in de mijne. Om te beginnen Angelica's broer. En als...'

Hij onderbrak zijn zin omdat ze iets begon te zeggen, maar ze zweeg zodra hij dat deed. Toen vermande ze zich en ging door: 'Will, er is gisteren iets gebeurd wat ik je niet heb verteld. Dat had ik moeten doen, maar er gebeurden zo veel andere dingen. Het spijt me...'

En ze vertelde hem alles wat ze door het raam van de toren had gezien en gehoord, terwijl Giacomo Paradisi zijn wond verzorgde: Tullio die door de Spoken werd aangevallen, Angelica die haar bij het raam had gezien en haar vol haat had aangekeken, en ten slotte de bedreiging van Paolo.

'En weet je nog de eerste keer dat we met haar praatten?' ging ze door. 'Haar broertje zei iets over wat ze allemaal deden. Hij zei: "Hij gaat..." en ze wilde hem niet laten uitspreken en gaf hem een klap, weet je nog? Ik wed dat hij wilde zeggen dat Tullio achter het mes aan zat, en daarom zijn alle kinderen hier naartoe gekomen. Want als ze het mes hadden, zouden ze alles kunnen, dan zouden ze zelfs groot kunnen worden zonder bang te zijn voor de Spoken.'

'Hoe zag het eruit, toen hij werd aangevallen?' vroeg Will. Tot haar verbazing was hij naar voren gaan zitten, met een eisende, dwingende blik in zijn ogen.

'Hij...' Ze probeerde het zich precies voor de geest te halen. 'Hij begon de stenen in de muur te tellen. Hij betastte ze allemaal zo'n beetje... Maar hij kon het niet volhouden. Uiteindelijk verloor hij om zo te zeggen zijn belangstelling en hield ermee op. Toen bewoog hij gewoon niet meer,' eindigde ze, en toen ze de uitdrukking op Wills gezicht zag, vroeg ze: 'Hoezo?'

'Omdat... ik denk dat ze misschien toch uit mijn wereld komen, de Spoken. Als ze maken dat mensen zich zo gedragen, dan zou het me niet verbazen als ze uit mijn wereld kwamen. En toen de mannen van het Gilde hun eerste raam openmaakten... als dat naar mijn wereld was, dan kan het best zijn dat de Spoken toen binnen zijn gekomen.'

'Maar in jouw wereld hebben ze geen Spoken! Je hebt toch nooit over ze gehoord?'

'Misschien worden ze geen Spoken genoemd. Misschien noemen we ze anders.'

Lyra begreep niet wat hij bedoelde, maar ze wilde niet aandringen. Hij had rode wangen en zijn ogen schitterden koortsachtig.

'Hoe dan ook,' ging ze door, zich afwendend, 'waar het om gaat is dat Angelica me in het raam heeft gezien. En nu ze weet dat wij het mes hebben, zal ze het aan iedereen doorvertellen. Ze zal denken dat het onze schuld is dat haar broer door de Spoken is aangevallen. Het spijt me, Will. Ik had het eerder moeten vertellen. Maar er gebeurde gewoon zo veel...'

'Nou, ik denk niet dat het iets uitgemaakt zou hebben,' zei hij. 'Hij was de oude man aan het mishandelen, en als hij eenmaal had losgekregen hoe hij het mes moest gebruiken, had hij ons allebei gedood, als hij kon. We moesten ons wel tegen hem verweren.'

'Ik vind het gewoon akelig, Will. Hij was toch haar broer, bedoel ik. En als we die kinderen waren, zouden we het mes vast ook willen hebben.'

'Ja,' zei hij, 'maar we kunnen niet veranderen wat er gebeurd is. We moesten het mes hebben om de alethiometer terug te krijgen, en als we het zonder vechten te pakken hadden kunnen krijgen, hadden we dat gedaan.'

'Ja, dat is waar,' zei ze.

Net als Iorek Byrnison was Will een echte vechter, dus was ze bereid hem gelijk te geven wanneer hij zei dat het beter was om niet te vechten: ze wist dat het geen lafheid was, maar een kwestie van strategie. Hij was een beetje gekalmeerd maar zijn wangen waren bleek. Hij keek nadenkend voor zich uit.

Toen zei hij: 'Het is nu waarschijnlijk belangrijker om over sir Charles na te denken en wat hij gaat doen, of over mevrouw Coulter. Die speciale lijfwacht van haar, die soldaten bij wie de dæmonen zijn weggesneden... Misschien heeft sir Charles gelijk, en hoeven ze zich niets van de Spoken aan te trekken. Weet je wat ik denk? Ik denk dat de Spoken de dæmonen van de mensen opeten.'

'Maar kinderen hebben ook dæmonen. En kinderen vallen ze niet aan. Dat kan het niet zijn.'

'Dan moet het zitten in het verschil tussen dæmonen van kinderen en dæmonen van grote mensen,' zei Will. 'Ze zíjn toch verschillend? Je hebt me verteld dat dæmonen van grote mensen niet van gedaante veranderen. Daar moet het iets mee te maken hebben. Als die soldaten van haar helemaal geen dæmonen hebben, krijg je misschien hetzelfde effect...'

'Ja!' zei ze. 'Dat zou kunnen. En zíj zou trouwens toch nooit bang zijn voor Spoken. Ze is nergens bang voor. En ze is zo uitgekookt, Will, echt, en zo meedogenloos en wreed dat ze over ze zou kunnen bazen, dat wed ik. Ze zou ze kunnen commanderen zoals ze mensen commandeert, en ik wed dat ze haar zouden moeten gehoorzamen. Lord Boreal is sterk en slim, maar ze laat hem binnen de kortste keren naar haar pijpen dansen. O Will, ik word weer bang als ik eraan denk wat ze allemaal zou kunnen doen... Ik ga de alethiometer om raad vragen, zoals je al zei. Gelukkig dat we die tenminste terug hebben.'

Ze maakte de fluwelen bundel open en streek liefdevol over het zware goud.

'Ik ga naar je vader vragen,' zei ze, 'en hoe we hem kunnen vinden. Kijk, ik zet de wijzers op...'

'Nee. Vraag eerst naar mijn moeder. Ik wil weten of alles goed is met haar.'

Lyra knikte en draaide de wijzers. Toen legde ze de alethiometer op haar schoot, stopte haar haren achter haar oren, keek omlaag en concentreerde zich. Will zag de lichte naald doelbewust rond de wijzerplaat zwaaien, vooruitschietend en stoppend en weer vooruitschietend als een zwaluw die voer zoekt, en hij keek naar Lyra's ogen, die zo blauw en fel en vol helder begrip waren.

Ze knipperde met haar ogen en keek op.

'Ze is nog veilig,' zei ze. 'De vriendin die voor haar zorgt is zo aardig. Niemand weet waar je moeder is en de vriendin verraadt haar niet.'

Will had zich niet gerealiseerd hoe bezorgd hij was geweest. Toen hij dit goede nieuws hoorde voelde hij zich ontspannen, en terwijl er een beetje spanning uit zijn lichaam verdween, voelde hij de pijn van zijn wond scherper.

'Dank je,' zei hij. 'Goed, vraag nu naar mijn vader...'

Maar voor ze kon beginnen, hoorden ze buiten geschreeuw.

Ze keken meteen uit het raam. In het laagste deel van het park, tegenover de eerste huizen van de stad, stond een rij bomen, en daar bewoog iets. Pantalaimon werd op slag een lynx en sloop naar de open deur, fel naar beneden starend.

'Het zijn de kinderen,' zei hij.

Ze gingen allebei staan. De kinderen kwamen één voor één uit de bomen, misschien wel veertig of vijftig. Een heleboel hadden een stok in hun hand. De jongen in het gestreepte T-shirt was de aanvoerder en hij had geen stok in zijn hand, maar een revolver.

'Daar is Angelica,' fluisterde Lyra, naar haar wijzend.

Angelica stond naast de aanvoerder en trok aan zijn arm, dat hij moest opschieten. Vlak achter hen stond haar broertje Paolo te krijsen van opwinding, en de andere kinderen schreeuwden ook en schudden hun vuist in de lucht. Er waren er twee die zware geweren meesleepten. Will had wel eens zo'n kinderbende gezien, maar nooit zo veel tegelijk, en de kinderen in zijn stad droegen geen revolvers.

Ze waren aan het schreeuwen en Will hoorde Angelica's stem boven iedereen uit komen: 'Jullie hebben mijn broer vermoord en het mes gestolen! Moordenaars die jullie zijn! Het is jullie schuld dat de Spoken hem te pakken hebben gekregen! Jullie hebben hem vermoord en wij zullen jullie vermoorden! Jullie ontsnappen niet! We gaan jullie vermoorden, net zoals jullie hem hebben vermoord!'

'Will, je zou een raam kunnen snijden!' zei Lyra dringend, terwijl ze zijn gezonde arm omklemde. 'We zouden gemakkelijk weg kunnen komen...'

'Ja, en waar zouden we dan zijn? In Oxford, een paar meter van het huis van sir Charles, midden overdag. Waarschijnlijk in de hoofdstraat voor de wielen van een bus. Ik kan niet zomaar een raam snijden en verwachten dat het aan de andere kant veilig is... Ik moet eerst kijken waar we zijn, en dat zou te lang duren. Achter dit huis is een woud of een bos of zoiets. Als we daar in een boom klimmen zijn we veiliger.'

Lyra keek woedend uit het raam. 'Ik had haar gisteren moeten doodmaken,' zei ze. 'Ze is net zo slecht als haar broer. Ik zou...'

'Hou op met praten en kom mee,' zei Will.

Hij controleerde of het mes goed aan zijn riem zat, en Lyra deed haar rugzakje met de alethiometer en de brieven van Wills vader om haar schouders. Ze renden de blinkende hal, de gang, de keuken en de bijkeuken door, en stonden op een beklinkerde binnenplaats daarachter. Een poort in de muur gaf toegang tot een moestuin, waar groente- en kruidenbedden lagen te bakken in de ochtendzon.

De bosrand was een paar honderd meter ver, boven aan een grasheuvel die helemaal geen dekking bood. Op een heuveltje links van hen, dichterbij dan de bomen, stond een klein gebouw, een rond tempelachtig bouwwerk met pilaren helemaal rondom en een open bovenverdieping, meer een balkon, om uitzicht op de stad te hebben.

'Rennen,' zei Will, hoewel hij liever met zijn ogen dicht was gaan liggen.

Terwijl Pantalaimon boven hen vloog om de wacht te houden, gingen ze het gras op. Maar het zat vol pollen en stond kniehoog, en toen Will een paar stappen had gehold voelde hij zich te duizelig om daarmee door te gaan. Hij ging langzamer lopen.

Lyra keek achterom. De kinderen hadden hen nog niet gezien; ze waren nog aan de voorkant van het huis; misschien zou het even duren voor ze alle kamers doorzocht hadden...

Maar Pantalaimon tsjirpte geschrokken. Op de eerste verdieping van de villa stond een jongen in het open raam naar hen te wijzen. Ze hoorden geroep.

'Vooruit, Will,' zei Lyra.

Ze trok hem mee aan zijn goede arm, hielp hem, tilde hem half op. Hij probeerde mee te werken, maar had de kracht niet. Hij kon alleen gewoon lopen.

'Goed,' zei hij, 'het bos halen we niet. Te ver weg. Dus gaan we naar dat tempelgebouw. Als we de deur dichtdoen kunnen we ze misschien buiten houden tot ik een raam heb gesneden... dat moet dan maar...'

Pantalaimon vloog vooruit en Lyra begon te hijgen en riep met verstikte stem naar hem, zodat hij even op de plaats rust hield. Will zag bijna de band tussen die twee: de dæmon trok en het meisje reageerde. Hij liep struikelend door het dichte gras, terwijl Lyra vooruitholde om te kijken, terugkwam om te helpen en dan weer vooruitholde, tot ze bij het stenen plaveisel rond de tempel waren.

De deur onder de kleine luifel was open en ze renden naar binnen, waar ze een kale, ronde ruimte aantroffen met een aantal godinnenbeelden in nissen in de muur. Precies in het midden stond een smeedijzeren wenteltrap die door een opening naar de verdieping erboven voerde. Er was geen sleutel om de deur op slot te doen, dus stommelden ze de trap op en stapten op de plankenvloer van een bovenverdieping die eigenlijk een uitzichtpunt was, waar mensen een luchtje konden scheppen en konden uitkijken over de stad. Want er waren geen ramen of muren, maar alleen een reeks open bogen helemaal in het rond, waarop het dak rustte. In elke boog zat ter hoogte van het middel een vensterbank die breed genoeg was om op te leunen, en onder hen liep het pannendak met een flauwe helling omlaag naar de goot.

Toen ze uitkeken zagen ze achter zich het bos, verleidelijk dichtbij, onder hen de villa met daarachter het park en vervolgens de roodbruine daken van de stad, waar links de toren oprees. Boven de grauwe kantelen zwenkten zwarte kraaien, en Will voelde zich even misselijk worden toen hij besefte wat ze daarheen had getrokken.

Maar er was geen tijd om van het uitzicht te genieten. Eerst moesten ze afrekenen met de kinderen, die schreeuwend van woede en opwinding op de tempel af kwamen rennen. De aanvoerder minderde vaart, hield zijn revolver omhoog en vuurde lukraak twee of drie schoten af op de tempel. Toen stormden ze verder, terwijl ze gilden: 'Dieven!'

'Moordenaars!'

'We gaan jullie vermoorden!'

'Jullie hebben ons mes!'

'Jullie komen hier niet levend vandaan!'

'Jullie gaan dood!'

Will besteedde er geen aandacht aan. Hij had zijn mes al gepakt en sneed snel een klein raam om te zien waar ze waren, maar hij deed geschrokken een stap achteruit. Lyra keek ook en trok teleurgesteld haar hoofd terug. Ze zaten bijna twintig meter in de lucht, hoog boven een hoofdweg vol verkeer.

'Natuurlijk,' zei Will verbitterd, 'we zijn een heuvel op gelopen... Nou, we zitten vast. We moeten proberen ze tegen te houden, er zit niets anders op.'

Een paar seconden later drongen de eerste kinderen door de deur. Hun geroep weerkaatste in de tempel en dat maakte hen nog woester. Toen klonk er een knallend geweerschot, en nog een, en het geschreeuw kreeg een andere klank, en toen begon de trap te schudden onder de voeten van de eerste kinderen.

Lyra zat verlamd in elkaar gedoken tegen de muur, maar Will had het mes nog in zijn hand. Hij liep snel naar de opening in de vloer en sneed door het ijzer van de bovenste tree alsof die van papier was. Omdat de trap niet meer verankerd was, begon hij door te buigen onder het gewicht van de kinderen. Toen zwaaide hij om en viel met een reusachtige dreun neer. Meer geschreeuw, meer verwarring; en weer ging het geweer af, maar deze keer schijnbaar per ongeluk, want er was iemand getroffen en nu werd er geschreeuwd van pijn. Toen Will naar beneden keek zag hij een kluwen stuiptrekkende lijven vol kalk en stof en bloed.

Het waren geen op zichzelf staande kinderen meer: ze vormden een massa, zoals opkomend water. Ze golfden onder hem en sprongen op in razernij, grijpend, dreigend, gillend, spugend, maar ze konden hem niet bereiken.

Toen riep er iemand. Ze keken naar de deur, en degenen die nog op de been waren dromden naar buiten. Een paar kinderen die onder de ijzeren trap bekneld zaten of half verdoofd probeerden overeind te komen van de met puin bezaaide vloer, bleven achter.

Will merkte algauw waarom ze naar buiten waren gevlogen. Er klonk gekrabbel op het dak, en toen hij naar de vensterbank onder een boog rende, zag hij het eerste paar handen dat de rand van het pannendak omklemde en toen een hoofd. Iemand duwde van achteren, en er verschenen nog een hoofd en nog een paar handen: kinderen klauterden naar boven over de schouders en ruggen van de kameraadjes die beneden stonden, en zwermden het dak op als mieren.

Maar het viel niet mee om over de rijen dakpannen te lopen, en de eersten kropen op handen en knieën naar boven, hun verwilderde blikken strak op Will gericht. Lyra was bij hem komen staan, en Pantalaimon, die met zijn klauwen op de vensterbank stond te grommen als een luipaard, maakte de eerste kinderen een beetje angstig. Maar ze bleven komen, steeds meer.

Iemand schreeuwde: 'Maak ze dood! Maak ze dood! Maak ze dood!', en de anderen vielen in, steeds luider, en de kinderen op het dak begonnen ritmisch op de dakpannen te stampen en te bonken, maar ze durfden niet echt dichterbij te komen vanwege de grommende dæmon. Toen brak er een dakpan, en de jongen die erop stond gleed uit en viel, maar de jongen naast hem pakte de scherf en gooide die naar Lyra.

Ze dook, en de scherf sloeg kapot tegen de pilaar naast haar. Een regen van brokstukjes viel over haar heen. De balustrade om het gat in de vloer had Will op een idee gebracht: hij had er twee stukken afgesneden, ter lengte van een zwaard, en nu gaf hij er één aan Lyra. Ze zwaaide het zo hard als ze kon tegen de zijkant van het hoofd van de eerste de beste jongen. Hij viel op slag, maar er kwam weer een ander: Angelica met haar rode haren, bleke gezicht en bezeten ogen. Ze klauterde omhoog tot de vensterbank, maar Lyra gaf haar een felle stoot met het stuk ijzer, en ze viel achteruit.

Will deed hetzelfde. Het mes zat in de schede aan zijn riem en hij sloeg, zwaaide en stootte met het stuk ijzer. Een stel kinderen verdween van het strijdtoneel, maar ze werden vervangen door anderen, en er klauterden er steeds meer van beneden op het dak.

Toen verscheen de jongen in het gestreepte T-shirt, maar hij was zijn revolver kwijt, of misschien was hij leeggeschoten. Will en hij keken elkaar strak aan, en ze wisten wat er zou gebeuren: ze zouden gaan vechten, en het zou een wreed en dodelijk gevecht worden.

'Kom op,' zei Will, hartstochtelijk verlangend naar de knokpartij, 'kom op dan...'

Nog een seconde, en ze zouden tot de aanval zijn overgegaan.

Maar toen gebeurde er iets heel vreemds: een grote grauwe gans dook met wijd gespreide vleugels laag over en krijste zo hard dat zelfs de kinderen op het dak het boven hun woest rumoer uit hoorden en zich omdraaiden om te kijken.

'Kaisa!' riep Lyra opgetogen, want het was de dæmon van Serafina Pekkala.

De gans krijste weer, een doordringende kreet die de lucht deed trillen, zwenkte toen en zwiepte in duikvlucht vlak langs de jongen met het gestreepte T-shirt. De jongen week achteruit van schrik en gleed naar beneden, over de dakrand, en toen begonnen anderen ook angstig te gillen, want er vloog nog iets door de lucht. Toen Lyra de kleine zwarte gedaanten zag vliegen, juichte en schreeuwde ze van blijdschap.

'Serafina Pekkala! Hier! Help ons! Hier zijn we! In de tempel...'

En toen schoten tien pijlen, en nog eens tien er meteen achteraan, en toen nog eens tien sissend en fluitend op het tempeldak af, zo snel losgelaten dat ze allemaal tegelijk in de lucht waren. Ze kwamen met donderende hamerslagen neer. De kinderen op het dak waren zo verbijsterd en in de war dat al hun agressie op slag verdween en onmiddellijk plaatsmaakte voor verschrikkelijke angst: wie waren die in het zwart geklede vrouwen die door de lucht op hen af vlogen? Hoe kon dat gebeuren? Waren het geesten? Waren het een nieuw soort Spoken?

Jammerend en huilend sprongen ze van het dak. Sommigen kwamen ongelukkig terecht en sleepten zich strompelend weg, anderen lieten zich van de heuvel rollen en zochten snel een veilig heenkomen. Ze waren geen bende meer, gewoon een stel bange kinderen met beschaamde gezichten. Een minuut nadat de gans was verschenen, verlieten de laatste kinderen de tempel en was alleen het geruis van de rondcirkelende heksen in de takken te horen.

Will keek verwonderd omhoog, te verbaasd om iets te zeggen, maar Lyra sprong op en neer en riep opgetogen: 'Serafina Pekkala! Hoe hebt u ons gevonden? Dank u, dank u! Ze wilden ons vermoorden! Kom naar beneden...'

Maar Serafina en de anderen schudden hun hoofd, stegen weer op en gingen op grote hoogte rondcirkelen. De gansdæmon zwenkte, vloog omlaag naar het dak, terwijl hij met zijn grote vleugels binnenwaarts klapte om vaart te minderen, en streek kletterend neer op de dakpannen onder de vensterbank.

'Gegroet, Lyra,' zei hij. 'Serafina Pekkala kan niet landen en de anderen ook niet. Het zit hier vol Spoken, minstens honderd om het gebouw heen en over het gras komen er nog meer aanzweven. Zie je ze niet?'

'Nee! We zien ze helemaal niet!'

'We hebben al een heks verloren. We kunnen geen risico meer nemen. Kunnen jullie naar beneden komen?'

'Als we van het dak springen, zoals die kinderen hebben gedaan. Maar hoe hebben jullie ons gevonden? En waar...'

'Genoeg voorlopig. Er komen meer moeilijkheden, en grotere. Probeer heelhuids beneden te komen en ga dan naar het bos.'

Ze klommen over de vensterbank en kropen zijdelings door de gebroken dakpannen omlaag naar de dakgoot. Het was niet hoog, en beneden was gras dat met een flauwe helling naar beneden liep vanaf de tempel. Lyra sprong eerst en Will volgde; hij probeerde zo neer te komen dat zijn hand, die weer hevig bloedde en erg pijn deed, werd beschermd. Het verband was losgegaan en sleepte achter hem aan, en toen hij probeerde het weer vast te maken, streek de gans naast hem neer op het gras.

'Lyra, wie is dit?' vroeg Kaisa.

'Dat is Will. Hij gaat met ons mee...'

'Waarom ontwijken de Spoken je?' De gansdæmon sprak rechtstreeks tegen Will.

Will verbaasde zich langzamerhand nergens meer over en zei: 'Dat weet ik niet. We zien ze niet. Nee, wacht even!' En hij kwam overeind omdat hij een idee had gekregen. 'Waar zijn ze nu?' vroeg hij. 'Wie is het dichtstbij?'

'Tien stappen hiervandaan, de heuvel af,' zei de dæmon. 'Ze willen niet dichterbij komen, dat is duidelijk.'

Will haalde zijn mes te voorschijn en keek die kant uit, en hij hoorde de dæmon sissen van verbazing.

Maar Will kon niet doen wat hij van plan was, want op hetzelfde ogenblik landde een heks op haar wolkdennentak naast hem in het gras. Dat ze kon vliegen, verraste hem niet zo, maar hij stond versteld van haar ongelooflijke sierlijkheid, de felle, koude, prachtige helderheid van haar blik en haar bleke blote ledematen, zo jeugdig en toch helemaal niet zo jong.

'Heet je Will?' vroeg ze.

'Ja, maar...'

'Waarom zijn de Spoken bang voor je?'

'Vanwege het mes. Welk Spook is het dichtstbij? Zeg het, alstublieft! Ik wil het doden!'

Maar voor de heks kon antwoorden, kwam Lyra aanhollen.

'Serafina Pekkala!' riep ze, en ze sloeg haar armen om de heks heen en omhelsde haar zo stevig dat de heks hardop lachte en haar een zoen op haar kruin gaf. 'O Serafina, waar bent u zo opeens vandaan gekomen? We waren... die kinderen... het waren kínderen nota bene en ze wilden ons vermoorden... Hebt u ze gezien? We dachten dat we dood zouden gaan en... O, ik ben zo blij dat u bent gekomen! Ik dacht dat ik u nooit meer zou zien!'

Serafina Pekkala keek over haar hoofd naar de plek waar de Spoken kennelijk op kleine afstand op een kluitje stonden, en toen naar Will.

'Luister,' zei ze, 'niet zo ver weg in dat bos ligt een grot. Ga de heuvel op en dan langs de heuvelrug naar links. Lyra zouden we wel een eindje kunnen dragen, maar jij bent te zwaar: jullie zullen moeten lopen. De Spoken zullen ons niet volgen... Als we in de lucht zijn, zien ze ons niet, en voor jou zijn ze bang. We ontmoeten je bij de grot... het is een halfuur lopen.'

Toen sprong ze weer in de lucht. Will keek met zijn hand boven zijn ogen hoe zij en de andere in lompen gehulde, elegante gedaanten in de lucht zwenkten en omhoog vlogen boven de bomen.

'O Will, nu zullen we veilig zijn! Alles komt goed nu Serafina Pekkala hier is!' zei Lyra. 'Ik dacht dat ik haar nooit meer zou zien... ze is precies op tijd gekomen, hè? Net zoals toen, in Bolvangar...'

Dolgelukkig snaterend, alsof ze het gevecht al was vergeten, liep ze de heuvel naar het bos op. Will volgde zonder iets te zeggen. Zijn hand klopte hevig, en met iedere klop verloor hij een beetje meer bloed. Hij hield zijn hand omhoog tegen zijn borst en probeerde er niet over te denken.

Ze deden er geen halfuur, maar een uur en drie kwartier over, omdat Will verschillende keren moest stoppen om uit te rusten. Toen ze bij de grot kwamen, brandde daar een vuur waar een konijn boven hing te roosteren, en Serafina Pekkala was in een kleine ijzeren pot aan het roeren.

'Laat me je wond zien,' was het eerste wat ze tegen Will zei, en hij stak zwijgend zijn hand uit.

Pantalaimon, in kattengedaante, keek nieuwsgierig toe, maar Will wendde zijn blik af. Hij vond het akelig om de stompjes van zijn afgesneden vingers te zien.

De heksen praatten zacht met elkaar en toen vroeg Serafina Pekkala: 'Door welk wapen is deze wond ontstaan?'

Will trok het mes uit de schede en gaf het haar zonder iets te zeggen. Haar medeheksen bekeken het met verwondering en wantrouwen, want ze hadden nog nooit zo'n lemmet met zo'n snede gezien.

'Er is meer voor nodig dan kruiden om deze wond te genezen. Dat moet met een betovering,' zei Serafina Pekkala. 'Goed, we zullen er een voorbereiden. Ze zal gereed zijn als de maan opkomt. In de tussentijd moet je slapen.'

Ze gaf hem een hoornen bekertje met een warme drank waarvan de bitterheid enigszins werd verzacht door honing, en even later ging hij liggen en viel in een diepe slaap. De heks legde bladeren over hem heen en keek toen Lyra aan, die al op een stuk konijn zat te knauwen.

'Zo, Lyra,' zei ze, 'vertel me nu wie deze jongen is en wat je weet over zijn wereld en over dat mes van hem.'

Dus haalde Lyra diep adem en stak van wal.

12
Schermtaal

'Zeg het nog eens,' zei dr. Oliver Payne in het kleine laboratorium dat op het park uitkeek. 'Ofwel ik heb je niet goed begrepen, ofwel je spreekt wartaal. Een kind uit een andere wereld?'

'Dat zei ze. Goed, laten we zeggen dat het wartaal is, maar lúister tenminste even, Oliver,' zei dr. Mary Malone. 'Ze wist wat Schaduwen zijn. Zij noemt ze... het... zij noemt het Stof, maar het is hetzelfde. Het is wat wij schaduwdeeltjes noemen. En je kunt het geloven of niet, maar toen ze via elektroden met de Grot was verbonden, verschenen er de meest fantastische dingen op het scherm: tekeningen, symbolen... Ze had ook een instrument bij zich: een soort gouden kompas met verschillende symbolen overal langs de rand. En ze zei dat ze die op dezelfde manier kon lezen, en ze wist ook alles over de geestestoestand, daar was ze helemaal vertrouwd mee.'

Het was midden op de ochtend. Lyra's geleerde, dr. Malone, had rode ogen wegens slaapgebrek, en haar collega, die net uit Genève was teruggekomen, wilde graag meer horen, maar was ook sceptisch en verstrooid.

'En het punt is, Oliver, dat ze met de Schaduwen communiceerde. Ze hebben inderdaad een bewustzijn. En ze kunnen reageren. En herinner je je die schedels van jou? Nou, ze vertelde me over een paar schedels in het Piit-Rivers Museum... Ze had met dat kompasachtige ding ontdekt dat ze veel ouder waren dan het museum beweerde, en er zaten Schaduwen...'

'Wacht even. Een beetje lijn in de zaak alsjeblieft. Wat bedoel je nou? Bedoel je dat ze heeft bevestigd wat we al weten, of dat ze ons iets nieuws vertelt?'

'Allebei. Ik weet het niet. Maar stel dat er dertig-, veertigduizend jaar geleden iets is gebeurd. Voor die tijd waren er natuurlijk al schaduwdeeltjes, die zijn er sinds de oerknal, maar er bestond geen fysieke manier om hun effecten te vergroten op óns niveau, het antropologisch niveau. Het niveau van menselijke wezens. En toen gebeurde er iets, ik heb geen idee wat, maar het had te maken met evolutie. Vandaar je schedels... weet je nog? Voor die tijd geen Schaduwen, en daarna een heleboel? En de schedels die het kind in het museum zag, die ze heeft getest met haar kompasding. Zij vertelde me hetzelfde. Wat ik bedoel is dat rond die tijd het menselijk brein het ideale voertuig werd voor dit vergrotingsproces. Plotseling kregen we een bewustzijn.'

Dr. Payne hield zijn plastic beker schuin en dronk de laatste koffie eruit.

'Waarom zou dat speciaal op dat moment zijn gebeurd?' vroeg hij. 'Waarom plotseling, vijfendertigduizend jaar geleden?'

'Tja, wie weet? We zijn geen paleontologen. Ik weet het niet, Oliver, ik ben gewoon aan het speculeren. Denk je niet dat het op z'n minst mogelijk is?'

'En die politieman. Vertel daar eens iets over.'

Dr. Malone wreef in haar ogen. 'Hij heette Walters,' zei ze. 'Hij zei dat hij van de veiligheidsdienst was. Ik dacht dat dat met politiek of zo te maken had?'

'Terrorisme, ondermijnende activiteiten, inlichtingen... Dat soort dingen. Ga door. Wat wilde hij? Waarom was hij hier?'

'Vanwege het meisje. Hij zei dat hij een jongen van ongeveer dezelfde leeftijd zocht, hij zei niet waarom, en dat die jongen was gezien in het gezelschap van het meisje dat mij kwam opzoeken. Maar hij was ook met iets anders bezig, Oliver, hij wíst van het onderzoek, hij vroeg zelfs...'

De telefoon ging. Ze zweeg schouderophalend en dr. Payne nam op. Hij zei even iets, legde de hoorn op de haak en kondigde aan: 'We krijgen bezoek.'

'Wie?'

'De naam komt me niet bekend voor. Sir dit of dat. Luister, Mary, ik neem ontslag, dat realiseer je je toch?'

'Ze hebben je de baan aangeboden.'

'Ja. Ik moet hem aannemen. Dat begrijp je toch wel.'

'Nou, dat betekent dan het eind van het onderzoek hier.'

Hij maakte een hulpeloos handgebaar en zei: 'Om je de waarheid te zeggen zie ik helemaal niets in het soort dingen waar je het net over had. Kinderen uit een andere wereld en fossiele Schaduwen... Het is allemaal te gek. Daar kan ik me gewoon niet mee inlaten. Ik moet aan mijn carrière denken, Mary.'

'En de schedels dan, die je getest hebt? En de Schaduwen rond het ivoren schaakstuk?'

Hij schudde zijn hoofd en wendde zich af. Voor hij kon antwoorden, werd er op de deur geklopt, en hij deed hem bijna opgelucht open.

Sir Charles zei: 'Goedemorgen. Dr. Payne? Dr. Malone? Mijn naam is Charles Latrom. Buitengewoon vriendelijk van u om me zonder afspraak te ontvangen.'

'Komt u binnen,' zei dr. Malone, vermoeid maar enigszins verbaasd. Had Oliver niet gezegd: sir Charles? 'Wat kunnen we voor u doen?'

'Misschien kan ik iets voor ú doen,' zei hij. 'Ik heb begrepen dat u wacht op de resultaten van uw subsidieaanvrage.'

'Hoe weet u dat?' vroeg dr. Payne.

'Ik ben ambtenaar geweest. Om precies te zijn was ik betrokken bij het sturen van wetenschappelijke politiek. Ik heb nog een aantal contacten op dat gebied, en ik hoorde... Mag ik gaan zitten?'

'O, natuurlijk,' zei dr. Malone. Ze trok een stoel bij en hij ging zitten alsof hij een vergadering leidde.

'Dank u. Ik heb het gehoord via een vriend... Zijn naam kan ik beter niet noemen; in de Wet op Ambtsgeheimen worden allerlei dwaze dingen verboden... Ik heb gehoord dat uw aanvraag in behandeling was, en wat ik erover hoorde intrigeerde me zo dat ik – dat moet ik bekennen – heb gevraagd om iets van uw werk te zien. Ik weet dat dat niet mocht, maar ik ben nog steeds een soort officieuze adviseur, en dat heb ik als excuus aangevoerd. En wat ik heb gezien vond ik werkelijk fascinerend.'

'Bedoelt u dat u denkt dat we de subsidie krijgen?' vroeg dr. Malone, zich naar voren buigend. Ze wilde hem dolgraag geloven.

'Jammer genoeg niet. Ik zal het u maar botweg zeggen: ze zijn niet van plan uw subsidie te verlengen.'

Dr. Malone liet verslagen haar schouders zakken. Dr. Payne keek de oude man met behoedzame nieuwsgierigheid aan.

'Waarom bent u dan nu hier?' vroeg hij.

'Nou, ze hebben officieel nog geen beslissing genomen, begrijpt u. Het ziet er niet hoopvol uit en ik moet u eerlijk zeggen: ze zien er geen heil in om dit soort werk in de toekomst te subsidiëren. Maar het zou kunnen zijn dat ze het anders zouden zien als u iemand had om de zaak voor u te bepleiten.'

'Een pleiter? Bedoelt u uzelf? Ik wist niet dat het zo werkte,' zei dr. Malone, terwijl ze rechtop ging zitten. 'Ik dacht dat ze afgingen op beoordelingen van collega's enzovoort...'

'In principe wel natuurlijk,' zei sir Charles, 'maar het kan geen kwaad te weten hoe zulke commissies in de praktijk werken. En te weten wie erin zitten. Nou, hier ben ik. Ik ben intens geïnteresseerd in uw werk, ik denk dat het heel waardevol kan zijn, en het moet zeker voortgezet worden. Zou u het goed vinden als ik u informeel vertegenwoordigde?'

Dr. Malone voelde zich als een verdrinkende matroos die een reddingsgordel krijgt toegegooid. 'Waarom... Nou, ja! Goeie genade, natuurlijk! En dank u... ik bedoel: denkt u echt dat het verschil maakt? Ik wil niet suggereren dat... ik weet niet wat ik bedoel. Ja, natuurlijk!'

'Wat zouden we in ruil daarvoor moeten doen?' vroeg dr. Payne.

Dr. Malone keek hem verrast aan. Had Oliver niet net gezegd dat hij in Genève ging werken? Maar hij leek sir Charles beter te begrijpen dan zij, want ze wisselden even een samenzweerderige blik, en Oliver ging ook zitten.

'Ik ben blij dat u me begrijpt,' zei de oude man. 'U heeft helemaal gelijk. Het zou me veel genoegen doen als u met uw onderzoek een bepaalde richting uit ging. En als we het daarover eens kunnen worden, kan ik misschien zelfs wel een extra subsidie lospeuteren uit een heel andere bron.'

'Wacht, wacht,' zei dr. Malone, 'wacht even. De richting van dit onderzoek is onze zaak. Ik wil best de resultaten met u bespreken, maar niet de richting. U begrijpt toch wel...'

Sir Charles maakte een teleurgesteld handgebaar en stond op. Oliver Payne stond ook op, met een bezorgd gezicht.

'Nee, alstublieft, sir Charles,' zei hij. 'Dr. Malone wil vast wel horen wat u te zeggen hebt. Mary, het kan toch geen kwaad om te luisteren. En het kan onze redding betekenen.'

'Ik dacht dat je naar Genève ging,' zei ze.

'Genève?' zei sir Charles. 'Prima stad. Veel gelegenheid om je talenten te ontplooien. Veel geld ook. Laat u zich door mij niet weerhouden.'

'Nee, nee, het is nog niet helemaal rond,' zei dr. Payne haastig. 'Er moet nog een heleboel besproken worden... Ik kan nog alle kanten op. Ga zitten, alstublieft, sir Charles. Wilt u koffie?'

'Heel vriendelijk van u,' zei sir Charles, en met de houding van een tevreden kat ging hij weer zitten.

Dr. Malone keek hem voor het eerst goed aan. Ze zag een man van achter in de zestig, welvarend, zelfverzekerd, uitstekend gekleed, eraan gewend om van alles het allerbeste te hebben, eraan gewend om onder mensen met macht te verkeren en in belangrijke oren te fluisteren. Oliver had gelijk: hij wilde iets. En ze zouden zijn steun alleen krijgen als ze hem zijn zin gaven.

Ze sloeg haar armen over elkaar.

Dr. Payne gaf hem een beker en zei: 'Excuses, het is hier allemaal nogal eenvoudig...'

'Geeft niets. Zal ik doorgaan?'

'Alstublieft,' zei dr. Payne.

'Goed, ik heb begrepen dat u een paar fascinerende ontdekkingen hebt gedaan op het gebied van bewustzijn. Ja, ik weet het, u hebt nog niets gepubliceerd en het heeft – schijnbaar – weinig te maken met het ogenschijnlijke doel van uw onderzoek. Toch worden zulke dingen bekend. En ik ben vooral in het bewustzijn geïnteresseerd. Ik zou het bijvoorbeeld erg op prijs stellen als u uw onderzoek concentreerde op de manipulatie van bewustzijn. Ten tweede: de stelling dat er vele werelden bestaan... Everett, weet u nog, 1957 of daaromtrent. Ik geloof dat u iets op het spoor bent wat die theorie een heel eind verder zou kunnen helpen. En dat soort onderzoek zou zelfs subsidies van Defensie kunnen aantrekken, dat, zoals u weet, zelfs vandaag de dag nog geld te over heeft, en zeker niet gebonden is aan al die vermoeiende aanvraagprocedures.

Verwacht niet dat ik mijn bronnen onthul,' ging hij door, een hand opstekend toen dr. Malone zich naar voren boog en iets probeerde te zeggen. 'Ik heb de Wet op Ambtsgeheimen al genoemd; het is een vervelend stuk wetgeving, maar we moeten niet ondeugend zijn. Ik ben ervan overtuigd dat er vooruitgang kan worden geboekt in het onderzoek naar het bestaan van vele werelden. Ik denk dat u de mensen bent om het te doen. En ten derde is er een speciale kwestie die te maken heeft met een individu. Een kind.'

Hij pauzeerde even en nam een teugje van zijn koffie. Dr. Malone kon geen woord uitbrengen. Ze was bleek geworden; dat kon ze niet weten, maar wel wist ze dat ze zich een flauwte nabij voelde.

'Om verschillende redenen,' ging sir Charles door, 'onderhoud ik contact met de inlichtingendiensten. Ze zijn geïnteresseerd in een kind, een meisje, dat een ongewoon stuk gereedschap bezit, een antiek wetenschappelijk instrument, stellig gestolen, dat in veiliger handen dan de hare zou moeten zijn. Dan is er nog een jongen van ongeveer dezelfde leeftijd, een jaar of twaalf, die gezocht wordt wegens moord. Het is natuurlijk de vraag of een kind van die leeftijd van moord beschuldigd kan worden, maar het staat vast dat hij iemand heeft gedood. En hij is met het meisje gezien.

Dr. Malone, het kan zijn dat u een van die kinderen bent tegengekomen. En het kan zijn dat u, geheel volgens de regels, geneigd bent de politie te vertellen wat u weet. Maar u zou iedereen een grotere dienst bewijzen als u het aan mij persoonlijk vertelde. Ik kan ervoor zorgen dat de autoriteiten het efficiënt en snel afhandelen, zonder domme publiciteit in de roddelpers. Ik weet dat inspecteur Walters hier gisteren is geweest, en ik weet dat het meisje u heeft opgezocht... U ziet dat ik weet waarover ik praat. Ik zou het bijvoorbeeld weten als u haar nog eens sprak, en als u dat niet tegen me zou zeggen, zou ik dat ook weten. U zou er heel verstandig aan doen als u er eens goed over nadacht, en als u zich duidelijk probeerde te herinneren wat ze heeft gezegd en gedaan toen ze hier was. Dit is een kwestie van nationale veiligheid. U begrijpt wel wat ik bedoel.

Nou, hier zal ik het bij laten. Hier is mijn visitekaartje, dan kunt u contact met me opnemen. Ik zou er niet te lang mee wachten; de subsidiecommissie vergadert morgen, zoals u weet. Maar op dit nummer kunt u me te allen tijde bereiken.'

Hij gaf Oliver Payne een kaartje, en toen hij zag dat dr. Malone haar armen nog steeds over elkaar geslagen had, legde hij er voor haar een op de werkbank. Dr. Payne hield de deur voor hem open. Sir Charles zette zijn panama op zijn hoofd, gaf er een zacht klopje op, lachte hen allebei stralend toe en vertrok.

Toen dr. Payne de deur weer dicht had gedaan zei hij: 'Mary, ben je niet goed wijs? Hoe kom je erbij je zo te gedragen?'

'Neem me niet kwalijk? Je hebt je toch niet laten inpalmen door die oude griezel?'

'Je kunt zulke aanbiedingen niet afslaan! Wil je dat dit project doorgaat of niet?'

'Het was geen aanbieding,' zei ze heftig, 'het was een ultimatum. Doe wat hij zegt of vergeet het anders maar. En in hemelsnaam, Oliver, al die niet zo subtiele dreigementen en hints over nationale veiligheid enzovoort... Begrijp je niet waar dat toe zou leiden?'

'Nou, ik denk dat ik er meer van begrijp dan jij. Als je nee zou zeggen, zouden ze dit lab niet sluiten. Ze zouden het overnemen. Als ze zo veel belangstelling hebben als hij beweert, zullen ze ermee door willen gaan. Maar alleen op hun voorwaarden.'

'Maar hun voorwaarden zouden... Ik bedoel: Defénsie nota bene... Ze willen nieuwe manieren ontdekken om mensen te doden. En je hebt gehoord wat hij zei over bewustzijn: hij wil het manipuléren. Daar laat ik me niet mee in, Oliver, van m'n leven niet.'

'Ze doen het toch, en dan heb jij geen baan meer. Als je blijft, kun je het onderzoek misschien in een betere richting sturen. En je zou nog aan het project werken! Je zou er nog bij betrokken zijn!'

'Maar waar maak jij je eigenlijk druk over?' vroeg ze. 'Ik dacht dat Genève in kannen en kruiken was?'

Hij haalde zijn hand door zijn haar en zei: 'Nou, niet in kannen en kruiken. Er is nog niets getekend. En het zou een heel ander soort onderzoek worden, en ik zou het jammer vinden om hier te vertrekken nu we volgens mij echt op een goed spoor zitten...'

'Wát zeg je?'

'Ik zeg niet dat...'

'Je suggereert iets. Waar wil je heen?'

'Nou...' Hij liep gebarend, schouderophalend en zijn hoofd schuddend het laboratorium rond. 'Nou, als jij geen contact met hem opneemt, doe ik het,' zei hij ten slotte.

Ze zweeg even. Toen zei ze: 'O, juist.'

'Mary, ik moet rekening houden met...'

'Natuurlijk moet je dat.'

'Het is niet dat...'

'Nee, nee.'

'Je begrijpt het niet...'

'Ik begrijp het heel goed. Het is heel eenvoudig. Als je belooft dat je doet wat hij zegt, krijg je de subsidie. Ik vertrek, jij wordt directeur. Dat is niet zo moeilijk te begrijpen. Je zou een groter budget hebben. Massa's leuke nieuwe apparaten. Een half dozijn doctors onder je. Goed idee. Moet je doen, Oliver. Ga je gang. Maar ik houd het hier voor gezien, ik vertrek. Dit is een smerig zaakje.'

'Je hebt...'

Maar de uitdrukking op haar gezicht bracht hem tot zwijgen. Ze trok haar witte jas uit, hing hem aan de deur, stopte een paar papieren in een tas en vertrok zonder een woord te zeggen. Zodra ze de deur uit was, pakte hij het visitekaartje van sir Charles en nam de hoorn van de haak.

Een paar uur later, even voor middernacht om precies te zijn, parkeerde dr. Malone haar auto bij het natuurkundegebouw en ging naar binnen door de zij-ingang. Maar net toen ze de trap op wilde, kwam er een man aanlopen uit een andere gang, en ze schrok zo dat ze bijna haar tas liet vallen. Hij droeg een uniform.

'Waar gaat u heen?' vroeg hij.

Met zijn stevige figuur versperde hij haar de weg, en zijn ogen waren bijna niet te zien onder de laag vallende klep van zijn pet.

'Ik ga naar mijn laboratorium. Ik werk hier. Wie bent u?' zei ze, een beetje boos, een beetje bang.

'Veiligheidsdienst. Kunt u zich legitimeren?'

'Hoezo veiligheidsdienst? Ik ben vanmiddag om drie uur dit gebouw uit gegaan en toen was er alleen een portier, zoals gewoonlijk. Ik zou ú moeten vragen zich te legitimeren. Wie heeft u aangesteld? En waarom?'

'Hier is mijn identificatiebewijs,' zei de man, en hij liet haar een kaart zien, maar zo vlug dat ze hem niet kon lezen. 'Waar is dat van u?'

Ze zag dat hij een walkietalkie in een holster aan zijn riem droeg. Of was het een revolver? Nee, dat zou toch wel niet, ze was paranoïde. En hij had geen antwoord gegeven op haar vragen. Maar als ze aan bleef dringen, zou hij wantrouwig worden, en het belangrijkste was nu om in het lab te komen. Kalmeer hem alsof hij een hond is, dacht ze bij zichzelf. Ze rommelde in haar tas en pakte haar portefeuille.

'Is dit voldoende?' vroeg ze, terwijl ze hem het kaartje liet zien waarmee ze de slagboom van de parkeerplaats bediende.

Hij wierp er een blik op.

'Wat doet u hier zo laat op de avond?' vroeg hij.

'Er loopt een experiment. Ik moet op gezette tijden de computer controleren.'

Hij leek een reden te zoeken om haar de toegang te verbieden, of misschien was het alleen een kwestie van machtsuitoefening. Eindelijk knikte hij en ging opzij. Ze liep glimlachend langs hem heen, maar zijn gezicht bleef uitdrukkingsloos.

Toen ze bij het laboratorium was trilde ze nog. Tot nu toe had de 'veiligheid' in dit gebouw bestaan uit een slot op de deur en een bejaarde portier, en ze wist waarom daar verandering in was gekomen. Maar het betekende dat ze heel weinig tijd had: het moest meteen goed zijn, want als ze zich eenmaal realiseerden wat ze aan het doen was, kon ze niet terugkomen.

Ze deed de deur achter zich op slot en liet de rolgordijnen neer. Ze schakelde de detector in en haalde toen een floppy uit haar zak en stopte die in de computer die de Grot bestuurde. Binnen de minuut was ze met de getallen op het scherm aan het goochelen, waarbij ze half op logisch inzicht afging, half op gissingen en half op het programma waaraan ze thuis de hele avond had zitten werken. En haar werk was bijna net zo verbijsterend ingewikkeld als het is om van driemaal één een half te maken.

Ten slotte streek ze haar haren uit haar ogen, zette de elektroden op haar hoofd, bewoog haar vingers om ze los te maken en begon te typen. Ze voelde zich intens verlegen.

Hallo. Ik weet niet precies wat ik aan het doen ben.
Misschien is dit onzin.

De woorden rangschikten zich op de linkerkant van het scherm, en dat was de eerste verrassing. Ze gebruikte geen programma voor tekstverwerking – in feite sloeg ze een groot deel van het besturingssysteem over –, en het programma dat zich aan de woorden opdrong, was niet van haar. Ze voelde haar nekharen kriebelen en ze werd zich bewust van het hele gebouw om haar heen: donkere gangen, werkloze apparaten, verschillende automatisch lopende experimenten, computers die proeven regelden en de resultaten noteerden, het luchtverversingssysteem dat controles uitvoerde en de vochtigheidsgraad en temperatuur bijstelde, alle kanalen, buizen en leidingen die de aderen en zenuwen van het gebouw vormden klaarwakker en waakzaam... bijna bewust in feite.

Ze probeerde het nog eens.

Ik probeer met woorden te doen wat ik eerder heb gedaan met een geestestoestand, maar

Voor ze de zin had afgemaakt, vloog de cursor naar de rechterkant van het scherm en drukte:

Stel een vraag.

Het stond er bijna onmiddellijk.

Ze voelde zich alsof ze een voet in het luchtledige had gezet.

Haar hele wezen ging als het ware overstag door de schok. Het duurde even voor ze voldoende tot rust was gekomen om het weer te proberen. Toen ze dat deed, slingerden de antwoorden zich, bijna voordat ze de vraag had afgemaakt, over de rechterkant van het scherm.

Zijn jullie Schaduwen?

Ja.

Zijn jullie hetzelfde als Lyra's Stof?

Ja.

En is dat donkere materie?

Ja.

Heeft donkere materie een bewustzijn?

Kennelijk.

Wat ik vanmorgen tegen Oliver zei, mijn idee over menselijke evolutie, is dat...

Correct. Maar je moet meer vragen stellen.

Ze hield op, haalde diep adem, schoof haar stoel achteruit, maakte haar vingers los. Ze voelde haar hart razendsnel kloppen. Alles wat hier gebeurde was onmogelijk: haar hele opvoeding, al haar gedachtepatronen, heel haar gevoel over zichzelf als wetenschapper schreeuwden haar geluidloos toe: dit klopt niet! Dit gebeurt niet echt! Je droomt! En toch stonden ze daar op het scherm: haar vragen, en antwoorden van een andere geest.

Ze vermande zich en begon weer te typen, en weer floepten de antwoorden op het scherm zonder zichtbare pauze.

De geest die op deze vragen antwoordt is niet menselijk, hè?

Nee. Maar de mensen hebben ons altijd gekend.

Ons? Zijn er meer dan één?

Ontelbare biljarden.

Maar wat zijn jullie?

Engelen.

Mary Malones hoofd tolde. Ze was katholiek opgevoed. Sterker nog: eens was ze non geweest, zoals Lyra had ontdekt. Van haar geloof was niets overgebleven, maar over engelen wist ze alles. Sint-Augustinus had gezegd: 'Engel is de naam van hun functie, niet van hun aard. Als ge de naam van hun aard zoekt: dat is geest; als ge de naam van hun functie zoekt: dat is engel; geest is wat ze zijn, engel is wat ze doen.'

Duizelig en trillend typte ze verder:

Zijn engelen wezens van schaduwmaterie? Van Stof?

Structuren. Complexificaties. Ja.

En is schaduwmaterie wat wij 'geest' hebben genoemd?

Wat we zijn: geest; wat we doen: materie. Materie en geest zijn één.

Ze huiverde. Ze hadden naar haar gedachten geluisterd.

En hebben jullie ingegrepen in de menselijke evolutie?

Ja.

Waarom?

Wraak.

Wraak voor... O! opstandige engelen! Na de oorlog in de hemel... Satan en het paradijs... maar het is toch niet waar? Is dat wat jullie...

Zoek het meisje en de jongen. Verspil geen tijd meer.

Maar waarom?

Je moet de rol van de slang vervullen.

Ze haalde haar handen van het toetsenbord en wreef in haar ogen. Toen ze weer keek, stond de tekst er nog.

Waar...

Ga naar een straat die Sunderland Avenue heet en zoek een tent. Houd de bewaker voor de gek en ga naar de andere wereld. Neem voorraad mee voor een lange reis. Je zult beschermd zijn. De Spoken zullen je niet aanraken.

Maar ik...

Vernietig dit apparaat voor je gaat.

Ik begrijp het niet... waarom ik? En wat is dat voor een reis? En...

Je hebt je je hele leven op deze taak voorbereid. Je werk hier is afgelopen. Het laatste wat je in deze wereld moet doen is voorkomen dat de vijanden zich er meester van maken. Vernietig de apparatuur. Doe het nu en ga meteen.

Mary Malone stond bevend op. Ze drukte haar vingers tegen haar slapen en merkte dat de elektroden nog op haar hoofd zaten. Ze haalde ze er verstrooid af. Misschien had ze haar twijfels gehad over wat ze had gedaan, en over wat ze nog op het scherm zag, maar in het afgelopen halfuur waren twijfel en geloof onwezenlijke begrippen geworden. Er was iets gebeurd, en ze was bezield.

Ze schakelde de detector en de versterker uit. Toen brak ze door alle veiligheidscodes heen en maakte de harde schijf van de computer leeg. Vervolgens verwijderde ze de interface tussen de detector en de versterker, die op een speciaal aangepast kaartje zat, legde het kaartje op de werkbank en sloeg het kapot met de hak van haar schoen, omdat ze niets anders bij de hand had wat zwaar genoeg was. Daarna maakte ze de bedrading tussen het elektromagnetische schild en de detector los, pakte het bedradingsschema uit een la van de archiefkast en verbrandde het. Wat kon ze nog meer doen? Ze kon niet veel doen tegen de kennis die Oliver Payne over het programma bezat, maar de speciale hardware was afdoend vernietigd.

Ze pakte een stapel papieren uit een la en propte die in haar aktetas, en tot slot haalde ze de poster met de I Ching-hexagrammen van de deur en stak die opgevouwen in haar zak. Toen deed ze het licht uit en vertrok.

De bewaker stond onder aan de trap in zijn walkietalkie te praten. Hij borg hem op toen ze naar beneden kwam en liep zwijgend met haar mee naar de zij-ingang, waar hij door de glazen deuren bleef kijken tot ze was weggereden.

Anderhalf uur later parkeerde ze haar auto in een straat vlak bij Sunderland Avenue. Ze had het op een kaart van Oxford moeten opzoeken; dit deel van de stad kende ze niet. Tot op dit ogenblik had ze alles gedaan in een staat van ingehouden opwinding, maar toen ze in de donkere kleine uurtjes uit haar auto stapte en de koele, stille, roerloze nacht overal om zich heen voelde, kreeg ze het even te kwaad. Stel dat ze droomde? Stel dat het allemaal een ingewikkelde grap was?

Nou, het was te laat om zich daar zorgen over te maken. Ze had haar schepen achter zich verbrand. Ze pakte de rugzak die ze vaak had gebruikt voor kampeertochten in Schotland en de Alpen, en bedacht dat ze tenminste wist hoe ze in de vrije natuur moest overleven. Als alles misliep, kon ze altijd weglopen, de bergen in trekken...

Belachelijk.

Maar ze zwaaide de rugzak op haar rug, liet haar auto staan, liep Banbury Road in en was na twee- of driehonderd meter op het punt waar Sunderland Avenue naar links liep vanaf de rotonde. Ze voelde zich bijna dwazer dan ze zich ooit in haar leven had gevoeld.

Maar toen ze de hoek om ging en die vreemde, kinderlijke bomen zag die Will had gezien, wist ze dat er van dit alles op z'n minst íets waar was. Op het gras onder de bomen aan de overkant van de weg stond een kleine vierkante tent van rood en wit nylon, zo'n tentje dat elektriciens neerzetten om droog te blijven tijdens het werk. Vlakbij stond een witte Transit bestelwagen zonder opschrift en met donker glas in de ramen.

Het was het best om niet te aarzelen. Ze liep recht op de tent af. Toen ze er bijna was, zwaaide de achterdeur van de bestelwagen open en stapte er een politieagent uit. Zonder zijn helm zag hij er heel jong uit, en de straatlantaarn onder het dichte groen van de bladeren erboven scheen vol in zijn gezicht.

'Mag ik vragen waar u heen gaat, mevrouw?' zei hij.

'Die tent in.'

'Dat zal helaas niet gaan, mevrouw. Ik heb orders ervoor te zorgen dat er niemand in de buurt komt.'

'Prima,' zei ze. 'Ik ben blij dat ze de plek goed bewaken. Maar ik ben van het Departement van Natuurwetenschappen... Sir Charles Latrom heeft ons gevraagd een voorlopig onderzoek te doen en rapport uit te brengen voor ze serieus aan de slag gaan. Het is belangrijk dat ik het nu doe, terwijl er niet veel mensen in de buurt zijn... U begrijpt vast wel wat daar de redenen voor zijn.'

'Ja, dat wel,' zei hij. 'Maar hebt u iets om u te legitimeren?'

'O, natuurlijk,' zei ze, en ze zwaaide haar rugzak van haar rug om bij haar tas te kunnen. Uit de la in het laboratorium had ze onder meer een verlopen bibliotheekpasje van Oliver Payne meegenomen. Vijftien minuten werk aan haar keukentafel en de foto uit haar eigen paspoort hadden iets geproduceerd wat hopelijk voor echt kon doorgaan. De agent nam de geplastificeerde kaart van haar aan en bekeek hem aandachtig.

'Dr. Oliver Payne,' las hij. 'Kent u toevallig een dr. Mary Malone?'

'O, ja. Dat is een collega van me.'

'Weet u waar ze op het moment is?'

'Thuis in bed, als ze verstandig is. Hoezo?'

'Nou, ik heb begrepen dat haar functie in uw organisatie is beëindigd, en ze zou hier niet door mogen. Sterker nog: we hebben orders haar aan te houden als ze het probeert. En omdat u een vrouw bent, dacht ik natuurlijk dat u haar misschien was, als u begrijpt wat ik bedoel. Neem me niet kwalijk, dr. Payne.'

'Ah, ik begrijp het,' zei Mary Malone.

De agent bekeek de kaart nog eens.

'Maar dit lijkt in orde,' zei hij, en hij gaf hem terug. Nerveus, verlegen om een praatje, ging hij door: 'Wéét u wat er onder die tent zit?'

'Nou, ik heb het zelf niet gezien,' zei ze. 'Daarom ben ik nu hier.'

'Ja, dat zal wel. Ga uw gang, dr. Payne.'

Hij ging opzij en liet haar de flap van de tent losmaken. Ze hoopte maar dat hij niet zag hoe haar handen beefden. Met haar rugzak tegen haar borst geklemd stapte ze naar binnen. *Houd de bewaker voor de gek*... nou, dat had ze gedaan; maar ze had geen idee wat ze in de tent zou vinden. Ze was voorbereid op de een of andere archeologische opgraving, op een lijk, op een meteoriet. Maar niets in haar leven of haar dromen had haar voorbereid op die vierkante meter midden in de lucht, of op de stille, slapende stad aan zee, die ze vond toen ze erdoorheen stapte.

13
Aesahaettr

Toen de maan opkwam, begonnen de heksen met hun betovering om Wills wond te genezen.

Ze maakten hem wakker en vroegen hem het mes op de grond te leggen, daar waar er sterrenlicht in weerkaatste. Lyra zat vlakbij kruiden te roeren in een pot kokend water die boven een vuur hing, en terwijl haar medeheksen ritmisch in hun handen klapten, op de grond stampten en uitroepen slaakten, boog Serafina zich over het mes en zong met een hoge, felle stem:

Klein mes! Ze hebben je ijzer
uit de ingewanden van moeder aarde getrokken,
een vuur gemaakt en het erts verhit,
het laten wenen en bloeden en stromen,
het gesmeed en gehard,
in ijskoud water gedompeld,
verhit in de oven
tot je lemmet bloedrood, gloeiend was!
Toen lieten ze je het water verwonden
nog eens, en nog eens,
tot de stoom kokende mist was
en het water om genade riep.
En toen je één enkele schaduw
in dertigduizend schaduwen sneed,
wisten ze dat je klaar was,
toen noemden ze je het listige mes.

Maar klein mes, wat heb je gedaan?
Bloedpoorten geopend, ze open laten staan!
Klein mes, je moeder roept je,
vanuit de ingewanden der aarde,
vanuit haar diepste mijnen en grotten,
vanuit haar geheime ijzeren schoot.
Luister!

En Serafina stampte weer op de grond en klapte in haar handen met de andere heksen, en ze gooiden hun hoofden achterover om een woest huilend geluid te maken, dat de lucht verscheurde als klauwen. Will, die midden tussen hen in zat, voelde een koude rilling over zijn ruggengraat lopen.

Toen richtte Serafina Pekkala zich tot Will zelf en nam zijn gewonde hand in haar beide handen. Toen ze weer ging zingen, maakte hij bijna een schrikbeweging, zo fel was haar hoge stem, zo schitterden haar ogen. Maar hij bleef roerloos zitten en liet de betovering verdergaan.

Bloed! Gehoorzaam mij! Draai je om,
wees een meer en niet een rivier.
Als je de buitenlucht bereikt,
stop dan! En bouw een dichte muur,
maak hem sterk, om de vloed te stuiten.
Bloed, je hemel is de schedelkoepel,
je zon is het open oog,
je wind de adem in de longen,
bloed, je wereld is begrensd. Blijf daar!

Will meende te voelen hoe alle atomen van zijn lichaam reageerden op haar bevel, en hij ging meedoen: dwong zijn lekkende bloed te luisteren en te gehoorzamen.

Ze legde zijn hand neer en draaide zich om naar de kleine ijzeren pot boven het vuur. Een bittere wasem steeg eruit op, en Will hoorde het vocht hevig borrelen.

Serafina zong:

Eikenbast, spinnenzijde,
grondmos, zoutkruid...
trek samen, bind stevig,
houd vast, sluit,
barricadeer de deur, doe de poort op slot,
laat de bloedmuur stijf worden,
laat de bloedvloed opdrogen.

Toen spleet de heks met haar eigen mes een jong elzenboompje over de volle lengte. De witte wond glansde in het maanlicht. Ze depte wat dampend vocht in de spleet, en deed het hout dicht door het van onder tot boven zacht tegen elkaar te drukken. En het jonge elzenboompje was weer heel.

Will hoorde Lyra een kreetje slaken, en toen hij zich omdraaide zag hij dat een andere heks een spartelende, tegenstribbelende haas in haar sterke handen hield. Het dier hijgde, keek verwilderd uit zijn ogen en trappelde als een razende, maar de handen van de heks kenden geen genade. Met haar ene hand hield ze de voorpoten vast en met de andere greep ze de achterpoten, en toen trok ze de doodsbange haas recht, de hijgende buik naar boven.

Het mes van Serafina gleed eroverheen. Will voelde zich duizelig worden en Lyra hield Pantalaimon tegen, die, in hazengedaante uit medegevoel, in haar armen trappelde en heen en weer sprong. De echte haas viel stil. Zijn ogen puilden uit, zijn borst ging hijgend op en neer, zijn ingewanden glinsterden.

Maar Serafina nam nog wat van het brouwsel en druppelde het in de gapende wond, die ze vervolgens sloot met haar vingers. Ze streek de natte vacht eroverheen, tot er helemaal geen wond meer was.

De heks die het dier vasthield liet haar greep verslappen en zette het voorzichtig op de grond. Hij schudde zich, draaide zich om om zijn flank te likken, flapte met zijn oren en knabbelde een grasspriet op alsof hij helemaal alleen was. Plotseling leek hij te beseffen dat hij midden in een kring mensen stond en hij vloog als een pijl uit de boog weg, weer helemaal gezond, snel wegspringend in het donker.

Lyra, die Pantalaimon kalmeerde, wierp een blik op Will en zag dat hij wist wat het betekende: de medicijn was klaar. Hij stak zijn hand uit, en terwijl Serafina de bloedende vingerstompjes met het dampende brouwsel depte, keek hij een andere kant op en haalde een paar keer vlug adem, maar hij bleef stil zitten.

Toen de open wond helemaal doordrenkt was, drukte de heks er wat doorweekte kruiden op en bond ze er stevig omheen met een reep zijde.

En dat was dat; de betovering was geschied.

De rest van de nacht sliep Will vast. Het was koud, maar de heksen stapelden bladeren op hem, en Lyra sliep dicht tegen zijn rug aan gedrukt. 's Morgens verbond Serafina zijn wond opnieuw, en aan haar uitdrukking probeerde hij te zien of die aan het genezen was, maar haar gezicht stond kalm en onaandoenlijk.

Toen ze gegeten hadden, vertelde Serafina de kinderen wat de heksen hadden besloten. Nu ze naar deze wereld waren gekomen om Lyra te zoeken en haar te beschermen, zouden ze haar helpen bij haar taak: namelijk om Will naar zijn vader te leiden.

Dus gingen ze op weg, en voor het grootste deel was het een rustige tocht. Lyra raadpleegde om te beginnen voorzichtigjes de alethiometer, en kwam te weten dat ze in de richting moesten van de bergen, die ze aan de overkant van de grote baai in de verte zagen. Ze waren nooit zo hoog boven de stad geweest en wisten dus niet dat de kust zo bochtig was; en de bergen hadden achter de horizon gelegen. Maar nu konden ze, wanneer er niet te veel bomen stonden of ze op een heuvel waren, uitkijken over de lege blauwe zee tot aan de hoge blauwe bergen daarachter, waar ze heen moesten. Het leek een heel eind.

Ze zeiden niet veel. Lyra werd helemaal in beslag genomen door al het gedierte in het bos: van spechten tot eekhoorns tot kleine groene mosslangen met ruitjespatronen op hun rug, en Will had al zijn energie nodig om op de been te blijven. Lyra en Pantalaimon praatten eindeloos over hem.

'We zóuden natuurlijk op de alethiometer kunnen kijken,' zei Pantalaimon op een gegeven moment, toen ze langzamer waren gaan lopen om te zien hoe dicht ze bij een grazend reekalf konden komen voordat het hen zag. 'We hebben nooit beloofd dat we het niet zouden doen. En we zouden van alles voor hem kunnen uitvinden. We zouden het voor hem doen, niet voor onszelf.'

'Doe niet zo dom,' zei Lyra. 'We zouden het wél voor onszelf doen, want hij zou het nooit vragen. Je bent gewoon inhalig en nieuwsgierig, Pan.'

'Dat is dan weer eens iets anders. Gewoonlijk ben jij degene die inhalig en nieuwsgierig is, en moet ik je voor van alles waarschuwen. Zoals in de rooksalon in het Jordan. Daar wilde ik helemaal niet naar binnen.'

'Als we het niet hadden gedaan, Pan, zou dit dan allemaal zijn gebeurd?'

'Nee. Want dan zou de rector lord Asriel hebben vergiftigd, en daarmee zou het dan afgelopen zijn geweest.'

'Tja, dat zal wel... Maar wie denk je dat Wills vader is? En waarom is hij belangrijk?'

'Dat bedoel ik nou! Dat zouden we zo kunnen uitvinden!'

Ze keek weemoedig. 'Vroeger zou ik dat misschien hebben gedaan, maar ik geloof dat ik aan het veranderen ben, Pan.'

'Nee, dat ben je niet.'

'Jíj verandert misschien niet... Hé, Pan, als ik verander, verander jij niet meer. Wat word je uiteindelijk?'

'Een vlo, hoop ik.'

'Even serieus: heb je daar hélemaal geen gevoel over?'

'Nee. En dat wil ik ook niet hebben.'

'Je bent knorrig omdat je je zin niet krijgt.'

Hij veranderde in een varken en knorde en krijste en snoof tot ze tegen hem lachte, en toen veranderde hij in een eekhoorn en sprong naast haar door de takken.

'Wie denk jíj dat zijn vader is?' vroeg Pantalaimon. 'Denk je dat het iemand is die we kennen?'

'Zou kunnen. Maar hij moet belangrijk zijn, bijna zo belangrijk als lord Asriel. Dat moet gewoon. We weten tenslotte dat wat wíj doen, belangrijk is.'

'Dat weten we niet,' merkte Pantalaimon op. 'We denken het, maar we weten het niet. We hebben alleen besloten om naar Stof te zoeken omdat Roger dood is gegaan.'

'We wéten dat het belangrijk is!' zei Lyra heftig, en ze stampte zelfs op de grond. 'En de heksen ook. Ze zijn helemaal hierheen gekomen om ons te zoeken, alleen om me te beschermen en te helpen! En we moeten Will helpen om zijn vader te vinden. Dát is belangrijk. Dat weet jij ook, anders zou je hem niet hebben gelikt toen hij gewond was geraakt. Waarom deed je dat trouwens? Je had helemaal niet gevraagd of het mocht. Ik wist niet wat ik meemaakte.'

'Ik heb het gedaan omdat hij geen dæmon had en er een nodig had. En als je half zo goed was in het observeren als je denkt, zou je het hebben geweten.'

'Ik wist het ook eigenlijk wel,' zei ze.

Toen hielden ze op met praten, want ze hadden Will ingehaald, die aan de kant van het pad op een steen zat. Pantalaimon werd een vliegenvanger, en terwijl hij tussen de takken vloog, zei Lyra: 'Will, wat gaan die kinderen nu doen denk je?'

'Ze komen ons niet achterna. Ze zijn te bang voor de heksen. Wie weet gaan ze gewoon weer rondzwerven.'

'Ja, waarschijnlijk... Maar ze willen het mes misschien gebruiken. Wie weet komen ze daarop af.'

'Laat ze. Ze krijgen het niet, nu niet meer. Eerst wilde ik er niets mee te maken hebben. Maar als het de Spoken kan doden...'

'Ik heb Angelica nooit vertrouwd, vanaf het begin al niet,' zei Lyra uit de grond van haar hart.

'Jawel, dat deed je wel,' zei hij.

'Ja. Eigenlijk wel... Ik haatte die stad op het laatst.'

'Toen ik hem ontdekte dacht ik dat het de hemel was. Ik kon me niets beters voorstellen. En de hele tijd zat het er vol Spoken, en dat wisten we niet...'

'Nou, ik vertrouw kinderen niet meer,' zei Lyra. 'Toen in Bolvangar dacht ik dat grote mensen wel heel slechte dingen konden doen, maar dat kinderen anders waren. Dat ze nooit zo wreed zouden zijn. Maar nu weet ik het niet zo zeker. Ik heb nog nooit zulke kinderen meegemaakt, dat moet ik zeggen.'

'Ik wel,' zei Will.

'Wanneer? In jouw wereld?'

'Ja,' zei hij verlegen. Lyra wachtte af en hield zich stil, en even later ging hij door: 'Het gebeurde toen mijn moeder een van haar slechte perioden had. Zij en ik, we hadden alleen elkaar, snap je, omdat mijn vader er niet was. En eens in de zo veel tijd begon ze zich dingen in te beelden die niet waar waren. En dan moest ze van zichzelf dingen doen die geen zin hadden, in mijn ogen tenminste niet. Ik bedoel: ze moest het doen, want anders raakte ze zo overstuur dat ze overal bang voor was, en dan hielp ik haar maar. Zoals alle hekken in het park aanraken, of de bladeren aan een struik tellen, dat soort dingen. Na een poosje knapte ze altijd weer op. Maar ik was bang dat iemand erachter zou komen dat ze zo was, omdat ik dacht dat ze haar dan weg zouden halen, dus zorgde ik voor haar en hield het geheim. Ik heb het nooit aan iemand verteld.

En op een keer kreeg ze een angstaanval toen ik er niet was om haar te helpen. Ik zat op school. En ze liep naar buiten en ze had niet veel aan, maar dat wist ze niet. En een paar jongens van mijn school vonden haar, en ze begonnen...'

Will had een vuurrood gezicht. Hij kon er niets aan doen, maar hij moest gaan ijsberen en een andere kant uit kijken, want zijn stem was onvast en zijn ogen werden vochtig. Hij ging door: 'Ze pestten haar, net zoals de kinderen bij de toren de kat pestten... Ze dachten dat ze gek was en ze wilden haar pijn doen, misschien wel doodmaken, dat zou me niets verbazen. Ze haatten haar omdat ze anders was. Hoe dan ook: ik vond haar en nam haar mee naar huis. En de volgende dag vocht ik het op school uit met de jongen die de aanvoerder was. Ik vocht met hem en brak zijn arm en ik brak geloof ik ook een paar van zijn tanden, ik weet niet. En ik wilde met de rest ook vechten, maar ik kwam in moeilijkheden en realiseerde me dat ik er beter mee kon ophouden, omdat ze er anders achter zouden komen. De onderwijzers en de autoriteiten, bedoel ik, die zouden naar mijn moeder gaan om over me te klagen en dan zouden ze erachter komen hoe ze was en haar weghalen. Dus deed ik gewoon of ik er spijt van had en zei tegen de onderwijzers dat ik het niet meer zou doen, en ik kreeg straf omdat ik had gevochten, en ik zei nog steeds niets. Maar ik had haar beschermd, snap je. Niemand wist het, behalve die jongens, en die wisten wat ik zou doen als ze het verklapten; ze wisten dat ik ze dan een keer zou vermoorden. Niet alleen maar toetakelen. En een tijdje daarna werd ze weer beter. Niemand heeft het ooit geweten.

Maar na die tijd vertrouwde ik kinderen net zomin als grote mensen. Ze zijn er net zo goed op uit om slechte dingen te doen. Daarom was ik niet verbaasd over die kinderen in Ci'gazze.

Maar ik was blij dat de heksen kwamen.'

Hij ging weer zitten met zijn rug naar Lyra toe en veegde met zijn hand over zijn ogen. Ze deed net of ze niets zag.

'Will,' zei ze, 'wat je over je moeder vertelde... En Tullio, toen de Spoken hem te pakken namen... En toen je gisteren zei dat je dacht dat de Spoken uit jouw wereld kwamen...'

'Ja. Omdat het niet logisch was, wat er met haar gebeurde. Ze is niet gek. Die kinderen mochten dan denken dat ze gek was en haar uitlachen en proberen haar pijn te doen, maar ze hadden geen gelijk; ze was niet gek. Behalve dat ze bang was voor dingen die ik niet zag. En dat ze dingen moest doen die idioot leken, waar ik het nut niet van kon inzien, maar zij blijkbaar wel. Zoals toen ze alle bladeren telde, of zoals Tullio eergisteren alle stenen van de muur telde. Misschien was dat een manier om de Spoken op afstand te houden. Als ze iets waar ze bang voor waren maar de rug toekeerden en probeerden zich echt te interesseren voor de stenen en hoe ze in elkaar pasten, of voor de bladeren aan de struik, als ze dat maar echt belangrijk konden vinden, dan waren ze veilig. Zoiets... Ik weet niet. Zoiets moet het zijn. Ze had ook echte dingen om bang voor te zijn, zoals de mannen die ons kwamen beroven, maar er was ook nog iets anders. Dus misschien hebben we in mijn wereld inderdaad Spoken, en zien we ze alleen niet en hebben we er geen naam voor, en blijven ze proberen mijn moeder aan te vallen. Dus daarom was ik gisteren zo blij toen de alethiometer zei dat het goed met haar ging.'

Hij haalde snel adem en met zijn rechterhand omklemde hij het mes in zijn schede. Lyra zei niets, en Pantalaimon hield zich muisstil.

'Wanneer wist je dat je je vader moest gaan zoeken?' vroeg ze na een poos.

'Een hele tijd geleden,' zei hij. 'Ik speelde altijd dat hij gevangenzat en dan hielp ik hem om te ontsnappen. Zo deed ik eindeloos spelletjes met mezelf, het ging dagen door. Of hij zat op een onbewoond eiland en ik voer erheen en bracht hem thuis. En hij wist precies hoe hij alles moest oplossen, vooral met mijn moeder, en ze werd beter en hij zorgde voor haar en mij en ik kon gewoon naar school en vriendjes hebben en ik had ook een vader en moeder. Dus zei ik altijd tegen mezelf dat ik mijn vader zou gaan zoeken als ik groot was... En mijn moeder zei altijd tegen me dat ik de mantel van mijn vader zou opnemen. Dat zei ze om me een prettig gevoel te geven. Ik wist niet wat het betekende, maar het klonk belangrijk.'

'Had je geen vriendjes?'

'Hoe had ik die kunnen hebben?' vroeg hij, gewoon verbaasd. 'Vriendjes... die komen bij je thuis en die kennen je ouders en... Soms nodigde een jongen me bij hem thuis uit, en ik ging wel eens, maar ik kon hem nooit terugvragen. Dus had ik eigenlijk nooit vriendjes. Ik had wel graag... Ik had mijn kat,' ging hij door. 'Ik hoop dat het goed met haar gaat. Ik hoop dat iemand voor haar zorgt...'

'Hoe zit het met de man die je hebt doodgemaakt?' vroeg Lyra met bonzend hart. 'Wie was het?'

'Ik weet het niet. Als ik hem heb gedood, kan het me niet schelen. Hij verdiende het. Ze waren met z'n tweeën. Ze kwamen steeds naar ons huis en vielen mijn moeder lastig tot ze weer bang werd, en erger dan ooit. Ze wilden alles over mijn vader weten, en ze lieten haar niet met rust. Ik weet niet of ze van de politie waren of wat. Eerst dacht ik dat ze bij een bende hoorden of zoiets, en dat ze dachten dat mijn vader een bankroof had gepleegd en het geld had verstopt. Maar ze wilden geen geld, ze wilden papieren. Ze wilden een paar brieven die mijn vader had gestuurd. Op een dag braken ze in het huis in en toen begreep ik wel dat het veiliger zou zijn als mijn moeder ergens anders was. Ik kon de politie niet om hulp vragen, snap je, want dan zouden ze mijn moeder weghalen. Ik wist niet wat ik moest doen.

Dus uiteindelijk heb ik het aan de oude dame gevraagd die mij vroeger pianoles gaf. Ze was de enige die ik kon bedenken. Ik ben met mijn moeder naar haar toe gegaan en heb haar gevraagd of ze bij haar kon logeren. Ik denk dat ze goed voor haar zal zorgen. Hoe dan ook, ik ben weer naar huis gegaan om die brieven te zoeken, omdat ik wist waar ze ze in bewaarde, en ik heb ze gevonden en toen braken de mannen weer in. Het was 's nachts, of vroeg in de morgen. En ik zat boven aan de trap verstopt en Moxie, mijn kat Moxie, kwam de slaapkamer uit, en ik zag haar niet, en de man zag haar ook niet, en toen ik tegen hem aan knalde, struikelde hij over haar en viel de trap af, helemaal naar beneden...

En ik ben weggelopen. Dat is er gebeurd. Het was dus niet mijn bedoeling om hem te doden, maar als ik het heb gedaan kan het me niet schelen. Ik ben weggelopen en naar Oxford gegaan en toen vond ik dat raam. En dat gebeurde alleen omdat ik die andere kat zag en stil bleef staan om naar haar te kijken, en zij ontdekte het raam het eerst. Als ik haar niet had gezien... Of als Moxie niet op dat moment de slaapkamer uit was gekomen...'

'Ja,' zei Lyra, 'daar heb je geluk mee gehad. Pan en ik hadden het er net over: stel dat we niet in de kast waren gekropen in de rooksalon in het Jordan en niet hadden gezien dat de rector vergif in de wijn deed. Dan zou dit allemaal ook niet gebeurd zijn...'

Ze zaten zwijgend naast elkaar op de bemoste steen, in het zonlicht dat schuin door de oude dennenbomen viel, en dachten erover na hoeveel kleine toevallige gebeurtenissen hadden samengewerkt om hen naar deze plek te brengen. Elk van die gebeurtenissen had anders kunnen uitpakken. Misschien had in een andere wereld een andere Will het raam in Sunderland Avenue niet gezien, en was hij moe en eenzaam verder gedwaald naar de Midlands tot hij werd opgepakt. En misschien had in een andere wereld een andere Pantalaimon een andere Lyra overgehaald om niet in de rooksalon te blijven, en was een andere lord Asriel vergiftigd, en was een andere Roger blijven leven om eeuwig met die andere Lyra te spelen op de daken en in de stegen van een ander onveranderlijk Oxford.

Een tijdje later was Will voldoende uitgerust om verder te gaan, en ze liepen samen over het pad, terwijl in het grote bos om hen heen rust heerste.

Ze bleven de hele dag onderweg, rustend, lopend, weer rustend, terwijl het bos minder dicht werd en de grond rotsachtiger. Lyra raadpleegde de alethiometer: doorgaan, zei hij; dit is de goede richting. Om twaalf uur 's middags kwamen ze bij een dorp dat niet geplaagd werd door Spoken. Geiten graasden op de heuvels, een bosje citroenbomen wierp schaduw op de rotsachtige grond, en kinderen die in de beek speelden slaakten verschrikte uitroepen en renden naar hun moeders toen ze hen zagen aankomen: het haveloos geklede meisje, de bleke jongen met de felle ogen in zijn met bloed besmeurde T-shirt en de elegante hazewindhond die naast hen liep.

De volwassenen waren niet toeschietelijk, maar wel bereid wat brood, kaas en fruit te verkopen voor een gouden munt van Lyra. De heksen hielden zich op een afstand, maar de kinderen wisten dat ze er in een seconde zouden zijn als er gevaar dreigde. Na nog een rondje loven en bieden kocht Lyra van een oude vrouw twee waterzakken van geitenvel en een fijnlinnen hemd. Will gooide opgelucht zijn smerige T-shirt weg, waste zich in de ijskoude beek en ging daarna in de hete zon liggen drogen.

Opgefrist liepen ze door. Het terrein was nu ruiger; om schaduw te krijgen moesten ze uitrusten in de beschutting van rotsen, niet onder bomen met brede kruinen, en de grond trok warm op door de zolen van hun schoenen. De zon blikkerde in hun ogen. Hoe hoger ze klommen, hoe langzamer ze vooruitkwamen, en toen de zon bijna achter de bergen was verdwenen en ze beneden een kleine vallei zagen liggen, besloten ze niet verder te gaan.

Ze klauterden de helling af, gleden meer dan eens bijna uit, en moesten zich ten slotte een weg banen door bossen dwergrododendrons, donkere glanzende bladeren en vuurrode bloemtrossen waar bijen in zoemden, voor ze in de avondschemering uitkwamen op een verwilderde wei aan een beek. Het gras was kniehoog en stond boordevol korenbloemen, gentianen en vijfvingerkruid.

Will dronk dorstig uit de beek en ging toen liggen. Hij kon niet wakker blijven en hij kon ook niet slapen; zijn hoofd tolde, over alles hing een waas van gekheid, en zijn hand deed pijn en klopte.

En wat erger was: hij was weer gaan bloeden.

Serafina keek ernaar, deed nieuwe kruiden op de wond en wikkelde de zijde er steviger dan ooit omheen, maar deze keer keek ze bezorgd. Hij wilde haar niets vragen, want wat had dat voor zin? Voor hem was het duidelijk dat de betovering niet had gewerkt, en hij zag dat zij het ook wist.

Toen het donker werd, kwam Lyra dicht bij hem liggen, en even later hoorde hij een zacht gespin. Haar dæmon, in kattengedaante, lag een halve meter van hem vandaan met gevouwen poten te doezelen, en Will fluisterde: 'Pantalaimon?'

De dæmon deed zijn ogen open. Lyra bewoog niet. Pantalaimon fluisterde: 'Ja?'

'Pan, ga ik dood?'

'De heksen zullen je niet dood laten gaan. En Lyra ook niet.'

'Maar de betovering heeft niet gewerkt. Ik blijf bloed verliezen. Ik heb vast niet veel meer over. En mijn hand bloedt weer, het houdt niet op. Ik ben bang...'

'Lyra vindt van niet.'

'Nee?'

'Ze vindt je de dapperste vechter die ze ooit heeft gezien, net zo dapper als Iorek Byrnison.'

'Dan kan ik maar beter proberen geen bange indruk te maken,' zei Will. Hij zweeg een minuut en zei toen: 'Ik vind dat Lyra dapperder is dan ik. Ze is het beste vriendje dat ik ooit heb gehad.'

'Zo denkt ze ook over jou,' fluisterde de dæmon.

Even later vielen Wills ogen dicht.

Lyra lag roerloos naast hem, maar ze had haar ogen wijdopen en haar hart bonsde.

Toen Will zich weer bewust werd van zijn omgeving was het helemaal donker, en zijn hand deed meer pijn dan ooit. Hij ging voorzichtig rechtop zitten en zag niet ver weg een vuur branden, waar Lyra probeerde brood te roosteren aan een gevorkte tak. Er hingen ook een paar vogels aan een spit te braden, en toen Will bij het vuur kwam zitten, vloog Serafina Pekkala naar beneden.

'Will,' zei ze, 'eet deze blaadjes voor je iets anders eet.'

Ze gaf hem een handvol zachte, bitter smakende blaadjes, zoiets als salie, en hij kauwde er zwijgend op en dwong zich ze door te slikken. Ze werkten samentrekkend, maar hij voelde zich nu meer wakker en minder koud, gewoon wat beter.

Ze aten de gebraden vogels op, gekruid met citroensap, en een andere heks bracht wat bosbessen die ze onder aan de helling had gevonden, en toen verzamelden de heksen zich rond het vuur. Ze praatten zacht; een paar heksen waren heel hoog de lucht in gegaan om de omgeving te verkennen en een van hen had boven zee een ballon gezien. Lyra schoot overeind.

'De ballon van meneer Scoresby?' vroeg ze.

'Er zaten twee mannen in, maar de ballon was te ver weg om te zien wie het waren. Achter hen stak een storm op.'

Lyra klapte in haar handen. 'Als meneer Scoresby eraan komt, kunnen we vliegen, Will!' zei ze. 'O, ik hoop dat hij het is! Ik heb niet eens afscheid van hem genomen, en hij is zo aardig geweest... Ik wou dat ik hem weer zag, wat zou ik dat graag willen...'

De heks Juta Kamainen luisterde mee, terwijl haar roodborstdæmon met heldere ogen op haar schouder zat, want nu er over Lee Scoresby werd gepraat, moest ze weer denken aan de queeste die hij had ondernomen. Zij was de heks die van Stanislaus Grumman had gehouden en wier liefde door hem niet was beantwoord, de heks die door Serafina Pekkala was meegenomen naar deze wereld om te voorkomen dat ze hem in hun eigen wereld zou doden.

Serafina zou het misschien gemerkt hebben als er niet iets anders was gebeurd: ze stak haar hand op en hief haar hoofd, wat alle andere heksen ook deden. Will en Lyra hoorden uit het noorden heel flauw de kreet van een nachtvogel komen. Maar het was geen vogel: de heksen wisten meteen dat het een dæmon was. Serafina Pekkala stond op en keek gespannen omhoog.

'Ik denk dat het Ruta Skadi is,' zei ze.

Ze zwegen, hielden hun hoofden schuin in de wijde stilte, spanden zich in om iets te horen.

Er kwam nog een kreet, al dichterbij, en toen een derde. En op dat ogenblik pakten alle heksen hun takken en sprongen de lucht in. Allemaal, op twee na, die met pijlen in hun gespannen bogen dicht bij Will en Lyra gingen staan om hen te bewaken.

Ergens boven in het donker was een gevecht gaande. En maar een paar seconden later, zo leek het, hoorden ze vluchtgeruis, het gefluit van pijlen, en luide grommende en schreeuwende stemmen, waar pijn, woede of een bevel in doorklonk.

En toen viel er een schepsel uit de lucht bij hun voeten neer met zo'n plotselinge klap, dat ze niet meer weg konden springen... een beest met leerachtige huid en doffe vacht, waarin Lyra een klifgeest, of iets dergelijks, herkende.

Hij had van alles gebroken door de val, en er stak een pijl uit zijn zij, maar toch kwam hij overeind en sprong met klapwiekende boosaardigheid op Lyra af. De heksen konden niet schieten, want Lyra zat in de vuurlijn, maar Will posteerde zich vóór haar en gaf een zijwaartse houw met het mes. Het hoofd van het schepsel viel op de grond, waar het een paar keer omrolde. De lucht werd met een gorgelende zucht uit zijn longen geperst en de geest zakte dood in elkaar.

Ze keken weer naar boven, want er werd nu op minder grote hoogte gevochten, en in het licht van het vuur waren ruisende wervelingen van zwarte zijde, bleke ledematen, groene dennennaalden, grijsbruin schurftig leer te zien. Hoe de heksen hun evenwicht konden bewaren wanneer ze plotseling zwenkten, stilhielden of voorwaarts schoten, laat staan konden richten en schieten, ging Wills verstand te boven.

Een tweede klifgeest viel in de beek of op de rotsen daar vlakbij, en toen een derde, morsdood. En toen vluchtte de rest snerpend en snaterend het donker in naar het noorden.

Even later landde Serafina Pekkala met haar heksen en nog iemand anders: een prachtige heks met schitterogen, zwarte haren en rode wangen van woede en opwinding.

De nieuwe heks zag de onthoofde klifgeest en spuugde ernaar.

'Niet uit onze wereld,' zei ze, 'en ook niet uit deze. Smerige wangedrochten. Er zijn er duizenden, ze planten zich als konijnen voort... Wie is dit? Is dit het kind Lyra? En wie is die jongen?'

Lyra beantwoordde haar blik onverstoorbaar, hoewel ze haar hart sneller voelde kloppen, want Ruta Skadi straalde zo'n vitaliteit uit dat iedereen in haar buurt erdoor aangestoken werd.

Vervolgens wendde de heks zich tot Will, en hij voelde dezelfde trilling van intensiteit door zich heen gaan, maar net als Lyra hield hij zijn gezicht in bedwang. Hij had het mes nog in zijn hand, en ze zag wat hij ermee had gedaan, en glimlachte. Hij stak het in de grond om het bloed van het walgelijke wezen eraf te halen en spoelde het toen af in de beek.

Ruta Skadi zei: 'Serafina Pekkala, ik leer zo veel; alle oude dingen zijn aan het veranderen of dood aan het gaan of zonder inhoud. Ik heb honger...'

Ze at als een beest: ze rukte de overblijfselen van de gebraden vogels uit elkaar, propte handenvol brood in haar mond en spoelde alles weg met grote slokken water uit de beek. Terwijl ze aan het eten was, brachten een paar heksen de dode klifgeest weg, stookten het vuur op en regelden de wacht.

De rest kwam bij Ruta Skadi zitten om te horen wat ze te vertellen had. Ze vertelde wat er gebeurd was toen ze omhoog was gevlogen om met de engelen te praten, en vervolgens deed ze verslag van haar reis naar de vesting van lord Asriel.

'Zusters, het is het grootste kasteel dat u zich voor kunt stellen... Basalten borstweringen die tot in de hemel oprijzen, brede wegen die er uit alle richtingen heen lopen, en daarop vrachten buskruit, voedsel, pantserplaat. Hoe heeft hij het voor elkaar gekregen? Hij moet dit heel lang hebben voorbereid, eeuwenlang. Hij was dit al aan het voorbereiden toen wij nog niet geboren waren, zusters, hoewel hij veel jonger is... Maar hoe kan dat? Ik weet het niet. Ik begrijp er niets van. Ik denk dat hij de tijd beheerst, dat hij die zo snel of langzaam kan laten verlopen als hij wil.

En er komen alle soorten krijgers naar zijn vesting toe, uit alle werelden. Mannen en vrouwen, ja, en ook vechtgeesten, en gewapende schepsels zoals ik nog nooit heb gezien... Hagedissen en apen, grote vogels met giftige klauwen, schepsels die me zo vreemd voorkomen dat ik hun naam niet eens kan raden. En in andere werelden bestaan ook heksen, zusters, wist u dat? Ik heb gesproken met heksen uit een wereld die op de onze lijkt, maar totaal anders is, want die heksen leven niet langer dan onze kortlevens, en er zijn ook mannen bij, manheksen, die net zo vliegen als wij...'

De heksen van Serafina Pekkala's stam luisterden met ontzag, angst en ongeloof naar haar verhaal. Maar Serafina geloofde haar en wilde meer horen.

'Hebt u lord Asriel gesproken, Ruta Skadi? Hebt u hem gevonden?'

'Ja, dat heb ik, en het viel niet mee, want er gaat daar zo veel om, en hij heeft overal de leiding. Maar ik heb mezelf onzichtbaar gemaakt en ben naar zijn geheimste vertrek gegaan, toen hij zich klaarmaakte om te gaan slapen.'

Iedere heks die daar bij het vuur zat wist wat er toen gebeurde, en Will en Lyra dachten er in de verste verte niet aan. Dus hoefde Ruta Skadi het niet te vertellen, en ze ging door: 'En toen vroeg ik hem waarom hij al die troepen aan het samentrekken was, en of het waar was wat ik had gehoord over zijn uitdaging van de Autoriteit, en hij lachte.

"Praten ze er dan in Siberië over?" vroeg hij, en ik zei ja, en ook op Svalbard en in alle gebieden van het noorden... ons noorden; en ik vertelde hem dat wij een verdrag hadden gesloten en dat ik onze wereld had verlaten om hem te zoeken en om erachter te komen wat er gaande was.

En hij nodigde ons uit ons bij hem aan te sluiten, zusters. Om ons aan te sluiten bij zijn leger dat de Autoriteit gaat aanvallen. Ik wenste met heel mijn hart dat ik hem op dat moment meteen onze steun had kunnen toezeggen. Ik zou me met vreugde met mijn stam bij zijn leger hebben aangesloten. Hij maakte me duidelijk dat het goed en rechtvaardig was om in opstand te komen, als je bedacht wat de vertegenwoordigers van de Autoriteit in Zijn naam hebben gedaan... En ik dacht aan de kinderen in Bolvangar, en aan de andere verschrikkelijke verminkingen die ik in onze eigen zuidelijke landen heb gezien. Hij vertelde me over nog veel meer gruwelijke wreedheden die begaan zijn in naam van de Autoriteit... Over hoe ze in sommige werelden heksen gevangennemen en levend verbranden, zusters, ja zeker, heksen als wij...

Hij heeft mijn ogen geopend. Hij liet me dingen zien waar ik geen weet van had: wreedheden en gruweldaden, bedreven in naam van de Autoriteit, allemaal ontworpen om de vreugden en mooie dingen van het leven te vernietigen.

O zusters, hoe graag had ik mezelf met mijn hele stam onmiddellijk bij die opstand aangesloten!

Maar ik wist dat ik eerst met u moest overleggen, en dan terug moest vliegen naar onze wereld om met Ieva Kasku en Reina Miti en de andere heksenkoninginnen te praten.

Dus verliet ik onzichtbaar zijn vertrek, pakte mijn wolk-den en vloog weg. Maar ik had nog niet ver gevlogen of er stak een storm op die me hoog de bergen in zwiepte, en ik moest schuilen op de top van een klif. Omdat ik wist wat voor schepsels er op kliffen leven, maakte ik mezelf weer onzichtbaar, en in het donker hoorde ik stemmen.

Blijkbaar was ik toevallig beland bij het hol van de oudste klifgeest. Hij was blind, en ze hadden hem voedsel gebracht: een stinkend kadaver van ergens helemaal beneden. En ze vroegen hem raad.

"Grootvader," zeiden ze, "hoe ver gaat uw herinnering terug?"

"Heel, heel ver. Tot ver voor de mensen er waren," zei hij, en hij had een zachte, gebarsten, tere stem.

"Is het waar dat binnenkort het grootste gevecht plaatsvindt dat er ooit is geweest, grootvader?"

"Ja, kinderen," zei hij. "Een groter gevecht zelfs dan het laatste. We zullen ons allemaal te goed kunnen doen. Het zullen voor alle geesten in alle werelden dagen van vreugde en overvloed zijn."

"En wie gaat winnen, grootvader? Zal lord Asriel de Autoriteit verslaan?"

"Het leger van lord Asriel telt miljoenen," zei de oude klifgeest, "bijeengebracht uit alle werelden. Dit leger is groter dan het leger dat destijds tegen de Autoriteit is opgetrokken, en het wordt beter geleid. En wat betreft de troepenmacht van de Autoriteit: nou, die is honderd keer zo groot. Maar de Autoriteit is oeroud, zelfs veel ouder dan ik, kinderen, en Zijn troepen zijn bang, en als ze niet bang zijn, zijn ze onverschillig. Het zou erom spannen, maar lord Asriel zou winnen, omdat hij hartstochtelijk en vermetel is en gelooft dat zijn doel rechtvaardig is. Maar er is één probleem, kinderen. Hij heeft Aesahaettr niet. Zonder Aesahaettr zullen hij en al zijn troepen worden verslagen. En dan zullen we ons jaren te goed doen, kinderen van mij!"

En hij lachte en knauwde op het stinkende oude bot dat ze hem hadden gebracht, en alle anderen krijsten van pret.

U kunt zich voorstellen hoe ik me inspande om meer over die Aesahaettr te horen, maar alles wat ik boven het gebulder van de storm uit verstond, was de vraag van een jonge geest: "Als lord Asriel Aesahaettr nodig heeft, waarom roept hij hem dan niet?"

En de oude geest zei: "Omdat lord Asriel even weinig over Aesahaettr weet als jij, kind! Dat is de grap! Het is lachen geblazen..."

Maar toen ik probeerde dichter bij die walgelijke wezens te komen, lieten mijn krachten me in de steek, zusters: ik kon mezelf niet langer onzichtbaar houden. De jonge geesten zagen me en gilden het uit, en ik moest vluchten, terug naar deze wereld door de onzichtbare poort in de lucht. Er kwam een hele vlucht achter me aan, en dat zijn de laatste, die daar dood liggen.

Maar het is duidelijk dat lord Asriel ons nodig heeft, zusters. Wie die Aesahaettr ook is, lord Asriel heeft ons nodig! Ik wou dat ik meteen naar hem terug kon gaan om hem te zeggen: maak u niet ongerust... we komen eraan... wij, de heksen van het noorden, en we zullen u helpen te winnen... Laten we het er nu over eens worden, Serafina Pekkala, en een grote vergadering van alle heksen, van alle stammen bijeenroepen, en ten oorlog trekken!'

Serafina Pekkala keek naar Will, en hij kreeg de indruk dat ze hem verlof vroeg voor iets. Maar hij kon haar niet helpen, en ze wendde zich weer tot Ruta Skadi.

'Wij doen niet mee,' zei ze. 'Het is onze taak Lyra te helpen, en het is haar taak Will naar zijn vader te leiden. U moet terugvliegen, dat ben ik met u eens, maar wij moeten bij Lyra blijven.'

Ruta Skadi schudde ongeduldig haar hoofd.

'Nou, als dat beslist moet,' zei ze.

Will ging liggen, want zijn wond deed pijn... veel erger dan in het begin. Zijn hele hand was opgezwollen. Lyra ging ook liggen, met Pantalaimon opgekruld bij haar hals. Ze keek naar het vuur door half gesloten ogen en luisterde slaperig naar het zachte gepraat van de heksen.

Ruta Skadi liep een eindje langs de beek op, en Serafina Pekkala ging met haar mee.

'Ach, Serafina Pekkala, u zou lord Asriel moeten zien,' zei de Letlandse koningin zacht. 'Hij is de grootste aanvoerder die ooit heeft bestaan. Hij heeft elk detail van zijn troepenmacht duidelijk in zijn hoofd. Stel u eens voor hoe gewaagd: oorlog voeren tegen een schepper! Maar wie denkt u dat die Aesahaettr kan zijn? Hoe komt het dat we nooit over hem gehoord hebben? En hoe kunnen we hem zover krijgen dat hij zich bij lord Asriel aansluit?'

'Misschien is het geen "hij", zuster. We weten er even weinig van als de jonge klifgeest. Misschien lachte de oude grootvader om zijn onwetendheid. Het woord klinkt alsof het "godverdelger" betekent. Wist u dat?'

'Dan worden wij er misschien uiteindelijk mee bedoeld, Serafina Pekkala! En als dat zo is, hoeveel sterker zal zijn troepenmacht dan zijn als we ons bij hem aansluiten. O, ik verlang ernaar die duivels van Bolvangar, van alle Bolvangars van alle werelden, met mijn pijlen te doden! Zuster, waarom doen ze het? In alle werelden offeren de vertegenwoordigers van de Autoriteit kinderen aan hun wrede god! Waarom? Waarom?'

'Ze zijn bang voor Stof,' zei Serafina Pekkala, 'maar wat dat is, weet ik niet.'

'En de jongen die u hebt gevonden. Wie is hij? Uit welke wereld komt hij?'

Serafina Pekkala vertelde haar alles wat ze over Will wist. 'Ik weet niet waarom hij belangrijk is,' besloot ze haar verhaal, 'maar wij dienen Lyra. En haar instrument zegt haar dat het haar taak is hem te helpen. En zuster, we hebben geprobeerd zijn wond te genezen, maar het is niet gelukt. We hebben de stollingsbetovering geprobeerd, maar die werkte niet. Misschien zijn de kruiden in deze wereld minder geneeskrachtig dan die in de onze. Bloedmos groeit hier niet, daar is het te warm voor...'

'Het is een vreemde jongen,' zei Ruta Skadi. 'Hij is uit hetzelfde hout gesneden als lord Asriel. Hebt u in zijn ogen gekeken?'

'Om u de waarheid te zeggen durfde ik dat niet,' bekende Serafina Pekkala.

De twee koninginnen zaten zwijgend bij de beek. De tijd verstreek; sterren gingen onder en andere sterren kwamen op; er klonk een kreetje onder de slapende mensen, maar het was Lyra, die droomde. De heksen hoorden het gerommel van een onweersbui en zagen de bliksemschichten over de zee en de uitlopers van het gebergte spelen, maar het was ver weg.

Wat later zei Ruta Skadi: 'Het meisje, Lyra. Hoe zit het met de rol die ze moest vervullen? Is dit het? Is ze belangrijk omdat ze de jongen bij zijn vader kan brengen? Het was toch meer dan dat?'

'Nu moet ze de jongen bij zijn vader brengen. Maar later, ja, dan moet ze nog veel meer doen. Wat wij heksen over het kind hebben gezegd is dat ze een eind zou maken aan het noodlot. Welnu, we kennen de naam die haar betekenisvol zou maken voor mevrouw Coulter, en we weten dat die vrouw hem niet kent. De heks die ze op het schip in de buurt van Svalbard heeft gemarteld, heeft de naam bijna verraden, maar Yambe-Akka was op tijd bij haar.

Maar ik begin nu te denken dat Lyra misschien degene is over wie u de klifgeesten hebt horen praten, die Aesahaettr. Niet de heksen, niet die engelenwezens, maar dat slapende kind: het doorslaggevende wapen in de oorlog tegen de Autoriteit. Waarom zou mevrouw Coulter er anders zo op gebrand zijn om haar te vinden?'

'Mevrouw Coulter heeft een verhouding gehad met lord Asriel,' zei Ruta Skadi. 'Natuurlijk, en Lyra is hun dochter... Serafina Pekkala, als ik dit kind ter wereld had gebracht, wat een heks zou ze zijn geweest! Een koningin der koninginnen!'

'Stil, zuster,' zei Serafina. 'Luister... en wat is dat voor licht?'

Ze stonden op, bang dat er iets langs hun wacht was geglipt, en zagen licht glanzen uit de richting van het kampement. Maar het was geen licht van het vuur, daar leek het in de verste verte niet op.

Ze renden terug zonder geluid te maken, hun pijlen al in hun gespannen bogen, en bleven toen plotseling staan.

Alle heksen lagen op het gras te slapen, en Will en Lyra ook. Maar er stonden tien of meer engelen om de twee kinderen heen en keken op hen neer.

En toen kreeg Serafina inzicht in iets waarvoor de heksen geen woord hadden: in het begrip bedevaart. Ze begreep dat deze schepsels duizenden jaren wilden wachten en immense afstanden wilden afleggen om dicht bij iets belangrijks te zijn, en dat ze zich verder altijd anders zouden voelen omdat ze even in die tegenwoordigheid hadden verkeerd. Zo zagen deze schepsels er nu uit, die prachtige pelgrims van ijl licht, die in een kring stonden om het meisje met het vuile gezicht en de geruite rok en de jongen met de gewonde hand die fronste in zijn slaap.

Er bewoog iets bij Lyra's hals. Pantalaimon, een sneeuwwitte hermelijn, deed slaperig zijn zwarte ogen open en keek onbevreesd in het rond. Lyra zou het zich later als een droom herinneren. Pantalaimon scheen aan te nemen dat Lyra recht had op de aandacht, en even later krulde hij zich weer op en sloot zijn ogen.

Ten slotte spreidde een van de schepsels zijn vleugels wijd uit. Hoewel ze dicht bij elkaar stonden deden de andere dat ook, en hun vleugels vermengden zich zonder enige weerstand, drongen door elkaar heen als licht door licht, tot ze een stralende cirkel vormden om de kinderen die op het gras lagen te slapen.

Toen stegen de wachters de een na de ander op. Ze vlogen als vlammen de lucht in en werden almaar groter, tot ze reusachtig waren; maar toen waren ze al ver weg, als vallende sterren naar het noorden schietend.

Serafina en Ruta Skadi sprongen op hun wolkdennentakken en volgden hen naar boven, maar ze bleven ver achter.

'Waren dat net zulke schepsels als u hebt gezien, Ruta Skadi?' vroeg Serafina, terwijl ze op betrekkelijk kleine hoogte vaart minderden en de helle lichten steeds kleiner zagen worden.

'Groter, geloof ik, maar hetzelfde soort. Ze hebben geen vlees, zag u dat? Ze zijn helemaal van licht. Hun zintuigen moeten wel heel anders zijn dan de onze... Serafina Pekkala, ik vertrek, om alle heksen van ons noorden bij elkaar te roepen. Wanneer we elkaar weer ontmoeten, zal het oorlog zijn. Het ga u goed, m'n beste...'

Ze omhelsden elkaar midden in de lucht, en Ruta Skadi draaide zich om en spoedde zich naar het zuiden.

Serafina keek haar na en toen ze zich omdraaide zag ze de laatste glanzende engelen heel in de verte verdwijnen. Ze voelde alleen maar medelijden met die grootse wachters. Wat moesten ze het missen om nooit de aarde onder hun voeten te voelen, of de wind in hun haren, of het geprikkel van sterrenlicht op hun blote huid! Ze brak een twijgje van de wolkdennentak waarop ze vloog, en snoof de scherpe harsgeur met innig welbehagen op, voor ze langzaam naar beneden vloog om zich bij de slapers op het gras te voegen.

14
Alamoravijn

Lee Scoresby keek omlaag naar de rustige oceaan links van hem, de groene kust aan de rechterkant, en speurde met een hand boven zijn ogen naar menselijk leven. Het was een dag en een nacht geleden dat ze Jenissei hadden verlaten.

'En is dit een nieuwe wereld?' vroeg hij.

'Nieuw voor degenen die er niet geboren zijn,' zei Stanislaus Grumman. 'Verder zo oud als uw wereld of de mijne. Alles is door elkaar geschud door wat Asriel heeft gedaan, meneer Scoresby, heviger door elkaar geschud dan ooit is gebeurd. De doorgangen en vensters waarover ik u heb verteld, gaan nu op onverwachte plaatsen open. Het valt niet mee om koers te houden, maar we hebben een gunstige wind.'

'Nieuw of oud, het is een vreemde wereld daarbeneden,' zei Lee.

'Ja,' zei Stanislaus Grumman. 'Het is een vreemde wereld, maar ongetwijfeld voelen sommige mensen zich daar thuis.'

'Het ziet er leeg uit,' zei Lee.

'Nee, nee. Achter dat voorgebergte zult u een stad zien die vroeger machtig en rijk was. En er wonen nog steeds afstammelingen van de kooplieden en edelen die hem hebben gebouwd, hoewel de stad de afgelopen driehonderd jaar moeilijke tijden heeft doorgemaakt...'

De ballon zweefde voort, en een paar minuten later zag Lee eerst een vuurtoren, toen de bocht van een stenen golfbreker, toen de torens en koepels en roodbruine daken van een prachtige stad aan een haven. Hij zag een gebouw, weids als een opera, in een weelderige tuin, brede boulevards met elegante hotels, en straatjes waar bloesembomen hun takken over beschaduwde balkons bogen.

En Grumman had gelijk: er waren daar mensen. Maar toen ze dichterbij zweefden, zag Lee tot zijn verbazing dat het kinderen waren. Er was nergens een volwassene te bekennen. De kinderen speelden op het strand, renden cafés in en uit, aten en dronken of propten tassen vol met spullen uit huizen en winkels. En daar was een groep jongens aan het vechten, terwijl een roodharig meisje hen stond aan te vuren, en een klein jongetje gooide met stenen alle ramen van een gebouw daar vlakbij kapot. Het leek wel een speelplaats ter grootte van een stad, zonder één enkele onderwijzer. Het was een kinderwereld.

Maar ze waren niet de enige aanwezigen daar. Lee moest in zijn ogen wrijven toen hij ze voor het eerst zag, maar er was geen twijfel aan: kolommen van mist... of iets wat ijler was dan mist... een verdikking van de lucht... Wat het ook waren, de stad wemelde ervan. Ze dreven doelloos langs de boulevards, gingen huizen binnen, dromden samen op pleinen en binnenplaatsen. De kinderen gingen hun gang zonder ze te zien.

Maar niet zonder gezien te worden. Hoe verder ze over de stad dreven, hoe beter Lee het gedrag van die gedaanten kon observeren. En het was duidelijk dat ze voor sommige kinderen belangstelling hadden en dat ze bepaalde kinderen volgden: de oudere kinderen, de kinderen die (voorzover Lee het door zijn telescoop kon zien) op de rand van volwassenheid verkeerden. Er was één jongen, een lange, magere figuur met een ruige zwarte haardos, die door zo veel doorzichtige wezens was omringd dat zijn omtrekken in de lucht leken te trillen. De wezens waren net vliegen die om een stuk vlees heen zwermden. En de jongen had er geen idee van, hoewel hij wel zo nu en dan in zijn ogen wreef of zijn hoofd schudde, alsof hij moeite had met zien.

'Wat zijn dat in godsnaam voor dingen?' zei Lee.

'De mensen noemen ze Spoken.'

'Wat doen ze precies?'

'Hebt u wel eens gehoord van vampiers?'

'Jawel, in verhalen.'

'De Spoken doen zich te goed, zoals vampiers van bloed smullen, maar de Spoken voeden zich met aandacht. Met een bewuste en deskundige belangstelling voor de wereld. De onvolwassenheid van kinderen vinden ze minder aantrekkelijk.'

'Dan zijn ze dus het tegengestelde van die duivels in Bolvangar.'

'Integendeel. Het Oblatencomité en de Spoken der Onverschilligheid zijn allebei behekst door deze waarheid over het menselijk ras: dat onschuld iets anders is dan ervaring. Het Oblatencomité vreest en haat Stof, en de Spoken smullen ervan, maar ze zijn allebei bezeten van Stof.'

'Ze dringen samen om dat kind daarbeneden...'

'Hij is aan het opgroeien. Binnenkort vallen ze hem aan, en dan wordt zijn leven een saaie, onverschillige ellende. Hij is tot de ondergang gedoemd.'

'Verdorie! Kunnen we hem niet redden?'

'Nee. Dan zouden de Spoken ons meteen grijpen. Hier kunnen ze niet bij ons komen; alles wat we kunnen doen is kijken en doorvliegen.'

'Maar waar zijn de volwassenen? U wilt me toch niet vertellen dat er alleen kinderen op deze wereld zijn?'

'Die kinderen zijn Spookwezen. Zo zijn er massa's op deze wereld. Ze zwerven rond en leven van wat ze kunnen vinden wanneer de volwassenen ervandoor gaan. En er is genoeg te vinden, zoals u ziet. Ze komen niet om van honger. Het ziet ernaar uit dat een leger Spoken in deze stad is binnengedrongen en dat de volwassenen een veilig heenkomen hebben gezocht. Ziet u hoe weinig boten er in de haven liggen? De kinderen redden het wel.'

'Behalve de ouderen. Moet u dat arme kind daarbeneden zien...'

'Zo werkt deze wereld nu eenmaal, meneer Scoresby. En als u een eind wilt maken aan wreedheid en onrecht, dan moet u me verder vliegen. Ik heb werk te doen.'

'Ik vind eigenlijk...' zei Lee, naar woorden zoekend, 'dat je wreedheid moet bevechten waar je die tegenkomt, en moet helpen waar het nodig is. Of zie ik dat verkeerd, dr. Grumman? Ik ben maar een onwetende aëronaut. Ik ben zo verdomd onwetend dat ik bijvoorbeeld het verhaal geloofde dat sjamanen kunnen vliegen. Toch hebben we hier een sjamaan die het niet kan.'

'O, maar ik kan het wel.'

'Dat wil ik wel eens zien.'

De ballon zweefde omlaag, en de grond kwam dichterbij. Een vierkante stenen toren rees recht voor hen op, en Lee scheen het niet te hebben gemerkt.

'Ik moest vliegen,' zei dr. Grumman, 'dus liet ik u komen, en hier ben ik: ik vlieg.'

Hij was zich ten volle bewust van het gevaar waarin ze verkeerden, maar wilde niet suggereren dat de aëronaut niet oplette. En precies op tijd boog Lee Scoresby zich over de rand van de mand en trok aan het touw van een zak ballast. Het zand stroomde eruit en de ballon steeg rustig op en zweefde met een tussenruimte van een kleine twee meter over de toren heen. Een tiental verstoorde kraaien vloog krassend rond hen op.

'U zult wel gelijk hebben,' zei Lee. 'U bent een merkwaardige man, dr. Grumman. Hebt u wel eens onder heksen geleefd?'

'Ja zeker,' zei Grumman. 'En onder academici, en onder geesten. Ik heb overal dwaasheid aangetroffen, maar er zaten altijd korreltjes wijsheid in. Ongetwijfeld heb ik nog veel meer wijsheid gewoon niet herkend. Het leven is hard, meneer Scoresby, en toch klampen we ons eraan vast.'

'En deze reis die we maken? Is dat dwaasheid of wijsheid?'

'De grootste wijsheid die ik ken.'

'Vertel me nog eens wat uw doel is: u gaat de drager van dat listige mes zoeken, en wat dan?'

'Dan ga ik hem vertellen wat zijn taak is.'

'En die taak houdt ook in dat hij Lyra moet beschermen,' bracht de aëronaut hem in herinnering.

'We zullen allemaal beschermd worden.'

Ze vlogen verder en algauw was de stad achter hen uit het zicht verdwenen.

Lee controleerde zijn instrumenten. De naald op het kompas draaide nog steeds lukraak rond, maar voorzover hij het kon beoordelen, functioneerde de hoogtemeter goed. Ze zweefden ruim driehonderd meter boven de kust en parallel daaraan. Een eind vooruit rees een reeks hoge groene heuvels op in de nevel, en Lee was blij dat hij voor veel ballast had gezorgd.

Maar toen hij de horizon afspeurde, zoals hij regelmatig deed, voelde hij zijn hart even samentrekken. Hester voelde het ook: ze stak haar oren op en draaide haar kop om, zodat een goudbruin oog op zijn gezicht rustte. Hij pakte haar op, stopte haar boven in zijn jas en deed de telescoop weer open.

Nee, hij had zich niet vergist. Ver naar het zuiden (als de richting waaruit ze vandaag waren gekomen, het zuiden was) zweefde nog een ballon in de nevel. Door het zinderen van de warme lucht en de afstand kon hij geen details zien, maar de andere ballon was groter en vloog hoger.

Grumman had hem ook gezien.

'Vijanden, meneer Scoresby?' vroeg hij, terwijl hij met zijn hand boven zijn ogen het paarlemoeren licht in tuurde.

'Daar is geen twijfel aan. Ik weet niet of ik nog wat ballast zal lozen om hoger te komen en meer wind te vangen, of laag zal blijven vliegen om minder op te vallen. En ik ben al blij dat het geen zeppelin is, want die zou ons in een paar uur kunnen inhalen. Nee, verdomme, dr. Grumman, ik ga omhoog, want als ik in die ballon zou zitten, had ik deze ballon al gezien, en ik wed dat ze scherpe ogen hebben.'

Hij zette Hester weer neer en leunde voorover om drie zakken ballast te lozen. De ballon ging meteen omhoog, en Lee bleef door de telescoop kijken.

En een minuut later wist hij zeker dat ze waren opgemerkt, want er bewoog iets in de nevel, wat uitgroeide tot een streep rook die omhoog en met een boog wegvloog van de andere ballon. Toen hij een eindje de lucht in was barstte hij uiteen in een signaalvlam, die even dieprood opgloeide en toen vervaagde tot een veeg grauwe rook. Maar het was een signaal, zo duidelijk als een noodklok in de nacht.

'Kunt u een fellere wind oproepen, dr. Grumman?' vroeg Lee. 'Ik wil graag voor donker bij die heuvels zijn.'

Want ze verlieten nu de kust en koersten over een baai die wel vijftig of zestig kilometer breed was. Aan de overkant rees een reeks heuvels op, en nu ze wat hoger zweefden, zag Lee dat bergen eigenlijk een juistere benaming was.

Hij draaide zich om naar Grumman, maar merkte dat die diep in trance was. De sjamaan hield zijn ogen gesloten, en zweet parelde op zijn voorhoofd terwijl hij zacht heen en weer wiegde. Er kwam een laag ritmisch gekreun uit zijn keel, en zijn dæmon klemde zich, ook in trance, aan de rand van de mand vast.

En of het nu kwam doordat ze hoger vlogen of door de betovering van de sjamaan, er streek inderdaad een zuchtje langs Lee's gezicht. Hij keek omhoog om de gasballon te controleren en zag dat die een graad of twee overhelde naar de bergen.

Maar de wind die hen sneller voortbewoog had ook invloed op de andere ballon. Hij was niet dichterbij gekomen, maar raakte ook niet achterop. En toen Lee de telescoop er weer op richtte zag hij donkerder, kleinere vormen erachter in de nevelige verte. Ze waren doelbewust gegroepeerd en werden met de minuut duidelijker en tastbaarder.

'Zeppelins,' zei hij. 'Nou, we kunnen ons hier niet verstoppen.'

Hij probeerde hun afstand te schatten en maakte een soortgelijke berekening voor de bergen waar ze heen vlogen. Ze gingen nu beslist sneller, en de wind blies witte koppen op de golven ver onder hen.

Grumman zat in een hoek van de mand uit te rusten, terwijl zijn dæmon haar veren gladstreek. Hij had zijn ogen nog dicht, maar Lee wist dat hij wakker was.

'De situatie is als volgt, dr. Grumman,' zei Lee. 'Ik wil niet in de lucht aangevallen worden door die zeppelins. We kunnen ons niet verdedigen en ze zouden ons binnen een minuut hebben neergeschoten. Ik wil ook niet op het water landen, vrijwillig of anderszins; we zouden een tijdje rond kunnen dobberen, maar dan vuren ze granaten op ons af, geen kunst aan.

Dus wil ik die bergen bereiken en daar landen. Ik zie nu wat bos; we kunnen ons een tijdje, misschien wel een hele tijd tussen de bomen verschuilen.

En intussen is de zon aan het zakken. Volgens mijn berekening duurt het ongeveer drie uur voor hij ondergaat. Het is moeilijk te schatten, maar ik denk dat die zeppelins ons tegen die tijd halverwege hebben ingehaald, en wij zouden dan aan de overkant van deze baai moeten zijn.

Luister dus wat ik zeg. Ik vlieg die bergen in en land daar, omdat we er anders zeker zijn geweest. Ze hebben inmiddels het verband ontdekt tussen de ring die ik hun heb laten zien en de Skraeling die ik op Nova Zembla heb gedood, en ze achtervolgen ons echt niet zo verbeten om ons te vertellen dat we onze portefeuille op de balie hebben laten liggen.

Dus vanavond is deze vliegreis op een gegeven moment voorbij, dr. Grumman. Hebt u ooit een landing gemaakt in een ballon?'

'Nee,' zei de sjamaan. 'Maar ik vertrouw op uw ervaring.'

'Ik probeer zo hoog mogelijk die bergen in te komen. Het is een kwestie van evenwicht, want hoe verder we doorvliegen, hoe dichter ze ons op de hielen zitten. Als we landen terwijl ze te dicht in de buurt zijn, zien ze waar we heen gaan, maar als ik ons te vroeg op de grond zet, kunnen we het bos niet meer bereiken. Hoe dan ook, er komt binnenkort een schietpartij, dat is zeker.'

Grumman zat er onverstoorbaar bij, terwijl hij een magisch voorwerp van veren en kralen van de ene hand naar de andere liet gaan in een patroon dat, zoals Lee wel zag, een bepaalde betekenis had. De ogen van zijn dæmon bleven strak op de achtervolgende zeppelins gericht.

Er verstreek een uur, en nog een. Lee kauwde op een onaangestoken sigaar en dronk koude koffie uit een blikken veldfles. Achter hen zakte de zon steeds verder naar de horizon, en Lee zag de lange avondschaduw langs de oever van de baai tegen de laagste flanken van de bergen omhoog kruipen, terwijl de ballon zelf en de bergtoppen in gouden licht baadden.

En achter hem, bijna verloren in het kleurengeweld van de zonsondergang, werden de stipjes van de zeppelins groter en steviger. Ze hadden de andere ballon al ingehaald en waren nu gemakkelijk met het blote oog te zien: vier in een rij naast elkaar. En over de weidse stilte van de baai zweefde het geluid van hun motoren aan: heel licht, maar duidelijk, een indringend muskietengezoem.

Toen ze nog een paar minuten van de kust aan de voet van het gebergte waren verwijderd, zag Lee iets nieuws in de lucht achter de zeppelins. Er had zich een wolkenbank gevormd, en een indrukwekkende donderkop rees honderden meters op in de nog heldere bovenlucht. Hoe was het mogelijk dat hij dat niet eerder had gezien? Als er een onweersbui op komst was, konden ze maar beter zo snel mogelijk landen.

En toen ontrolde zich een donkergroen regengordijn uit de wolken. De onweersbui leek de zeppelins te achtervolgen, terwijl die Lee's ballon achtervolgden, want de regen vloog op ze af vanuit zee. En toen de zon eindelijk verdween, schoot een machtige bliksemflits uit de wolken, en een paar seconden daarna volgde een hevige donderslag die zelfs het materiaal van Lee's ballon deed trillen en heel lang tegen de bergen bleef weerkaatsen.

Toen nog een bliksemflits, en deze keer schoot de rafelige vork rechtstreeks van de donderkop naar een van de zeppelins. Het gas stond meteen in brand: een felle vuurbloem bloeide op tegen de blauwzwarte wolken, en de zeppelin viel vlammend als een vuurbaken langzaam naar beneden, en bleef, nog steeds in lichterlaaie, op het water drijven.

Lee blies zijn ingehouden adem uit. Grumman stond naast hem, een hand aan de steunbeugel en diepe groeven van uitputting op zijn gezicht.

'Hebt ú voor die onweersbui gezorgd?' vroeg Lee.

Grumman knikte.

De hemel was nu gekleurd als een tijger: gouden stroken werden afgewisseld met donkere bruinzwarte vegen en strepen, en het patroon veranderde met de minuut, want het goud vervaagde snel toen het overspoeld werd door het bruinzwart. De zee achter hen was een lappendeken van zwart water en oplichtend schuim, en de laatste vlammen van de brandende zeppelin doofden toen hij zonk.

Maar de overgebleven drie vlogen door en hielden koers, hoewel de wind op ze in beukte. Er flitsten nog meer bliksemschichten om ze heen, en naarmate de onweersbui dichterbij kwam, werd Lee ongeruster over het gas in zijn ballon. Eén inslag, en de ballon kon in vlammen opgaan en neerstorten, en hij nam aan dat de sjamaan de bui niet zodanig in de hand had dat hij dat kon voorkomen.

'Goed, dr. Grumman,' zei hij, 'ik trek me van die zeppelins even niets aan, want ik moet me er helemaal op concentreren om ons veilig de bergen in en op de grond te krijgen. U moet blijven zitten en u goed vasthouden en klaar zijn om te springen wanneer ik het sein geef. Ik waarschuw u van tevoren en ik zal het allemaal zo voorzichtig mogelijk doen, maar een landing onder deze weersomstandigheden is net zo goed een kwestie van geluk als van ervaring.'

'Ik heb vertrouwen in u, meneer Scoresby,' zei de sjamaan.

Hij kroop weg in een hoek van de mand, en zijn dæmon ging op de steunbeugel zitten met haar klauwen diep in het leren omhulsel gehaakt.

De wind joeg hen nu voort, en de grote gasballon golfde en bolde in de windstoten. De touwen kraakten en trokken strak, maar Lee was niet bang dat ze het zouden begeven. Hij loosde nog wat ballast en hield de hoogtemeter nauwlettend in het oog. Bij een storm zakte de luchtdruk; die verlaging moest je afzetten tegen de stand van de hoogtemeter, en heel vaak was de berekening nattevingerwerk. Lee nam de getallen door, controleerde ze nog eens en liet toen de laatste ballast gaan. Het enige waarmee hij nu nog iets kon uitrichten, was het gasventiel. Hij kon niet meer stijgen, hij kon alleen nog dalen.

Hij tuurde ingespannen door de stormachtige lucht en zag de grote massa van het gebergte, dat donker afstak tegen de donkere hemel. Van beneden kwam een bulderend, ruisend geluid als van branding die op een rotsachtig strand slaat, maar hij wist dat het de wind was die door de bladeren van de bomen raasde. Zo ver waren ze al! Ze kwamen sneller vooruit dan hij had gedacht.

Hij moest niet te lang wachten met landen. Lee was van nature te rustig om tegen het noodlot tekeer te gaan; het lag in zijn aard om het met een opgetrokken wenkbrauw laconiek te begroeten. Maar nu ging er ongewild een vlaag wanhoop door hem heen, want het enige wat hij zou moeten doen – namelijk voor de storm uit vliegen tot die vanzelf ging liggen – was tevens het enige waardoor ze gegarandeerd neergeschoten zouden worden.

Hij pakte Hester op en stopte haar veilig boven in zijn zeildoeken jas, die hij dichtknoopte om haar binnen te houden. Grumman zat rustig en zwijgend in zijn hoek; zijn dæmon haakte zich, geplaagd door de wind en met overeind geblazen veren, met haar klauwen diep in de rand van de mand.

'Ik ga landen, dr. Grumman,' schreeuwde Lee boven de wind uit. 'U moet gaan staan en u klaar houden om weg te springen. Pak de beugel vast en zwaai uzelf omhoog als ik roep.'

Grumman deed wat hij zei. Lee keek omlaag, voor zich uit, omlaag, voor zich uit, terwijl hij elke vage omtrek vergeleek met de volgende en met zijn ogen knipperde om de regen eruit te krijgen. Want een plotselinge windvlaag had de zware druppels als handenvol kiezels tegen hen aan gekeild, en door hun gekletter op de gasballon, het gehuil van de wind en het zwiepen van het gebladerte onder hen kon Lee de donderslagen zelfs bijna niet meer horen.

'Daar gaan we,' schreeuwde hij. 'U hebt een prachtige onweersbui gebrouwen, meneer de sjamaan.'

Hij trok aan het touw van het gasventiel en wond het om een klamp om het ventiel open te houden. Terwijl het gas er helemaal in de hoogte onzichtbaar uit stroomde, trok het onderste deel van de gasballon naar binnen en verscheen er een vouw, en toen nog een, waar een minuut daarvoor nog een uitpuilende bol was geweest.

De mand zwaaide en schokte zo hevig dat moeilijk te zeggen viel of ze omlaag gingen, en de windstoten waren zo plotseling en onberekenbaar dat ze best een heel eind de lucht in geblazen hadden kunnen zijn zonder het te weten. Maar na een minuut voelde Lee ineens een rukje en hij wist dat de enterhaak aan een tak was blijven steken. Het duurde maar even, dus was de tak gebroken, maar het maakte wel duidelijk hoe dichtbij ze waren.

'Zeventien meter boven de bomen,' schreeuwde hij.

De sjamaan knikte.

Nog een ruk, heviger nu, en de twee mannen werden met een klap tegen de rand van de mand gesmeten. Lee was eraan gewend en kwam meteen weer in evenwicht, maar Grumman werd erdoor verrast. Hij had de steunbeugel echter nog vast en Lee zag dat hij veilig klaarstond, gereed om weg te springen.

Even later kwam er een schok waardoor ze helemaal door elkaar werden gerammeld: de enterhaak had een tak gevonden die hield. De mand helde meteen over en belandde een seconde daarna met een klap op de boomtoppen, waar hij te midden van zwiepende natte bladeren, afbrekende twijgen en het gekraak van gefolterde takken hortend en stotend tot wankele stilstand kwam.

'Bent u er nog, dr. Grumman?' riep Lee, die niets kon zien.

'Ik ben er nog, meneer Scoresby.'

'We moeten ons even rustig houden tot de situatie duidelijk is,' zei Lee, want ze zwaaiden wild heen en weer in de wind, en hij voelde hoe de mand met kleine schokjes tegen hun ondersteuning, wat het ook was, aan zakte.

Lee voelde nog steeds een sterke zijwaartse trek van de gasballon, die nu bijna leeg was, maar als gevolg daarvan wind ving als een zeil. Hij dacht er even over om hem los te snijden, maar als hij niet helemaal wegvloog, zou hij als een vlag in de boomtoppen blijven hangen en hun positie verraden. Ze konden veel beter proberen hem binnen te halen.

Weer een bliksemflits, en een seconde daarna een krakende donderslag. De bui was nu bijna boven hen. In het felle licht zag Lee de stam van een eik, met een groot wit litteken waar een tak was afgerukt. Dat was echter maar gedeeltelijk gebeurd, want de mand rustte op de tak, vlak bij het punt waar hij nog aan de stam zat.

'Ik gooi een touw uit en klim naar beneden,' riep Lee. 'Zodra we vaste grond onder de voeten hebben maken we ons volgende plan.'

'Ik kom achter u aan, meneer Scoresby,' zei Grumman. 'Mijn dæmon zegt dat we ongeveer dertien meter boven de grond zitten.'

En Lee hoorde een krachtig fladderen van vleugels toen de arenddæmon weer op de rand van de mand neerstreek.

'Kan ze zo ver weg?' vroeg hij verbaasd. Maar hij zette het uit zijn gedachten en maakte een touw vast tussen de steunbeugel en de tak, zodat de mand, als die al viel, nooit ver kon vallen.

Toen gooide hij de rest van het touw overboord en klauterde, met Hester veilig in zijn jas, naar beneden tot hij vaste grond onder zijn voeten voelde. De takken groeiden dicht om de stam: dit was een kolossale boom, een reus van een eik, en Lee mompelde er een bedankje tegen, terwijl hij een ruk aan het touw gaf ten teken dat Grumman naar beneden kon komen.

Was er een ander geluid te horen te midden van het tumult? Hij luisterde ingespannen. Ja, de motor van een zeppelin, misschien wel meer dan één, ergens boven hen. Het was onmogelijk te zeggen hoe hoog, of in welke richting hij vloog, maar het geluid was ongeveer een minuut te horen en toen was het weg.

De sjamaan stond inmiddels op de grond.

'Hebt u dat gehoord?' vroeg Lee.

'Ja. Ze stijgen, de bergen in, denk ik. Gefeliciteerd met onze veilige landing, meneer Scoresby.'

'We zijn nog niet klaar. Ik wil die gasballon onder het bladerdak hebben voor het licht wordt, anders is van kilometers ver te zien waar we zitten. Kunt u nog wat werk aan, dr. Grumman?'

'Zeg maar wat ik moet doen.'

'Goed. Ik klim weer naar boven en zal een paar dingen naar beneden laten zakken. Onder andere een tent. Die kunt u opzetten, terwijl ik kijk wat ik daarboven kan doen om de ballon te verbergen.'

Ze zwoegden een hele tijd en op een gegeven moment werd het even gevaarlijk: de tak waar de mand op steunde, brak eindelijk en sleurde de mand met Lee erin mee. Maar hij viel niet ver, want de gasballon slierde nog tussen de boomtoppen en hield hem vast.

De val was een geluk bij een ongeluk: het onderste deel van de gasballon werd door het bladerdak getrokken. Lee werkte bij het licht van bliksemflitsen; hij trok, wrong en hakte tot hij kans zag de hele ballon tussen de lagere takken te trekken, zodat hij uit het zicht was.

De wind zwiepte de boomtoppen nog heen en weer, maar de ergste regen was voorbij toen hij concludeerde dat hij verder niets kon doen. Hij klauterde naar beneden en ontdekte dat de sjamaan niet alleen de tent had opgezet, maar ook een vuur te voorschijn had getoverd en koffie aan het maken was.

'Is dat magie?' vroeg Lee, terwijl hij zich doorweekt en stijf neerliet in de tent en de mok pakte die Grumman hem aangaf.

'Nee, hier kunt u de padvinders voor bedanken,' zei Grumman. 'Hebben ze in uw wereld padvinders? Wees bereid. Je krijgt een vuur gewoon het best aan met droge lucifers. Die heb ik altijd bij me. Dit is geen onaardige kampeerplaats, meneer Scoresby.'

'Hebt u de zeppelins nog gehoord?'

Grumman stak een hand op. Lee luisterde, en ja hoor, daar was dat motorgeluid weer, gemakkelijker te horen nu het niet meer zo hard regende.

'Ze zijn nu twee keer overgekomen,' zei Grumman. 'Ze weten niet waar we zitten, maar wel dat het hier ergens moet zijn.'

En een minuut later flikkerde er licht in de richting waarin de zeppelin was gevlogen. Het was minder fel dan een bliksemflits, maar wel hardnekkig, en Lee wist dat het een fakkel was.

'We kunnen het vuur maar beter doven, dr. Grumman,' zei hij, 'hoe het me ook spijt dat we het zonder moeten doen. Het bladerdak is wel dik, maar je weet nooit. Ik ga slapen, doorweekt of niet.'

'Tegen de ochtend bent u droog,' zei de sjamaan.

Hij pakte een handvol natte aarde en drukte die op de vlammen, en Lee strekte zich moeizaam uit in de kleine tent en sloot zijn ogen.

Hij had vreemde, indringende dromen. Op een gegeven moment was hij ervan overtuigd dat hij wakker was geworden en de sjamaan in kleermakershouding zag zitten, omkranst door vlammen, en dat de vlammen zijn vlees snel wegvraten en alleen een wit skelet achterlieten, dat nog overeind zat in een bergje gloeiende as. Lee zocht ongerust naar Hester en ontdekte dat ze sliep, wat nooit gebeurde, want als hij wakker was, was zij dat ook. Dus toen hij haar slapend aantrof, en zijn laconieke dæmon met haar scherpe tong zo vriendelijk en kwetsbaar zag, was hij ontroerd door het vreemde ervan. Hij ging wat onbehaaglijk naast haar liggen, wakker in zijn droom, maar in werkelijkheid in slaap, en hij droomde dat hij een hele tijd wakker lag.

Een andere droom ging ook over Grumman. Lee meende dat hij de sjamaan een met veren afgezette ratel zag schudden en iets beval hem te gehoorzamen. Het iets, zag Lee met een vlaag misselijkheid, was een Spook zoals de wezens die ze vanuit de ballon hadden gezien. Het was lang en bijna onzichtbaar en het veroorzaakte zo'n ziekmakende walging in Lee dat hij bijna in doodsangst wakker werd. Maar Grumman commandeerde het Spook onbevreesd en er gebeurde ook niets met hem, omdat het ding aandachtig naar hem luisterde en toen omhoog zweefde als een zeepbel en in het bladerdak verdween.

Toen nam zijn uitputtende nacht een andere wending, want hij zat in de cockpit van een zeppelin en observeerde de piloot. In feite zat hij op de stoel van de copiloot en ze cirkelden rond boven het bos, neerkijkend op de wild zwaaiende boomtoppen, een woeste zee van bladeren en takken. Toen was dat Spook bij hen in de cabine.

Vastgeklonken in zijn droom kon Lee zich bewegen noch het uitschreeuwen, en hij voelde de doodsangst van de piloot toen de man in de gaten kreeg wat er met hem gebeurde.

Het Spook boog zich over de piloot en drukte datgene wat zijn gezicht moest zijn tegen het zijne. Zijn dæmon, een vink, probeerde fladderend en krijsend weg te komen, maar viel half bewusteloos op het instrumentenbord. De piloot draaide zijn gezicht naar Lee en stak een hand uit, maar Lee kon zich niet bewegen. De radeloosheid in de ogen van de man was hartverscheurend. Iets waars en levends werd uit hem geslurpt, en zijn dæmon fladderde zwakjes en slaakte een woeste hoge kreet, maar ze was aan het doodgaan.

Toen verdween ze. Maar de piloot leefde nog. Zijn ogen werden glazig en dof, en zijn uitgestoken hand viel met een slappe plof terug tegen de smoorklep. Hij leefde, maar toch ook weer niet: hij was overal onverschillig voor.

En Lee moest hulpeloos toezien hoe de zeppelin recht op een steile rotswand af vloog die voor hen oprees. De piloot zag hem in het raam opdoemen, maar niets interesseerde hem. Lee drukte zich in afgrijzen achteruit in zijn stoel, maar er gebeurde niets om het te verhinderen, en op het moment van de botsing riep hij: 'Hester!'

En werd wakker.

Hij lag in de tent, veilig, en Hester knabbelde aan zijn kin. Hij droop van het zweet. De sjamaan zat in kleermakershouding, maar Lee huiverde toen hij zag dat de arenddæmon niet bij hem in de buurt was. Kennelijk was er iets mis met dit bos: het zat vol rondspokende droombeelden.

Toen realiseerde hij zich bij welk licht hij de sjamaan zag, want het vuur was allang uit en het bos was in diepe duisternis gehuld. Boomstammen en de onderkant van druipende bladeren doemden op in een flakkerend licht dat in de verte scheen, en Lee wist meteen wat het was: zijn droom was waar geweest en een zeppelinpiloot was tegen een bergwand gevlogen.

'Verdorie, Lee, je trilt als een espenblad. Wat is er met je aan de hand?' knorde Hester, en ze flapte met haar lange oren.

'Droom jíj niet, Hester?' mompelde hij.

'Je droomt niet, Lee, je ziet dingen. Als ik had geweten dat je een ziener was, had ik je allang genezen. Hou ermee op, hoor je me?'

Hij streek over haar kop met zijn duim, en ze schudde haar oren.

En zonder de minste overgang zweefde hij door de lucht naast de dæmon van de sjamaan, Sayan Kötör de visarend. Het vervulde Lee met een machtig gevoel van schuld en vreemd plezier om in de tegenwoordigheid van andermans dæmon te verkeren en weg te zijn van zijn eigen dæmon. Ze lieten zich, alsof hij ook een vogel was, drijven op de opwaartse luchtstromingen boven het bos, en Lee keek rond door de donkere lucht, nu overgoten met de bleke glans van de vollemaan, die zo nu en dan even door een scheur in het wolkendek straalde en de boomtoppen zilverig deed schitteren.

De arenddæmon liet een rauwe kreet horen, en van beneden kwamen de roepen van duizend vogels in duizend verschillende klanken: het gekras van uilen, het waarschuwend gepiep van kleine mussen, de vloeibare muziek van de nachtegaal. Sayan Kötör riep ze op. En ze kwamen, alle vogels in het bos, of ze nu op stille vleugels rondzweefden om te jagen of zaten te slapen, ze kwamen bij duizenden omhoog fladderen door de roerige lucht.

En Lee voelde zijn vogelnatuur, welke die ook was, vreugdevol reageren op het bevel van de arendkoningin, en het restje mens in hem beleefde een uiterst merkwaardig genoegen: het genoegen om met graagte te gehoorzamen aan een sterkere macht die helemaal in het gelijk stond. En hij zwierde en zwenkte met de rest van de machtige vlucht vogels, honderd verschillende soorten die één werden door de magnetische wil van de arend, en zag tegen de zilveren wolkendrift de gehate donkere regelmatige vorm van een zeppelin.

Ze wisten allemaal precies wat ze moesten doen. En ze stroomden naar het luchtschip. De vlugste waren er het eerst, maar geen zo vlug als Sayan Kötör. Binnen een minuut was het luchtvaartuig beladen met piepkleine winterkoninkjes, heen-en-weer schietende zwaluwen en uilen met hun geruisloze vleugelslag, en hun klauwen krabbelden over de geoliede zijde of prikten erdoorheen om houvast te krijgen.

Ze ontweken de motor, maar sommige werden erin getrokken en aan stukken geslagen door de snijdende propellers. De meeste vogels gingen gewoon op de romp van de zeppelin zitten, en degene die erna kwamen klampten zich aan ze vast, tot ze niet alleen de hele romp van het luchtschip bedekten (waar nu waterstof uit ontsnapte door duizend piepkleine klauwengaatjes), maar ook de ruiten van de cabine, de stijlen en kabels... Op iedere vierkante centimeter klampten zich twee, drie of meer vogels vast.

De piloot kon niets doen. Onder het gewicht van de vogels begon zijn luchtschip steeds meer hoogte te verliezen, en toen verscheen er weer zo'n onverwachte, wrede bergwand, die uit het donker opdoemde en natuurlijk volkomen onzichtbaar was voor de mannen in de zeppelin, die wild met hun revolvers zwaaiden en lukraak schoten.

Sayan Kötör krijste op het laatste moment, en zelfs het gebrul van de motor verdronk in het donderend lawaai van vleugelslagen toen alle vogels opstegen en wegvlogen. De mannen in de cabine wisten vier of vijf gruwelijke seconden lang wat er ging gebeuren. Toen vloog de zeppelin tegen de bergwand en ging in vlammen op.

Vuur, hitte, vlammen... Lee werd weer wakker, zijn lijf zo heet alsof hij in de woestijnzon had gelegen.

Buiten de tent klonk nog steeds het eindeloze gedruip van natte bladeren op het zeildoek, maar de onweersbui was voorbij. Bleek grijs licht sijpelde naar binnen. Lee ging rechtop zitten en zag Hester naast zich, die slaperig met haar ogen knipperde. De sjamaan lag in een deken gewikkeld zo vast te slapen dat hij wel dood leek, maar Sayan Kötör zat buiten op een neergevallen tak te slapen.

Behalve het gedruppel van water was alleen het gebruikelijke getsjilp van bosvogels te horen. Geen motoren in de lucht, geen vijandelijke stemmen, dus dacht Lee dat hij wel veilig een vuur kon aanmaken, en na enige moeite kreeg hij het aan de gang en maakte koffie.

'Wat nu, Hester?' zei hij.

'Hangt ervan af. Er waren vier van die zeppelins en hij heeft er drie vernietigd.'

'Ik bedoel: hebben we aan onze verplichtingen voldaan?'

Ze flapte met haar oren en zei: 'Ik herinner me helemaal niet dat we een overeenkomst hebben gesloten.'

'Het heeft niet met een contract te maken. Het is een morele kwestie.'

'We hebben nog één zeppelin om over te denken voor je over morele kwesties kunt gaan tobben, Lee. Er zitten dertig, veertig mannen met revolvers achter ons aan. Keizerlijke soldaten nog wel. Eerst overleven, dan moraal.'

Ze had natuurlijk gelijk, en terwijl hij teugjes nam van het kokende vocht en een sigaar rookte en het daglicht geleidelijk sterker werd, vroeg hij zich af wat hij zou doen als hij de leiding had over de enig overgebleven zeppelin. Terugtrekken en wachten tot het helemaal licht was, ongetwijfeld, en dan zo hoog vliegen dat de rand van het bos over een breed gebied geobserveerd kon worden, zodat ze Lee en Grumman zouden zien wanneer die uit hun schuilplaats kwamen.

De visarenddæmon Sayan Kötör werd wakker en spreidde haar grote vleugels uit boven de plek waar Lee zat. Hester keek omhoog en draaide haar kop heen en weer om de machtige dæmon eerst met het ene en toen met het andere gouden oog te bekijken. Even later kwam de sjamaan zelf de tent uit.

'Drukke nacht,' merkte Lee op.

'Een drukke dag voor de boeg. We moeten meteen het bos uit, meneer Scoresby. Ze gaan het verbranden.'

Lee keek ongelovig rond naar het doorweekte groen en vroeg: 'Hoe?'

'Ze hebben een apparaat waarmee je een mengsel van een soort nafta en potas kunt verspreiden, dat vlam vat wanneer het met water in aanraking komt. De Keizerlijke Marine heeft het ontwikkeld om in hun oorlog tegen Japan te gebruiken. Als het bos doordrenkt is, vat het des te sneller vlam.'

'U ziet dat gebeuren, hè?'

'Zo duidelijk als u hebt gezien wat er vannacht met de zeppelins is gebeurd. Pak in wat u kunt dragen en ga meteen mee.'

Lee streek over zijn kaak. Zijn kostbaarste bezittingen waren ook het best te dragen, namelijk de instrumenten van de ballon. Dus haalde hij ze uit de mand, pakte ze zorgvuldig in een rugzak en controleerde of zijn geweer geladen en droog was. De mand, het touwwerk en de gasballon, die verward en verwrongen tussen de takken hingen, liet hij achter. Van nu af aan was hij geen aëronaut meer, tenzij hij het er als door een wonder levend afbracht en genoeg geld bij elkaar kon schrapen om een nieuwe ballon te kopen. Nu moest hij zich als een insect over het aardoppervlak voortbewegen.

Ze roken de rook voor ze de vlammen hoorden, omdat een bries vanuit zee hem landinwaarts dreef. Tegen de tijd dat ze bij de rand van het bos waren hoorden ze het vuur: een diep, gulzig gebrul.

'Waarom hebben ze het vannacht niet gedaan?' vroeg Lee. 'Ze hadden ons in onze slaap kunnen roosteren.'

'Ik denk dat ze ons levend gevangen willen nemen,' antwoordde Grumman, terwijl hij de bladeren van een tak plukte om hem als wandelstok te gebruiken, 'en nu wachten ze af waar we het bos uit komen.'

En inderdaad was algauw het geronk van de zeppelin te horen boven het geraas van de vlammen en hun hijgende ademhaling. Want ze klauterden nu haastig omhoog over wortels, rotsblokken en omgevallen boomstammen, en stopten alleen om op adem te komen. Sayan Kötör, die hoog boven hen vloog, dook zo nu en dan omlaag om te zeggen hoeveel ze vooruitkwamen en hoe ver de vlammen nog achter hen waren. Maar het duurde niet lang of ze zagen rook boven de bomen achter hen, en toen een golvende wimpel van vlammen.

Kleine bosdiertjes, eekhoorns, vogels en wilde zwijnen vluchtten met hen mee, en een koor van allerlei soorten gepiep, gekrijs en waarschuwingssignalen steeg rond hen op. De twee reizigers zwoegden voort naar de rand van het bos, die niet ver meer was. En toen waren ze er, terwijl de ene hittegolf na de andere op hen aan rolde vanuit de brullende vuurzee, die nu meer dan vijftien meter de lucht in reikte. Bomen brandden als fakkels; het sap in hun aderen kookte en deed ze uiteenbarsten, de hars in de coniferen vatte vlam als nafta, de twijgen leken in een seconde in bloei te staan met woeste oranje bloemen.

Hijgend zwoegden Lee en Grumman de steile rotsachtige helling met losse stenen op. De hemel was half verduisterd door rook en hittenevels, maar heel in de hoogte zweefde de gedrongen vorm van de enig overgebleven zeppelin... Te ver weg, hoopte Lee, om hen door verrekijkers te zien.

De bergflank rees steil en ontoegankelijk voor hen op. Er was maar één uitweg uit de val, en dat was een smalle engte vóór hen, waar een droge rivierbedding uit een opening in de rotsen te voorschijn kwam.

Lee wees ernaar en Grumman zei: 'Precies wat ik ook dacht, meneer Scoresby.'

Zijn dæmon, die boven hen zweefde en rondcirkelde, sloeg haar vleugels uit en spoedde zich op een opstijgende luchtstroom naar het ravijn. De mannen klommen zonder oponthoud zo snel mogelijk door, maar Lee zei: 'Neem me niet kwalijk als het een brutale vraag is, maar ik heb nooit iemand gekend wiens dæmon dat kon, behalve heksen. Maar u bent geen heks. Hebt u het aangeleerd of is het vanzelf gebeurd?'

'Bij een mens gebeurt niets vanzelf,' zei Grumman. 'Alles wat we doen moeten we leren. Sayan Kötör zegt dat het ravijn naar een pas leidt. Als we die kunnen bereiken voor ze ons zien, ontsnappen we misschien nog.'

De arend dook weer omlaag en de mannen klommen door. Hester zocht liever haar eigen weg over de rotsen, dus volgde Lee haar, terwijl hij de losse stenen ontweek, zo snel mogelijk over de grotere rotsblokken heen klauterde en de hele tijd het kleine ravijn in het oog hield.

Lee maakte zich zorgen over Grumman omdat hij er bleek en vermoeid uitzag en hijgde. De inspanningen van de afgelopen nacht hadden hem veel energie gekost. Lee wilde er niet over denken hoe lang ze het nog vol zouden kunnen houden. Maar toen ze bijna bij de ingang van het ravijn waren en zelfs al op de rand van de droge rivierbedding stonden, hoorde hij het geluid van de zeppelin veranderen.

'Ze hebben ons gezien,' zei hij.

En het was of ze hun doodvonnis aanhoorden. Hester struikelde, zelfs de dappere Hester die zo stevig op haar poten stond, struikelde en leek even de moed te verliezen. Grumman leunde op zijn wandelstok en hield een hand boven zijn ogen om achter zich te kijken, en Lee draaide zich om en keek ook.

De zeppelin daalde snel en koerste af op de helling die recht onder hen lag. Het was duidelijk dat de achtervolgers van plan waren hen gevangen te nemen, niet om hen te doden, want op dat moment was een salvo geweervuur voldoende geweest om hen binnen een seconde af te maken. In plaats daarvan liet de vaardige piloot het luchtschip net boven de grond zweven, op het hoogste punt van de helling waar dat veilig kon, en een stroom mannen in blauwe uniformen sprong uit de deur van de cabine. Met hun wolfdæmonen naast zich begonnen ze omhoog te klimmen.

Lee en Grumman stonden ongeveer zeshonderd meter boven hen, niet ver van de ingang van het ravijn. Als ze daar eenmaal waren konden ze de soldaten op afstand houden zolang ze munitie hadden. Maar ze hadden maar één geweer.

'Ze hebben het op mij voorzien, meneer Scoresby,' zei Grumman. 'Als u mij het geweer geeft en u overgeeft, brengt u het er levend van af. Het zijn gedisciplineerde troepen. U zult als krijgsgevangene worden beschouwd.'

Lee negeerde de opmerking en zei: 'Vooruit. Ren naar het ravijn, dan houd ik ze weg bij de ingang, terwijl u probeert er aan de andere kant uit te komen. Ik heb u niet helemaal hiernaartoe gebracht om werkeloos te gaan zitten toekijken hoe ze u toch nog te pakken krijgen.'

De mannen onder hen klommen snel naar boven, want ze waren fit en uitgerust. Grumman knikte.

'Ik had de kracht niet meer om de vierde naar beneden te halen,' zei hij alleen, en toen liepen ze snel naar de beschutting van het ravijn.

'Vertel me één ding voor u gaat,' zei Lee, 'anders heb ik geen rust. Voor welke partij ik vecht weet ik niet, en het kan me ook niet veel schelen. Vertel me alleen: wat ik nu ga doen, is dat goed voor dat kleine meisje Lyra, of slecht?'

'Het zal haar helpen,' zei Grumman.

'En uw eed. U vergeet toch niet wat u me heeft gezworen?'

'Dat vergeet ik niet.'

'Want, dr. Grumman, of John Parry, of welke naam u ook aanneemt in de wereld waar u uiteindelijk zult leven, dit moet u goed begrijpen. Ik houd van dat kleine kind als van een dochter. Als ik zelf een kind had gehad, had ik er niet meer van kunnen houden. En als u uw belofte verbreekt, zal datgene wat van me overblijft datgene achtervolgen wat van u overblijft, en zult u eeuwig wensen dat u nooit had bestaan. Zo belangrijk is die eed.'

'Ik begrijp het. En ik geef u mijn woord.'

'Dat is alles wat ik hoef te weten. Het ga u goed.'

De sjamaan stak zijn hand uit en Lee schudde die. Toen draaide Grumman zich om en klom het ravijn in, terwijl Lee rondkeek naar de beste plek om zijn achterhoedegevecht te leveren.

'Niet dat grote rotsblok, Lee,' zei Hester. 'Daar zie je niets naar rechts, en dan kunnen ze ons verrassen. Neem een kleiner rotsblok.'

Lee's oren gonsden, en dat had niets te maken met de bosbrand beneden hem, of met het zwoegend geronk van de zeppelin die probeerde weer op te stijgen. Het had te maken met zijn jeugd, en met de Alamo. Hoe vaak hadden zijn vriendjes en hij in de ruïnes van het oude fort die heldhaftige strijd nagespeeld, terwijl ze om de beurt Denen en Fransen waren! Hij beleefde zijn kindertijd opnieuw, heel intens. Hij haalde de Navajo-ring van zijn moeder voor de dag en legde hem naast zich op het rotsblok. In de vroegere Alamo-spelletjes was Hester vaak een poema of een wolf geweest, en een paar keer een ratelslang, maar meestal een spotvogel. Nu...

'Hou op met dagdromen en doe eens wat waarnemingen,' zei ze. 'Dit is geen spel, Lee.'

De mannen die de helling op klommen hadden zich verspreid, en ze verplaatsten zich langzamer omdat ze het probleem net zo goed zagen als hij. Ze wisten dat ze het ravijn moesten veroveren en dat één man met een geweer hen een hele tijd kon tegenhouden. Achter hen deed de zeppelin tot Lee's verbazing nog steeds verwoede pogingen om op te stijgen. Misschien was zijn drijfvermogen afgenomen, of misschien begon de brandstof op te raken. In elk geval was hij nog niet weg, en dat bracht hem op een idee.

Hij ging in positie staan, keek door het vizier van de oude winchester tot hij de bakboordmotor vol in het zicht had en vuurde. Door het schot gingen de hoofden van de soldaten die naar hem toe klommen omhoog, maar een seconde daarna brulde de motor plotseling, om vervolgens even plotseling te haperen en uit te vallen. De zeppelin helde met een ruk over naar één kant. Lee hoorde de andere motor razen, maar het luchtschip was nu gestrand.

De soldaten waren stil blijven staan en hadden zo goed mogelijk dekking gezocht. Lee kon hen tellen en dat deed hij: vijfentwintig. Hij had dertig kogels.

Hester kroop dicht bij zijn linkerschouder.

'Ik zal deze kant in de gaten houden,' zei ze.

Ineengedoken op het grauwe rotsblok, haar oren plat langs haar rug, zag ze er zelf uit als een kleine steen, grijsbruin en onopvallend, behalve haar ogen. Hester was geen schoonheid; ze was ongeveer zo lelijk en mager als een haas kon zijn; maar haar ogen hadden een prachtige kleur: goudbruin met stralende vlekjes van het donkerste veenbruin en bosgroen. En nu keken die ogen omlaag naar het laatste landschap dat ze ooit zouden zien: een kale helling met ruwe neergevallen rotsblokken, en daarachter een bos dat in brand stond. Geen sprietje gras, geen spikkeltje groen om de blik op te laten rusten.

Haar oren flapten even.

'Ze praten,' zei ze. 'Ik hoor het, maar ik kan het niet verstaan.'

'Russisch,' zei hij. 'Ze komen allemaal tegelijk met een vaart naar boven. Dat zou voor ons het moeilijkst zijn, dus doen ze dat.'

'Richt goed,' zei ze.

'Dat zal ik doen. Maar jezus, Hester, ik vind het vreselijk om mensen te doden.'

'Het is ons leven of het hunne.'

'Nee, het is meer dan dat,' zei hij. 'Het is hun leven of dat van Lyra. Ik begrijp niet hoe, maar we zijn verbonden met dat kind, en daar ben ik blij om.'

'Links zit een man die op het punt staat te schieten,' zei Hester, en terwijl ze het zei, kraakte er een schot uit zijn geweer, en dertig centimeter van de plek waar ze ineengedoken zat, vlogen de scherven van een rotsblok. De kogel floot weg, het ravijn in, maar ze bewoog geen spier.

'Nou, nu vind ik het niet zo erg meer om dit te doen,' zei Lee, en hij richtte zorgvuldig.

Hij vuurde. Er was maar een klein stukje blauw om op te mikken, maar hij raakte het. Met een verraste kreet viel de man achterover en stierf.

En toen begon het gevecht. Binnen een minuut werden geweersalvo's, het fluiten van ketsende kogels en de inslagen in verbrijzelende rotsblokken weerkaatst langs de breedte van de bergflank en door het ravijn achter hen. De reuk van cordiet en de branderige geur van verpulverde rots waar kogels waren ingeslagen, waren alleen maar variaties op de lucht van brandend hout die uit het bos kwam, tot het leek of de hele wereld in brand stond.

Lee's rotsblok zat algauw onder de scheuren en putjes, en hij voelde het dreunen als de kogels het raakten. Een keer zag hij de pelsharen op Hesters rug wapperen toen een kogel er suizend overheen ging, maar ze bleef op haar plaats. En hij bleef schieten.

Die eerste minuut ging het heftig toe. En toen er daarna een pauze kwam, merkte Lee dat hij was gewond: er zat bloed op de rots onder zijn wang, en zijn rechterhand en de haan van het geweer waren rood.

Hester draaide zich om zodat ze kon kijken.

'Niets ernstigs,' zei ze. 'Een schampschot aan je schedel.'

'Heb je geteld hoeveel er zijn gevallen, Hester?'

'Nee. Te druk met duiken. Opnieuw laden nu je de tijd hebt, jongen.'

Hij liet zich achter het rotsblok neervallen en bewoog de geweergrendel heen en weer. Die was warm, en het bloed dat er van zijn hoofdwond overvloedig overheen was gelopen was aan het opdrogen en maakte het mechanisme stroef. Hij spuugde er zorgvuldig op en het kwam los.

Toen hees hij zichzelf weer overeind in positie, en voor hij zelfs maar zijn ogen op het vizier had gericht, werd hij door een kogel getroffen.

Het voelde aan als een ontploffing in zijn linkerschouder. Even werd alles wazig, maar toen kwam hij weer bij zijn positieven: zijn linkerarm was gevoelloos en hij kon er niets meer mee. Er lag een heleboel pijn op de loer, maar zij had nog niet genoeg moed verzameld om hem te bespringen, en die gedachte gaf hem de kracht om zich weer op het schieten te concentreren.

Hij legde het geweer op de gevoelloze, nutteloze arm die een minuut geleden nog zo vol leven zat, en richtte met onverstoorbare concentratie: één schot, twee, drie, en allemaal troffen ze doel.

'Hoe staan we ervoor?' vroeg hij zacht.

'Goed geschoten,' fluisterde Hester terug, heel dicht bij zijn wang. 'Niet ophouden. Daar bij dat zwarte rotsblok...'

Hij keek, richtte en schoot. De gedaante viel.

'Verdomme, dat zijn mensen daar, net als ik,' zei hij.

'Onzin,' zei ze. 'Doe het gewoon.'

'Geloof je hem? Grumman?'

'Ja hoor. Raak hem, Lee.'

Een schot: weer stortte een man ter aarde, en zijn dæmon ging als een nachtkaars uit.

Toen bleef het een hele tijd stil. Lee rommelde in zijn zak en ontdekte nog een paar kogels. Toen hij opnieuw laadde voelde hij zoiets zeldzaams dat zijn hart bijna stil bleef staan. Hij voelde Hesters gezicht tegen het zijne drukken, en het was nat van de tranen.

'Lee, dit is mijn schuld,' zei ze.

'Waarom?'

'De Skraeling. Ik heb gezegd dat je zijn ring moest stelen. Als ik dat niet had gedaan, zaten we nu niet in moeilijkheden.'

'Denk je dat ik ooit heb gedaan wat je zei? Ik heb die ring gestolen omdat de heks...'

Hij maakte zijn zin niet af, want hij werd weer getroffen door een kogel. Deze keer boorde die zich in zijn linkerbeen, en voor hij met zijn ogen kon knipperen, schampte een vierde weer langs zijn hoofd alsof er een roodgloeiende pook op zijn schedel werd gedrukt.

'Nu duurt het niet lang meer, Hester,' mompelde hij, terwijl hij probeerde zich stil te houden.

'De heks, Lee! Je had het over de heks! Weet je nog?'

Arme Hester, ze lag nu, zat niet meer gespannen en waakzaam

ineengedoken, zoals ze haar hele volwassen leven had gedaan. En haar prachtige goudbruine ogen begonnen hun glans te verliezen.

'Nog altijd prachtig,' zei hij. 'O ja, Hester, de heks. Ze heeft me iets gegeven...'

'Zeker. De bloem...'

'In mijn borstzak. Pak hem, Hester, ik kan me niet bewegen.'

Het kostte eindeloze moeite, maar ze trok de kleine vuurrode bloem met haar sterke tanden uit zijn zak en legde hem bij zijn rechterhand. Met grote inspanning sloot hij hem in zijn vuist en zei: 'Serafina Pekkala! Help me, ik smeek...'

Een beweging onder hen: hij liet de bloem los, richtte, schoot. De beweging hield op.

Hester werd zwakker.

'Hester, ga niet eerder dan ik,' fluisterde Lee.

'Lee, ik zou het nergens een seconde kunnen uithouden zonder jou,' fluisterde ze terug.

'Denk je dat de heks komt?'

'Vast. We hadden haar eerder moeten roepen.'

'We hadden een heleboel dingen anders moeten doen.'

'Misschien...'

Weer een schot, en deze keer ging de kogel heel diep naar binnen, op zoek naar het middelpunt van zijn leven. Hij dacht: dat vindt hij daar niet. Hester is mijn middelpunt. Hij zag beneden iets blauws flitsen en spande zich in om de loop daarheen te richten.

'Hij is het,' zei Hester hijgend.

Lee vond het moeilijk om de trekker over te halen. Alles was moeilijk. Hij moest het drie keer proberen, en eindelijk lukte het. Het blauwe uniform stortte de helling af.

Weer een lange stilte. De pijn die op de loer lag begon haar angst voor hem te verliezen. Ze leek wel een troep jakhalzen, die snuffelend om hem heen cirkelden, steeds dichterbij, en hij wist dat ze niet meer weg zouden gaan voor ze hem kaal hadden gevreten.

'Er is nog één man over,' mompelde Hester. 'Hij probeert naar de zeppelin te komen.'

Lee zag hem door een waas: een soldaat van de Keizerlijke Garde die wegsloop van de nederlaag van zijn compagnie.

'Ik kan een man niet in zijn rug schieten,' zei Lee.

'Wel zonde om dood te gaan terwijl je nog een kogel overhebt.'

Dus richtte hij met zijn laatste kogel op de zeppelin zelf, die nog steeds ronkte en zijn best deed om op te stijgen met zijn ene motor. De kogel moest roodgloeiend zijn geweest, of misschien werden gloeiende vonken uit het brandende bos eronder naar het luchtschip geblazen op een opwaartse luchtstroom. In elk geval bolde het gas plotseling uit tot een oranje vuurbal, en het omhulsel en het metalen frame verhieven zich een eindje en vielen toen heel langzaam neer, zacht, maar vol vurige dood.

En de man die wegsloop en de zes of zeven anderen die als enigen van de Garde waren overgebleven en de verdediger van het ravijn niet hadden durven naderen, werden overspoeld door het vuur dat op hen viel.

Lee zag de vuurbal, en door het gegons in zijn oren heen hoorde hij Hester zeggen: 'Ze zijn er allemaal geweest, Lee.'

Hij zei, of dacht: 'Die arme mannen hebben dit niet verdiend, en wij ook niet.'

'We hebben ze tegengehouden. We hebben standgehouden. We helpen Lyra,' zei ze.

Toen drukte ze haar kleine, trotse, gebroken persoontje zo dicht mogelijk tegen zijn gezicht, en toen stierven ze.

15
Bloedmos

'Doorgaan,' zei de alethiometer, 'verder, hoger.'

Dus klommen ze door. De heksen vlogen boven hen om de beste routes te ontdekken, want het heuvelachtige terrein ging al snel over in steilere hellingen en rotsige ondergrond. En toen de zon zijn hoogste punt naderde, bevonden de reizigers zich in een gebied met een wirwar van droge ravijnen, kliffen en met keien bezaaide valleien, waar geen groen blaadje groeide en het krassende gepiep van insecten het enige geluid was.

Ze liepen maar door, zeiden weinig en stopten alleen om een teugje water te nemen uit hun geitenleren waterzakken. Pantalaimon vloog een tijdje boven Lyra's hoofd, tot hij daar genoeg van kreeg en veranderde in een lenig berggeitje, dat trots was op zijn hoorns en over de rotsen sprong, terwijl Lyra met de grootste moeite ernaast voortklauterde. Will sjokte hardnekkig door, zijn ogen half dichtgeknepen tegen het felle zonlicht. Hij negeerde de steeds erger wordende pijn in zijn hand en bereikte ten slotte een toestand waarin alleen beweging goed was en stilstaan slecht, zodat hij meer last had van uitrusten dan van doorploeteren. Bovendien had hij het gevoel dat de heksen, sinds hun betovering om het bloeden te stelpen was mislukt, een beetje bang voor hem waren, alsof hij was gebrandmerkt door een vloek die machtiger was dan hun eigen krachten.

Op een gegeven moment kwamen ze bij een klein meer, een lapje intens blauw van nauwelijks dertig meter doorsnee tussen de rode rotsen. Ze stopten daar even om te drinken, hun waterzakken opnieuw te vullen en hun pijnlijke voeten in het ijskoude water te laten weken. Ze bleven een paar minuten en gingen toen verder, en even later, toen de zon op z'n hoogst en heetst was, vloog Serafina Pekkala omlaag om met hen te praten. Ze was opgewonden.

'Ik moet jullie een poosje verlaten,' zei ze. 'Lee Scoresby heeft me nodig. Ik weet niet waarom. Maar hij zou niet roepen als hij mijn hulp niet nodig had. Ga door... Ik vind jullie wel weer...'

'Meneer Scoresby?' zei Lyra opgewonden en ongerust. 'Maar waar...'

Maar Serafina was al weg en verdween uit het zicht vóór Lyra haar vraag kon afmaken. Lyra greep automatisch naar de alethiometer om te vragen wat er met Lee Scoresby was gebeurd, maar ze liet haar hand vallen, omdat ze had beloofd niets anders te doen dan Will begeleiden.

Ze keek naar hem. Hij zat vlakbij; uit de hand die losjes op zijn knie lag sijpelde bloed, en zijn gezicht was verbrand door de zon en bleek onder het bruin.

'Will,' vroeg ze, 'weet je waarom je je vader moet zoeken?'

'Ik heb altijd geweten dat ik dat moest doen. Mijn moeder zei dat ik de mantel van mijn vader zou opnemen. Dat is alles wat ik weet.'

'Wat betekent dat: zijn mantel opnemen? Wat is een mantel?'

'Een taak, denk ik. Wat hij heeft gedaan, moet ik voortzetten. Dat lijkt me het meest logische.'

Hij veegde het zweet uit zijn ogen met zijn rechterhand. Wat hij niet kon uitdrukken was dat hij naar zijn vader verlangde zoals een verdwaald kind naar huis verlangt. Die vergelijking zou niet bij hem zijn opgekomen, omdat thuis de plek was waar hij zorgde dat zijn moeder veilig was, niet de plek waar anderen zorgden dat hij veilig was. Maar er was nu vijf jaar verlopen sinds die zaterdagochtend in de supermarkt, toen het verstoppertje spelen voor de vijanden van een spel was veranderd in wanhopige ernst. Vijf jaar was zo'n lange tijd van zijn leven, en zijn hart hunkerde naar de woorden: 'Goed gedaan, goed gedaan, mijn kind. Niemand ter wereld had het beter kunnen doen. Ik ben trots op je. Kom nu maar uitrusten...'

Will verlangde daar zo hevig naar dat hij er zich nauwelijks van bewust was. Het was gewoon verweven met hoe alles voelde. Dus kon hij er nu geen uitdrukking aan geven tegenover Lyra, maar ze zag het in zijn ogen, en dat was voor haar ook iets nieuws: om dingen zo scherp te zien. De waarheid was dat ze wat Will betreft een soort zesde zintuig aan het ontwikkelen was, alsof hij scherper op haar overkwam dan iedereen die ze ooit had gekend. Alles aan hem was duidelijk en nabij en onmiddellijk.

En ze zou het misschien tegen hem gezegd hebben als op dat moment niet een heks naar beneden was gevlogen.

'Ik zie iemand achter ons,' zei ze. 'Ze zijn nog een heel eind weg, maar ze verplaatsen zich snel. Zal ik erheen gaan om te kijken?'

'Ja, doe dat,' zei Lyra, 'maar vlieg laag en verberg u, zodat ze u niet zien.'

Will en Lyra kwamen moeizaam weer overeind en klauterden verder.

'Ik heb het vaak koud gehad,' zei Lyra om maar niet aan de achtervolgers te hoeven denken, 'maar zo warm als nu heb ik het nog nooit gehad. Is het in jouw wereld ook zo warm?'

'Niet waar ik woonde. Meestal niet. Maar het klimaat is veranderd. In de zomer is het tegenwoordig warmer dan vroeger. Ze zeggen dat de mensen met de atmosfeer hebben geknoeid door er chemische stoffen in te mengen, en dat het weer op hol slaat.'

'Tja, dat hebben ze,' zei Lyra, 'en het slaat inderdaad op hol. En wij zitten er middenin.'

Hij was te warm en te dorstig om te reageren, en ze klommen hijgend verder in de zinderende hitte. Pantalaimon was nu een krekel en zat op Lyra's schouder, te moe om te springen of te vliegen. Zo nu en dan zagen de heksen in de hoogte een bron, te hoog om erheen te klimmen, en dan vlogen ze ernaartoe om de waterzakken van de kinderen te vullen. Zonder water zouden ze binnen de kortste keren dood zijn geweest, en waar ze liepen was niets. Elke bron die zich een weg had gebaand naar de open lucht werd vrijwel meteen weer verzwolgen tussen de rotsen.

En zo gingen ze verder, terwijl de dag verstreek.

De heks die terugvloog om te verkennen heette Lena Feldt. Ze vloog laag, van de ene rotspunt naar de volgende, en toen de zon onderging en een woest bloedrood aan de rotsen onttrok, kwam ze bij het kleine blauwe meer en zag dat een troep soldaten bezig was een kampement op te zetten.

Maar de eerste glimp die ze van hen opving, vertelde haar meer dan ze wilde weten: deze soldaten hadden geen dæmonen. En ze kwamen niet uit Wills wereld, of de wereld van Cittàgazze, waar de dæmonen binnen in de mensen zaten, en waar de mensen er toch levend uitzagen. Deze mannen kwamen uit haar wereld en om ze zonder dæmonen te zien, was een grove en misselijkmakende gruwel.

Toen verscheen de verklaring uit een tent bij het meer. Lena Feldt zag een vrouw, een kortleven, elegant in haar kaki jachtkleding en net zo vol leven als de gouden aap die naast haar langs de waterkant dartelde.

Lena Feldt verborg zich tussen de rotsen boven het kampement en keek toe, terwijl mevrouw Coulter praatte met de officier die de leiding had, en zijn mannen tenten opzetten, vuren aanlegden en water kookten.

De heks had bij Serafina Pekkala's groep gehoord, toen die de kinderen in Bolvangar redde, en ze zou mevrouw Coulter graag ter plekke neerschieten. Maar de vrouw had een engelbewaarder, want ze was net te ver weg om haar met een pijl te kunnen raken en de heks kon niet dichterbij komen zonder zich onzichtbaar te maken. Dus begon ze de betovering op te roepen. Het vergde tien minuten uiterste concentratie.

Toen Lena Feldt ten slotte zeker was van zichzelf ging ze de rotsachtige helling af naar het meer. Terwijl ze door het tentenkamp liep, wierpen een paar soldaten een onverschillige blik op haar, maar wat ze zagen was te moeilijk om te onthouden, en ze keken weer een andere kant op. De heks bleef stilstaan bij de tent waar mevrouw Coulter in was gegaan, en zette een pijl in haar boog.

Ze luisterde door het zeildoek naar de lage stem, en bewoog zich toen voorzichtig naar de open flap die uitzicht bood op het meer.

Mevrouw Coulter was in de tent aan het praten met een man die Lena Feldt nog nooit had gezien: een wat oudere man met grijs haar en een krachtig uiterlijk. Een slangdæmon had zich om zijn pols gekronkeld. Hij zat in een canvas stoel naast haar en zij boog zich naar hem over en sprak zacht tegen hem.

'Natuurlijk, Carlo,' zei ze. 'Ik vertel je alles wat je maar wilt. Wat wil je weten?'

'Hoe speel je de baas over de Spoken?' vroeg de man. 'Ik had nooit gedacht dat het mogelijk was, maar ze volgen je als honden... Zijn ze bang voor je lijfwacht? Wat is het?'

'Heel eenvoudig,' zei ze. 'Ze weten dat ik ze meer voedsel kan geven als ze me laten leven dan als ze me vernietigen. Ik kan ze zo veel slachtoffers bezorgen als hun geestenharten maar wensen. Zodra je ze beschreef, wist ik dat ik ze de baas kon, en zo is het ook. En dan te denken dat een hele wereld siddert onder de macht van die bleke dingen! Maar Carlo,' fluisterde ze, 'ik kan het jou ook naar de zin maken, weet je. Wil je dat ik het jou zo mogelijk nog meer naar de zin maak?'

'Marisa,' mompelde hij, 'het is al prettig genoeg om dicht bij je te zijn...'

'Nee, dat is het niet, Carlo; je weet dat dat niet zo is. Je weet dat ik het je veel prettiger kan maken.'

Haar dæmon streelde de slangdæmon met zijn zwarte eeltige handjes. Beetje bij beetje wikkelde de slang zich los en begon over de arm van de man naar de aap toe te glijden. De man en de vrouw hadden allebei een glas gouden wijn in hun hand, en ze nam een teugje uit haar glas en boog zich nog wat verder naar hem over.

'Ah,' zei de man, toen de dæmon langzaam van zijn arm glipte en haar gewicht neerliet in de handen van de gouden aap. De aap bracht haar langzaam omhoog naar zijn gezicht en streek met zijn wang zachtjes over de smaragdgroene huid. Haar tong floepte zwart alle kanten uit, en de man zuchtte.

'Carlo, vertel me waarom je de jongen achtervolgt,' fluisterde mevrouw Coulter, en haar stem was zo zacht als de streling van de aap. 'Waarom wil je hem beslist vinden?'

'Hij heeft iets wat ik wil hebben. O, Marisa...'

'Wat is het, Carlo? Wat heeft hij?'

Hij schudde zijn hoofd. Maar het kostte hem moeite om weerstand te bieden; zijn dæmon had zich losjes om de borst van de aap gewonden en streek met haar kop almaar door de langharige glanzende vacht, terwijl de aap over haar vloeiende lange lijf streelde.

Lena Feldt keek toe, onzichtbaar en maar twee stappen van hen verwijderd. De pees van haar boog was strak gespannen, de pijl klaar om afgeschoten te worden: ze had hem binnen een seconde naar achteren kunnen trekken en loslaten, en mevrouw Coulter zou dood zijn geweest voor ze het wist. Maar de heks was nieuwsgierig. Ze bleef zonder geluid te maken en met verbaasde ogen rustig staan.

Maar terwijl ze mevrouw Coulter observeerde, keek ze niet achter zich over het kleine blauwe meer. Aan de overkant leek zich in het duister een bosje spookachtige bomen geplant te hebben, een bosje dat zo nu en dan huiverde met een siddering die leek op een bewust voornemen. Maar het waren natuurlijk geen bomen. En terwijl alle nieuwsgierigheid van Lena Feldt en haar dæmon op mevrouw Coulter was gericht, maakte een bleke gedaante zich los van zijn kameraden, zweefde zonder een rimpeltje te veroorzaken over het ijskoude wateroppervlak, en bleef dertig centimeter van de rots waarop Lena Feldts dæmon zat, staan.

'Je kunt het me best vertellen, Carlo,' lispelde mevrouw Coulter. 'Je kunt het fluisteren. Je kunt net doen of je in je slaap praat, en dat kan toch niemand je kwalijk nemen? Vertel het gewoon, Carlo. Ik wil het toch niet hebben. Ik wil het meisje. Wat is het? Vertel het me maar, dan zorg ik dat je het krijgt.'

Hij huiverde even. Zijn ogen waren gesloten. Toen zei hij: 'Het is een mes. Het listige mes van Cittàgazze. Heb je er nooit over gehoord, Marisa? Sommige mensen noemen het teleutaia makhaira, het allerlaatste mes. Anderen noemen het Aesahaettr...'

'Wat kun je ermee doen, Carlo? Waarom is het bijzonder?'

'Ah... Het is een mes waar je alles mee kunt snijden. Zelfs de makers wisten niet wat je er allemaal mee kunt doen... Niets, niemand, geen materie, geest, engel of lucht, niets is veilig voor het listige mes. Marisa, het is van mij, begrijp je?'

'Natuurlijk, Carlo. Ik geef je mijn woord. Laat me je glas nog eens vullen...'

En terwijl de gouden aap zijn handen almaar langzaam over de smaragdgroene slang liet gaan, haar heel zacht kneep, optilde en streelde, en terwijl sir Charles kreunde van genoegen, zag Lena

Feldt wat er in werkelijkheid gebeurde: terwijl de ogen van de man waren gesloten, liet mevrouw Coulter stiekem een paar druppels uit een flesje in zijn glas vallen voor ze het weer met wijn vulde.

'Hier, lieveling,' fluisterde ze. 'Laten we elkaar toedrinken...'

Hij was al dronken. Hij pakte het glas en dronk gulzig, een slok, en nog een, en nog een.

En toen stond mevrouw Coulter zonder enige waarschuwing op, draaide zich om en keek Lena Feldt recht in het gezicht.

'Komaan, heks,' zei ze, 'dacht je dat ik niet wist hoe je jezelf onzichtbaar maakt?'

Lena Feldt was te verbijsterd om iets te doen.

De man had moeite met zijn ademhaling. Zijn borst ging zwoegend op en neer, zijn gezicht was rood aangelopen, en zijn dæmon hing slap en bijna bewusteloos in de handen van de aap. De aap schudde haar vol verachting van zich af.

Lena Feldt probeerde haar boog omhoog te krijgen, maar haar schouder was door een fatale verlamming getroffen. Het lukte haar gewoon niet. Zoiets was nog nooit gebeurd en ze slaakte een kreetje.

'O, daar is het te laat voor,' zei mevrouw Coulter. 'Kijk naar het meer, heks.'

Lena Feldt draaide zich om en ontdekte dat haar sneeuwgorsdæmon fladderde en krijste alsof hij in een glazen kooi zat waaruit de lucht werd weggezogen. Hij fladderde en viel, zakte machteloos in elkaar, zijn bek wijdopen, hijgend van paniek. Het Spook had hem te pakken.

'Nee!' riep ze, en ze probeerde erheen te gaan, maar ze werd weerhouden door een vlaag misselijkheid. Zelfs in al haar ellende begreep Lena Feldt dat mevrouw Coulter meer kracht in haar ziel had dan iedereen die ze kende. Het verbaasde haar niet dat het Spook haar gehoorzaamde: niemand kon die autoriteit weerstaan. Lena Feldt wendde zich gekweld weer tot de vrouw.

'Laat hem gaan! Laat hem alstublieft gaan!' riep ze uit.

'Dat zullen we nog wel eens zien. Is het kind bij je? Het meisje Lyra?'

'Ja!'

'En ook een jongen? Een jongen met een mes?'

'Ja... ik smeek u...'

'En met hoeveel heksen zijn jullie?'

'Twintig! Laat hem gaan, laat hem gaan!'

'Allemaal in de lucht? Of blijven er een paar beneden bij de kinderen?'

'De meesten in de lucht, altijd drie of vier op de grond... Ik houd dit niet meer uit... Laat hem gaan of maak me nu dood!'

'Hoe ver zijn ze de bergen in? Zijn ze onderweg of zijn ze aan het uitrusten?'

Lena Feldt vertelde haar alles. Ze zou elke foltering hebben kunnen doorstaan, maar niet wat er nu met haar dæmon gebeurde. Toen mevrouw Coulter precies wist waar de heksen waren en hoe ze Lyra en Will bewaakten, zei ze: 'En vertel me nu het volgende. Jullie heksen weten iets over het kind Lyra. Ik ben het bijna te weten gekomen van een van je zusters, maar ze ging dood voor ik haar voldoende had gemarteld. Welnu, er is nu niemand om je te redden. Vertel me de waarheid over mijn dochter.'

Lena Feldt riep hijgend uit: 'Ze zal de moeder zijn... ze zal leven zijn... moeder... ze zal ongehoorzaam zijn... ze zal...'

'Noem haar naam! Je zegt van alles, maar niet het belangrijkste! Noem haar naam!' riep mevrouw Coulter uit.

'Eva! Moeder van allen! Eva, weergekeerd! Moeder Eva!' stamelde Lena Feldt snikkend.

'Ah,' zei mevrouw Coulter.

En ze slaakte een diepe zucht, alsof het haar eindelijk duidelijk was wat haar levensdoel was.

Vaag begreep de heks wat ze had gedaan, en in het afgrijzen dat haar overspoelde probeerde ze uit te roepen: 'Wat gaat u met haar doen? Wat gaat u doen?'

'Nou, ik zal haar moeten vernietigen,' zei mevrouw Coulter, 'om een tweede zondeval te voorkomen... Waarom heb ik dat niet eerder gezien? Het was te groot om het te zien...'

Ze klapte zacht in haar handen, als een kind, met onschuldige ogen. Lena Feldt, die huilde, hoorde haar doorgaan: 'Natuurlijk. Asriel zal een oorlog beginnen tegen de Autoriteit, en dan... Natuurlijk, natuurlijk... Zoals het vroeger is gebeurd, zo gebeurt het weer.

En Lyra is Eva. En deze keer zal ze niet vallen. Daar zal ik voor zorgen. Er zal geen zondeval zijn...'

Mevrouw Coulter rechtte haar rug en knipte met haar vingers naar het Spook dat zich aan de dæmon te goed deed. De kleine sneeuwgorsdæmon bleef stuiptrekkend op de rots liggen toen het Spook op de heks zelf afging. En toen werd alles wat Lena Feldt tevoren had ondergaan, verdubbeld en verdriedubbeld en honderdmaal vermenigvuldigd. Ze voelde een misselijkheid van de ziel, een afgrijselijke, ziekmakende wanhoop, een bedroefde vermoeidheid, die zo intens was dat ze eraan doodging. Haar laatste bewuste gedachte was walging ten opzichte van het leven: haar zintuigen hadden haar bedrogen; de wereld bestond niet uit energie en vreugde, maar uit smerigheid, verraad en matheid. Het leven was verschrikkelijk en de dood was niet beter, en dat was van het ene tot het andere uiteinde van het universum de eerste, laatste en enige waarheid.

Daar stond ze met haar boog in de hand, onverschillig, een levende dode.

Dus zag Lena Feldt niet wat mevrouw Coulter vervolgens deed, en het kon haar ook niet schelen. Ze liet de grijsharige man die bewusteloos in de canvas stoel hing, en zijn dæmon die dof van huid opgerold in het stof lag, voor wat ze waren, ontbood de kapitein van de soldaten en gaf hem opdracht voorbereidingen te treffen voor een nachtmars in de bergen.

Toen ging ze naar de waterkant en riep de Spoken. Ze gehoorzaamden meteen en kwamen als mistpilaren over het water aanglijden. Ze hief haar armen op en maakte dat ze vergaten dat ze op de grond thuishoorden, zodat ze één voor één de lucht in gingen en vrij rondzweefden als kwaadaardig distelpluis. Ze stegen omhoog in de nachthemel en werden door luchtstromingen naar Will en Lyra en de heksen gedreven. Maar Lena Feldt zag niets.

Toen het donker was, zakte de temperatuur snel, en toen Lyra en Will hun laatste stuk droog brood hadden opgegeten, gingen ze onder een overhangende rots liggen om warm te blijven en te proberen om te slapen. Lyra hoefde het trouwens niet eens te proberen: ze was binnen een minuut vast in slaap, stevig opgekruld tegen Pantalaimon. Maar Will kon de slaap niet vatten, hoe lang hij daar ook bleef liggen. Het kwam deels door zijn hand, die nu helemaal tot aan de elleboog klopte en onbehaaglijk was opgezwollen, deels door de harde ondergrond, deels door de kou, deels door pure uitputting, en deels omdat hij naar zijn moeder verlangde.

Hij was natuurlijk ongerust over haar en hij wist dat ze veiliger zou zijn als hij er was om voor haar te zorgen. Maar hij zou ook wel willen dat ze voor hém zorgde, zoals ze had gedaan toen hij nog heel klein was. Hij zou willen dat ze hem verbond en in bed stopte en voor hem zong en alle zorgen wegnam en hem omringde met alle warmte en zachtheid en moederlijkheid waaraan hij zo ontzettend behoefte had. En het zou nooit gebeuren. Een deel van hem was nog steeds een kleine jongen. Daarom huilde hij, maar hij bleef heel stil liggen omdat hij Lyra niet wakker wilde maken.

Maar slapen deed hij nog altijd niet. Hij was meer wakker dan ooit. Ten slotte strekte hij huiverend zijn verstijfde ledematen uit en stond voorzichtig op. En met het mes aan zijn riem ging hij hoger de berg op, om zijn rusteloosheid kwijt te raken.

Achter hem hield de roodborstdæmon van de wacht-heks zijn kopje schuin en ze keek rond en zag Will de rotsen op klauteren. Ze greep haar wolkdennentak en steeg geruisloos op, niet om hem te storen, maar om te zorgen dat hem niets overkwam.

Hij merkte het niet. Hij voelde zo'n drang om in beweging te zijn en in beweging te blijven dat hij bijna niets meer merkte van de pijn in zijn hand. Hij had het gevoel dat hij de hele nacht moest lopen, de hele dag, eeuwig, omdat het de enige manier was om deze koorts in zijn borst te kalmeren. En alsof hij met hem meevoelde, stak de wind op. In deze wildernis waren geen bladeren om in beroering te brengen, maar de luchtstroom sloeg tegen zijn lichaam en blies zijn haren uit zijn gezicht. Het was onrustig om hem heen en binnen in hem.

Hij klom steeds hoger, dacht er nauwelijks over of hij de weg terug naar Lyra wel zou vinden, tot hij op een klein plateau kwam dat bijna op het topje van de wereld leek te liggen. Nergens om hem heen, tegen geen enkele horizon rezen hogere bergen op. In de heldere maneschijn waren grimmig zwart en doods wit de enige kleuren, en alle randen waren gekarteld en alle oppervlakken kaal.

De wilde wind had zeker wolken aangevoerd, want plotseling ging de maan schuil en viel er duisternis over het hele landschap. Het waren nog dikke wolken ook: geen glimpje maanlicht scheen erdoorheen. In minder dan een minuut bevond Will zich in bijna volledige duisternis.

En op hetzelfde moment voelde hij een greep om zijn rechterarm.

Hij slaakte een kreet van schrik en probeerde zich meteen los te rukken, maar het was een hardnekkige greep. En nu werd Will woest. Hij had het gevoel dat hij aan het einde van alles stond, en als het ook het einde van zijn leven was, dan zou hij vechten tot hij erbij neerviel.

Dus trok hij en schopte en trok hij weer, maar de hand liet niet los. En omdat het zijn rechterarm was die werd vastgehouden, kon hij niet bij het mes. Hij probeerde het met zijn linkerhand, maar hij werd zo door elkaar gerammeld en de hand deed zo'n pijn en was zo opgezwollen, dat het niet lukte. Hij moest met één blote, gewonde hand vechten tegen een volwassen man.

Hij beet in de hand die zijn onderarm omklemde, maar dat had tot gevolg dat de man hem een fikse klap op zijn achterhoofd gaf. Toen begon Will weer te schoppen, en soms was het raak en soms niet, en de hele tijd was hij aan het trekken, rukken, draaien en duwen, en nog altijd verslapte de greep niet.

Vaag hoorde hij zijn eigen gehijg en het gegrom en de schurende ademhaling van de man. En toen kreeg hij toevallig zijn been achter de benen van de man, en hij gooide zich tegen zijn borst en de man viel met een klap achterover, met Will boven op zich. Maar die greep verslapte geen moment en Will, die hevig tekeerging op de rotsachtige grond, voelde zijn hart ineenkrimpen door een schrikbeeld: deze man zou hem nooit laten gaan, en zelfs als hij hem doodde, zou zijn lijk hem nog vasthouden.

Maar Will begon moe te worden. Hij huilde nu en snikte verbitterd, terwijl hij schopte en trok en naar de man sloeg met hoofd en voeten, en hij wist dat zijn spieren het binnenkort zouden begeven. En toen merkte hij dat de man nog steeds op de grond lag, hoewel zijn hand hem nog altijd even stevig omklemde. Hij lag daar en liet Will op hem in beuken met knieën en hoofd, en zodra Will dat zag, lieten zijn laatste krachten hem in de steek en viel hij machteloos neer naast zijn tegenstander, terwijl iedere zenuw in zijn lichaam trilde, duizelde en klopte.

Will kwam moeizaam overeind en tuurde door de diepe duisternis. Hij zag iets wits op de grond naast de man. Het waren de witte borst en kop van een grote vogel, een visarend, een dæmon, en zij lag er onbeweeglijk bij. Will probeerde los te komen, en het zwakke rukje bracht een reactie teweeg bij de man, wiens greep niet was verslapt.

Maar hij maakte een beweging. Met zijn vrije hand betastte hij zorgvuldig Wills rechterhand. Wills haren rezen te berge.

Toen zei de man: 'Geef me je andere hand.'

'Voorzichtig,' zei Will.

De vrije hand van de man gleed omlaag langs Wills linkerarm, en zijn vingertoppen streken zacht over de pols, verder naar de opgezwollen handpalm en toen uiterst voorzichtig naar de stompjes van Wills afgesneden vingers.

Zijn andere hand liet onmiddellijk los en hij ging zitten.

'Je hebt het mes,' zei hij. 'Je bent de mesdrager.'

Zijn stem was klankvol, streng, maar kortademig. Will voelde dat hij er ernstig aan toe was. Had hij zijn donkere tegenstander verwond?

Will lag nog steeds op de stenen, totaal uitgeput. Hij zag alleen de omtrek van de man die boven hem hurkte, niet zijn gezicht. De man greep naast zich naar iets, en even later, toen hij zalf op Wills huid smeerde, verspreidde zich een heerlijke, kalmerende koelte van zijn vingerstompjes naar zijn hand.

'Wat doet u?' vroeg Will.

'Ik genees je wond. Stil blijven liggen.'

'Wie bent u?'

'Ik ben de enige man die weet waar het mes voor is. Hou je hand zo naar boven. Niet bewegen.'

De wind stormde woester dan ooit aan en een paar regendruppels spatten in Wills gezicht. Hij trilde hevig, maar hij hield zijn linkerhand omhoog met zijn rechter, terwijl de man nog meer zalf op de stompjes smeerde en een reep linnen stevig om de hand bond.

Zodra het verband stevig zat, zakte de man opzij en ging zelf ook liggen. Will, nog steeds verbluft over de gezegende koele gevoelloosheid in zijn hand, probeerde rechtop te gaan zitten en naar hem te kijken. Maar het was donkerder dan ooit. Hij tastte voor zich uit met zijn rechterhand en raakte de borst van de man aan, waar het hart hamerde als een vogel tegen de tralies van een kooi.

'Ja,' zei de man schor. 'Probeer dat maar eens te genezen. Vooruit.'

'Bent u ziek?'

'Binnenkort ben ik beter. Je hebt het mes toch, hè?'

'Ja.'

'En weet je hoe je het moet gebruiken?'

'Ja, ja. Maar komt u uit deze wereld? Hoe weet u van het mes?'

'Luister,' zei de man, terwijl hij met moeite rechtop ging zitten. 'Val me niet in de rede. Als je de drager van het mes bent, rust er een taak op je die groter is dan je je kunt voorstellen. Een *kind*... Hoe konden ze dat laten gebeuren? Nou ja, zo zij het... Er komt oorlog, jongen. De grootste oorlog die er ooit is geweest. Iets soortgelijks is al eens gebeurd, en deze keer moet de goede partij winnen... We hebben al die duizenden jaren van het menselijk bestaan niets anders dan leugens, propaganda, wreedheid en bedrog gehad. Het wordt tijd dat we opnieuw beginnen, maar deze keer goed...'

Hij zweeg even om een paar keer rochelend adem te halen.

'Het mes,' ging hij na een minuut door. 'Ze hebben nooit geweten wat ze hadden gemaakt, die oude filosofen. Ze hebben een instrument uitgevonden waarmee ze de allerkleinste materiedeeltjes konden splijten, en ze hebben het gebruikt om snoepgoed te stelen. Ze hadden er geen idee van dat ze het enige wapen in alle universums hadden gemaakt waarmee de tiran verslagen kon worden. De Autoriteit. God. De opstandige engelen zijn gevallen omdat ze niets hadden wat op het mes leek, maar nu...'

'Ik wilde het niet! Ik wil het nog steeds niet!' riep Will uit. 'Als u het wilt hebben, kunt u het krijgen! Ik haat het en ik haat wat je ermee kunt doen...'

'Te laat. Je hebt geen keus: je bent de drager. Het mes heeft jou uitverkoren. En wat erger is: zij weten dat je het hebt, en als je het niet tegen hen gebruikt, zullen ze het uit je handen rukken en het in alle eeuwigheid tegen ons allemaal gebruiken.'

'Maar waarom zou ik tegen ze vechten? Ik heb te vaak gevochten, ik kan er niet mee doorgaan, ik wil...'

'Heb je je knokpartijen gewonnen?'

Will zweeg. Toen zei hij: 'Dat wel.'

'Heb je voor het mes gevochten?'

'Ja, maar...'

'Dan ben je een vechter. Zo ben je gemaakt. Je kunt je overal tegen verzetten, maar niet tegen je aard.'

Will wist dat de man de waarheid sprak. Maar het was geen welkome waarheid. Zij kwam hard en pijnlijk aan. Dat scheen de man te weten, want hij gaf Will even tijd om het te verwerken voor hij verder sprak.

'Er bestaan twee grote machten,' zei hij, 'en ze hebben elkaar bevochten sinds het begin der tijden. Iedere vooruitgang in het menselijk leven, ieder kruimeltje kennis, wijsheid en fatsoen dat we hebben, is door de ene partij uit de opeengeklemde kaken van de andere gerukt. Over iedere kleine toename van menselijke vrijheid is woest gevochten tussen degenen die willen dat we meer weten en wijzer en sterker zijn, en degenen die willen dat we gehoorzamen en ons nederig en onderworpen gedragen.

En nu bereiden deze twee machten zich voor op het gevecht. En allebei begeren ze dat mes van jou meer dan wat ook. Je moet kiezen, jongen. We zijn hierheen geleid, wij allebei: jij omdat je het mes hebt, en ik om je erover te vertellen.'

'Nee! U hebt ongelijk!' riep Will uit. 'Naar zoiets heb ik niet gezocht! Daar zocht ik helemaal niet naar!'

'Je denkt misschien van niet, maar je hebt het wel gevonden,' zei de man in het donker.

'Maar wat moet ik doen?'

En toen aarzelde Stanislaus Grumman, Jopari, John Parry.

Hij was zich pijnlijk bewust van de eed die hij Lee Scoresby had gezworen, en hij aarzelde voor hij die brak. Maar hij brak hem.

'Je moet naar lord Asriel,' zei hij, 'en hem zeggen dat Stanislaus Grumman je heeft gestuurd, en dat jij het wapen hebt dat hij meer dan wat ook nodig heeft. Of je het leuk vindt of niet, jongen, je hebt een taak te vervullen. Laat al het andere liggen, hoe belangrijk het ook lijkt, en ga dit doen. Er zal iemand verschijnen om je te begeleiden: de nacht is vol engelen. Je wond zal nu genezen. Wacht. Voor je gaat, wil ik je goed bekijken.'

Hij tastte naar de rugzak die hij bij zich had en haalde er iets uit. Hij vouwde lagen oliedoek open en streek toen een lucifer af om een kleine blikken lantaarn aan te steken. In het licht keken de twee elkaar aan door de regendruppels die de wind meevoerde.

Will zag felblauwe ogen in een door pijn vertrokken, afgetobd gezicht, met een grijze baard van een paar dagen op de wilskrachtige kaken. Een mager lichaam, weggedoken in een zware mantel die was afgezet met veren.

De sjamaan zag een jongen die nog jonger was dan hij dacht, een slank lijf dat rilde in een gescheurd linnen hemd, en een uitgeputte, woeste en waakzame gelaatsuitdrukking, maar een gezicht dat ook wilde nieuwsgierigheid uitstraalde, ver uiteenstaande ogen onder de rechte, zwarte wenkbrauwen, die zo op die van zijn moeder leken...

En de eerste glimp van iets anders kwam bij beiden op.

Maar op datzelfde ogenblik, toen het licht over John Parry's gezicht scheen, schoot er iets omlaag uit de donkere hemel en hij viel dood achterover voor hij een woord kon uitbrengen, een pijl in zijn zwakke hart. De visarenddæmon verdween even later.

Will zat er verbijsterd bij.

Hij zag iets bewegen vanuit zijn ooghoek, en zijn rechterhand schoot meteen omhoog. Hij ontdekte dat hij een roodborstje in zijn hand klemde, een dæmon die helemaal in paniek was.

'Nee! Nee!' riep de heks Juta Kamainen, en ze kwam achter hem aan vallen, met haar hand op haar hart. Ze viel onhandig op de rotsachtige grond en probeerde moeizaam overeind te komen. Maar Will was bij haar voor ze op de been was en drukte het listige mes tegen haar keel.

'Waarom hebt u dat gedaan?' schreeuwde hij. 'Waarom hebt u hem gedood?'

'Omdat ik van hem hield en hij mij heeft afgewezen! Ik ben een heks! Ik vergeef nooit iets!'

En omdat ze een heks was zou ze normaal gesproken niet bang zijn geweest voor een jongen. Maar voor Will was ze bang. Deze gewonde figuur straalde meer kracht en gevaar uit dan ze ooit in een mens had gezien, en ze gaf zich gewonnen. Ze viel achterover, en hij viel mee en greep haar haren met zijn linkerhand zonder pijn te voelen. Hij voelde alleen een oneindige, verpletterende wanhoop.

'U weet niet wie hij was,' riep hij uit. 'Hij was mijn vader!'

Ze schudde haar hoofd en fluisterde: 'Nee. Nee! Dat kan niet waar zijn. Onmogelijk!'

'Denkt u dat dingen mógelijk moeten zijn? Dingen moeten wáár zijn! Hij was mijn vader, en dat wisten we geen van beiden tot op het moment dat u hem vermoordde! Heks, ik wacht mijn hele leven en kom helemaal hiernaartoe, en eindelijk vind ik hem, en dan vermóórdt u hem...'

En hij schudde haar hoofd heen en weer alsof het een vod was en gooide haar weer tegen de grond, zodat ze half bewusteloos was. Haar verbijstering was bijna groter dan haar angst voor hem, en die was al erg genoeg. Ze kwam verdoofd overeind en greep smekend zijn hemd. Hij sloeg haar hand weg.

'Wat heeft hij ooit gedaan dat u hem zo nodig moest vermoorden?' riep hij uit. 'Vertel me dat eens als u kunt!'

Ze keek naar de dode man. Toen keek ze naar Will en schudde bedroefd haar hoofd.

'Nee, ik kan het niet uitleggen,' zei ze. 'Daar ben je te jong voor. Je zou het niet begrijpen. Ik hield van hem. Dat is alles. Dat is genoeg.'

En voor Will haar kon tegenhouden, viel ze traag opzij, haar hand om de greep van het mes dat ze uit haar riem had getrokken en tussen haar ribben had gestoken.

Will voelde geen afschuw, alleen wanhoop en verbijstering.

Hij stond langzaam op en keek neer op de dode heks, op haar weelderige zwarte haren, haar rode wangen, haar gladde, bleke ledematen die nat waren van de regen, haar lippen die vaneenweken als om te kussen.

'Ik begrijp het niet,' zei hij hardop. 'Het is te vreemd.'

Will keek weer naar de dode man, zijn vader.

Duizend dingen verdrongen zich in zijn keel, en alleen de spattende regendruppels konden verkoeling brengen aan zijn ogen, waarin hete tranen opwelden. De kleine lantaarn brandde nog flakkerend, terwijl de tocht door de gammele ruitjes langs de vlam streek, en bij dat licht hurkte Will bij de man neer. Hij legde zijn handen op zijn lichaam, raakte zijn gezicht, zijn schouders, zijn borst aan, sloot zijn ogen, streek het natte grijze haar van zijn voorhoofd, drukte zijn handen tegen de ruwe wangen, sloot de mond van zijn vader, klemde zijn handen in de zijne.

'Vader,' zei hij, 'pap, papa... vader... Ik begrijp niet waarom ze het heeft gedaan. Het is voor mij allemaal te vreemd. Maar ik zal doen wat u wilde dat ik deed, dat beloof ik, dat zweer ik. Ik zal vechten. Ik zal een vechter zijn, echt waar. Ik zal dit mes naar lord Asriel brengen, waar hij ook is, en ik zal hem helpen in zijn gevecht tegen die vijand. Dat zal ik doen. Je kunt nu rusten. Alles is goed. Je kunt nu slapen.'

Naast de dode man lagen zijn rugzak van hertenleer, het oliedoek, de lantaarn en het doosje bloedmoszalf. Will raapte alles op en toen zag hij de met veren afgezette mantel van zijn vader achter hem op de grond liggen, zwaar en doorweekt, maar warm. Zijn vader had hem niet meer nodig en Will sidderde van de kou. Hij maakte de bronzen gesp onder de keel van de dode man los en zwaaide de hertenleren rugzak over zijn schouder voor hij de mantel om zich heen wikkelde.

Hij blies de vlam in de lantaarn uit en keek nog even naar de wazige omtrekken van zijn vader en de heks, en weer naar die van zijn vader voor hij zich omdraaide om de berg af te gaan.

De stormachtige lucht knisperde van het gefluister en Will hoorde ook andere geluiden: verwarde echo's van kreten en eentonige melodieën, het gekletter van metaal op metaal, klappende vleugelslagen die het ene moment zo dichtbij klonken dat ze wel in zijn hoofd hadden kunnen zitten, en het andere moment zo ver weg dat ze op een andere planeet hadden kunnen zijn. De stenen onder zijn voeten waren glibberig en los, en het was veel moeilijker om naar beneden te klauteren dan om naar boven te klimmen, maar hij aarzelde niet.

En toen hij het laatste kleine ravijn vóór de plek waar Lyra lag te slapen in liep, bleef hij plotseling staan. Hij zag twee mannen in het donker staan, alsof ze op iemand wachtten. Will legde zijn hand op het mes.

Toen sprak een van de mannen.

'Ben jij de jongen met het mes?' vroeg hij, en zijn stem had de vreemde klank van die vleugelslagen. Wie hij ook was, hij was geen menselijk wezen.

'Wie zijn jullie?' vroeg Will. 'Zijn jullie mannen, of...'

'Geen mannen, nee. We zijn Wachters. Bene elim. In jouw taal: engelen.'

Will zweeg. Degene die had gesproken ging door: 'Andere engelen hebben andere taken en andere gaven. Onze taak is eenvoudig: we hebben je nodig. We hebben de sjamaan op de voet gevolgd, in de hoop dat hij ons bij je zou brengen, en dat heeft hij gedaan. En nu zijn we gekomen om op onze beurt jou naar lord Asriel te brengen.'

'Bent u de hele tijd bij mijn vader geweest?'

'Ieder moment.'

'Wist hij dat?'

'Hij had er geen idee van.'

'Waarom hebt u de heks dan niet tegengehouden? Waarom hebt u haar de kans gegeven om hem te vermoorden?'

'Als het eerder was gebeurd, zouden we hebben ingegrepen. Maar zijn taak was ten einde toen hij ons eenmaal bij jou had gebracht.'

Will zei niets. Zijn hoofd tolde. Dit was net zo moeilijk te begrijpen als al het andere.

'Goed,' zei hij ten slotte. 'Ik zal met u meegaan. Maar eerst moet ik Lyra wakker maken.'

Ze gingen opzij om hem voorbij te laten, en hij voelde de lucht trillen toen hij in hun buurt kwam, maar hij trok zich er niets van aan en concentreerde zich op de helling die hij af moest om bij de kleine schuilplaats te komen waar Lyra lag te slapen.

Maar er was iets wat hem deed stilstaan.

In het schemerdonker zag hij de heksen die Lyra hadden bewaakt, heel stil zitten of staan. Ze zagen eruit als standbeelden, behalve dat ze ademhaalden, maar ze leefden nauwelijks. Er lagen ook een paar in zwarte zijde geklede lijken op de grond, en terwijl hij met afgrijzen van de een naar de ander staarde, begreep Will wat er moest zijn gebeurd: ze waren in de lucht door de Spoken aangevallen en doodgevallen, onverschillig.

Maar...

'Waar is Lyra?' riep hij hardop uit.

De holte onder de rots was leeg. Lyra was weg.

Er lag iets onder de overhangende rots op de plek waar ze had gelegen. Het was haar kleine canvas rugzak, en door het gewicht wist hij, zonder dat hij hoefde te kijken, dat de alethiometer er nog in zat.

Will schudde zijn hoofd. Dit kon niet waar zijn, maar het was wel waar: Lyra was weg, Lyra was gevangengenomen, Lyra was verloren.

De twee donkere gestalten van de bene elim hadden zich niet bewogen. Maar ze zeiden: 'Je moet nu met ons meekomen. Lord Asriel heeft je onmiddellijk nodig. De macht van de vijand wordt met de minuut groter. De sjamaan heeft je verteld wat je taak is. Volg ons en help ons de overwinning te behalen. Kom met ons mee. Kom hierheen. Kom nu.'

En Will keek van de engelen naar Lyra's rugzak en weer naar hen, en hij hoorde geen woord van wat ze zeiden.

Inhoud

Het listige mes is het tweede deel van de trilogie *Het gouden kompas,* waarvan *Het Noorderlicht* het eerste deel was.

Dit deel beweegt zich tussen drie werelden: de wereld van *Het Noorderlicht* – die op die van ons lijkt, maar er in velerlei opzichten van verschilt–, de wereld die wij kennen, en een derde wereld die weer in andere opzichten van onze wereld verschilt.